काँच के शामियाने

(उपन्यास)

काँच के शामियाने

रश्मि रविजा

ISBN : 978-93-84419-19-6

प्रकाशक:
हिंद युग्म
सी-31, सेक्टर-20, नोएडा (उ.प्र.)-201301
फोन- 0120-4374046

मुद्रक : विकास कंप्यूटर ऐंड प्रिंटर्स, दिल्ली-110032
कला-निर्देशन : विजेन्द्र एस विज

पहला संस्करण : अक्टूबर 2015
दूसरा संस्करण : जून 2021
मूल्य : ₹199

Kaanch Ke Shamiyane
A novel by *Rashmi Ravija*

Published By
Hind Yugm
C-31, Sector-20, Noida (UP)-201301
Phone- 0120-4374046
Email : sampadak@hindyugm.com
Website : www.hindyugm.com

First Edition: Oct 2025
Second Edition: Jun 2021
Price: ₹199

उन सभी के नाम,
जिनकी बातें अनसुनी, अनदेखी
और अनजानी रह गईं

प्रस्तावना

रश्मि रविजा का पहला उपन्यास 'काँच के शामियाने' एक स्त्री के अपने अस्तित्व और अपनी ऊर्जा को बचाए रखने के संकल्प की कथा है। इसमें एक स्त्री पात्र के बहाने से उन बेशुमार स्त्रियों के संघर्ष को बयान किया गया है जिन्हें उनका सामाजिक, सांस्कृतिक और आर्थिक हक ताउम्र नहीं मिलता। एक पढ़ा-लिखा पति भी पितृसत्तात्मक समाज के लूप-होल का फायदा उठाते हुए उस पर साधिकार कहर ढाता चला जाता है और स्थितियों को प्रतिकूल पाकर गिरगिट की तरह रंग बदलता है। जाहिर है, स्त्री के लिए विवाह संस्था, एक शोषण संस्था बन चुकी है। समय की माँग है कि मनुष्यता और संवेदना की सलामती के लिए किसी बेहतर सामाजिक विकल्प या उसे दुरुस्त करने के औजारों की पड़ताल की जाए। या फिर आज की माँ अपने बेटों को शुरू से ही ऐसे संस्कार दे कि वे स्त्री का सम्मान करना सीखें।

आंचलिक बोली के चुटीलेपन के साथ रोजमर्रा की छोटी-छोटी घटनाओं के ताने-बाने से बुनी इस कथा में हर लड़की कहीं-न-कहीं अपना चेहरा देख पाती है। यही इस उपन्यास की सार्थकता है।

सुधा अरोड़ा

अनुक्रमणिका

झील में तब्दील होती वो चंचल पहाड़ी नदी

कमरा सुंदर फूलों के गुलदस्तों से भरा हुआ था। कहीं सफेद, पीले, लाल गुलाबों के गुच्छे, तो कहीं नीले-बैंगनी ऑर्किड मुस्कुरा रहे थे। कमरे में अलग-अलग फूलों की खुशबू गड्डम-गड्ड हो रही थी। कॉफी की तीखी गंध, फूलों की खुशबू के साथ मिलकर एक अजीब-सी मदहोशी का आलम बुन रही थी। जया की आँखें मुँदने-सी लगी थीं और सिर भारी लगने लगा। वह खिड़की के पास चली आई। उसने आहिस्ता से खिड़की के भारी पर्दे एक तरफ सरका दिए। खिड़की के खुलते ही कमरे की उमस में ठंडी हवा का झोंका आया। हल्की-सी सिहरन के साथ इस झोंके की छुअन ने मन को सुकून भरा एहसास दिया। थोड़ी ही देर पहले घुटन भरे माहौल में वह सोच रही थी कि उसके आस-पास अपना होने की दावेदारी करने वालों का और उसकी शान में कसीदे पढ़ने वालों का जमावड़ा-सा लगा रहता है, फिर भी कोई अपना क्यों नहीं लगता? इतने लोगों से घिरी रहने के बाद भी अपनेपन के एहसास के लिए उसे इस ठंडी हवा का सहारा रहता है। और उसने आँखें बंद कर, खिड़की की रेलिंग पर झुक, चेहरा थोड़ा आगे की तरफ झुका दिया। शरारती हवा ने उसके बाल बिखेर दिए और गालों पर प्यार की थपकियाँ देने लगी।

कल रात ही जया को उसके पहले कविता संग्रह के लिए राष्ट्रीय स्तर का पुरस्कार मिलने की घोषणा हुई थी। सुबह अखबार में खबर प्रकाशित हुई थी। साहित्यिक रुचि वालों को पता चल गया। सुबह से लोगों का ताँता लगा हुआ था। भूले-बिसरे मित्र, लेखक, पत्रकार, कवि, पास-दूर के रिश्तेदार सब फूलों का गुलदस्ता थामे बधाइयाँ देने आ रहे थे। हर शहर की तरह पटना में भी साहित्यिक रुचि वालों, लेखकों, कवियों का एक अपना समूह था। सब एक-दूसरे को जानते थे, हर साहित्यिक गोष्ठी और समारोह में आमना-सामना हो ही जाता। उसे घर

पर आकर बधाई देना, अपना कर्तव्य भी समझा हो। पर जया बहुत संकोच महसूस कर रही थी।

कुछ स्थानीय अखबार के पत्रकार इंटरव्यू लेने भी पहुँच गए थे।

पत्रकारों के अजीबो-गरीब सवाल के संयम से कलात्मक आवरण में लिपटे शब्दों में जवाब देते दिमाग की नसें तड़क रही थीं।

"आप की कविता में इतना दर्द कहाँ से आया?"

"आपकी कविताएँ दर्द का समंदर लगती हैं।"

"हर कतरे से जैसे दर्द टपक रहा हो।"

दर्द दर्द दर्द। हर सवाल में दर्द शब्द कॉमन था। उसने जवाब तो दे दिया कि संसार की हर नारी का दर्द उसे अपना लगता है। वह खुद को उनकी जगह खड़ा हुआ पाती है और उनका रेशा-रेशा दर्द सोख लेने की कोशिश करती है। यही दर्द उसकी कविताओं में उतर आता है। पर इन्हें क्या पता, इस असहनीय पीड़ा के दलदल में लगातार धँसते मन को जिस भगीरथ प्रयास से वो ऊपर तक ले आती है। उसे बयाँ करना मुश्किल है।

पर जया ने क्या कभी सोचा था, फूलों की तरह मुस्काने वाली, बासंती हवा की तरह इठलाने वाली, बादलों-सी हल्की और चाँदनी-सी शफ्फाफ उसकी जिंदगी, एक दर्द के दरिया में तब्दील हो जाएगी।

दो बहनों और दो भाइयों की सबसे लाडली बहन। माँ का प्यार ऐसा, जैसा दादी का प्यार। हर अनुशासन से विमुक्त। उसकी देखभाल का जिम्मा दोनों बड़ी बहनों ने ले लिया था। बहनें उसे गुड़िया की तरह सजाकर रखतीं। उसे देखो तो लगता, दूध में शहद-सा घुला रंग है और उस पर काले बादल की तरह छाए घुँघराले बाल हैं। लाल रंग की खूब फ्रिल वाली फ्रॉक पहनती तो किसी चाबी वाली गुड़िया-सी लगती। बस आँखें गुड़िया-सी बेजान नहीं बल्कि चपल मछलियों जैसी चंचल थीं, जो कभी स्थिर नहीं रहतीं। पिता ने सैकड़ों उपनाम दे रखे थे, गुड़िया, परी, छुटकी, रानी बेटी। कभी उसे अपने नाम से नहीं पुकारा। भाभी भी आईं तो बड़ी बहनों से वे ननद का रिश्ता निभातीं पर उसे पुत्रिवत स्नेह ही देतीं। सबके प्यार की ऊष्मा सहेजे वह उम्र की सीढ़ियाँ पार करती जा रही थी।

स्कूल की उछलती-कूदती चंचल पहाड़ी नदी-सी लड़की कॉलेज में पहुँचते ही शांत गंभीर झील में कैसे तब्दील हो गई, कोई समझ नहीं पाता। अब उसे किताबें अच्छी लगने लगी थीं। उसके आस-पास महादेवी, पंत, निराला की

कविताएँ बैठी रहतीं। वह इन कविताओं को कई-कई बार पढ़ती। कितनी तो कंठस्थ कर रखी थीं। डायरी में कहीं-कहीं कुछ पंक्तियाँ भी लिख रखी थीं। पर किसी को नहीं दिखाती। वे उसके नितांत निजी क्षण की उपज थीं। दोनों दीदी और दोनों भैया की शादी हो गई थी। उसके लिए पिताजी कहते, "इसके लिए तो एक राजकुमार लाना पड़ेगा। तभी मेरी रानी बेटी की जोड़ी जँचेगी।" वो सोचती राजकुमार हो या रंक बस अच्छे स्वभाव वाला हो। एक अच्छा दोस्त हो, एक जैसे शौक हों। उनके बीच खूब अच्छी अंडरस्टैंडिंग हो। उसकी इज्जत करे और हाँ, खूब प्यार भी करे। वो भी उसे अपने प्यार से ढक देगी। इतना मान-सम्मान-प्यार देगी कि उनकी जोड़ी की लोग मिसाल दिया करेंगे। पति-पत्नी के प्यार का एक नया इतिहास लिखेंगे वे लोग। कभी ना उनके घर कोई बर्तन टूटेंगे ना कोई ऊँची आवाज सुनाई देगी। बस प्यार के सरगम पर ही उनके जीवन का संगीत गूँजेगा।

पर ये सब सोचते एक गुलाबी आभा छिटक जाती चहरे पर। खुद से ही शर्मा जाती। ये सब क्या सोच रही है वह। अभी तो उसे खूब मन लगाकर बी.ए. की पढ़ाई करनी है, अच्छे नंबर लाना है। पर क्या करे, जबसे बी.ए. में एडमिशन लिया है, सब लोग उसकी शादी की बात ही किया करते हैं। मौसी-चाची-बुआ तो उसके लिए कई रिश्ते भी बता गईं पर पिताजी ने सख्ती से कह दिया, "बी.ए. पास करने के बाद ही उसकी शादी का सोचेंगे।"

अभी उसका बी.ए. का फाइनल ईयर ही था कि पिता को रात में दिल का ऐसा गंभीर दौरा पड़ा कि किसी को कुछ सोचने-समझने का मौका दिए बिना ही मिनटों में वे इस दुनिया को छोड़ चले गए। वह तो हतप्रभ रह गई। माँ तो फिर भी रोकर, बोल कर अपना दुख प्रकट कर लेती पर वह बिल्कुल पत्थर-सी सुन्न हो गई थी। घर पर सारे भाई-बहन और उनके बच्चे जुटे थे। दीदी-भाभी लोगों ने सारा काम सँभाल लिया था। फिर भी सैकड़ों काम होते। वो मशीन की तरह लगी रहती। शाम को कपड़े उठाने छत पर जाती तो दूर आकाश की तरफ देखते, अपने आँसुओं को धार-धार बह जाने देती। देर तक निःशब्द रोती रहती। लगता बाबूजी शायद दूर से देख रहे हों। उसे रोते देख दुखी भी होते होंगे पर वो क्या कम दुखी है और बाबूजी तो उसे सबसे ज्यादा प्यार करते थे। उसके मन की सारी बात समझ जाते थे। उनसे आँसुओं को क्या छुपाना? ऐसे कैसे चले गए, बाबूजी! अभी तो उनके पूरे बाल भी नहीं सफेद हुए थे। ये कैसी सजा मिली उसे। पर अपना दुख

भूल वो माँ को सँभालने में लग जाती। भैया-भाभी लोग तो बाबूजी के तेरहवीं के बाद ही चले गए। भैया लोगों का ऑफिस और उनके बच्चों का स्कूल था। सीमा दीदी भी चली गईं, सिर्फ बड़ी दीदी कुछ दिनों के लिए रुक गई थीं। पर उसने सोच लिया। अब माँ उसकी जिम्मेदारी है। दोनों भैया महानगरों में रहते हैं। कितना कठिन जीवन है वहाँ का। दोनों के पास खुद ही दो कमरे का फ्लैट है, उसमें माँ को कहाँ एडजस्ट कर पाएँगे। और इससे भी बड़ी बात कि हमेशा खुले मकान में रहनेवाली माँ, वहाँ कैसे रह पाएगी? बेटियों के यहाँ वे रहेगी नहीं। उसने अपना भविष्य तय कर लिया था। अब वह नौकरी करेगी और माँ की देखभाल करेगी। कभी शादी नहीं करेगी। माँ, अकेली नहीं रह सकती, महानगर में नहीं रह सकती और बेटियों के साथ रहना तो वो कभी गवारा नहीं करेगी। इसलिए वो ही माँ के साथ रहेगी। आजीवन, अविवाहित रहेगी। नौकरी करेगी, अपने लिखने-पढ़ने का शौक पूरा करेगी। अब अपनी कविताओं को गंभीरता से लेगी। पत्र-पत्रिकाओं में भेजेगी। अब उसकी दुनिया और मंजिल कुछ और ही होगी।

जीवन में उपजे हुए इस भारी शोर के साथ उसके फाइनल इम्तिहान संपन्न हुए ही थे कि गया का सरकारी क्वॉर्टर खाली कर देना पड़ा। वो माँ के साथ पटना आकर, बाबूजी के बड़े शौक से बनाए मकान में रहने आ गई। उसी मकान में, जिसे बाबूजी ने माँ का विरोध सह कर बनवाया था। उन दिनों पटना में कंकड़बाग में जमीन सस्ते मिल रही थी, पर वह बिल्कुल बियाबान था। माँ का कहना था, 'अभी क्या जरूरत है। सरकारी क्वॉर्टर मिल ही रहे हैं। रिटायरमेंट के बाद घर बनवाएँगे। तब तक बस्ती बस भी जाएगी।' पर दूरदर्शी पिता समझाते, 'तब तक सब कुछ बहुत महँगा हो जाएगा, वे एक-साथ पूरा मकान नहीं बनवा पाएँगे।' माँ का कहना भी सही था। पाँच बच्चों की पढ़ाई-लिखाई, अन्य जरूरतें, बाबूजी की सीमित आय। घर चलाने में वे परेशान हो जातीं। पर बाबूजी ने एक ना सुनी, गाँव के कुछ जमीन बेच, रुक-रुककर जैसे-जैसे पैसों का इंतजाम हुआ, घर बनवाते गए। पूरे ढाई साल में घर बन कर तैयार हुआ। उसके बाद उन सबकी गर्मी छुट्टियाँ इसी मकान में बीतने लगीं। भैया-दीदी लोगों की शादी भी इसी घर से हुई। घर बनवाने के लिए मना करने वाली माँ को ही, इस घर से सबसे ज्यादा लगाव हो गया। बाबूजी की पोस्टिंग पर जाते, घर में ताला बंद करते उनकी आँखें भर आतीं।

माँ की आँखें तो अब भी बार-बार भर आतीं। कहतीं, 'तुम्हारे बाबूजी ने

कितना खट कर, कितनी तकलीफ से ये घर बनवाया था और खुद ही नहीं रह पाए।' वो माँ को समझाती, 'बाबूजी को आगत का आभास हो गया था माँ। तभी जाने से पहले, हमारे सर पर छत का इंतजाम कर गए।' शिफ्ट कराने के लिए भैया-भाभी आए थे, सारा सामान सँभाल, सब इंतजाम कर वे लोग चले गए। दो महीने बाद गर्मी की छुट्टियाँ पड़ीं और सारा कुनबा इकट्ठा हुआ। भाभियाँ, दीदियाँ, उनके बच्चे। हँसी-मजाक और बच्चों की धमाचौकड़ी से आँगन और छत गुलजार रहता। रीता दी की शादी के बाद पहली बार सारे भाई-बहन जमा हुए थे। वर्ना अक्सर भाभियाँ गर्मी की छुट्टियों में मायके चली जातीं। उसके मन में टीस-सी उठती। बाबूजी हर साल चाहते कि उनके नाती-पोते सब छुट्टियों में एक साथ जमा हों और वे बच्चों का हुजूम लेकर उन्हें घुमाने ले जाएँ। सबको यूँ साथ देख कितने खुश होते। नाती-पोते से घिरे उन्हें कितना सुकून मिलता। पर आज उनके जाने के बाद सब जमा हुए थे। वह सोचने लगती, ऐसा क्यों होता है, किसी के जीते जी, उसके मन की इच्छा पूरी नहीं हो पाती। अक्सर बच्चों के बीच बैठे बाबूजी की कल्पना हो जाती और आँखें भर आतीं। आँसू छुपाने को वह जल्दी से किसी काम में लग जाती।

पर जब सब लोग चले गए और सिर्फ माँ और वह रह गई तो समय काटना दूभर हो गया। घर के अंदर तो रहा ही नहीं जाता। माँ-बेटी का ज्यादा काम भी नहीं था, सब जल्दी निबट जाता। वो माँ के साथ अक्सर बाहर के बरामदे में या फिर छत पर चली जाती। सड़क पर लोग आते-जाते दिखते तो इतना अकेलापन नहीं लगता। माँ कुछ सीना पिरोना करती रहती और वह कुछ लिखती-पढ़ती रहती।

पर कुछ दिनों से असहज-सा महसूस कर रही थी। एकाध बार लगा, उसे गौर से कोई देख रहा है। नजर उठाकर इधर-उधर देखा, कोई नजर नहीं आया। पर तसल्ली नहीं हुई। एक दिन फिर उसे पीठ पर किसी की चुभती नजरों का आभास हुआ। एकदम से पलटकर देखा तो दो घर छोड़, तीसरे घर के बरामदे के खंभे की आड़ में कोई छुपता नजर आया। वो एकदम से डर गई और किताबें उठा, अंदर चली गई। माँ ने पूछा भी तो कह दिया, बहुत शोर हो रहा है वो शांति से पढ़ना चाहती है। उसने बाहर बैठकर पढ़ना-लिखना तो छोड़ ही दिया।

एक दिन छत पर सूखे कपड़े उठा रही थी कि पड़ोस के दो बच्चे रूमी और केशु भागते हुए आए। उसे लगा जरूर कोई पतंग कटकर उसके छत पर गिरी है

और बड़े बच्चों ने इन दोनों को दौड़ा दिया है लेने। इधर-उधर नजरें घूमा, पतंग ढूँढ ही रही थी कि खी-खी करती रूमी पास आ गई और एक तह किया हुआ कागज उसकी तरफ बढ़ा दिया।

उसने असमंजस में खोलकर देखा। लिखा था, 'आप मुझे बहुत अच्छी लगती हैं।' काँप गई वह। रूमी की हँसती नजरें उस पर जमी हुई थीं। सात साल की इत्ती-सी लड़की पर सब समझ रही थी।

"किसने दिया तुम्हें" जरा रोष से पूछा। तो वो सकपका गई और एक छत की तरफ इशारा कर दिया। देखा एक नौजवान छाती पर हाथ बाँधे उसी की तरफ देख रहा है। चेहरा तो नहीं दिख रहा था। पर उसे लगा, जरूर मुस्कुरा रहा है।

उसने नीचे बैठ रूमी को कंधे से पकड़ा और जोर से झकझोरते हुए बोली, "खबरदार! जो फिर कभी कोई कागज लेकर आई। तुम्हारी माँ को बता दूँगी और फिर वो बाथरूम में बंद कर देगी।"

रूमी रुआँसी हो गई, बोली, "राजीव भैया ने कहा, चॉकलेट दूँगा।" तो उस लड़के का नाम राजीव है।

केशु अब तक इन सब बातों से बेखबर इधर-उधर देख रहा था, चॉकलेट का नाम सुनते ही सजग हो गया। रूमी का हाथ खींचते हुए बोला, "चल, भैया चॉकलेट देंगे।"

"रुको।" उसने जोर से कहा और रूमी के हाथों में वापस वो कागज पकड़ा दिया, "ये अपने भैया को दे देना। और फिर कभी, कहीं कोई कागज लेकर नहीं जाना।"

रूमी ने डरकर सर हिला दिया। पानी उतर आया था उसकी आँखों में। उसे दया आ गई। पर बच्चों को समझाना भी जरूरी था।

दोनों बच्चे रुआँसे चले गए। उन्हें लग गया था, अब चॉकलेट नहीं मिलेगी।

***

लेकिन वो अब क्या करे। बरामदे में बैठना छोड़ दिया। छत पर आना भी छोड़ना पड़ेगा। क्यों उसके पीछे पड़ा है। उसने तो कोई संकेत नहीं दिया। हो सकता है, आज के बाद कोशिश छोड़ दे।

फिर भी वो ज्यादातर कमरे के अंदर ही रहती। छत पर कपड़ा सुखाने जाने से भी बचती। कामवाली काकी से अनुनय करती, "आप ही डाल दो ना। आप ही उठा लाओ ना।"

पहले तो माँ ने गुस्सा किया, “कितनी आलसी हो गई है। अब बहनों की शादी हो गई है। तुझे काम करना पड़ेगा ना। रीता-सीमा कैसे भाग-भागकर काम किया करती थीं। कल को ससुराल जाएगी। ऐसी आरामतलबी से कैसे काम चलेगा ?”

फिर भी वो नहीं सुनती। तो एक दिन माँ ने चिंता जताई, “बेटा, इतना उदास क्यों रहती है। ना बरामदे में बैठती है। ना छत पर जाती है। सारा समय कमरे में घुसी रहती है। जानेवाला चला जाता है, पर पीछे जिन्हें छोड़ जाता है, उसे जीना पड़ता है।” और माँ ने आँचल की कोर से आँसू पोंछ लिए, “मुझे देख, इतने दिनों का साथ, सुबह से शाम तक सारी जिंदगी तेरे बाबूजी के इर्द-गिर्द ही घूमती थी। पर समझौते किए ना। जी रही हूँ ना। तेरी तो सारी जिंदगी सामने है। ऐसे कैसे चलेगा बेटा !”

कैसा-कैसा मन हो आया उसका। मन हुआ, सब बता दे माँ को। फिर लगा, माँ परेशान हो जाएगी। तुरंत दीदी-भैया लोगों को फोन खटका देगी। और वे लोग कुछ कर तो पाएँगे नहीं। बस हंगामा हो जाएगा। उसे अकेले ही हल करनी होगी ये समस्या। माँ को बहला दिया, “माँ तुम भी ना, क्या-क्या सोच बैठती हो। बताया था न, बरामदे में और छत पर कितना डिस्टर्ब होता है। मुझे शांति से पढ़ना अच्छा लगता है। तुम्हें मालूम है माँ।”

एक दिन माँ पड़ोस में गई थी। अचानक दरवाजे पर खट-खट हुई। निकलकर देखा तो एक नौजवान खड़ा था। जया को देखते ही उसने एक लिफाफा बढ़ाया, “पोस्टमैन गलती से आपकी चिट्ठी हमारे यहाँ दे गया था।”

जया ने लिफाफा ले उलट-पुलटकर देखा। कोई जानी-पहचानी लिखावट नहीं लग रही थी। ‘किसका हो सकता है’, सोचते हुए पत्र खोला। वो लड़का धीरे-धीरे वापस लौट रहा था। पत्र खोलते ही काठ मार गया उसे। रूमी जो खत लेकर आई थी, ये अक्षर भी वैसे ही लग रहे थे। तो ये उसी लड़के राजीव का खत था। उसने गुस्से से नजरें उठाईं। लड़के को भी जैसे कुछ आभास हुआ। पीछे मुड़ा। मुस्कुराकर झुककर आदाब किया और चलता बना।

अंगारा बनी, गुस्से में जलती वो कमरे में आई। इतनी हिम्मत, पत्र एक तरफ फेंक दिया। आँसू निकल आए उसके। आज उसके घर में कोई पुरुष नहीं है। इसीलिए इतना साहस कर लिया उसने।

फिर थोड़ी देर बाद, पत्र उठाकर पढ़ा। पत्र में कुछ अशिष्टता नहीं थी। बस

इजहार-ए-इश्क था। वो उसकी तरफ क्यों नहीं देखती, छत पर क्यों नहीं आती, बरामदे में क्यों नहीं बैठती। वो उससे बेइंतहा मुहब्बत करता है। उसे एक नजर देखने को तरसता रहता है वगैरह-वगैरह। पत्र उसे कुछ बचकाना-सा लगा। उसे पता चल गया था, राजीव नौकरी करता है, यहाँ अकेला रहता है। पर पत्र किसी किशोर उम्र के लड़के के लिखे सरीखा लगता था। अब पता नहीं, किताबें पढ़ने की आदत ने या कंधे पर जिम्मेदारी के बोझ से उसकी सोच बहुत परिपक्व हो चुकी थी। यह उसकी जिंदगी का पहला प्रेमपत्र था। पर उसे पत्र पाकर कोई खुशी नहीं हुई, बल्कि बहुत डर लगा। काँपते हाथों में पत्र थामे, थरथराते कदमों से आँगन के कोने में रखी अँगीठी के पास गई। राख के नीचे दबे-दबे कोयले अब भी सुलग रहे थे। पत्र को टुकड़े-टुकड़े कर अँगीठी के हवाले कर दिया। थोड़ी देर तक उन कागजों से निकलती पीली-नीली लपटों को देखती रही। फिर उस सफेद कागज पर उभरे नीले अक्षर जब कागज सहित पूरी तरह काले में तब्दील हो गए तो उन्हें उलट-पुलटकर राख में समाहित कर दिया और एक ठंडी साँस ली। कोई भी स्मृति चिह्न शेष नहीं रखना चाहती थी, उस प्रेम निवेदन का।

छत पर जाना छोड़ दिया। बाहर बैठना छोड़ दिया। फिर भी, घर के सौ काम होते। और उसे ही करने थे। घर से बाहर जाना ही पड़ता। वो थोड़ी डरी-सहमी रहती। पता नहीं कहाँ उसकी आँखें पीछा कर रही हों।

एक दिन असमय ही बादल छा गए थे और अँधेरा-सा छा गया था। जया सब्जी लेकर तेज-तेज कदमों से घर लौट रही थी। घर के सामनेवाली गली एकदम सूनी हो गई थी। आँधी-बारिश के डर से सब घर के अंदर चले गए थे। वो भी जल्द-से-जल्द घर पहुँचना चाहती थी। अचानक एक आवाज आई, "सुनिए।" काँप गई वह। कदम धरती से चिपक गए और नजरें कदमों से। सामने वही राजीव खड़ा था और पूछ रहा था, "आप क्या नाराज हैं मुझसे?"

यूँ रास्ते पर एक अजनबी लड़के से बातें करते कँपकँपी-सी छूट रही थी। पर उसे दिखाना था, वो डरती नहीं। एकदम से सर उठाकर सीधा उसकी तरफ देखकर बोली, "नहीं। क्यों?"

"वो आपने पत्र का कोई जवाब भी नहीं दिया और अब आप बरामदे में बैठकर पढ़ती भी नहीं। छत पर भी नहीं आतीं।"

"वैसे ही, लेकिन आपको इससे क्या मतलब। मेरा घर है। मैं कहीं भी पढ़ूँ।" उसने थोड़ा गुस्सा दिखाया और तेजी से आगे बढ़ गई। उसे दिखाना था कि वो

बिल्कुल नहीं डरती उससे। पत्र की बात को बिल्कुल ही नजरंदाज कर दिया। अब अक्सर, जया उस लड़के को अपने गेट के सामने से गुजरते देखती। लड़के की नजरें, उसके घर पर ही टिकी होतीं। वो बेहद डर गई थी। लोग कहीं कुछ बातें ना बनाने लगें।

एक दिन फिर से रास्ते में मिला और नम्रता से बोला, "मुझे गलत मत समझिए। मैं आपको पसंद करता हूँ। आपसे शादी करना चाहता हूँ।"

"लेकिन मेरा शादी करने का कोई इरादा नहीं है।"

"क्यों, क्या आपके स्टैंडर्ड का नहीं हूँ?"

"जी, ऐसी कोई बात नहीं।"

"तो फिर क्यों इनकार कर रही हैं?"

"कोई वजह नहीं है। बस मुझे शादी नहीं करनी, अभी और पढ़ना है। और प्लीज मुझसे ऐसे रास्ते में बातें मत कीजिए। लोग पता नहीं क्या समझेंगे।"

"आप, हाँ कर दीजिए। फिर डर की कोई बात नहीं।"

"कहा न मुझे शादी ही नहीं करनी है। आपको समझ में नहीं आती मेरी बात।" गुस्से में जोर से कहा उसने और फिर आगे बढ़ गई। पर बहुत परेशान हो गई। क्या करे? किससे कहे? माँ सुनकर एकदम परेशान हो जाएगी। वैसे ही बाबूजी के जाने के बाद एकदम टूट-सी गई है। कभी घर के बाहर कदम नहीं रखा। बाहर का कुछ नहीं जाना। सिर्फ घर सँभाला। अब भी वो कोशिश करती, माँ को कुछ महसूस ना हो।

एक बार गेट से बाहर निकली ही थी कि पता नहीं कहाँ से सामने आ गया और कहने लगा, "आपके भाई लोग अफसर हैं और मैं क्लर्क हूँ। इसीलिए आप ना कर रही हैं ना?"

"ऐसा बिल्कुल नहीं है। मुझे सचमुच शादी नहीं करनी।"

"तो क्या मैं देखने में अच्छा नहीं हूँ। आप इतनी खूबसूरत हैं। इसलिए आपको लगता है मैं आपके लायक नहीं।"

"ऐसी कोई बात नहीं। मेरा लक्ष्य अलग है। मुझे अभी और पढ़ना है। नौकरी करनी है। माँ की देखभाल करनी है। आप प्लीज मेरा पीछा मत कीजिए।" कहती वो वापस गेट से अंदर आ गई। नहीं जाना उसे बाहर। नहीं लाएगी सब्जी। दाल रोटी खा लेंगी माँ-बेटी। अब वो सुबह-सुबह ही सारे काम निबटा लेगी, जब वो ऑफिस में हो। मिलने का अवसर ही नहीं मिलेगा।

साड्डा चिड़ियाँ दा चंबा वे

कुछ दिन यूँ ही डरते-डरते बीत गए। धीरे-धीरे महसूस किया, अब दो आँखें पीठ पर नहीं जड़ी होतीं, ना ही किसी के द्वारा घूरे जाने का एहसास ही होता। और वह थोड़ी निश्चिंत हो गई। लगता है राजीव ने उसकी अनिच्छा समझ ली और कोशिश छोड़ दी। चलो अच्छा हुआ, बला टली। अब यूँ डर के साए में नहीं जीना पड़ेगा। अब इत्मीनान से कहीं आ जा सकती है। बिजली का बिल जमा कर लौट रही थी कि देखा, राजीव के घर के बाहर ढेर सारे गद्दे-चादरें सूखने को फैलाई हुई हैं। पड़ोस की मिसेज मिश्रा, मिसेज गुप्ता से कह रही थीं, "लगता है, राजीव की अम्मा आई हुई हैं। कभी सरमा जी के पास तो कभी बेटे के पास। एक पैर इहाँ त एक पैर उहाँ रहता है उनका। आते ही झाड़-पोंछ में लग जाती हैं। चलते हैं शाम को मिलने।"

उसने ऐसे ही उत्सुकता से एक नजर मुड़कर देखा, पर कोई नजर नहीं आया। वो घर चली आई।

दूसरे दिन अलसाई-सी लेटी थी कि तीन बजे के करीब, दरवाजे पर जोर की खट-खट हुई और एक जोर की आवाज, "अरे कोई है ?"

हड़बड़ाकर उठी तो देखा अधेड़ उम्र की एक औरत खड़ी थीं। उसके दरवाजा खोलते ही, उसे ऊपर से नीचे तक घूरने लगीं। उसे थोड़ा अजीब-सा लगा। असमंजस में चुप खड़ी रही। जब उनका घूरना बंद नहीं ही हुआ तो पूछ लिया, "किससे मिलना है ?"

"अपनी माँ को बुलाओ।" जरा रौब से कहा उन्होंने। जैसे कोई बच्चा गलती करता है तो उससे कहा जाता है, अपने पेरेंट्स को बुलाने के लिए।

उसे अजीब-सा लगा। पर बोली, "आप बैठिए, अभी बुलाती हूँ।"

माँ भी लेटी थी। बताने पर 'कौन है' कहती हड़बड़ाते हुए सर का पल्ला

ठीक करते बैठक की तरफ भागी।

"का हाल है, नरेस की माँ। कैसी हैं? नरेस के बाबूजी के बारे में पता चला। बहुत दुख हुआ। अभी कोई समय था उनके जाने का। अभी तो बेटी कुँवारी है।" और उन्होंने फिर से एक भरपूर नजर डाली जया पर।

माँ ने आँखें नीची कर लीं। जरूर भर आई होंगी। अब भी कोई पहली बार मिले तो जिक्र छेड़ ही देता है और ये चर्चे धीरे-धीरे हालात से समझौता करती माँ को फिर से वापस धकेल देते हैं और कई दिनों तक माँ गुमसुम-सी रहती है। उसे नए सिरे से मेहनत करनी पड़ती है, माँ को सहज करने में। अब फिर से यही सब होगा। खीझ गई वह।

कमरे का मुआयना करती हुई वो महिला बोल रही थी, "बढ़िया हुआ यहाँ चली आईं। अपना घर होते हुए काहे बेटा-बहू के आसरे रहतीं!"

"नहीं, आसरे की बात नहीं है। ये घर भी इतने दिनों से बंद पड़ा था। इसकी देख-रेख करनी थी। रहने पर ही पता चलेगा ना, किधर क्या मरम्मत कराना है। इसीलिए यहाँ चली आई।" माँ को उनका यूँ बेटे-बहू के आसरे की बात करना अच्छा नहीं लगा। जया को खुशी हुई, अच्छा है माँ सहज हो रही है।

वो एक कोने में खड़ी थी। माँ ने उसकी तरफ मुड़कर देखा, "जरा सरबत-पानी लेकर आओ।" फिर उसकी आँखों में सवाल देख खुद ही जवाब दे दिया, "अरे राजीव की माँ हैं। तुमको याद नहीं होगा। कम ही मुलाकात हुआ है। कभी जब हम लोग छुट्टियों में आते थे तो ये नहीं और ये आती थीं तो हम लोग नहीं।" फिर महिला की तरफ मुड़कर पूछा, "आपने पहचाना इसे? जया है।"

"हाँ, अच्छी तरह पहचाना। अब तो एही बाकी है ना सादी के लिए। बाकी सबको तो सरमा जी निबटाइए के गए हैं।"

उनका इस तरह 'निबटाइए के' बोलना उसे अच्छा नहीं लगा, पर चुपचाप मुड़ गई। शरबत देने के बाद, वह वापस कमरे में आकर लेट गई। अचानक उनकी बातचीत में अपना नाम सुन, उसके कान खड़े हो गए। राजीव की माँ कह रही थीं, "छोटकी बेटी की सादी के लिए का सोची हैं?"

"अभी तो कुछ नहीं, बी.ए. का इम्तिहान दी है। रिजल्ट आ जाए। तब देखें। कहती तो है कि अभी और आगे पढ़ेंगे। नौकरी करेंगे।"

"अरे, का लड़की जात से नौकरी करवाइएगा। सादी-ब्याह का सोचिए।"

और माँ की दुखती रग छू गई हो जैसे। बिना देखे ही वो बता सकती थी।

उनकी आँखें गंगा-जमुना बन गई होंगी। जब भी उसकी बात होती। माँ बाबूजी को याद करके रोने लगती। क्या-क्या अरमान थे उनके। अभी भी रुआँसी-सी बोल रही थीं, "हाँ, देखना ही होगा। इसके बाबूजी तो रहे नहीं। बीच मझधार में छोड़ चले गए। हमेशा कहते थे इसके लिए तो राजकुमार जैसा दूल्हा लाएँगे। क्या पता क्या लिखा है इसकी किस्मत में।"

"अरे ऐसा क्यों कहती हैं। सरमा जी का अरमान था तो राजकुमार जईसा दुल्हा ही मिलेगा इसको।"

"आप बताइए, राजीव को भी तो नौकरी में आए बहुत दिन हो गया। कब कर रही हैं ब्याह उसका?"

"अरे अब का बताएँ। दू साल हो गया नोकरी लगे। लड़कीवाला लोग सुबह-साम दुआर अगोरता है। पर इ माने तब ना। अभी और परीक्षा देना है। अफसर बनना है। एही कहता है। मेरा तो उ लोग को चाय पिलाने में ही महीना का पाँच किलो चीनी और दू किलो चाय खतम हो जाता है। कम-से-कम सादी करे तो ई खर्चा त कम हो।"

"आप भी ना।" हँसने लगी माँ।

"पर अब मान गया है। एक लड़की पसंद आ गई है।"

"ओह, फिर देर काहे की? जल्दी से बजवाइए बाजा।"

"इसीलिए तो इहाँ आए हैं।"

"समझी नहीं।" माँ सचमुच कुछ नहीं समझी थी। पर वो सब समझ रही थी। उसका दिल बैठ गया। उनकी चाय की चर्चा सुन चाय बनाने उठी थी। धम से वापस चौकी पर बैठ गई। "तो ये वजह है, राजीव की माँ के यहाँ आने की।"

"का नहीं समझीं, आपकी बेटी जया पसंद आ गई है राजीव को। अब तक सादी के नाम पर ना ना कहता था। अब अपने से कहा है। बात करने के लिए, त का करें। अब आपके घर में कोई मरद-मानुस भी नहीं है ना, किससे बात किया जाए। इसीलिए हमको आना पड़ा। नहीं तो औरत लोग कभी ई सब काम करती हैं? पर अब का करें। दूसर कौनो उपाए नहीं था।"

माँ शायद सकते में थी। एक शब्द नहीं निकला उसके मुँह से।

"का सोच रही हैं, सरमा जी कहते थे ना... राजकुमार जैसा दूल्हा ढूँढेंगे। त देखिए बिना मेहनते के दुआरी पर राजकुमार जैसा दूल्हा आ गेया।"

"हाँ, भाग्य है लड़की का। पर बातचीत त मेरा दोनों बेटा ही करेगा। अब

वही दोनों गार्जियन है इसका।" शायद माँ को घर में कोई मरद-मानुस नहीं होने की बात अखर गई थी। उसे भी सुकून आया। डर रही थी, कहीं माँ एकदम से हाँ ना कह दें।

"ठीके है, खबर कर दीजिए उ लोग को। दुनो खुसे होगा, भाग-दौड़ का मेहनत बच गया। अब चलेंगे। राजीव के ऑफिस से आने का टाइम हो रहा है। जब तक हियाँ हैं, चाय-पानी त दे दें।"

"आप चाय तो पी के जाइए। जयाऽऽऽ जयाऽऽऽ", माँ पुकार ही रही थीं। पर राजीव की माँ बीच में ही उन्हें रोककर उठ गईं। "अब त मिठाइए खाएँगे। चाय-ओए रहने दीजिए।"

उसने भी राहत की साँस ली। उसका भी मन नहीं था उनके सामने जाने का।

***

माँ घबराई-सी अंदर आईं, "जया, बेटी सुना तुमने, क्या कह रही थीं राजीव की माँ?"

माँ को कुछ समझ ही नहीं आ रहा था। खुश भी थी और उनकी आँखें भी भरी जा रही थीं।

पर उसने सख्त चेहरा बनाए हुए कह दिया, "सब सुना, पर मैंने पहले ही बता दिया है। शादी नहीं करनी। अभी और पढ़ूँगी। नौकरी करूँगी।"

जिंदगी में पहली बार माँ ने जोर से डाँटा, "ऐसे कुलच्छन बोल नहीं बोलते। कोई लड़की अनब्याही रही है आजतक। भगवान ने भेजा है, इतना सुंदर घर और वर। उनकी इच्छा को ना नहीं करते। चल मेरे साथ चल। दोनों भैया को फोन कर दे।"

"माँ, मैं कहीं नहीं जा रही। इतना हड़बड़ाने की जरूरत नहीं है।"

"अब इ शाम को हम अकेले जाएँ। हमको तो नंबर मिलाना भी नहीं आता। काहे नहीं बात मान रही हो। सीमा और रीता को भी फोन कर देंगे। सबसे ई खुसखबरी बाँटने का मन हो रहा है।"

"कैसी खुशखबरी माँ। अभी से सब जगह ढिंढोरा मत पीटो। आज तो हम कहीं नहीं जाएँगे।" और इतना कह वह उठकर चली गई।

माँ भी शायद समझ गईं। वो नहीं मानेगी, "ठीक है। कल ही चलना। पर जरा कागज कलम दे। सबको चिट्ठी तो लिख दें।" और माँ सीधा चिट्ठी लिखने बैठ गईं। ये माँ का एकदम बदला हुआ रूप था। अब तक रोने-धोने सोग मनाने वाली

माँ, एकदम से कामकाजी हो उठी थीं। माँ की पनीली आँखों में एक नई चमक आ गई थी। एक नई जिम्मेवारी के एहसास से एकदम सीधी तन कर बैठी थीं। माँ ने लंबी चिट्ठी दोनों भैया और दोनों दीदी को लिखी। लिखते वक्त खुद से ही बातें करतीं। कभी रोतीं कि बाबूजी नहीं है। अपनी रानी बेटी की शादी देखने को। कभी खुश होतीं कि कितनी चिंता थी उन्हें जया की शादी की। भगवान ने घर बैठे लड़का भेज दिया। उसने भी लिफाफे में दो लाइन लिखकर डाल दिया कि उसे शादी नहीं करनी। और कोई जल्दी नहीं है। जैसे छुट्टी मिले, वैसे ही लोग आएँ।

माँ नहीं मानीं। दूसरे दिन सबको फोन किया और कह दिया कि चिट्ठी में सब विस्तार से लिखा है। बड़े भैया तो दो दिन बाद ही आ गए। बहनों ने भी पत्र के उत्तर में खुशी जाहिर की और उसे समझाया कि बचपना ना करे। पर भैया जब तक आए, राजीव की माँ वापस चली गई थीं। भैया, राजीव से मिलकर बहुत खुश हुए कि होनहार लड़का है। हालाँकि उन्होंने ये जरूर कहा कि लड़का थोड़ा कड़े स्वभाव का लगा। नम्रता से बात नहीं की उनसे और फिर खुद ही सफाई भी दे दी, "अब माँ, लड़कों से रोज ही लड़कियों के पिता-भाई मिलने आते रहते हैं। किन-किन से हँसकर बात करे। लड़के भी परेशान हो जाते हैं।"

"लेकिन ये रिश्ता तो उसने खुद भेजा है।" माँ को थोड़ी नागवार लग रही थी ये बात।

"अब ठीक है न। उसकी आदत ही पड़ गई होगी, लड़की वालों से ऐसे बात करने की। और ऑफिस में लोग यूँ मिलने आएँ अच्छा तो नहीं लगता न। इसीलिए कुछ रूखा व्यवहार होगा।"

"अब लड़के को देखने तो उसके ऑफिस में ही जाएँगे न लोग। और कहाँ जाएँगे?" नाराजगी थी माँ के स्वर में।

"अब जाने दो न। ये कोई इतनी बड़ी बात नहीं है।" भैया ने बता रफा-दफा कर दी। पर जया को राजीव का टोन ध्यान में आ गया। उससे भी तो ऐसे ही बात की थी। जब अपने क्लर्क होने औए उसके सुंदर होने की बात की थी। नम्र स्वभाव का तो नहीं लगता पर वो क्या करे उसे बिल्कुल पसंद भी नहीं। पर उससे कौन पूछ रहा है। किसी ने एक बार भी उसकी पसंद-नापसंद तो जानना ही नहीं चाहा। एक नौकरी वाला लड़का मिल गया। बस इतना ही काफी था।

भैया राजीव के माता-पिता से मिलने उनकी पोस्टिंग पर चले गए। लौटकर बताया, "उन लोगों को जया बहुत पसंद है।"

"और लेन-देन की बात?" माँ ने आशंका से पूछा।

"मेरे पास ज्यादा वक्त नहीं था। उन्होंने कहा दो-तीन दिन छुट्टी लेकर आऊँ। फिर आराम से बातें करेंगे। तुम चिंता मत करो। जब खुद लड़की का हाथ माँग रहे हैं तो उन लोगों की ज्यादा डिमांड नहीं होगी। और अपने घर की लड़कियाँ, अपनी किस्मत लेकर आती हैं। सीमा और रीता की शादी में भी कहाँ ज्यादा दहेज माँगा उन लोगों ने। दोनों दामाद कितने अच्छे मिले हैं। और हम दोनों भाई की शादी में भी पिताजी ने नहीं लिया दहेज। तो जया की शादी में क्यों देना पड़ेगा। जो भी करेंगे हम लोग अपने शौक से करेंगे। और सबसे छोटी बहन है। पूरे धूमधाम से शादी करेंगे। उन्हें शिकायत का कोई मौका नहीं मिलेगा।"

माँ की आँखों से झर-झर आँसू गिरने लगे। वे बस आँचल से आँखें पोंछती रहीं। कुछ बोलीं नहीं। शायद मन-ही-मन भगवान का शुक्रिया अदा कर रही थीं।

"बस इतना कहा है कि सोने के सिक्के से लड़के का टीका कर जाऊँ।"

"हाँ, लड़के का रोका तो करना होगा। चलो संदूक खोलती हूँ। देख लो। उसमें से क्या लेना होगा।"

ये सब सुनकर थोड़ा मन उदास हो गया उसका। शुरुआत तो कर ही दी उन लोगों ने माँगने की। दीदी-भैया के समय ऐसा कुछ तो नहीं कहा था। पता नहीं आगे क्या होने वाला है। एक गहरी साँस ली उसने।

कानों-कानों ये बात पूरे मोहल्ले में फैल गई। उसका बाहर निकलना दूभर हो गया। वो तो ज्यादा लोगों को पहचानती नहीं। लेकिन लोग उसे दिखा कर कहते, "यही है वो लड़की।" उसे लगता पता नहीं लोग क्या सोच रहे होंगे। सोचते होंगे जरूर इन दोनों का अफेयर होगा। पर ऐसा कुछ तो था नहीं। इस झूठ को कैसे सहन करे। मन वितृष्णा से भर जाता उसका। माँ के चहरे से उदासी की परत गायब हो गई थी। वे सारा समय शादी का हिसाब-किताब ही करती रहतीं। शादी की तैयारियों में ही लगी रहतीं।

राजीव ने कई सारी परीक्षाएँ दे रखी थीं। और उनके रिजल्ट आने शुरू हो गए थे। पता चला, बी.पी.एस.सी. का इम्तिहान पास कर लिया है और वो अब डिप्टी कलक्टर बन जाएगा। उसके परिवार में खुशी की लहर दौड़ गई। माँ-दीदियाँ, भैया सब बहुत खुश थे। वह भी खुशी महसूस करना चाहती पर राजीव का चेहरा और बोलने का टोन ध्यान आ जाता और वह खुश नहीं हो पाती।

राजीव के माता-पिता अपने घर आ गए और एक बड़ी पूजा रखी। वो तो

पूजा में नहीं गई पर माँ बता रही थीं कि मोहल्ले के सारे लोग, उसे बधाइयाँ दे रहे थे कि लड़की के पैर बड़े अच्छे हैं। रिश्ता जुड़ते ही बढ़िया नौकरी लग गई।

माँ ने तो बस इतना ही बताया। पर एक दिन पास-पड़ोस की औरतें घर पर आई थीं। उनमें से ही दबंग मिसराइन चाची ने कहा, "अरे जब मैंने राजीव की माँ से कहा, बहू के पैर बड़े शुभ हैं आने के पहले ही खुशखबरी आ गई तो तमक कर बोलीं कि अभी कैसी बहू ? कोई छेका थोड़े ही हुआ है।"

मैंने भी सुना दिया, "क्या अब दहेज की चकाचौंध में भुला गईं का कि आप ही गई थीं लरकी का हाथ माँगने। तब ना सोचीं कि कहीं बेटा अफसर बन जाएगा त बड़का गाड़ी में लोग आएगा रिश्ता ले के। नहीं जाना चाहिए था ना।"

"वो तो राजीव के बाबूजी उसी वक्त बात सँभाल लिए कि नहीं भौजी, जुबान देने के बाद हम फिरने वाले में से नहीं हैं। वरना मैं तो और सुनाने वाली थी।"

सबने हाँ में हाँ मिलाई। "पूरा सहर जानता है कि इन दुनो का सादी पक्का हो गया है। इसके भाई त सोने के सिक्का से लरिका का टीका भी कर गए थे। तुम कंजूस लोग ने लड़की को कुछ नहीं दिया तो का शादी नहीं ठीक हुआ। बोलो सुधीर की माँ, गलत कहे का हम ?" मिसराइन चाची ने आगे जोड़ा।

"ना ना एकदम ठीक बात है। अरे लरकी का भाग है कि ऊ अफसर बन गया।" ये सुधीर की माँ थीं।

यह सब सुन उसे डर भी लगा और थोड़ा सुकून भी। अच्छा हो, वे लोग कहीं और रिश्ता कर लें। और उसे शांति मिले।

पर उसने मन का शक दूर करने को सीधे राजीव से ही बात करने की सोची। इस बार वो रास्ते में राजीव के इंतजार में खड़ी थी। उसके घर के सामने से जाती सड़क बाईं तरफ मुड़ जाती थी। वहाँ एक खाली प्लाट था। प्लाट की बाउंड्री वॉल टूटी हुई थी। अक्सर उस प्लाट में बच्चे क्रिकेट खेलते। प्लाट के दूसरी तरफ एक मंदिर था। सड़क आगे जाकर मेन रोड से मिल जाती थी। बाहर से आने का यही रास्ता था। जया को पता था, राजीव भी इसी रास्ते आएगा। अगर कोई और देखे तो सोचेगा, वो मंदिर जा रही है और बच्चों का खेल देखते उसका समय भी बीत जाएगा। वो बच्चों का खेल देखने में इतनी मगन हो गई थी कि भूल ही गई किसलिए यहाँ खड़ी है। अचानक एक रौबीली आवाज ने चौंकाया, "यहाँ क्या कर रही हैं ?"

वह बिल्कुल चौंक गई। राजीव ही था और उसे घूरकर देख रहा था। "नहीं कुछ नहीं... बस ऐसे ही।" अस्फुट से स्वर निकले। और गुस्सा भी आया, अभी शादी तो हुई नहीं, और अभी से ही उससे पूछताछ।

राजीव उसे देख विद्रूपता से मुस्कुराया और तनकर खड़ा हो गया। हाथ आगे को बाँध लिए। उसके कंधे थोड़े और भी चौड़े हो गए। बोला, "मन्नत पूरा हो गया ना। हमसे शादी का, इसीलिए माथा टेकने आई हैं?"

उसे गुस्सा आया और उसने सीधे मुद्दे पर आने की ही सोची, "मैं एक जरूरी बात कहना चाहती हूँ, आप बिल्कुल फ्री हैं, कहीं और शादी करने के लिए। मेरी तरफ से एकदम स्वतंत्र।"

"नहीं जी, शादी तो हम आपसे ही करेंगे। और अब तो हम अफसर भी बन गए हैं। अब तो आपके भाई लोग की बराबरी में हैं ना?" आज उसके स्वर में वो नम्रता और वो मनुहार नहीं था। बल्कि थोड़ी विद्रूपता और उपहास था।

पर वो भी फैसला करके आई थी। दो टूक बात करेगी, "देखिए आपको दूसरी जगह अच्छा दहेज मिल जाएगा। मेरी माँ-भाई का इतना सामर्थ्य नहीं है।"

"ये सब बात लड़की लोग के मुँह से शोभा नहीं देता। और ये सब तो परिवार के बड़े-बुजुर्ग तय करेंगे। हम आप क्या बोलें उसमें।" फिर अजीब ढंग से मुस्कुराकर बोला, "और आप सबसे छोटी हैं। इतना बड़ा मकान है। बाबूजी भी बढ़िया पैसा छोड़कर गए ही होंगे। दो-दो अफसर भाई हैं। आप क्यों चिंता करती हैं। जाइए जिस रूप पर इतना घमंड है ना। उसका साज-शृंगार कीजिए। अब उस पर मेरा हक है।"

वो अंदर तक सिहर गई। इस आदमी से उसकी शादी होने जा रही है। उसके स्वर में लेश-मात्र प्यार नहीं था। ऐसा भाव था जैसे उसने कोई जीत हासिल कर ली हो। और रूप पर घमंड? जबसे बाबूजी गए हैं। उसने ठीक से आईना तक नहीं देखा। घमंड क्या करेगी?

***

वो नीची निगाह किए, थके कदमों से लौट आई। कैसे गुजरेगा उसका आगामी जीवन? माँ-भैया सब खुश हैं। उन्हें बिना भाग-दौड़ के एक अफसर दामाद मिल गया। वो कैसे मना करे। मना भी करे तो किस बात पर। कोई बड़ी वजह तो हो। सिर्फ इतनी-सी बातचीत पर कैसे कोई निर्णय ले। और क्या पता शायद राजीव को इस बात का गुस्सा हो कि उसने बधाई नहीं दी। शरमाकर,

हँसकर बात नहीं की। सीधा दो टूक बात की। छुई-मुई लड़कियाँ ही लड़कों को अच्छी लगती हैं। लजाकर, शरमाकर अदाओं से बातें करने वाली लड़कियाँ ही भाती हैं उन्हें। शायद ये साफगोई उन्हें धृष्टता लगी हो। और फिर अंतर्मन ने जैसे आवाज दी, "क्या खुद पर भरोसा नहीं। अगर पत्थरदिल भी होगा। तो उसे वो अपने प्यार और समर्पण से मोम बना लेगी। और खुद तो प्रपोज किया है। मन में प्यार तो होगा ही। वो नाहक चिंता कर रही है।" और सर झटक घर के अंदर आ गई। गुनगुनाने की कोशिश की। खुश होने की कोशिश की। लेकिन दिल में जैसे किसी गहरी उदासी ने घर कर लिया था। मन को समझाया शायद माँ से दूर एक अजनबी घर में जाने के डर से मन उदास है।

पर डर बेबुनियाद नहीं था। भैया छुट्टी लेकर शादी की बातचीत करने राजीव के पिताजी के पास गए थे। लौटकर आए तो बहुत परेशान। उनकी तो अच्छी-खासी माँगें थीं। माँ से बता रहे थे, "पहला सवाल ही उन्होंने किया कि कितने भर सोना देंगे?" महानगरीय जीवन के आदी भैया जब यह समझ नहीं पाए तो जोर का ठहाका लगाया, राजीव के पिता ने और विद्रूपता से बोले, "बहन की शादी करने चले हैं या मजाक करने। इतना भी नहीं जानते। या जानना नहीं चाहते। मतलब कितने ग्राम सोना देंगे?"

ऐसे ही उन लोगों ने लंबी लिस्ट पकड़ा दी है। कार, फर्नीचर, फ्रिज, टीवी से लेकर गृहस्थी का हर सामान है। और फिर उनके खानदान भर के कपड़े। शादी भी वे अपनी पोस्टिंग वाले शहर से ही करेंगे। यहाँ से नहीं। बारात का आना-जाना ठहराना। स्वागत-सत्कार सब। और ऊपर से कैश। भैया के स्वर में चिंता थी। माँ ने भी आशंका से पूछा, "क्या कहा तुमने?"

"क्या कहता। कार में तो असमर्थता जता दी। बाइक के लिए हाँ की है। बाकी सब चीजें तो देनी ही पड़ेंगी। बार-बार सुना रहे थे, फलाँ जगह से इतने लाख का ऑफर है। वहाँ से अच्छी कार और कई लाख रुपया का ऑफर है। वो तो हमने आपको जुबान दी है। अब समाज में नाक की बात है। हमें क्या पता था, ये नालायक लड़का सचमुच बी.पी.एस.सी. निकाल ही लेगा। लगा 1लर्की के लिए ये घर ठीक है। गुस्सा तो इतना आ रहा था कि कह दूँ कि वो सब पैसे चार दिन में चले जाएँगे। पर मेरे सोने जैसी बहन आपके आँगन में जाएगी तो आपका खानदान सँवर जाएगा। पर लड़की का भाई था। खून का घूँट पीकर रह गया। बोला नहीं कुछ।"

"पर बेटा, कहाँ से होगा इंतजाम?"

"हो जाएगा माँ। छोटे से भी कहूँगा। हम दोनों भाई हैं, कर लेंगे इंतजाम।"

वह अंदर कमरे में सब चुपचाप सुन रही थी। अब उससे नहीं रहा गया। सारा भय-संकोच त्याग कर भाई के सामने आ बोली, "भैया, जरूरी है क्या यहाँ शादी करना। मैंने तो पहले भी कहा था। मैं शादी नहीं करूँगी। नौकरी करूँगी।"

"गुड़िया, क्यों चिंता करती है। सारा इंतजाम हो जाएगा। पिताजी ने इतना कुछ किया है हम सबके लिए। बस एक तेरी जिम्मेवारी छोड़ गए हैं। वो भी हम दोनों भाई पूरी नहीं कर सकते? चिंता मत कर। शुरू-शुरू में हर लड़केवाले ऐसे ही बातें करते हैं, फिर मान जाते हैं। जा एक कप चाय बना ला।" भैया ने स्नेह से कहा।

बाबूजी के जाने के बाद पहली बार किसी ने गुड़िया कहकर पुकारा था। आँखें भर आईं उसकी। अच्छी-भली जिंदगी गुजर रही थी, भैया लोगों की। कहाँ से उस पर राजीव की नजर पड़ गई और उसके भाई मुसीबत में पड़ गए।

इसके बाद देखती, शादी की जो भी बात करनी हो, भैया और माँ की बैठक छत पर बने कमरे में होती ताकि उसके कान में कुछ ना पड़ सके। पर दोनों का चिंताग्रस्त चेहरा और माथे की गहरी लकीरें उसे आभास दे देतीं कि सब कुछ सही नहीं है। और अपनी असमर्थता पर खीझकर रह जाती वह।

धीरे-धीरे शादी की तैयारियाँ शुरू होने लगीं। राजीव ट्रेनिंग पर चले गए थे। थोड़ी राहत थी कि अब राजीव से मुलाकात नहीं होगी और फिर कुछ उल्टा-सीधा नहीं सुनना पड़ेगा।

इस बीच उसका रिजल्ट आया। उसे फर्स्ट डिवीजन और 72% मार्क्स मिले थे। आराम से एम.ए. में एडमिशन मिल जाता। पर अब जीवन की राह ही बदल रही थी। माँ ने मिठाई मँगाकर भगवान को चढ़ाया। भाई-बहनों के फोन आए। उसने किसी से कुछ नहीं कहा पर सीमा दी पर थोड़ा रोष उड़ेल दिया, "पास होने पर अगली क्लास में जाते हैं न। आगे तो पढ़ना नहीं तो पास हो या फेल, अच्छे नंबर लाओ या बुरे, क्या फर्क पड़ता है?"

सीमा दी ने थोड़ा दुखी होते हुए कहा, "ऐसा क्यों बोल रही है। क्या पता राजीव जी आगे पढ़ाएँ। शादी के बाद भी तो पढ़ा जा सकता है।"

"हुँह, न उन्होंने ना उनके घरवालों ने एक बार भी रिजल्ट के बारे में पूछा कि कब रिजल्ट आ रहा है। पता भी चल गया होगा तब भी नहीं पूछा, पास हुई

या फेल और वे लोग आगे पढ़ाएँगे। बेकार की बात मत करो।"

"अरे, राजीव जी की चिट्ठी नहीं आती? आजकल तो शादी से पहले सब लोग चिट्ठी लिखते हैं, कार्ड भेजते हैं।"

"नहीं आती। और मुझे चाहिए भी नहीं। मैं फोन रखती हूँ।" कहते जया ने फोन रख दिया। आगे ना पढ़ने की बात से ही मन इतना क्षुब्ध था, कोई बात करने की इच्छा नहीं हो रही थी।

शादी की तारीख नजदीक आने लगी। घर में मेहमान भरने लगे। चाची, मौसी, बुआ। सारे रिश्तेदार उत्साह से भरे थे। इतने अच्छे घर में इतनी आसानी से जया का रिश्ता तय हो गया। बैठे-बिठाए इतना अच्छा लड़का मिल गया। माँ और दोनों भैया ने लेन-देन दहेज की बातें अपने तक ही रखी थीं। बहनों को भी ज्यादा कुछ नहीं बताया था। उसने सीमा दी से राजीव से मिलने की बात बताई और बताया कि किस रूखे ढंग से उसने बात की।

दीदी ने उसे दिलासा दिया, "उसे लड़कियों से कैसे बाते करते हैं नहीं पता होगा। कई लड़कों को नहीं होता। वे ऐसे ही ऐंठकर बातें करते हैं। पर उसने खुद तुम्हें पसंद किया है। घबरा मत। सब ठीक होगा।"

वो भी यही आस लगाए बैठी थी कि शादी के तीन दिन पहले, उसके नाम राजीव का खत आया। पहली बार कुछ कोमल एहसासों ने सर उठाए। अच्छा था कि शुभम, भैया के बेटे ने उसे ही पत्र थमाया। धड़कते दिल से कमरे के कोने में जाकर खत खोला। सिर्फ एक पंक्ति थी। कोई संबोधन नहीं।

"अगर बारात लेकर नहीं आया तो क्या करेंगी? - राजीव।"

वो तो पत्ते-सी काँपने लगी। संयोगवश रीता दीदी आ गई कमरे में और उसे यूँ काँपते देख, 'क्या हुआ जया?' कहते थाम लिया। वर्ना वो बेहोश ही हो गई होती। दीदी ने वो पत्र देख लिया। वे भी घबरा गई। उसे बिठाया पानी पिला कर लिटा दिया। और दौड़ गई भैया को बताने। उसी कमरे में दोनों भैया, माँ और दीदी की बैठक हुई। तय हुआ बड़े भैया और जीजाजी जाकर बात करें। आखिर माजरा क्या है?

उसे तो तेज बुखार चढ़ गया। भैया और जीजाजी जब बात करके लौटे तो भैया बड़े निराश से थे। और जीजाजी गुस्से में। अब उससे कुछ भी छुपाने का कोई फायदा नहीं था। दो दिन बारात चढ़ने में रह गए थे। और यहाँ लड़के वालों के ये तेवर थे। भैया ने बताया, राजीव ने कहा, "वो तो उन्होंने, अपनी होने वाली

पत्नी को लिखा था। इन लोगों ने क्यों पढ़ा?"

जीजाजी वहाँ नाराज हो गए, "वहाँ लड़की बेहोश हो गई है। उसे तेज बुखार हो गया। और आप कह रहे हैं मजाक था। ऐसा मजाक करता है कोई?"

इस पर राजीव ने कहा, "मजाक तो आपने देखा ही नहीं। कैसा-कैसा कर सकते हैं?"

भैया उन्हें शांत करके ले आए। पर आज भैया फूट-फूटकर रो रहे थे। गलती हो गई, ऐसे घर में बेटी नहीं देनी थी। उस दिन राजीव के पिताजी ने भी कहा था, "आप लोग कह रहे हैं। ये नहीं दे सकते। वो नहीं दे सकते। अखबार में पढ़ते हैं कि नहीं कि बहू जला दी गई। मार दी गई। डर नहीं लगता आप लोगों को?"

जीजाजी को फिर गुस्सा आ गया। "और आप सुनकर चुप रह गए?"

"नहीं मैंने कहा। ऐसा क्यों कह रहे हैं? तो कहने लगे कि हम तो एक बात कह रहे हैं। हम लोग इतने नीच नहीं हैं। अभी आठ दिन पहले की बात है, क्या करता। सब तैयारी हो गई है, शादी की। अब क्या कर सकते हैं?"

माँ अलग रोने लगीं, "अब शादी तोड़ दें तो इसकी शादी फिर कभी नहीं होगी। जिंदगी भर बिनब्याही बैठी रहेगी। लड़की ससुराल जाएगी पर जी वहीं टँगा रहेगा, पता नहीं कैसी है?"

उसे सामने की दीवार घूमती-सी लगी। दोनों हाथों से सर थाम लिया। कुछ उपवास, कुछ घर छोड़ने का दुख और अब ये नयी टेंशन। सर में जोरों का चक्कर आ गया। इन लोगों की बातें भी उस तक टुकड़ों-टुकड़ों में ही पहुँच रही थीं। पलकें मुँदने लगी थीं। धीरे-धीरे मुँदती पलकों वाले शरीर को बेहोशी ने अपने आगोश में ले लिया।

अनचीह्नी अनजानी अनदेखी-सी डगर

उसे होश आया तो चेहरे पर पानी के तेज छींटे पड़ रहे थे और कानों में भाभी की आवाज, "आप लोग भी ना, सारी बातें यहीं करनी है। देखिए लड़की बेहोश हो गई। क्या रो-रोकर अपशगुन कर रहे हैं। भगवान से प्रार्थना कीजिए कि सब ठीक-ठाक निबट जाए। थोड़ा बहुत झंझट तो हर शादी में होता ही है। इन सब बातों से जया कितनी घबरा जाएगी ये नहीं सोचते। चलिए जाइए, आप लोग बाहर का काम देखिए। अम्मा आप देखिए गीत गाने वाली सब आ गई होगीं। उन सबको बूँदी और बताशा दे दीजिए। सीमा जी, आप जरा दूध गर्म करके लाइए तो, हम जया को देखते हैं।"

भाभी ने सारी सिचुएशन सँभाल ली थी। उसके बालों पर हाथ फेरते हुए कह रही थीं, "तुम डरो मत जया। सब ठीक होगा। तुम बहुत सुंदर हो। तुम्हारी सुंदरता पर ही दामाद जी रीझे हैं। आगे-पीछे घूमेंगे। ये तो बस ऐसे ही मजाक किए हैं।" भाभी की ये कोशिश देख उसने भी खुद को सँभाला। कोरों तक पहुँचे आँसुओं को पलकों में ही समेट लिया। उसे भी हिम्मत दिखानी होगी। उसका ये हाल देख घर वाले कितने फिक्रमंद हो जाएँगे। और कुछ नहीं कर सकती तो कम-से-कम अपनी तरफ से उन्हें निश्चिंत तो रख सकती है।

शादी में भी सब लोगों में एक सहम-सी व्याप्त थी कि पता नहीं लड़के वालों को क्या बुरा लग जाए। सब खातिरदारी में लगे थे। इतना तो पता चल ही रहा था, बहुत अंतर है दोनों परिवार की सोच में। बारातियों की तरफ से बड़े भद्दे मजाक चल रहे थे, "अरे वो लाल ड्रेस वाली तो तेरे लिए ठीक है। इसी मंडप में पड़वा ले फेरे। वो पीली वाली तो क्या चमक रही है!" उन लोगों के मजाक करने का तरीका ही अलग था। पर किसी ने उन्हें कोई जवाब नहीं दिया। मंडप में सबके बीच ट्रे लेकर घूमते उसके चचेरे-ममेरे भाइयों को भी खासा परेशान

कर रहे थे सब। "ये शरबत तो गर्म हो गया है। और बरफ डालकर लाइए। ये क्या, आइसक्रीम तो पिघल रही है। दूसरी लेकर आइए।"

उसने भाइयों की फुसफुसाहट सुनी, "मन तो हो रहा है एक-एक को गर्दनिया देकर बाहर कर दें। अपने-आपको लाटसाहब का नाती समझ रहे हैं सब। लेकिन हम लोग लड़की के भाई हैं। यही सोच के खून का घूँट पी के रह जा रहे हैं।"

उसकी झुकी गर्दन थोड़ी और झुक गई। उसकी वजह से कितना सुनना पड़ रहा है सबको। मानो अपराध हो गया, लड़की का भाई होना।

भाभी पास ही बैठी रस्में करवा रही थीं। वे राजीव और उसके बीच का माहौल खुशनुमा बनाने में लगी हुई थीं।

"राजीव जी, नजर काहे झुकाए हुए हैं। जरा देखिए अपनी दुल्हन की तरफ। कैसा रूप जगमगा रहा है। शर्मा रहे हैं क्या। पसंद तो आप ही किए थे ना। आपके घर में उजाला हो जाएगा।" वो खुद में और सिमट गई। राजीव ने उसकी तरफ देखा या नहीं। नजरें उठा ये देखने की हिम्मत नहीं थीं।

शादी ठीक-ठाक निबट गई। थोड़ी बहुत नुक्ताचीनी और बारातियों की उल्टी-सीधी फरमाइश से ज्यादा कुछ नहीं हुआ। पर होता भी क्या। दोनों भाई, दोनों जीजाजी और बाकी सारे रिश्तेदार एक पैर पर खड़े हो सारा इंतजाम देख रहे थे। ना पैसों की परवाह कर रहे थे, ना किसी तरह की थकान की। बहनों की आपस की बातचीत से बातों के कुछ टुकड़े उस तक भी पहुँच रहे थे।

"सुना, राजीव के छोटे भाई ने बनी-बनाई कॉफी लौटाकर रात के तीन बजे मंडप में शादी देख रहे बारातियों के लिए सिर्फ दूध में बनी कॉफी की फरमाइश की तो चाचा जी दूर डेयरी खुलवा कर दूध लेकर आए। उसके बाद उन लोगों ने भोर में सैंडविच की फरमाइश की तो मामा जी खुद किचन में जाकर सैंडविच बनवाकर ले आए।"

विदा होते हुए बहनें और माँ गले लगकर ऐसे रोईं, जैसे अब नहीं मिलने वाली। ये आम रुदन से थोड़ा अलग था। इसमें वो एहसास भी शामिल थे कि पता नहीं, लड़की वहाँ कैसे रहेगी।

***

कार में उसका रोना रुक ही नहीं रहा था। राजीव ने पहली बार उसे इंगित कर अपनी बहन से हँसकर कुछ कहा। पर वो मजाक भी ऐसा था कि उसकी

रुलाई और बढ़ा गया, "क्या कहती हो, प्रतिमा। ये इतना रो रही है, तो छोड़ आते हैं मायके में ही।" फिर दोनों बहन-भाई इतने जोर से हँसे जैसे कितना बड़ा मजाक किया हो। उसने डर के सिसकी अंदर ही घोंट ली। बस कभी-कभी दबी हुई सिसकी से उसका पूरा शरीर हिल जाता और फिर ननद घूरकर देखती उसकी तरफ।

ससुराल के दरवाजे पर पहुँचते ही, औरतों की भीड़ ने घेर लिया। आवाजें आ रही थीं, "देखूँ तो जरा चेहरा। सुना है, चाँद-सी दुल्हन लाया है राजीव।" किसी बुजुर्ग महिला ने उसका घूँघट हटाकर देखा और कहा, "हाँ-हाँ, बहुते सुन्नर है कनिया।"

"खाली सुंदरता लेकर चाटेंगे क्या।" एक दबंग आवाज आई और उसने समझ लिया, ये जरूर उसकी सासू जी होंगी। जब उसे चटाई पर बिठाया गया तो उसकी हालत देख किसी ने कहा, "अरे जरा बहू को पानी तो पिलाओ।"

पानी का ग्लास किसी ने बढ़ाया ही था कि उन बुजुर्ग महिला ने टोक दिया, "क्या प्रतिमा की माँ। पहली बार खाली पानी दोगी बहू को? कुछ मुँह मीठा कराओ।"

माँ ने प्रतिमा को मिठाई जाकर लाने को कहा। पर वो आलस कर गई। "मैं थक गई हूँ माँ, मैं नहीं जाऊँगी।" तभी सासू जी की नजर दूर कोने में कहीं पड़े इक खरबूजे पर पड़ी और उन्होंने बेटी से कहा, "वो चाकू पड़ा है वहाँ। खरबूजा काटकर ले आ। वो भी तो मीठा ही होता है।"

ननद ने एक बड़ा-सा टुकड़ा जैसे मुँह में ठूँसते हुए कहा, "सीख लीजिए हमारे यहाँ के तौर-तरीके। हमारे यहाँ किसी को खाली पानी नहीं पिलाते।"

किसी तरह उसने खरबूजे को निगल पानी पिया। फिर उसे कुछ रस्मों के बाद एक कमरे में पहुँचा दिया गया। उसने चैन की साँस ली। अभी जरा सर से आँचल हटा, सुस्ता ही रही थी कि दो लड़कियाँ बुलाने आ गईं, "चलिए भाभी बाहर। आपको सबको खाना परस के देना है।"

बाहर सास किसी को कैफियत दे रही थीं, "आज सबको बहू ही खाना परस देगी, चौका छूने की रस्म हो जाएगी। फिर कोई झंझट नहीं रहेगा। अपना कल से जो मन में होगा, चौके में बना लिया करेगी। अपनी गृहस्थी सँभाले अब, बहुत किया मैंने।"

वो साड़ी सँभालती। घूँघट निकाले किसी तरह सँभालकर खाना परसने लगी

तो देवर ने फब्ती कसी, "ऐसी नजाकत से खाना परसेंगी तब तो शाम हो जाएगी। "जरा जल्दी-जल्दी हाथ बढ़ाइए।"

अगर किसी की थाली में ज्यादा पड़ जाता तो कोई कह देता, "क्या बात है। बहुत खुले हाथ की है, राजीव तुम्हारी बीवी। महीने का बजट तो दस दिन में खतम।"

सँभलकर कम देती तो सुनने को मिलता, "इतना कम ही खाते हैं क्या सब आपके घर में?" और हर फब्ती के बाद सब ठठाकर हँस पड़ते।

एक चौदह-पंद्रह साल के किशोर के सामने रखी थाली में जैसे ही चावल डालने को हुई कि उसने हाथ बढ़ाकर उसके पैर छू लिए और बोला, "भाभी, मैं आपका सबसे छोटा देवर।"

पहली बार लगा, इस घर में किसी ने उसे सम्मान दिया और उसके अस्तित्व को स्वीकार किया। 'खुश रहिए' कहा ही था कि चारों तरफ से आवाजें आने लगी, "अरे भाभी का चमचा। कुछ नहीं मिलेगा चमचई से।"

"उसको खीर बहुत पसंद है ना। सोचा होगा, कटोरा भर के खीर मिलेगा।" ये राजीव से छोटे भाई की आवाज थी। राजीव भी सबके कमेंट पर खुलकर हँस रहे थे। उसे लगा, कम-से-कम वे तो लोगों को चुप कराते या फिर कम-से-कम हँसते तो नहीं।

उसे एहसास हो गया, अब बहुत मेहनत करनी पड़ेगी सबका दिल जीतने के लिए। लेकिन खुद पर भरोसा भी था। कर लेगी वो सबको खुश।

***

उसे एक कमरे में लाकर बिठा दिया गया था। पता नहीं किसका कमरा था। कमरे में एक बिस्तर था, एक आलमारी और एक तरफ दो-तीन लोहे के बक्से। सबसे ऊपर एक अटैची रखी थी। जो अधखुली-सी थी और कपड़े का एक कोना बाहर झाँक रहा था। ऐसा लग रहा था उसकी जिंदगी भी अब एक बक्से में बंद करने की कोशिश की जा रही है। पर जिंदगी का एक टुकड़ा बाहर निकलने को आतुर है। बार-बार घर की बातें दिल के तह में बंद कर दे रही थी। पर कुछ लम्हे झाँकते ही रहते। क्या कर रहे होंगे सब, अभी घर पर? उसे याद कर रहे होंगे या अपनी हँसी-ठिठोली में व्यस्त होंगे? यहाँ उसके पास कोई आ क्यों नहीं रहा? कब से अकेली बैठी है वो। अपने घर में तो भाभी को एक पल के लिए वे लोग अकेला नहीं छोड़ते थे। माँ को डाँट कर भगाना पड़ता, "अब जरा आराम करने

दो बहू को।" यहाँ तो कोई नहीं। क्या वो लेट जाए थोड़ी देर? पर दरवाजा खुला है। सिर्फ पर्दे लगे हुए हैं। क्या पता कोई आ जाए अचानक। थोड़ी देर बाद उसने पैर उठाकर दीवार से सर टिका दिए। बाहर बरामदे में भी कोई हलचल नहीं हो रही थी। घर के सब लोग शायद बाहर थे या कहीं और। उसने तो ये घर भी नहीं देखा। उसे झपकी-सी आ गई।

थोड़ी देर बाद आँखे खुलीं तो शाम गहराने लगी थी। दो लड़कियाँ कमरे में आईं। उसने मुस्कुराकर उनका स्वागत किया, लगा कुछ तो समय कटेगा। दोनों पास बैठ, उसकी मेहँदी, जेवर देखने लगीं। पड़ोस की लड़कियाँ थीं।

एक ने कहा, "भाभी कितनी सुंदर हैं ना!"

दूसरी ने हाँ में हाँ मिलाई, "हाँ, प्रतिमा दी से भी सुंदर। अब तो आप ही घर भर में सबसे खूबसूरत हैं।"

"नहीं-नहीं, दीदी तो बहुत सुंदर हैं। आप दोनों भी बड़ी प्यारी हैं। क्या नाम है आपका। कहाँ पढ़ती हैं?" कहते उसने बात मोड़ दी। पर ननद की बेरुखी का राज समझ में आ गया। जब वह आई ही थी और एक बुजुर्ग महिला ने कहा था, "प्रतिमा, तुम्हारी भाभी तो तुमसे भी सुंदर है।" तो ननद ने तुनक कर कहा था, "दो बच्चों के बाद भी कितना रूप रह जाता है, देखना है।" और उसके बाद से ही छिटकी रहीं। एक मिनट को भी पास नहीं बैठीं। और सब लोग उसकी सुंदरता की बात क्यों कर रही हैं। जरूर शादी के समय से ही चर्चा होगी कि राजीव सिर्फ सुंदरता पर रीझ गए हैं। पर राजीव हैं कहाँ? एक बार भी उसके आस-पास नहीं फटके। वर्ना कितनी बार देख चुकी है, शादी के बाद किसी-ना-किसी बहाने, लड़के दुल्हन के कमरे के आस-पास ही मंडराते रहते हैं। भाभियाँ कितना मजाक करतीं पर कुछ ढीठ लड़के तो कमरे में ही अड्डा जमा लेते, हटते ही नहीं। दुल्हन की छिपी-छिपी शरमाई-सी मुस्कुराहट बहुत भली लगती।

थोड़ी देर में ही लड़कियाँ 'चल छत पे चलते हैं' कहती एक-दूसरे को खींचती बाहर चली गईं। शाम के वक्त बंद कमरे में उनका, क्या मन लगता। थोड़ी देर बाद ही बिजली चली गई। बाहर से पेड़ों की छाया कमरे की पीली दीवार पर पड़ रही थी। अजब-सा रहस्यमय दृश्य लग रहा था। उसे बेहद डर लगने लगा। आजतक कभी यूँ शाम के वक्त अँधेरे से कमरे में अकेले नहीं रही थी। इतना अकेलापन क्यों है यहाँ? और उसे रोना आ गया। माँ-दीदी-भाभी सबकी याद आने लगी और वो घुटनों पर सर रख फफक पड़ी।

पता नहीं कब तक रोती रही। कमरे में तेज प्रकाश और एक तीखी आवाज एक साथ आई। लैंप लिए ननद आईं थी और उसे रोता देख, तेज स्वर में बोलीं, "माँ, तुम्हारी पतोह फिर से रो रही है।"

"शाम के समय अपशकुन कर रही है। इतना ही रोना है तो शादी ही क्यों करती हैं, ये लोग। बैठी रहती मायके में।" सासू जी का तेज स्वर था। पहली बार सास ने उससे मुखातिब हो कुछ कहा था।

जल्दी से आँसू पोंछ वो खड़ी हो गई, "नहीं-नहीं। कहाँ रो रही हूँ।"

पर इतनी देर में तो ननद एक स्टूल पर लैंप रखकर चली गई।

लस्त हो बैठ गई वो। क्या करे जो ये लोग खुश हों। काफी देर तक यूँ ही अकेले बैठी रही।

बाहर बरामदे में कुछ हलचल होनी शुरू हो गई। लोगों की आवाजें आने लगीं। फिर से ननद की आवाज सुनाई दी, "माँ, अभी भी भाभी ही खाना परसेंगी?"

"नहीं अब क्या। रसम हो गया ना। उसका खाना कमरे में दे आ।" सास की नहीं किसी और बुजुर्ग महिला की आवाज थी।

थोड़ी देर बाद लैंप हटाकर उसी स्टूल पर एक थाली लाकर ननद ने रख दिया और बिना कुछ कहे चली गई। उसका बिल्कुल भी मन नहीं हो रहा था, खाने का और थाली भरी हुई थी। रोटी, चावल, दाल, सब्जी... इत्ता सारा खाना तो वो खा ही नहीं सकती। अगर थोड़ा खाकर छोड़ दे तो जूठा हो जाएगा। फिर उस पर खाना बर्बाद करने का आरोप भी लग जाएगा। इस से बेहतर है वो खाए ही ना। और उसने थाली अनछुई छोड़ दी।

थोड़ी देर बाद ननद कमरे में आईं तो उनके कहने के पहले, उसने ही कह दिया, "बिल्कुल मन नहीं हो रहा खाने का।"

ननद ने एक गंभीर-सी 'हूँ' की और चली गईं।

फिर से वो अकेली हो गई। बार-बार लग रहा था। जाने ये किसका कमरा है। उसके देवर का है या किसी और का। नई दुल्हन का तो हो ही नहीं सकता। जरा-सी भी सजावट नहीं थी। इन लोगों ने पलंग-सोफे-डायनिंग टेबल के पैसे ही ले लिए थे कि हम अपनी पसंद का खरीदेंगे। कुछ तो नया खरीदा होगा। उसे पता होता कि उसका ही कमरा है तो थोड़ी देर को लेट ही गई होती। पर शायद उसका कमरा तो सज रहा होगा, फूलों से और अचानक धड़कन तेज हो गई। आगे सोच

ही नहीं पाई। डर ने जोर से अपने पंजे गड़ा दिए उसके हृदय में।

यूँ ही दीवार से लगकर जाने कब तक बैठी रही। एक आहट हुई और देखा उसके छोटे देवर ने अंदर कदम रखा। एक मुस्कान खींच गई चेहरे पर। जरा-सा भी, अपनत्व मिले तो किस कदर सुकून मिलता है दिल को। तुरंत उठकर खड़ी हो गई।

वो भी मुस्कुरा रहा था, "भाभी, आपकी अटैची।"

"ओह! तो ये कमरा उसे ही दिया गया है।" देवर से बोली, "अरे! इतनी भारी अटैची क्यों उठा ली आपने?"

"कोई बात नहीं। भारी कहाँ है। आपको कुछ चाहिए?"

"नहीं।" उसका इतना-सा पूछना दिल को छू गया।

"अच्छा भाभी, गुड नाइट।" कहता मुस्कान बिखेरता चला गया।

अब उसने बिस्तर पर नजर डाली। अजीब-सी नीले-पीले बड़े-बड़े फूलों वाली चादर बिछी हुई थी। इस घर में सौंदर्यबोध की कमी थी। यह तो सबके कपड़े पहनने के सलीके से ही समझ गई थी। पर इतने गहरे रंग के चादर पर सोना पड़ेगा। पता नहीं कब की धुली है। उसकी सिर्फ अटैची ही आई है कमरे में। कितनी सारी चादरें, पिलो-कवर, टेबल-क्लॉथ माँ ने दिए हैं। शायद देखने-दिखाने के लिए, सास ने वो सब अपने पास ही रख छोड़ा है। वर्ना एक साफ चादर तो बिछा ही देती। क्या करे, कपड़े बदल ले या इन्हीं कपड़ों में रहे। कुछ निर्णय नहीं ले पा रही थी।

यूँ ही दीवार से सर टेके बैठी, ऊँघती रही। जाने कब फिर से आँख लग गई। आहट हुई तो चौंक उठी। देखा, राजीव दरवाजा बंद कर रहे हैं। एकदम से धड़कनें कई गुना बढ़ गईं। हड़बड़ाकर उठ खड़ी हुई। नजर नीची किए खड़ी रही। थोड़ी दूर से राजीव भी उसे घूरते रहे। क्या करे वो। इस तरह की बातें कभी किसी से की भी नहीं। भाभी-दीदी सब उसे छोटी ही समझते थे, कभी अपनी बातों में शामिल नहीं करते।

सहेलियों में सबसे पहले उसकी ही शादी हो रही है। और वे लोग इस तरह की बातें कभी करती भी नहीं थीं। फिल्मों में देखे दृश्य घूम गए, नजरों के सामने। ना वो पैर तो नहीं छुएगी। वो जमाना नहीं रहा, अब। वहीं सर झुकाए खड़ी रही।

थोड़ी देर बाद राजीव ने ही कहा, "ले आए ना ब्याह के। आप ना ना करती रहीं। अब क्या करिएगा।"

"ऐसी कोई बात नहीं।" कहना चाहा। पर गले में बस घरघराहट-सी हुई। कोई आवाज नहीं निकली।

गर्दन थोड़ी और झुक गई। राजीव ने अपने कुर्ते के बटन खोलने शुरू किए। उसकी आँखें जमीन तक रही थीं, पर राजीव की नजरों की आँच पूरे जिस्म पर महसूस हो रही थी। और उसे अजीब-सी बेचैनी हो रही थी।

राजीव ने कुर्ता पास पड़ी कुर्सी पर फेंका और धम्म से बिस्तर पर लेट गए, "ओह! बुरी तरह थक गया। इन पंडितों ने पूरी रात उँगलियों पर नचाया। ये बताइए, आपके यहाँ लगता है आपके जीजाजी ही गार्जियन हैं।"

"ना, ऐसा नहीं है।"

"ऐसा ही है। जब हम आपको चिट्ठी में मजाक किए कि बारात लेकर नहीं आएँगे तो उ चिट्ठी आप घरवालों को काहे दे दीं।"

"मैंने नहीं दिया। उन लोगों ने खुद ही देख लिया।" धीरे से बोली। उसका सर और झुक गया।

राजीव ने शायद सुना नहीं और शायद उन्हें सुनना भी नहीं था। अपनी ही रौ में बोल रहे थे, "जिस तरह से जीजाजी हमसे पूछताछ कर रहे थे कि उ चिट्ठी हम काहे भेजे मेरा त मन किया कि सच्चे में नहीं ले जाएँ बारात। पर आपका रूप का घमंड तोड़ना था। बहुत गरूर है ना आपको रूप का। आप हमसे सादी करने को मना कर दी थीं। तबे प्रण कर लिए थे कि बियाह के तो आपको लाईबे करेंगे।"

वो वैसे ही खड़ी रही।

"ऐसे खड़ी क्यों हैं?" राजीव का स्वर थोड़ा तेज था। पर वो वैसे ही नजरें झुकाए खड़ी रही।

फिर राजीव ने आधा उठकर उसे अपनी तरफ खींच लिया। वो उसकी छाती पर गिर पड़ी। आजतक किसी पर पुरुष ने हाथ तक नहीं पकड़ा था और यहाँ उसके अपने पति का यूँ इतनी बेदर्दी से पेश आना, दिल टुकड़े-टुकड़े कर गया।

फिर तो जैसे उसकी आत्मा शरीर से विलग हो गई। उसका शरीर बुरी तरह रौंदा जा रहा था। पर उसे कुछ भी महसूस नहीं हो रहा था। जैसे वह दूर से यह सब किसी और शरीर के ऊपर गुजरते देख रही थी। आत्मा तक कुछ भी नहीं पहुँच रहा था। बिल्कुल असंपृक्त सी, वह वो दरिंदगी झेलती रही।

राजीव, करवट बदलकर सो गए।

उसे सुबह जल्दी उठने की चिंता थी। पर नींद ही नहीं आ रही थी। खिड़की से बाहर, देखती बस पौ फटने का इंतजार करती रही। रात में जो कुछ भी झेला था। वो फिल्मों में देखे, उपन्यासों में पढ़े, ऐसे कितने ही सिचुएशन से कहीं मेल नहीं खाते थे। यानि कि सब झूठ लिखा होता है या वो कैसे लोग होते हैं, जिनके साथ वो सब सच होता है ?

***

खिड़की के बाहर थोड़ी-सी उजास देखते ही वह धीरे से उठी। बिल्कुल आहिस्ता से अपनी अटैची खोली। राजीव के खर्राटे गूँज रहे थे। कपड़े निकाल वह दरवाजा खोल, आँगन में निकल आई। नहाने को बेचैन हो रही थी।

पूरा घर सो रहा था और सूरज अभी निकला नहीं था। थोड़ी देर हाथ में कपड़े थामे यूँ ही खड़ी रही। सुबह की उजास में, शांत, ठंडा आँगन भला-सा लग रह था। एक हल्की उमंग-सी जागी मन में। अब ये आँगन ही उसका है। वो क्या गाना है... 'पिया का घर प्यारा लगे', फिर थोड़ी-सी उदास हो गई, अभी प्यारा तो नहीं लग रहा पर उसे लगाना पड़ेगा। बहुत कोशिश करनी पड़ेगी। राजीव में भी कोमल भाव जगाने होंगे। उसने सोचा, शायद दीदी की बात ही सही थी कि उन्हें लड़कियों से बात करने का तजुर्बा नहीं है।

और फिर याद आ गई वो ना याद रखने लायक बीती रात। कहीं भी तो कुछ कोमल-खूबसूरत नहीं था और एक अजीब वितृष्णा से मन भर उठा। देर तक ठंडा पानी मग में भर-भर कर उड़ेलती रही, शरीर पर।

आहिस्ता से वापस कमरे में आ धीरे-धीरे बाल तौलिये से सूखा रही थी कि बाहर दरवाजे पर जोर की खट-खट हुई। एकदम से डर गई। धीरे से पर्दे की ओट से झाँका। खट-खट बढ़ती जा रही थी। उसका तो दरवाजा खोलना ठीक नहीं होगा। वो घर की बहू है। इसी उहापोह में थी कि क्या करे कि तभी ससुर जी की खाँसने की आवाज आई और उन्होंने धम-धम करते भारी पैरों से बरामदा पार कर दरवाजा खोल दिया। एक बूढ़ी-सी महिला अंदर आई और रसोई की तरफ बढ़ गई। शायद कामवाली होगी। वो निश्चिंत हो वापस कमरे में लौट आई पर ध्यान आया। ससुर जी उठ गए हैं। उन्हें चाय चाहिए होगी। चौका छूने की रस्म तो कल ही करा दी गई। उसे चाय बनानी चाहिए। ये घर वालों का दिल जीतने का एक अच्छा मौका है।

उसने धीरे से तौलिया, कुर्सी की पीठ पर फैलाया और बाहर निकल आई।

आहिस्ता-आहिस्ता पैर दबाती आँगन पार किया ताकि कहीं उसके पायल की रुनझुन लोगों की नींद ना खराब कर दे।

कामवाली उसे देख खुश हो गई, "अरे बहुरिया बड़े सकेरे उठ गई।"

"काकी, चाय बना दूँ?"

"हाँ-हाँ बनाओ ना। तुम्हारा ही तो घर है। एमे पूछने की का बात है। रुको तुम्हें चाय-पत्ती-दूध सब बताती हूँ।" काकी ने बड़े प्यार से कहा। शायद काकी के संबोधन ने उनका मन जीत लिया था।

एक टेबल पर गैस का चूल्हा रखा था। उससे ही लगी हुई एक छोटी-सी मेज थी। उस पर चाय-चीनी, हल्दी मसाले के कुछ डब्बे रखे हुए थे। मेज पर,एक मैला-सा अखबार बिछा हुआ था, उसके कोने फटे हुए थे। डब्बों के ढक्कन पर भी धूल जमी हुई थी। थोड़ी चिकनाई-सी भी लग रही थी।

कोने में एक जाली के दरवाजे वाली आलमारी थी। दूध उसके अंदर ही रखा हुआ था। अलमारी के दरवाजे तेल से चिकट से पड़ गए थे। उससे लगी एक छोटी-सी चौकी रखी थी उस पर ही कुछ बर्तन औंधे करके रखे हुए थे।

उसने सोच लिया थोड़ी साफ-सफाई करनी होगी। ननद की शादी के बाद शायद सासू जी को अकेले ही सारा काम करना पड़ता होगा। इसीलिए साफ-सफाई नहीं रख पातीं या शायद शादी के माहौल में रसोई पर ध्यान नहीं दिया हो। जो भी हो, वो खूब सँवार देगी रसोई। मेज पर अखबार की जगह प्लास्टिक का एक टेबल-क्लॉथ बिछा देगी। सफाई करने में आसानी होगी। पर अभी नहीं। धीरे-धीरे कर बदलाव लाएगी वर्ना लगेगा, रसोई पर अपना कब्जा जमा रही है। वह चारों तरफ देखकर जायजा ले रही थी कि काकी ने एक भगौने में पानी ला कर दिया, "सबके लिए ही चाय बना लो। सब एक-एक कर उठते होंगे।"

थोड़ी देर में ही बरामदे से आवाजें आने लगीं। घर वाले लोग सोकर उठ गए थे। ट्रे में कप जमाए सर पर पल्लू सँभाले वह सँभल-सँभलकर पैर रखते हुए चल रही थी। सर पर पल्लू सँभालना और ध्यान रखना कि चाय जरा-सी भी ना छलके, इसमें खासी मशक्कत करनी पड़ रही थी। वर्ना सब उसे फूहड़ समझेंगे। उसने धीरे से ट्रे मेज पर रखी और सासू माँ का पैर छूने आगे बढ़ी तो उन्होंने थोड़ी दूर से ही बरज दिया, "ठीक है। ठीक है।" और देवर को आवाज दी, "संजीव, जाओ बाहर बाउजी को चाय दे आओ।"

बरामदे के कोने में दीवार से लगी एक बेंच रखी थी। ननद उसी पर अपने

उनींदे बेटे का सर गोद में रखे बैठी थीं। वहीं से बोलीं, "ये क्या गाँव देहात वाला बात कर रही हैं। आपके इहाँ ई सब होता होगा। हम लोग ई सब ढकोसला नहीं मानते।"

फिर उसने चाय का कप सास की तरफ बढ़ाया तो बोलीं, "हम ले लेंगे। वहीं रहने दो।"

देवर ने बाहर से आकर फुर्ती से कप उठाया और उसकी तरफ मुस्कुराकर देखा। मानो 'गुड मॉर्निंग' कहा हो। उसने भी प्रत्युत्तर में मुस्कुराकर सर झुका लिया। डर रही थी राजीव से छोटे अमित कहीं फिर कोई तानाकशी न करें।

पर शायद वे सो रहे थे। चाय के लिए बाहर नहीं आए और उसने राहत की साँस ली। वो वैसे ही खंभे से लगकर खड़ी रही। ना तो उसे किसी ने बैठने को कहा। ना ही चाय पीने को।

ये लोग क्या सोच रहे हैं। उसने रसोई में ही चाय पी ली। मन तो उसका भी हो रहा था पर शायद ये लोग सोच रहे हों, उसे राजीव के साथ चाय पीनी चाहिए। यही सही। वो राजीव के साथ ही पिएगी।

देवर ने कप रखते हुए कहा, "भाभी, चाय बहुत अच्छी बनी थी।"

"अब तक क्या खराब चाय बनती थी।" ननद ने वहीं से टोका।

"मैंने ये तो नहीं कहा, दीदी। भाभी ने पहली बार चाय बनाई है। और मुझे सचमुच अच्छी लगी चाय। इसीलिए कहा।" और देवर कमरे में चला गया।

"सरसती माएँ, कप ले जाओ।" सास ने कुछ तेज स्वर में कहा और उठकर चली गईं।

ननद भी अपने बेटे को खुद से लिपटाए, उसे खींचती हुई-सी आँगन में ले गईं, "चल मुँह हाथ धो ले।"

वो थोड़ी देर यूँ ही चुपचाप खड़ी रही। फिर कुछ समझ में नहीं आया तो अपने कमरे में चली गई। बिस्तर पर राजीव औंधे पड़े बेसुध सो रहे थे। उनका एक हाथ नीचे को लटक रहा था। उसने पहली बार गौर से अपने पति का चेहरा देखा। सिर्फ आधा चेहरा ही दिख रहा था। फिर अपनी सोच पर हँस पड़ी। "बाकी आधा भी तो वैसा ही होगा।" राजीव देखने में कोई बुरे तो नहीं। रंग गहरा है। पर नाक-नक्श ठीक ही है। फिर उन्हें खुद को लेकर इतनी हीन भावना क्यों है? शायद रंग गहरा होने की वजह से। सचमुच, उन्हें लड़कियों के मन की खबर नहीं। लड़कियों को तो साँवले लोग ही पसंद आते हैं। उसकी सहेली नंदा

तो हमेशा कहती, "वो तो किसी टी.डी.एच. से ही शादी करेगी। यानी टाल डार्क एन हैंडसम।" फिर जैसे खुद से ही पूछ डाला, "तो क्या उसे भी राजीव पसंद हैं?" पर फिर मन बुझ गया। राजीव ने खुद को पसंद करने का मौका ही कहाँ दिया। कल ऐसी वहशियत दिखाई कि कोई खूबसूरत एहसास सर उठा ही नहीं सके। फिर सर झटक दिया, "ऐसी भावनाएँ मन में बिठा रखेगी तो फिर आगे का जीवन कैसे चलेगा।" लंबे गीले बालों को अँगुलियों से सुलझाती, खिड़की तक चली आई।

कमरे की खिड़की पीछे की तरफ खुलती थी। जिसके फ्रेम में कुछ केले के पौधे और शीशम के पेड़ नजर आ रहे थे। आसमान का एक टुकड़ा भी टँगा हुआ था, जिस पर समुद्र की लहरों-सी उतार-चढ़ाव लिए बादलों का एक छोटा-सा दल भी तैर रहा था। सूरज की किरणों से बादलों के किनारे चाँदी की धार से चमक रहे थे। शायद इसी कहते हैं क्या, 'एवरी क्लाउड हैज अ सिल्वर लाइनिंग' तो उसकी जिंदगी पर घिरते क्लाउड में भी क्या कोई सिल्वर लाइनिंग होगी? फिर से एक बार सर जोर से झटक दिया, अभी से ऐसा क्यों सोच रही है। आज उसकी नई जिंदगी की पहली सुबह है। उसे अच्छी अच्छी बातें सोचनी चाहिए। किनारे पड़ा स्टूल खींचकर ले आई और खिड़की के पास बैठ, सुबह के इस मनोहारी दृश्य में खोने का प्रयत्न करने लगी। सूरज की रौशनी में पत्ते चमक रहे थे। ऐसा लग रहा था नहा-धोकर कहीं जाने की तैयारी में हों। पर इन्हें कहाँ जाना है, जाना ना सही, पवन के इशारों पर मंद-मंद लहराना तो है। बहुत ही मनोरम दृश्य था। आज तक जया ने ऐसी खुशनुमा सुबह नहीं देखी थी। कल से आजतक में एक यही बात अच्छी हुई। सुबह उठने की वजह से इतना सुंदर नजारा देखने को मिला।

भैया हमेशा उसकी देर तक सोने की आदत पर चिंता जताते। उसे चिढ़ाते हुए माँ से कहते भी, "ससुराल जाकर नाक कटा देगी ये लड़की। आठ बजे सोकर उठती है।"

"मैं ससुराल जाऊँगी ही नहीं। मुझे नहीं जाना ससुराल-फसुराल।" वो माँ के गुलगुले से पेट में मुँह छुपाती, इठलाती हुई बोलती।

माँ प्यार से परे धकेलते हुए कहतीं, 'नहीं जाएगी तो क्या हम सबकी छाती पर मूँग डालेगी?'

"मूँग कैसे दलते हैं, माँ?" वो भोलेपन से पूछती और भैया ठठाकर हँस

पड़ते।

ये सब याद कर आँसू आ गए, उसकी आँखों में। अब घर जाएगी तो सुबह उठकर भैया को एक कप चाय बनाकर जरूर देगी। उसने फिर से बाहर के दृश्य में मन लगाने की कोशिश करने लगी।

केले के पौधे पर केले कि घौद फूट रही थी। सिरे पर लगे, गहरे कत्थई रंग के फूल से एक अधखुली-सी पंखुड़ी निकलकर गिरने ही वाली थी। इस पंखुड़ी को तो पता नहीं, नीचे मखमली घास बिछी है या कीचड़ है या कठोर धरातल। कुछ कुछ उसकी जिंदगी-सा ही नहीं? वो भी तो अपनी शाख से बिछड़ कर इस अनजान जगह पर आ गई है, उसे भी कुछ कहाँ पता था, कैसे होंगे यहाँ के लोग।

तभी राजीव ने करवट बदलकर आँखें खोलीं।

वो फुर्ती से उठकर पास आ गई, "चाय ले आऊँ?"

राजीव ने फिर आँखें मूँद लीं, हूँ कहा और करवट बदल ली।

कमरे से बाहर निकली तो देखा, आँगन में सासू माँ बैठी बाल खोले, कंघी कर रही थीं, शायद नहाने जा रही हों। बरामदे में ननद बैठी थीं।

उसने धीमी आवाज में कहा, चाय बनाने जा रही हूँ। आप लोग लेंगी?"

सास ने आँखें सिकोड़ कर उसकी तरफ देखा। ननद वैसे ही निर्विकार सामने देखती रहीं, उसने फिर दुहराया। उसे समझ नहीं आ राह था, 'राजीव उठा गए हैं' ये कैसे कहे। उसका नाम लेना, शायद इन लोगों को अच्छा ना लगे और 'वे' उठ गए हैं, कहने में उसे अजीब-सा लग रहा था। फिर से पूछा, 'आप सबके लिए भी चाय बनाऊँ?' पर फिर भी किसी ने कोई जवाब नहीं दिया। सास वैसे ही सर झुकाए, कंघी करती रहीं, ननद सामने देखती रहीं तो वो रसोई में चली गई।

दो कप चाय बनाई। छोटी ट्रे नहीं दिखाई दी तो एक थाली में कप रखे, कमरे की तरफ बढ़ी। इस बार सास-ननद, सर उठाकर उसे लगातार घूरतीं रहीं। रसोई से निकलने से लेकर कमरे में पहुँचने तक, उनकी आँखें लगातार उसका पीछा करती रहीं। पलंग के पास स्टूल खींच उस पर थाली रख दी और धीरे से कहा, 'चाय।'

राजीव वैसे ही पड़े रहे। एक बार और कहा, "चाय ठंडी हो जाएगी।" फिर भी कोई उत्तर न पा फिर से खिड़की के पास चली आई। थोड़ी देर बाद आहट हुई। राजीव उठे और कुर्सी पर से अपना कुरता उठाकर पहनते हुए बोले, "बाहर लेकर आइए चाय, हम मौग मेहरा नहीं हैं, जो बीवी के आँचल में छुपे रहें।"

और हाथ झटकते बाहर निकल गए।

जया ने उनकी चाय का कप ले जाकर बाहर बरामदे के टेबल पर रख दिया।

ननद विद्रूपता से हँसीं, "का हुआ। बीवी तो चाय बनाकर ले गई थी कि साथे चाय पिएँगे अ तुम बाहर आ गए।"

"हुँह ! साथे पिएँगे, मुँह है साथ चाय पीने का।" राजीव ने मुँह बनाकर कहा और जोर से चिल्लाए, "सरसती माए, एक गीलास पानी पिला।"

वो यह सब सुनती, अकेले कमरे में अकेले बैठ, ठंडी चाय के घूँट भरती रही।

वो कोशिशों का दौर

चाय खत्म कर, उसने सोचा कप किचन में रख आए। इसी बहाने बाहर सबके साथ बैठ भी जाएगी। उसे ही घर के लोगों से घुलने-मिलने का प्रयास करना पड़ेगा। आगे बढ़कर ये लोग तो बुलाने से रहे।

कप लेकर उठने ही वाली थी कि सबसे छोटे देवर संजीव के स्वर ने रोक लिया, "भैया गाड़ी वाला पूछ रहा है कि आज भी कार का जरूरत है? नहीं तो हिसाब करके अपना पैसा माँग रहा है।"

"ना अब क्या जरूरत है, जाओ कह दो, आते हैं हम। सुबहे-सुबहे पईसा की पड़ी है, ससुरे को। भागे जा रहे हैं जईसे हम।" राजीव गुस्से में बोले।

"अरे, साँझ को तुम दूल्हा-दुल्हिन को मंदिर जाना है। रिवाज है घर का। त का नईकी बीवी को फटफटिया पर लेकर जाओगे। ससुरार से त उहे मीला है।" ननद जोर से हँस दीं।

"हुँह। गाड़ी पर चढ़े होते कभी, तब त देने का औकात होता कंगले सब।" हिकारत थी राजीव के स्वर में। दिल बैठ गया उसका। कप रखकर वापस बैठ गई।

"राजेस्वा अपनी बहिन के लिए कितना आगे-पीछे घूम रहा था। उसके बाबूजी पी.डब्लू.डी. में जम के पईसा पीटे हैं। जो माँगो देने को तैयार और उसकी बहिन को देखी हो ना दीदी, कौनो खराब है देखने में? जिसको बियाह के लाए हैं उससे तनिको कम है? बताओ तो?" ये राजीव से छोटे अमित की आवाज थी। आश्चर्य से भर गई वो। यह तो भाभी कहने से भी कतरा रहा है।

"एगो राजेस्वा के बाबूजी ही नहीं आगे-पीछे घूम रहे थे। जौन दिन से राजीब का रिजल्ट आया। बाबू हो बाबू, सुबह-साम लरकीवालों से दुआर गजगजाया रहता था। एगो इंजीनियर साहब तो नया गाड़ी दुआर पर ही छोड़ के जा रहे थे

कि लड़की को देने के लिए ही खरीदे हैं, आप लोग घूमिए फिरिए। और एगो बड़का अफसर त तीन लाख कैश ब्रीफकेस में भर के पकड़ा रहा था। बातचीत त चलते रहेगा। इसे रख लीजिए। पर राजीब अपने जिद के आगे किसी का सुना है आजतक। जब करमे फूटल था त कोई का करे। केतना लरकी सब का फोटू-टीपन अब तक पड़ले है। एक-से-एक सुंदर पढ़ी-लिखी खानदानी लड़की सब। पर इसको त बिन बाप के बेटी को ही बियाहना था।" कहीं से सासू जी आकर अपने मन की व्यथा उड़ेल रही थीं।

ननद कैसे पीछे रहतीं। वे अपनी सुनाने लगीं, "तुम लोग त आस-पास थे। हम त इतना दूर थे तभियो इसके कंपीटीशन में पास होने का खबर पता चलते ही हमरे सास-ससुर को, इनको, हमको सब लोग घेरने लगा था। एक-से-एक बड़का पईसा वाला लोग। बस कहने भर का देर। सब कुछ देने को तैयार। पर फेर माँ बतायीं की नहीं, राजीब लरकी पसंद कर लीया है। फिर सब बाते खतम।"

"अरे त हम का समझे थे कि कंगाल के घर में बियाह कर रहे हैं। बाप का बढ़िया पईसा छोड़ के नहीं मरा होगा? पर माए-भाई सब मिलकर दबा लिया।" राजीव का स्वर सुन, उसे मितली-सी आ गई। लगा अभी उल्टी हो जाएगी। ये उसके पति हैं। जिनके साथ जीवन गुजारना है। तन-मन शेयर करना है। मन हो रहा था भाग जाए कहीं। पर कहाँ जा सकती थी। बरामदे से सारी आवाजें साफ सुनाई दे रही थीं, उसे तो सुनाया ही जा रहा था पर इन लोगों को इतना भी खयाल नहीं था। छोटा लड़का संजीव भी जरूर सुन रहा होगा यह सब। क्या असर पड़ेगा उसकी सोच पर?

तो ये वजह है, उन सबकी उसके प्रति बेरुखी का। सबकी नजरें थीं दहेज के पैसों पर। सबने अपनी हिस्सेदारी के मंसूबे पाल रखे थे इसीलिए जब आशा अनुरूप दहेज नहीं मिला तो उसके प्रति रूखे होकर उठे हैं सब लोग। उनकी परिचर्चा जारी ही थी, देवर अमित ने तो पैसों का हिसाब भी लगा लिया था। कह रहा था, "राजेस्वा के बहिन से बियाह हो जाता त हमरा भी फिउचर सेट हो जाता। सोचे थे दिल्ली जाकर कोचिंग में एडमीसन लेंगे और आई.ए.एस. का तैयारी करेंगे पर हियाँ बियाह करके भैया सब गुड़गोबर कर दिए। अब बाबूजी के टेंट से त पईसा निकलने से रहा। सारा फिउचर डार्क हो गया।"

"तुम केतना तैयारी करते हमको मालूम है। लफुआगीरी से बाज आओ तब

ना बी.ए. में तो लटक रहे हो और आई.ए.एस. बनेंगे। तुम का सोचते हो हम बाबूजी को पईसा देने देते?" उन अप्राप्य पैसों में भी हिस्सेदारी राजीव को गवारा नहीं हो रही थी।

माँ ने दोनों भाइयों के बीच का तनाव भाँप लिया और जल्दी से बोलीं, "खाली ई बतकुच्चन ही होगा कि कुछो काम-काज भी होगा। जाओ अमित, जब तक गाड़ी है भाड़ा का गद्दा-चादर सब लौटा आओ। अब अपना बियाह में भी का राजीबे खटेगा। चलो राजीब मुँह हाथ धो लो। औरो चाय लोगे?"

"सब मेहमान लोग चला गया?" अमित ने पूछा।

"त केतना दीन रहता। तिलके से सब लोग आया हुआ था। तुम त खाली बाहर घूमते रहते हो। और घर में सोते रहते हो। कुछ पता रहता है घर का?" प्रतिमा ने जवाब दिया।

"हाँ, हमही को बोलो सब लोग।" कहता अमित बाहर चला गया और सभा बर्खास्त हो गई।

अब उसकी हिम्मत नहीं थी बाहर जाने की। पैरों में जैसे जान नहीं बची थी। दीवार का सहारा ले लिया उसने। सिर्फ बहुत सारा पैसा ही अहमियत रखता है? पैसे कपड़े साज समान कितना कुछ तो दिया है उसके घर वालों ने। इतना स्वागत-सत्कार, मान-सम्मान दिया, उसका कोई मोल नहीं? अपनी हैसियत से बढ़कर सब कुछ किया उन्होंने। हाँ, घूस कमाने वालों की तरह उड़ेल कर पैसा नहीं दे पाए। थे ही नहीं तो देते कहाँ से? दुनिया की खुरदरी हकीकत से अब तक वाकिफ नहीं थी वो। माँ-भाई-बहनों की शीतल छाया तले जीवन की इस कड़ी धूप से अनजान ही थी पर आज वो निपट अकेली थी। उन सबका साया नहीं था सर पर और दुनियादारी की कड़वी हकीकत सरीखी धूप तन-मन झुलसाए जा रही थी। निस्तार कोई नहीं था।

बड़ी देर तक अवसन्न-सी बैठी रही। बरामदे में भी कोई हलचल नहीं हो रही थी। काफी देर बाद देवर संजीव आया कमरे में और एक प्यारी मुस्कान के साथ बोला, "भाभी, भैया के कपड़े निकाल दीजिए। भैया नहाने जा रहे हैं।"

उसकी इस अपनत्व भरी मुस्कान उस सहरा में एक ठंडी बयार-सी लगी और इस बयार ने ही जैसे उसमें जीवन-संचार कर दिया। फुर्ती से उठ खड़ी हुई। तो वो बेतरतीब-सी अटैची राजीव की ही है। कपड़े निकाल कर दे दिए। और अटैची में कपड़े तह कर के अच्छे से रखकर अटैची बंद कर दी। सोचने लगी,

"लो हो गई शुरुआत, गृहिणी के कर्तव्य की। अब सारी जिंदगी, पति के कपड़ों का खयाल रखना पड़ेगा।" संजीव ने फिर से मुस्कुरा कर मुस्तैदी से 'थैंक यू भाभी' कहा और कपड़े लेकर चला गया। ये छोटा-सा लड़का अपने घरवालों के व्यवहार से शर्मिंदा है और उसे सहज करने की अपनी छोटी-सी कोशिश करता रहता है। पर ये घर के बड़े, ये तो मौका ही ढूँढते रहते हैं, उसे लज्जित करने का।

संजीव के जाने के बाद सोचा। उसे रसोई में जाकर देखना चाहिए कोई काम तो नहीं। कब तक इस तरह कमरे में बैठी रहेगी। कल को और बातें ना बनाने लगें लोग। रसोई में देखा, सासू जी बर्तन उठा-रख रही थीं। उसने अदब से पूछा, "माँ जी कोई काम हो तो बताइए।"

उन्होंने कोई जवाब नहीं दिया। फिर से कोशिश की, "खाना क्या बनेगा?"

"जो सब घर में बनता है वही बनेगा और क्या।" रूखे स्वर में बिना नजरें उठाए बोलीं वे। फिर वो चुप खड़ी रही।

बुआ सास आती दिखीं, "का दुल्हिन, अभिये से कनिया को चौका-चूल्हा में लगा दिया। अपना बखत याद है। अम्मा सवा महीना तक चौका नहीं छुआईं थी।"

"तब का बात अउर था जीजी। नौकर-चाकर झूलते रहते थे। अब त हमी को हाड़ गलाना है। कनिया जब तक चाहे आराम करे। हम त इसको चायो बनाने को नहीं बोले थे। आज परतिमा के बाउजी बोले कि सादा खाना खाएँगे। दाल-भात-तरकारी। हलवाई सबको भी बिदा कर दिए त खनवा तो बनाना ही पड़ेगा। घर वालों को भुक्खा थोड़बे रखेंगे। जाओ दुल्हिन तुम पलंग पर आराम करो।"

वो जल्दी से सामने आ गई, "नहीं-नहीं। खाली हमको बात दीजिए, हम बना देंगे खाना।" इनकी जैसी ही भाषा बोलने की कोशिश की। इन सबके सामने अपनी शुद्ध हिंदी पर ही शर्म आ रही थी। कहीं इसी बात पर ना लोग मजाक बनाने लगें वर्ना बाबूजी जरा भी गलती बर्दाश्त नहीं करते थे। तुरंत टोक देते थे, "हवा चल रही है या चल रहा है? भूख लगी है या लगा है?" और वे लोग सँभल जाते। इसीलिए उन सब भाई-बहनों को हमेशा शुद्ध हिंदी बोलने की आदत थी। पर यहाँ तो भोजपुरी-हिंदी की ऐसी खिचड़ी बनी हुई थी कि कई बार कुछ बातें समझ में भी नहीं आतीं।

सास ने उसकी बात अनसुनी कर दी और अपना घुटना पकड़कर बोलीं, "ओह ई ठेहुना का दरद त जान ले के रहेगा। ई सादी का भाग दौर। पूरा गोर

पीरा रहा है।" और लंगड़ाते हुए बाहर चली गईं।

वो परेशान-सी रसोई में खड़ी रह गई। क्या करे, क्या बनाए, राशन कहाँ है, बर्तन किधर हैं, उसे तो कुछ मालूम नहीं। उसने तो सोचा था, कुछ मदद कर देगी पर यहाँ तो पूरा भार ही उस पर डाल दिया गया। खाना बनाना उसे आता था। सीमा दी के शादी के बाद ही ये जिम्मेवारी ले ली थी पर मुश्किल से चार लोगों का खाना पर यहाँ दस लोग तो होंगे ही, कैसे बना पाएगी?

रोने रोने को मन हो आया और उतने में ही देवदूत-सी बूढ़ी काकी प्रकट हो गईं। याद नहीं जीवन में कभी किसी को देखकर इतनी खुशी मिली होगी जितनी काकी को देखकर हुई।

"का हो बहुरिया। इहाँ का कर रही हो?" काकी ने आते ही आवाज लगाई।

"खाना बनाना है काकी।" उसने रुआँसे स्वर में कहा।

और काकी उसकी मनोदशा समझ गईं। जोर से बोलीं। शायद सासू जी को सुनाते हुए, "ई परतीमा की माएँ भी ना। अभिये से कनिया को रसोई में झोंक दिया। अरे दू चार दीन और हलवाई रख लेते। बेटा का बियाह लेकिन कंजूसी में कौनो कमी नहीं। जाने दो कनिया तुम डरो जनि। हम मदद कर देते हैं।"

जान में जान आ गई उसकी। काकी ने चावल-दाल धो कर दे दिए। सब्जी काटकर दी। मसाला पीस कर दिया। बर्तन भी बताए। पर फिर भी खाना तो उसे ही बनाना था। इतनी गर्मी, साड़ी और उस पर सर पे पल्लू, बुरा हाल हो रहा था। अपने घर में तो कभी रसोई में लगातार खड़ी नहीं रहती। कड़ाही चढ़ा दी, एक चक्कर घूम आई। सब्जी छौंक दी दूसरा चक्कर। पानी डाल कर गैस सीम कर दी और किताब पढ़ने लगी। पर यहाँ तो लगातार खड़े रहकर जैसे दम घुटा जा रहा था। काकी लगातार उसकी मदद कर रही थीं। पर अब उनकी उपस्थिति ही असमंजस में डाल रही थी। मन हो रहा था, दाल-सब्जी जरा-सा चख कर देख ले। नमक-मसाले ठीक हैं ना पर काकी के सामने कैसे करे। मन-ही-मन ईश्वर से प्रार्थना करती रही, "सब ठीक रखना भगवान!"

टोकरी में थोड़े खीरा टमाटर पड़े थे। उसने सलाद काटने की सोची। टमाटर को फूल जैसा काटकर उसे प्याज के छोटे-छोटे टुकड़ों से सजा दिया। हरी मिर्च को लंबाई में पत्तियों जैसा काटकर लगा दिया। खीरा को आयताकार टुकड़ों में काटकर बिछा दिया। सलाद सजाने में उसका खूब मन लगता था। कोई खाने पर आए तो सलाद काटने की जिम्मेवारी उसी की होती थी। यहाँ भी वह अपना हुनर

दखाने का मौका नहीं छोड़ना चाहती थी। शायद इसी से सब इम्प्रेस हो जाएँ।

सारा काम खत्म कर अपने कमरे में आकर सर से पल्लू उतार फेंका। सारे बाल पसीने से गर्दन पर चिपक गए थे। अपनी चोटी उठा, गर्दन पर एक अखबार से हवा कर ही रही थी कि काकी की आवाज आई, "ओ बहुरिया, परतीमा के बाबूजी का खाना लगा के दे दो। ऊ हमेसा टाइम से खाते हैं। तनको एन्ने ओने हुआ कि हंगामा कर देंगे।"

वो थाली लगा ही रही थी कि सासू जी आ गईं, "दो हम ले जाते हैं। और सरसती माएँ बरामदे में चद्दर बिछाओ। सब लोग एक्के साथ बैठ के खाएगा।"

सासू जी थाली लेकर चली गईं। पता नहीं बाबूजी को बताया भी या नहीं कि उसने पहली बार खाना बनाया है। काकी चादर बिछाकर सबको बुला लाईं। वो सँभलकर खाना परसने लगी। सलाद की सजी प्लेट देखकर बाकी सबने तो कुछ नहीं कहा, प्रतिमा के पति बोले, "एकदम होटल जैसा लग रहा है। बहुत सुंदर सजाई हैं।"

"पर ई घर है होटल नहीं। अईसे काटने से सब बर्बाद ही होता है।" आशा के अनुरूप प्रतिमा ने आपत्ति जता दी। पर उसके पति ने जब सब्जी की भी तारीफ की तो इस बार राजीव बोल पड़े, "अरे माँ के हाथ का बेसन का तरकारी खाए हैं? उँगली चाटते रह जाइएगा। माँ इनको बना के खिलाओ कभी।" शायद ये ना कहते तो सब ये समझ लेते कि वे भी पत्नी की तारीफ में शामिल हैं।

"तरकारी का मसाला तनी और भुजाता। तब जाके रंग आता।" सासू जी ने फैसला सुना दिया और उसने एक गहरी साँस ली। इन लोगों से तारीफ की आशा करना पत्थर से तेल निकालने जैसा है।

***

गर्मी में खाना बनाते-परसते इस बुरी तरह थक गई थी कि जब कमरे में आई तो मन हो रहा था। सारे संकोच परे रख, अंदर से दरवाजा बंद कर आँचल उतार फेंकें और पंखे के नीचे चित्त लेट जाए। यूँ भी उसके कमरे में कोई आता नहीं। राजीव तो नहीं ही आएँगे। वे तो सबके सामने ऐसे दिखा रहे हैं, जैसे उनका उससे कोई रिश्ता ही नहीं और कोई और आएगा तो खटखटा लेगा दरवाजा। ये लोग उसे इंसान नहीं समझ रहे तो क्या वो भी भूल जाए कि वो भी हाड़-मांस की एक जीव ही है, कोई मशीन नहीं। ना चैन की नींद। ना ढंग का खाना-पीना। ना मानसिक शांति। दो पल आराम के तो चुरा ले, कम-से-कम। पर फिर इस

विचार को निर्दयता से परे धकेल दिया। आज दूसरा ही दिन है ससुराल में, ऐसे दरवाजा बंद करके कैसे सो सकती है? हाँ, कोई कह दे कि दुल्हिन जरा आराम कर लो। तब अलग बात है। जैसे माँ कहती थी। कितना मन होता था भाभी से गप्पें मारने का पर माँ जबरदस्ती उनके पास से हटा देती कि अब थोड़ा आराम करने दो भाभी को। यहाँ तो कोई कुछ कहता ही नहीं। जैसे उसका कोई अस्तित्व ही नहीं। बस ताने देने भर को वो नजर आ जाती है। सब बैठे खा रहे थे, वो परस रही थी। ननद ही रुक जाती कम-से-कम उसके साथ खाने को। किसी ने पूछा भी नहीं कि उसने खाया या नहीं। किचन में अकेले खाना कितना चोर जैसा लगा। आँसू निकल आए उसके। अगर काकी ने नहीं जोर डाला होता तो वो शायद खाती भी नहीं। उससे तो काकी अच्छी। अपना खाना लेकर आँगन में चली गईं और ठसके से बैठकर आराम से खाया। उसने तो आँसुओं के साथ दो-चार गस्से किसी तरह निगले।

पैर नीचे लटकाए ही वो तिरछी होकर बिस्तर पर पड़ गई। जरा-सी भी आहट सुनाई देगी तो झट उठकर खड़ी हो जाएगी।

पर शरीर को जरा-सा आराम मिला और झपकी आ गई। पता ही नहीं चला, कब ननद कमरे में आ गईं।

सर पर पल्लू सँभालती। गिरती पड़ती खड़ी हो गई।

ननद बोलीं, "ई देखो जरा। ई तो आराम से पलंग पर पसर के सो रही हैं। एक हम लोग थे। बिना कहे बैठते तक नहीं थे। चाहे खड़े-खड़े टाँग दुखा जाए और ई त नींद घींच रही हैं। अम्माऽऽऽ... अम्माऽऽऽ तुम रहने दो, ऊ मंदिर-उंदिर का दर्शन तुमरी पतोह तो आराम कर रही है। बेचारी के आराम में बाधा पड़ेगा।"

"हाँ, अपने घर पर त जईसे नौकरे-चाकरे झूलता होगा। बिन बाप के बेटी है। पर नखरा रानी वाला है। कह दो, बाद में सुतती रहे। हमरे घर का रिवाज है। सादी के बाद मंदिर जाना। उ देवी माँ का कोप कौन सहेगा,बोलो तैयार होने को।"

"सुन लीं ना। मंदिर का बात है। तैयार हो जाइए और शादी की कढ़ाई वाली चुनरी जरूर साड़ी के ऊपर ओढ़ लीजिएगा।" थोड़ी विद्रूपता से कहती ननद चली गई।

सर झुकाए ही उसने हाँ कहा और साड़ी बदलकर तैयार हो गई। दो बार बरामदे में जाकर भी देखा "किसे बताए कि तैयार हो गई है", कोई नजर नहीं

आया तो कमरे में आकर ऊँघने लगी। ननद का बेटा गौरव दौड़ते हुए आया और बोला, "चलिए मामी। सब लोग बाहर बुला रहे हैं।"

बाहर अभी भी अच्छी-खासी धूप थी। भारी साड़ी उस पर से शादी की चुनरी। सर तक आँचल। दम घुटा जा रहा था। कार में भी राहत नहीं मिल रही थी क्योंकि सर तक खिंचे पल्लू ने हवा का आवागमन निषेध कर रखा था। बस इतना था कि पीछे आराम से बैठने की जगह मिल गई थी। सिर्फ ननद और उनका बेटा था साथ में। राजीव सामने ड्राइवर के बगल में बैठे थे। शायद नींद में ही थे। कुछ नाराज से लग रहे थे। बार-बार कह रहे थे, "माँ को ई सब का सूझता है। ऐसी कौन-सी मन्नत पूरी हो गई कि मंदिर में माथा टेको जाकर। दुपहरिया की नींद खराब कर दी।"

"मन्नत तो कोई भी पूरी नहीं हुई, माँ की। क्या-क्या अरमान थे तुमरी सादी के। सब स्वाहा हो गए। पर रसम तो करना ही है ना। आस-पास का सब लोग सादी के बाद देवी का दर्शन के लिए जाता है।"

"हुँह।" कहकर राजीव चुप हो गए। शेष रास्ता चुप्पी में ही कटा।

मंदिर के पास कार रुकी। वह उतरने को हुई तो ननद ने टोक दिया, "चप्पलें उतार दीजिए।"

नीचे पथरीला रास्ता था। ढेर सारे कंकड़ चुभ गए। खयाल आया जिंदगी की राह में अनदेखे कंकड़ क्या कम चुभ रहे हैं। जो अब सचमुच के कंकड़ भी आ गए टीस देने। एक सिसकी-सी निकली पर अंदर ही घोंट ली। राजीव ने अपनी मोटी-सी चप्पल नहीं उतारी। ननद ने तो कुछ नहीं कहा पर बेटे गौरव ने टोक दिया, "मामा चप्पल नहीं उतारेंगे। और हम लोग?"

"हम लोग भीतर में उतारेंगे नई कनिया नंगे पैर चल के जाती है मंदिर।"

उसने चुपचाप कदम आगे बढ़ा दिए। मंदिर के प्रवेशद्वार के बाद एक बड़ा-सा प्रांगण था। तेज धूप में फर्श शीशे-सा चमक रहा था। उसने एक पैर रखा और छन्न से पैर जल गया। किसी तरह साधते हुए दूसरा पैर रखा। किनारे में कुछ फूल की दुकान थीं। सब अलसाए से पड़े थे। प्रांगण में हलचल देख उठकर बैठ गए। ननद ने एक फूलों की टोकरी लाकर उसे थमा दी। अब साड़ी के साथ टोकरी भी सँभालनी थी। पैर के तलुए जले जा रहे थे तेज भी नहीं चल सकती थी। नई दुल्हन थी, सबकी नजरें उस पर जमी थीं। ननद, राजीव उनका बेटा गौरव तो लगभग दौड़ते हुए मंदिर तक चले गए जबकि उन सबने चप्पलें पहनी हुई थीं।

सिर्फ सर पर पड़ती तेज धूप से ही घबरा गए थे। यहाँ तो साड़ी की परत पार कर धूप से सर जल रहा था और नीचे फर्श पैर झुलसाए जा रही थी। आखिर एक के बाद एक कदम रखते हुए पूजास्थल तक पहुँच गई। सर पर से सूरज की छाया हटी और पैर के तलुओं को ठंडी फर्श का स्पर्श मिला तो जरा-सा चैन आया। पर ये आशंका डराए जा रही थी कि अभी उसी प्रांगण को फिर से पार करना है।

पूजा जल्दी खत्म हो गई या उसे ही ऐसा लगा, नहीं पता पर फिर से सर पर वही तेज धूप थी और पैर के नीचे जलता फर्श।

कार की सीट पर सर टेक आँखें मूँद लीं। जब घर आ गया और उतरने के लिए चप्पल पैरों में डाली तो चप्पल पैरों में आ ही नहीं रही थी। उसके पूरे तलवों पर फफोले पड़ गए थे और तलवे सूज गए थे किसी तरह चप्पल में पैर अटकाते हुए बाहर निकली। जरा-सा दबाब पड़ता और ऐसी टीस उठती कि आँखों से आँसू निकल आते। राजीव बाहर ही कुर्सी पर ढेर हो गए। जैसे कितना थक गए हों, "परतीमा, चाय बना जरा।"

अंदर के बरामदे में पहुँची ही थी कि ननद ने पूछा, "आप चाय बनाइएगा या हम बनाएँ?"

"बनाते हैं, बस चुनरी कमरे में रख आएँ।" उसने मैं कहना छोड़ ही दिया था। ध्यान से खुद के लिए हम कहती कि बिल्कुल ही अलग-सी ना लगे उसकी बोली।

सबके लिए चाय बरामदे में टेबल पर रख अपने कमरे में चली आई। दोनों पैर उठाकर बिस्तर पर रख लिए, दोनों पैर के तलवे फफोलों से भरे थे और बेतरह टीस रहे थे। साड़ी के पल्लू से सहलाने का उपक्रम किया तो दर्द से कराह उठी। झुककर फूँक मार कर राहत पहुँचाने की कोशिश करने लगी।

थोड़ी देर में ही संजीव कमरे में अपनी चाय का कप लिए हुए आया, "भाभी आप नहीं पिएँगी चाय?" और उसे यूँ अपने पैरों पर झुके देख घबरा गया, "क्या हुआ भाभी। ओह! ये क्या हो गया है। रुकिए मैं दवाई लाता हूँ।" और कहता वो बाहर की तरफ भागा।

बरामदे में सब बैठे चाय पी रहे थे। संजीव ने जोर से कहा, "भाभी के दोनों पैर के तलवे में फोड़ा हो गया है।"

"अरे बाप रे! ई कौन-सा बीमारी नैहर से लेकर आई है?" सासू जी थीं।

"नहीं माँ, अभी हुआ है। कल तक तो भाभी ठीक थीं।"

"लगता है मंदिर में नंगे पैर गई थी। इसीलिए फोड़ा हो गया। बहुत फूलकुमारी है भाई। अईसे जिंदगी कईसे चलेगी। राजीऽऽऽव, ओ राजीऽऽऽव देखो तुमरी कनिया को का हुआ है। तनिका देर बिना चप्पल के चली त फोड़ा हो गया। अब डॉक्टर दवाई करवाओ।" ननद ने राजीव को आवाज लगाई।

"का हुआ भाई। काहे गला फाड़ रही हो?" राजीव अंदर आ गए थे।

"भैया, भाभी के तलुआ में फोड़ा हो गया है। कोई मलहम ला दीजिए।" संजीव ने जैसे डरते-डरते कहा।

"आँयऽ, फोड़ाऽऽऽ कईसे?"

"बिन चप्पल पहिने मंदिर गई थी ना। इसीलिए। अब त ई नयका लोग मंदिरों में चप्पल पहिर के जाएगा। जाओ ले जाओ बड़का डॉक्टर-वैद्य को दिखाओ।" ननद हँस रही थीं।

"हँऽऽऽ डॉक्टर के पास जाएँगी। इतना-इतना बात के लिए डॉक्टर दवाई होने लगा तब तो हो गया। मेरा पूरा तनखाह फूलकुमारी की सेवा में ही जाएगा।"

"ई संजीव भी झूठे का हल्ला करता है। खाली पैर चलने से किसी को फोड़ा होता है। फालतू का सबको परेसान करने का कोसिस।" सासू माँ ने फैसला सुना दिया था। किसी ने भी अंदर आकर सच्चाई जानने की कोशिश नहीं की।

"ई त सुरुये दिन से भाभी का चमचा है। इससे और का उम्मीद।" कहते राजीव फिर बाहर चले गए।

अब वो अपने आँसू नहीं रोक सकी। टप टप बड़ी-बड़ी बूँदें, उन फफोलों पर गिरने लगीं पर उनसे कोई राहत नहीं मिल रही थी। जलन और भी बढ़ती जा रही थी।

जरा-सी आहट हुई तो जल्दी से आँसू पोंछ लिए। अभी फिर रोकर अपसगुन करने की तोहमत लग जाएगी।

पर धीरे-धीरे कदम बढ़ाता संजीव आया। हाथ में एक स्याही की दवात लिए हुए था। बोला, "भाभी। ये स्याही लगा लीजिए तलुआ में थोड़ा ठंडक लगेगा।"

"पढ़ने की चीज पैर में कैसे लगाऊँ?" देवर के स्नेह पर मन भी भर आया था। पर आशंका भी थी।

"कुछ नहीं होगा। पहले दवात को ऐसे माथे से लगा लीजिए और फिर स्याही लगा लीजिए। कुछ तो आराम मिलेगा। लोग जलने पर स्याही लगाते हैं। नहीं तो लाइए मैं लगा दूँ।"

जया चकित थी। पता नहीं इतनी जल्दी इतना अपनापन कैसे पनप आया था। उसके किशोर मन में। शायद उसके बचपन का निष्कपट मन, घर वालों का ये दुराचार बर्दाश्त नहीं कर पा रहा था।

"नहीं-नहीं। रहने दीजिए। मैं लगा लेती हूँ।" और उसने स्याही की दवात उसके हाथों से ले ली।

संजीव फिर धीमे-धीमे दबा कर पैर रखते हुए कमरे से निकल गया। जैसे डर हो कोई देख ना ले।

थोड़ी ठंडक तो पहुँची पर बस मिनटों के लिए ही। फिर से जलन बढ़ गई। और उसने मन को समझाया अब तन-मन को सख्त कर लो। कब क्या झेलना पड़ जाए, पता नहीं।

उन्हीं पैरों से किसी तरह लंगड़ाते हुए रात का खाना भी बनाया। सबने गौर किया उसका यूँ लंगड़ा कर चलना पर किसी ने कुछ नहीं कहा।

कमरे में फिर से एक बार दोनों पैर बिस्तर पर रखे, कभी स्याही लगाती, कभी फूँक मारती। जरा भी चैन नहीं पड़ रहा था। राजीव कमरे में आए और आते ही कहा, "अरे! वाह। आज तो पहले से ही बैठकर मेरा इंतजार कर रही हैं?" उन्हें भी सब पता था पर एक बार पूछने की कोशिश नहीं की कि क्या हुआ है।

तभी राजीव की नजर पीछे की तरफ खुलती खिड़की पर पड़ी, "अरे खिड़की नहीं बंद किया, कितना मच्छर घुस गया होगा। इतना भी शउर नहीं आपको। कहाँ से आईं हैं आप? कुछो नहीं सीखा है। अब ई सब भी का हमको करना पड़ेगा।" आवाज में रोष था।

उनकी बड़बड़ाहट बढ़ती जा रही थी और आगत की आशंका से उसका मन काँप-काँप जा रहा था। राजीव ने बत्ती बुझाई और पलंग पर चित्त लेट गए। 'आइए इधर' थोड़ा रौब से बोला। वो वैसे ही बैठी रही। राजीव ने दाँत पीसते हुए कहा, 'ई नखरा ओखरा हमरे इहाँ नहीं चलेगा और उसकी बाँह पकड़ जोर से खींच ली। आँखें बंद किए देर तक वो अपना देह-मर्दन झेलती रही।

खुरदरे यथार्थ का कड़वा स्वाद

धीरे-धीरे पैर के तलुवे पर पड़े छाले तो ठीक हो गए पर मन नित नए छालों से दग्ध होता रहा। प्यार-सम्मान क्या सामान्य स्वर में भी कोई बात नहीं करता। राजीव का तो स्वभाव ही ऐसा लग रहा था, किसी से भी झिड़ककर ही बोलते। शायद घर के बड़े लड़के थे इसलिए। अमित, सबके सामने तो यूँ हिकारत से देखकर मुँह फेर लेता, जैसे उसकी छाया भी उसके घर में गवारा नहीं। आखिर उसका फ्यूचर डार्क करने की दोषी जो थी। पर कई बार जब कोई आस-पास नहीं होता तो उसकी नजरों की ताब उसे अंदर तक सिहरा देती। बस सहारा संजीव की मुस्कान और बूढ़ी काकी के प्यार भरे बोल का था। रिश्तेदारों में एक बुआ-सास थीं। पर वे कोई व्यंग्य नहीं करतीं बल्कि सास को ही ताने देने के बहाने ढूँढती रहतीं। वर्षों से चले आ रहे ननद-भाभी संग्राम को पूर्णविराम नहीं लगा था, अब तक।

रसोई का जिम्मा उसने ले ही लिया था और सास भी जैसे बेटे के ब्याह के दिन ही गिन रही थीं। सारा भार उस पर छोड़ निश्चिंत हो गई थीं। ननद भूले से भी रसोई में पैर नहीं रखती, जबकि उसकी दीदी लोग तो भाभी के साथ हमेशा लगी रहती थीं। आज सुबह से ही आँगन में चहल-पहल थी। बोरे में आटा, टोकरी भर कर सब्जियाँ आँगन में रखी जा रही थीं। हलवाई के साथ जब सबको मेन्यू डिस्कस करते सुना तो पता चला, आज उसका रिसेप्शन है। पहली खुशी तो यही जागी कि आज रात का खाना नहीं बनाना पड़ेगा। सर पर पल्लू सँभालते रोटियाँ नहीं बेलनी पड़ेंगीं। और जब ध्यान आया कि उसके घर से भी तो लोग आएँगे रिसेप्शन में तो मन जैसे नाच उठा। ये एक-एक दिन ऐसे बरस जैसे बीते कि भूल ही गई थी, कुल चौथा दिन ही तो है आज ससुराल में। भैया जरूर विदा कराने के लिए बोलेंगे। हे भगवान! ये लोग मान जाएँ। और उसने आँखें बंद कर मन्नत

मान ली। "हे देवी माँ, घर जाते ही सवा रुपए का लड्डू चढ़ाऊँगी। बस इन लोगों को विदा करने के लिए मना देना।"

आज उसके पैरों में एक अलग-सी ही चपलता आ गई थी। हाथ भी जैसे किसी लय में काम कर रहे थे। मन गुनगुना उठा था। बस डर से आवाज नहीं निकल रही थी। बार-बार घर के दृश्य ही आँखों के सामने आ रहे थे। कैसे गेट से दौड़ती हुई अंदर चली जाएगी। बच्चे, भाभी-दीदी सब लिपट जाएँगे। माँ भी तेज-तेज चलती हुई आएँगी। "अरे, मुझे भी तो देखने दे छुटकी का चेहरा", और वो माँ के पैरों पर जब झुकेगी तो आँखें बरस ही जाएँगी। माँ गले से लगा लेगी। उसकी आँखों में पानी आ गया। पर घर के दृश्य धुंधले नहीं पड़ रहे थे। बड़ी भाभी, सबसे जिम्मेदार होने का फर्ज पूरा करते हुए, जल्दी से मिठाई की प्लेट और ग्लास ले आएँगी। और वो ठुनकेगी, "भाभी पता है ना, मुझे नमकीन ज्यादा पसंद है।"

"सब पता है, पर पहले मुँह मीठा करो। फिर जो कहोगी खिलाएँगे।" सब कुछ आँखों के सामने से गुजर रहा हो जैसे। पर हठात् इस सोच को एक धक्का लगा। सब यहाँ के बारे में पूछेंगे। कैसे हैं घर वाले। सास-ननद-देवर और पति? भाभी तो चुहल भी करेंगीं। क्या बताएगी उन लोगों को? ना कुछ नहीं बताएगी। सच जानकर सबके हँसते चेहरे 6लान पड़ जाएँगे। खुशी कहीं गुम हो जाएगी। और तय कर लिया। यहाँ की किसी बात का जिक्र नहीं करेगी, तारीफ ही करेगी। आखिर झेलना और इस स्थिति को सुधारना तो उसे ही है। क्यों बेकार घरवालों को मानसिक क्लेश दे।

खाना बनाकर और सबको खिलाकर अपने कमरे में चली गई। पर नजर घड़ी पर ही टिकी थी। समय जैसे सरक ही नहीं रहा था। अभी थोड़ी देर में शाम हो जाएगी। फिर उसे तैयार होना पड़ेगा। कौन उसे तैयार करेगा। ननद तो सीधे मुँह बोलती भी नहीं। पर शायद तैयार करने वही आएँ। जो कहेंगी, सर झुकाकर मानना पड़ेगा। पता नहीं, उसे ज्यादा ना सजा दें कहीं, ओवर मेकअप ना कर दें। कुछ कह भी नहीं पाएगी, कार्टून ही लगने लगेगी। उसे सादगी ही पसंद है। कितना अच्छा होता, एक बार नहा कर फ्रेश हो जाती पर आँगन में बराबर लोगों का आना-जाना लगा हुआ है। कैसे जाए। बाथरूम भी तो आँगन के दूसरे कोने पर है। ननद के दिमाग में ये बात आ जाए तो अच्छा। इन्हीं बातों में डूबती-उतराती दीवार से सर टिकाए उनींदी-सी बैठी थी कि ननद आईं, "अब तक बैठी

हैं। तैयार होना सुरु नहीं हुईं। पता है ना आज रिसेप्सन है। लोग आने लगेगा त सबसे पाहिले आपके कमरे में ही आएगा। अईसही बैठल रहिएगा?"

"जी, अभी हो जाते हैं। कौन-सी साड़ी पहनूँ?"

"अब इहो हम ही बताएँ। का पहिनता है लोग, रिसेप्सन में? आपकी इतना, बहिन, भौजाई हैं और आपको पते नहीं है। और जादे देरी नहीं लगाइएगा।" ननद का आप कहना उसे अजीब लगता। राजीव छोटे होने पर भी बड़ी बहन को दीदी नहीं कहते। नाम से पुकारते। और ननद उसे आप कहतीं। 'आप' से व्यंग्य का ही आभास होता।

ननद तो चली गईं। पर नहाकर फ्रेश होने के लिए नहीं कहा। रसोई की गर्मी में खाना बनाते पसीने से बदन चिपचिपा रहा था। कम-से-कम चेहरा तो धो ले। लेकिन किस से कहे? दो बार दरवाजे तक गई। काश! काकी नजर आ जातीं। पर दोपहर के बाद काकी अपने घर चली जाती थीं। कमरे में ही ग्लास के पानी से तौलिया भिगा, चेहरा रगड़ कर साफ करने की कोशिश की। सीमा दी ने अपनी शादी के रिसेप्शन में लहंगा पहना था। बिल्कुल वैसा ही लहंगा बड़े शौक से उसके लिए भी बनवाया था और कहा था, "रिसेप्शन में पहनना।" उसकी मैचिंग चूड़ियाँ, बिंदी, सब लगाकर दी थीं। जेवर तो असली वाले ही पहनने होंगे। सीमा दी ने कहा था, "क्या पता तेरे ससुराल वालों को इमिटेशन के गहने न पसंद हों। बहुत लोगों को पसंद नहीं आते। मैचिंग ज्वेलरीज अच्छी तो बहुत लगतीं। पर सोने के ही पहन लेना। लोग भी नयी बहू के जेवर देखना चाहेंगे।"

एहतियात से लहँगा निकाला। लहँगा पहनकर हल्का-सा मेकअप किया। एक ढीली चोटी डाल ली। मैचिंग चूड़ियाँ, बिंदी लगा ली। जेवर तो सोने वाले ही पहन लिए। आइने में जो चेहरा देखा तो खुद ही निगाहें फेर लीं। कोई अजनबी-सी लड़की लगी, पर खूबसूरत भी। शायद आज सासू जी भी खुश हो जाएँ। उन्हें निराशा ना हो। आखिर हर सास की यही तमन्ना होती है कि महल्ले में उनकी बहू ही सबसे खूबसूरत लगे। शायद लोगों की तारीफ ही उनका दिल जीतने में मदद करे।

इतने दिल से सासू जी को याद किया कि वे हाजिर हो गईं। साथ में ननद भी थीं। वो शरमाई-सी खड़ी हो गई।

"अरे ई का पहिन ली। बनारसी साड़ी नहीं है का? ई लहँगा-फहँगा कोई रिसेप्शन में पहिरता है। लोग हँस के निहाल हो जाएगा। हे भगवान! कौन देस से

आई हैं आप?" ननद बहुत गुस्से में थीं।

वो तो सनाका खा गई। कितने लोगों को देखा है। उसकी सीमा दीदी ने ही पहनी थी। अब यहाँ का रिवाज नहीं होगा। पटना शहर है, राजधानी है पर सिर्फ दो घंटे की दूरी पर ही तो है, हाजीपुर। लेकिन दोनों शहरों के रहन-सहन में काफी अंतर था, शायद। अब वो क्या करे, जब पूछा तो बताया नहीं। और अब डाँट रही हैं। रुआँसा हो गया उसका मन।

सासू जी ने बल्कि थोड़ा धीरज दिखाया और बोलीं, "जाओ मंगढक्का में जो बनारसी साड़ी दिए थे ना हम लोग। उहे पहिर लो और एगो बात सुनो।"

अब उनके मृदु स्वर का रहस्य समझ में आया। कह रही थीं, "अगर लोग पूछे कि ई गहना सब कौन दिया है तो कह देना, हियाँ से मिला है। अब कामे से फ़ुरसत नहीं मिल रहा है। तनी छुट्टी मिले त मुँह दिखाई दें तुमको। समझ गईं ना। इहे बोल देना। अब बेकार में लोग को कहने का मौका काहे देने का। तुमको मुँह दिखाई त मिलबे करेगा।"

उसने मुट्ठियाँ बाँध लीं। शरीर एकदम सीधा हो गया। सर भले ही झुका हुआ था। पर ऐसा कहना, उसे गवारा नहीं हो रहा था। माँ-भैया जया को, इन सारे खर्चों के बारे में नहीं बताते थे फिर भी उसे अंदाजा तो लग ही जाता था। कमरा बंद करके, माँ संदूक खोलतीं। भैया वो लाल पोटली एक थैले में डाले बाहर जाते। माँ के पास भी कौन से बहुत सारे गहने थे। भैया लोगों ने भी पैसा लगाया ही होगा। इतने खुद के खर्चे हैं उन लोगों के। घर-गृहस्थी-बच्चों की पढ़ाई, लोन की किस्तें। इन सबके साथ उसकी शादी का भी खर्च उठाया। अपने सामर्थ्य से ज्यादा दिया और ये लोग कह रही हैं कि कह दूँ कि ये गहने इन लोगों ने दिए हैं।

उसे सोच में निमग्न देख, ननद बोली, "काहे। का सोच रही हैं?"

वो कुछ जवाब देती कि सास ने फिर टोक दिया, "अरे सोचेगी का। उहे बोलेगी, जो बताए हैं। अब जल्दी से तैयार हो जाओ। लोग सब आइए रहा होगा।"

"धर दीजिए ई लहँगा-फहँगा। सरीफ लोग जईसा साड़ी पहनिए।" कहती दोनों चली गईं।

वो धम्म से बैठ गई। अब वापस फिर से साड़ी पहने। इतनी भारी साड़ी अकेले कैसे पहनेगी? और पता नहीं, किधर हैं उसकी मैचिंग चूड़ियाँ बिंदी। तैयार होने का सारा उत्साह जाता रहा। पर फिर खुद को समेट कर उठी। और

बेमन से तैयार हो गई। थोड़ी ही देर में मुहल्ले की लड़कियों का झुंड आ गया। सब उसका बारीकी से निरीक्षण कर रही थीं। "कितनी सुंदर साड़ी है! इनके बाल तो देखो। कितने लंबे हैं! भाभी आप क्या करती हैं बाल लंबे करने के लिए?" जैसे अनगिनत छोटे-मोटे सवाल। थोड़ी देर बाद उन लड़कियों को आदेश हुआ, 'भाभी को स्टेज पर लेकर आओ।' चार दिन के बाद वो घर से बाहर कदम रख रही थी। घर के बगल में ही खाली जगह पर पंडाल लगाया गया था। सकुचाती हुई स्टेज पर बैठ गई। नजरें नीचे ही झुकी हुई थीं। राजीव के चेहरे का भाव भी नहीं देख सकी। पर राजीव अच्छे मूड में लग रहे थे। अपने हमउम्र लोगों से बड़ी गर्मजोशी से उसका परिचय करवा रहे थे। शादी के बाद पहली बार राजीव को अपनी तरफ मुखातिब हो कुछ कहते देख रही थी। वो भी मुस्कुराकर हाथ जोड़ती और लिफाफा थाम लेती। सोच रही थी, "सब सोच रहेंगे कितनी अच्छी जोड़ी है। पर अंदर का सच किसे पता।"

उसकी निगाहें बेचैनी से अपने घर वालों को ढूँढ रही थी। अब तक आए क्यों नहीं वो लोग? क्या बात हो गई? इतनी देर क्यों हो रही है? संजीव भी दूर अपने दोस्तों के साथ खड़ा था। पास आता तो शायद उससे कहती कि पता करिए। मन रोने-रोने को हो रहा था। कुछ महिलाएँ स्टेज पर आईं। उसने झुककर पैर छुए। शाम से झुकते-झुकते कमर में दर्द हो गया था। वे लोग लिफाफे थमा, पास ही खड़ी हो गईं। एक वृद्ध महिला तो उसका चेहरे उठाकर देखने लगी, "हम्म बहुत सुन्नर कनिया हई।" एक महिला उसकी नेकलेस उठाकर देख रही थीं। "केतना सुंदर डिजाइन है" और आगे उन्होंने पूछ ही लिया, "कउन दीया है? ससुरार से मिला है?"

वो दुविधा में पड़ गई। माँ और भैया के चिंता भरे चेहरे आँखों के सामने घूम गए और वो झूठ नहीं बोल पाई। धीरे से कह दिया, "माँ ने दिया है।"

अब तो जैसे उन लोगों का उत्साह ही बढ़ गया। कंगन-झुमके सब छूकर पूछने लगी, "आ ई? ई कउन दिया?"

"माँ ने।"

राजीव शांत हो गए थे और उनकी जलती नजरें उसे अपने ऊपर महसूस हो रही थीं। उसकी नजरें अपने कदमों से जा लगीं। अब अपने परिवार वालों के ना आने की चिंता के साथ ये चिंता भी सवार हो गई। "ना जाने पार्टी के बाद कैसे रिएक्ट करें, ये लोग? क्या क्या सुनना पड़े उसे।"

थोड़ी देर बाद देखा सामने से किशोर और सौरभ उसके मामा और चाचा के लड़के चले आ रहे हैं। उनके हाथों में ढेर सारे पैकेट्स हैं। और साथ में कुछ लोग हैं जिन्होंने टोकरियाँ उठा रखी हैं। स्टेज के किनारे उन लोगों ने सब रख दिए और बढ़कर उसके पाँव छू लिए, "भैया, भैया कहाँ हैं? वे क्यों नहीं आए?"

"उनकी तबियत खराब है।"

"अरे, कैसे क्या हो गया!"

"बुखार है। आप चिंता मत करिए दीदी।"

राजीव के पाँव छू उसके पास खड़े हो गए। उनका हाल-चाल पूछने लगे। पर राजीव को जैसे उनका स्टेज पर खड़ा होना गवारा नहीं था, "अरे जाइए, इतनी दूर से आए हैं। नाश्ता-ठंडा लीजिए। खाना-उना खाइए।"

"ठीक है जीजाजी। अभी खा लेंगे। दीदी को इतने दिन बाद देख रहे हैं। दीदी आप खूब सुंदर लग रही हैं।"

पर राजीव कहाँ मानने वाले थे। स्टेज से ही आवाज लगाई। "मोहना, अरे ओ मोहना। ले जाओ ई लोग को नास्ता-पानी कराओ।"

निराश हो गई वो। दो बातें भी नहीं कर पाई।

जब सारे मेहमान खाने-पीने लगे तो उसे और राजीव को भी स्टेज से नीचे आने की इजाजत मिली। राजीव तो आते ही, दोस्तों के साथ गुम हो गए। उसे लड़कियों ने घेर लिया। वो अपने भाइयों से मिलने उनसे बातें करने को बेचैन हो रही थी। पर उदास नजरों से उनकी तरफ देखती। लड़कियों की बातों में शामिल होने की कोशिश कर रही थी। भाइयों के सोने का इंतजाम बगल के किसी घर में था। वे बस विदा लेने को आए। कहा भी कि बैठो ना थोड़ी देर। पर किशोर उम्र के दोनों बच्चे शर्मा रहे थे।

कमरे में आ कपड़े बदलकर बैठी ही थी। राजीव आए और उनके पीछे ननद और सास। राजीव ने कड़क कर पूछा, "माँ और परतिमा ने कुछ कहा था तुमसे, गहना के बारे में?"

वो कुछ नहीं बोली। नजर नीची किए बैठी रही।

"अरे का बोलेगी। भीतरिया है ई। ऊपर से बहुत सांत दिखती है। पर भीतर देखो। जिस घर में बियाह के आई है। उस घर के इज्जत क कौनो खियाले नहीं।" ननद थीं।

"अ ई बताओ। आखिर हमीलोग बोले ना, ई सब गहना देने को। बिना कहे

इसके नैहर वाला देता का?" सास ने जोड़ा।

"ऊ लोग का खा के देता। कंगाल सब। एगो गाड़ी तक का औकात नहीं। कैश में भी कमी कर गेया। अ इनको भी बहुत घमंड है ना। सब घमंड दो दिन में बिला देंगे हम।"

बहुत देर तक वे लोग उसके ऊपर अपनी भड़ास निकालते रहे। वो नजरें झुकाए सुनती रही। पर मन-ही-मन इस बात पर डटी रही कि अपने माँ-भाई के दिए गहनों को वो किसी और का नहीं बता सकती।

आखिर बक-झक कर सास-ननद चली गईं। उसे लगा, राजीव नाराज हैं। आज दूर ही रहेंगे। वो भी चैन की नींद सो सकेगी। पर सारी आशा पर पानी फिर गया। जब राजीव को उसी पुराने रूप में पाया। आज तो उनका जंगलीपन और भी उभर आया था, जैसे बदला ले रहे हों, उसके झूठ न बोलने का।

***

सुबह किशोर और सौरभ उसके कमरे में उससे मिलने आए तो आस-पास कोई नहीं था। चैन की साँस ली उसने। पहले तो उनसे ही इतने सारे सवाल कर डाले। घर के एक-एक सदस्यों का हाल पूछ डाला। रिश्तेदारों में कौन है। कौन चला गया। जो हैं वे लोग रहेंगे ना। मुझे ले जाने के लिए ससुर जी से बात की तुम लोगों ने?

"दीदी कहा तो है। बड़े भैया ने चिट्ठी भी दी थी। वो भी दे दी। पर ये लोग माने तब ना। और आप कैसी हैं दीदी?" सौरभ ने कुछ चिंता से पूछा।

थोड़ी असहज हो गई, "ठीक हूँ। और बताओ, भैया और माँ की तबियत कैसी है? इतनी भागदौड़ की ना शादी में इसीलिए बीमार पड़ गए। पता था मुझे। कितना कहती थी जरा आराम कर लो। पर सुनते ही नहीं थे वे लोग।"

"अरे नहीं, शादी की भागदौड़ की वजह से नहीं। वो तो चिट्ठी मिली ना।" किशोर आगे कुछ कहता की सौरभ ने बरज दिया, "हाँ वो भागदौड़ तो थी ही शादी की।"

पर वो समझ गई कुछ बात तो है, "सौरभ क्या कह रहा था किशोर, उसे कहने दो।"

"नहीं दीदी। कुछ नहीं।"

"हाँ, मत बताओ। पराया तो कर ही दिया। शादी हो गई तो मैं पराई हो गई ना। छुपाओ मुझसे घर की बात।"

और उसकी ये ट्रिक काम कर गई।

थोड़ी देर दोनों भाई आँखों में ही बात करते रहे। फिर उसकी तरफ पल्टे, "वो दीदी, यहाँ से, मतलब आपके ससुराल से एक चिट्ठी गई थी। जो भेजी तो पहले गई थी पर कल ही मिली। उसी को पढ़ के सब परेशान हो गए और कुछ नहीं।"

जी धड़क गया, "कैसी चिट्ठी। क्या लिखा था उसमें?"

"खास कुछ नहीं।"

"हाँ, खास कुछ नहीं पर ऐसा कुछ था कि भैया-माँ बीमार पड़ गए। तुम लोग ऐसा क्यों कर रहे हो मेरे साथ। पूरी बात बताओ ना?" आँसू आ गए आँखों में और वो सुबक उठी।

भाइयों का दिल भी पसीज गया और उन लोगों ने तफसील से बताया कि चिट्ठी में बहुत सारी डिमांड की गई थी और यह भी लिखा गया था कि ये सब कुछ नहीं दिया गया तो फिर आपकी बेटी का क्या हश्र होगा सोच लीजिएगा। ये पढ़ते ही माँ बेहोश हो गई। भैया को तेज बुखार आ गया। घर में रोना-पीटना मच गया। हम लोग तो बहुत डर गए थे। पर रिसेप्शन में जब आपको सज के बैठे हुए देखे तो जान में जान आई। फिर किशोर ने बहुत कोमल स्वर में पूछा, "आपके साथ ये लोग ठीक से पेश आते हैं ना दीदी। आपको कोई तकलीफ तो नहीं?"

अब इन बच्चों को क्या बताए वो, "नहीं, यहाँ सब ठीक है।" इतना ही बोली।

दोनों उसकी बात सुनकर निश्चिंत हो गए। हम लोग आपके ससुर जी से मिलकर फिर एक बार जोर डालते हैं आपको विदा करने के लिए।

पर ससुर जी नहीं माने। दोनों भाई उसे आश्वासन देकर चले गए, "अब बड़े भैया जरा-सा ठीक होते ही जरूर आएँगे और आपको ले जाएँगे।"

दो दिन बाद भैया आए भी पर भैया को ससुर ने बहुत बातें सुनाईं। "दहेज में ये नहीं दिया। वो नहीं दिया। अफसर दामाद उतारे पर कार नहीं दी। जितना भर सोना माँगे थे उतना तो दिया ही नहीं। आपकी बहन ही ना पहनती। कौन-सा हम लोग के काम आता।"

सास भी जमकर तख्त पर पालथी लगाकर बैठ गई थीं। और छोटी-छोटी बातों का जिक्र कर रही थीं, "बर्तन सेट में टिफिन कैरियर तो था ही नहीं। डोंगा भी दू गो ही था। साड़ी सब भी तनिको बढ़िया नहीं था। चादर तकिया खोल बढ़िया

कोलिटी का नहीं था।" वो कुछ भूल जातीं तो ननद पीछे से याद दिला देतीं।

वो भी सर झुकाए दरवाजे के पास खड़ी थी। उससे रहा नहीं गया। बोल पड़ी, "सब तो बॉम्बे डाइंग का था। उसकी क्वॉलिटी तो अच्छी ही होती है।"

सास-ननद कुछ बोलतीं। इस से पहले भैया ने ही उसे डाँट दिया, "मैं हूँ ना। तुम क्यों बोल रही हो बड़ों के बीच। जाओ भीतर। हम लोग बात कर लेंगे।"

भैया उनके सामने हाथ जोड़े बैठे थे, "देखिए माफ कर दीजिए। थोड़ा कमी-बेसी तो होता ही है। हम लोग अपनी पूरी कोशिश किए की कोई कमी ना हो।"

वो अंदर चली गई। लेकिन सोचे बिना नहीं रह सकीं। कितना अंतर है दोनों घरों के रहन-सहन, सोच-विचार में। और भैया हैं कि समझ ही नहीं रहे। जिस तरह के ताने उसे दिए जाते हैं उसके घर में कभी बहुओं को दिए गए? इस तरह का सलूक कभी उसके घर में किया गया? भैया अपने घर जैसा ही मान बैठे हैं। इन लोगों ने ऐसी चिट्ठी भेजी कि भैया, माँ उसे पढ़कर बीमार हो गए पर भैया एक बार जिक्र भी नहीं कर रहे कि ऐसी चिट्ठी क्यों भेजी? बिना किसी बात के माफी माँगे जा रहे हैं। किया क्या है उन लोगों ने? किस बात की माफी? कहेंगे "बेटी दी है" पर इसका अर्थ ये तो नहीं कि उनका सर हमेशा झुका ही रहेगा। फिर तो ये लोग उस पर रौब जमाएँगे ही।

ससुर जी ने भेजने से मना कर दिया। भैया ने केवल चिरौरी ही की जरा भी सख्ती से नहीं बोले। ना ही जिद की। इतने सीधे सज्जन क्यों हैं उसके घर के लोग? पड़ोस की रीता के भी ससुराल वालों ने मना कर दिया था भेजने से। उसके भाई ससुराल में ही जम गए कि जब तक विदा नहीं कीजिएगा। हम वापस ही नहीं जाएँगे। आखिर उन्हें रीता को मायके भेजना ही पड़ा।

पर यहाँ भैया ऐसा कुछ नहीं करेंगे उसे मालूम है। उल्टा उसे ही समझाएँगे और यही हुआ, उससे ही कहा, "आखिर तुम्हें यहाँ जिंदगी गुजारनी है। मनमुटाव से क्या फायदा। थोड़े दिन बाद ले आऊँगा तुम्हें। माँ ठीक है चिंता मत करो।"

वो कुछ नहीं बोली। बस आँसू गिराती रही। भैया का भी गला रुँध गया था, "अपना खयाल रख छुटकी। चिंता मत कर। सब ठीक हो जाएगा। इन लोगों का दिल जीतने की कोशिश कर।"

मन इतना क्षुब्ध हो आया कि मन-ही-मन कहा, "इन लोगों के पास दिल हो तब तो उसे जीतने की कोशिश की जाए।"

भैया चले गए पर दो दिन बाद ही फिर से बड़े जीजाजी के साथ आए। इस

बार जीजाजी ने समझाया कि माँ की तबियत बहुत खराब है, "बस एक ही रट लगी हुई है कि जया को बुला दो। उसे एक नजर देख लेंगीं तो ठीक हो जाएँगी। बस एक दिन के लिए ही सही बेटी-दामाद को भेज दीजिए।" ससुर जी को मानना ही पड़ा।

उसे अपनों से मिलने की खुशी भी हो रही थी और आँखें बरसे भी जा रही थीं कि पता नहीं माँ कैसी है ?

राजीव भी साथ जाने वाले थे। अपना एक जोड़ा कपड़ा उसे रखने को देते हुए बोले, "उहाँ जादे बातचीत नहीं होना चाहिए। अगर जादे बहिन लोग से खुस-फूस करते देखे तो फिर देख लीजिएगा नतीजा।" शायद वे जा भी रहे थे उस पर नजर रखने के लिए ही।

बड़ी दीदी और भाभी तो उसे देखते ही दौड़कर लिपटकर रोने लगीं। उसे राजीव की तेज नजर खुद पर महसूस हो रही थी और इतनी सहम गई कि शरीर अकड़ गया उसके आँसू ही सूख गए। दीदी ने खुद से अलगकर उसे गौर से देखा। उनकी आँखें कह रही थीं, "इतना बदल कैसे गई ?"

बस माँ को देखकर खुद पर वश नहीं रहा। माँ की आँखें कोटरों में धँसी हुई-सी लग रही थीं। उनका निस्तेज चेहरा और हड्डियों के ढाँचे-सा शरीर देख बिलख उठी वो। पर खुलकर रोने की हिम्मत नहीं थी। वैसे ही बिस्तर के पास सर झुकाए नि:शब्द रोती रही। माँ के कमजोर हाथ उसका सर सहला रहे थे, "कैसी है बेटी ?"

"ठीक हूँ माँ। सब लोग बहुत अच्छे हैं। बहुत प्यार से रखते हैं। मन लग गया है मेरा। बस तुम्हें बीमार देखकर मन भर आया। अब तुम जल्दी से ठीक हो जाओ।" एहसास हुआ पीछे खड़े राजीव ने इत्मीनान की साँस ली है।

सब लोग जबरदस्ती हँसने-बोलने खुश दिखने का प्रयास कर रहे थे। उसे यूँ चुप-सा देख थोड़े अचंभित भी थे। ससुराल से आकर लड़कियाँ तो चिड़ियों-सी फुदकती और चहकती रहती हैं।

भाभी ने मजाक में कह ही दिया, "जया पर खूब रंग चढ़ा है दामाद जी का। एकदम उनके रंग में रंग गई हैं।"

सर झुकाए उसने फीकी-सी हँसी हँस दी। उसके घर वाले ही उसके मन का हाल नहीं समझ रहे, तो क्या करे वह।

दूसरे दिन ही वापस हो ली। सिर्फ एक दिन की मोहलत मिली थी।

सहरा-से दिन, अंधे कुएँ-सी रातें

मायके से वापसी का रास्ता बड़ी खामोशी में कटा। अपनों से ना खुलकर बात कर पाई, ना उनके गले लग रो ही पाई। अब पता नहीं कब मिलना हो। राजीव बड़े खुश लग रहे थे। इसका अर्थ जाते समय जरूर आशंकित थे कि वह कुछ कह ना दे। उनसे जवाब-तलब ना किया जाए कहीं। पर ऐसा कुछ नहीं हुआ तो बड़े निश्चिंत से लग रहे थे। बस में सहयात्रियों से बातें कर रहे थे। बस रुकी तो 'ठंडा लेकर आते हैं' कहते उतरने को हुए। उसका गला खराब था और मन इतना खिन्न था कि इच्छा भी नहीं हो रही थी पीने को। उसने मना कर दिया।

पर उसके मना करते ही जैसे राजीव की काया पलट हो गई। एकदम से आँखें लाल हो आई। चेहरा तन गया। इतने गुस्से से घूरा और इतनी जोर से घुड़का, "क्यों, क्यों नहीं पीना है ?" वो सहमकर रह गई। यानि कि उसे कुछ मना करने का भी हक नहीं। अपनी इच्छा-अनिच्छा पर अब उसका कोई वश नहीं।

कोल्ड ड्रिंक की बोतल भी ऐसे फेंककर दी कि उसके मन में दबा भावनाओं का ज्वार किनारा तोड़ आँखों की राह उमड़ पडा। खिड़की की तरफ मुँह घुमाए मीठे ड्रिंक के साथ अपने नमकीन आँसू पीती रही।

घर पर सब वैसे ही उसकी तरफ से उदासीन से थे। जैसे उसका मायके जाना और आना कोई ध्यान देने वाली घटना ना हो। बीमारी में भी भैया ने फल और मिठाई की टोकरी और सबके लिए कपड़े दिए थे। फल-मिठाई तो आँगन में ही रख दिए गए। कपड़े उसकी अटैची में थे। वो निकालकर सासू जी के पास ले गई। सासू जी ने बिना उन पर एक नजर डाले कह दिया, "रख दो उधर। तुमरे इहाँ का कोई कपड़ा हम लोग को पसंद नहीं आता। ना तो कपड़ा बढ़िया रहता है, ना रंग और डिजाइन। सब ओइसही पड़ा रहेगा। कोई पहनेगा थोड़े ई सब। कहीं सस्ता मिलता होगा त थोक में खरीद लिए होंगे तुमरे भाई।"

वो जानती थी यह सब जान-बूझकर उसे ताने देने के लिए कह रही हैं। इसलिए चुप रही, पिछली बार की तरह कपड़ों की क्वॉलिटी बताने की कोई कोशिश नहीं की।

शाम को पड़ोस की एक महिला सासू जी से मिलने आईं। आते ही कहने लगीं, "अरे, राजीव के शादी में नहीं आ सके। आज ही आए हैं और आते ही कल का इंतजार भी नहीं हुआ। कनिया को देखने चले आए। ई बोले भी रात होने जा रहा है। कल चली जाना पर हमरा त मन छटपटा रहा था। देखें तनी कौन परी लेकर आया है, राजीव। जिसके रूप पर रीझ गया था और केतना नीमन-नीमन रिश्ता आपको लौटाना पड़ा। कहाँ है कनिया, तनका बुलाइए।"

वो रसोई में आटा गूँथ रही थी। सारी बातें सुन रही थी। जल्दी से हाथ धो लिए, साड़ी ठीक कर ही रही थी कि प्यार से छलकती सासू जी की आवाज आई, "बहू... ओ बहू!"

उसने गौर किया था, किसी बाहरी के सामने उसे बहू बुलातीं और घर वालों के सामने 'ए' कहतीं- "ए जरा ई देना। ए, ई लेकर जाओ।" ना तो नाम लेतीं, ना बहू कहतीं।

उसने झुककर उन महिला के पैर छू लिए। उसकी ठुड्ढी उठा वे उसे घूरती रहीं, "हाँ, ठीके बात है। अईसा रूप पर कौन ना रीझ जाए। राजीव माएँ आप तो बाजी मार लीं। बहुते सुंदर पतोह उतारी हैं। पर ई का। इतना जल्दी रसोई में लगा दिया।"

"अरे, माँ केतना मना करती हैं, मानती ही नहीं है। इनको खाना बनाने में खूब मन लगता है।" कमरे से निकलकर प्रतिमा भी बातों में शामिल हो गई थी।

"हूँ, माने की खाली रूपे नहीं है, गुणों है। खूब खुस रहो बहू... ई लो।" और उन्होंने एक लिफाफा थमा दिया।

"प्रतिमा तनी नास्ता-पानी ले के आओ चाची के लिए।"

"हाँ माँ।" कभी रसोई में पैर ना रखने वाली प्रतिमा, किचन में जा रही थी।

वो भी पीछे-पीछे चली आई और आधा गूँथा आटा फिर से गूँथने लगी। मिठाई की प्लेट लेकर प्रतिमा आँगन में चली गई। थोड़ी ही देर में प्रतिमा की आवाज आई, "जेया... जेया... हम आ रहे हैं। पराठा सिंकवा देंगे। अकेले मत सुरू कर देना।"

ये दूसरा आश्चर्य। अब तक प्रतिमा तुमरी पुतोह, तुमरी बीवी कहकर ही

संबोधित करती थी। आज नाम लिया और रसोई में मदद के लिए भी आ रही है।

इस घर में काम के वक्त लोगों का आना-जाना लगा रहना चाहिए। उसने मुस्कुराकर सोचा।

पड़ोस की चाची जब काफी देर तक बैठीं गपियाती रहीं तो प्रतिमा को वादे के अनुसार रसोई में आना ही पड़ा।

वो पराठे बनाना शुरू कर चुकी थी। कह दिया, "आप रहने दीजिए ना। बन जाएगा। कोई दिक्कत नहीं है।"

"हाँ, आप तो चाहती ही हैं कि अकेले बनाइए त सब लोग मुहल्ला में बात बनाए कि उनकी बहू अकेले खटती रहती है। लाइए इधर छोलनी, हम सेंक देते हैं।"

उसने चुपचाप उनकी तरफ पलटा बढ़ा दिया।

पर प्रतिमा का मन नहीं लग रहा था। हालाँकि अपने घर में तो करती ही होगी। पर यहाँ तेज आँच पर जल्दी-जल्दी सेंक रही थी और पराठे जले जा रहे थे।

एक-दो बार उसने दबी जुबान से टोका भी, "आँच तेज है, जल रहा है पराठा।" तो भड़क उठीं, "हाँ, अब हमको आपसे सीखना पड़ेगा ना।"

फिर उसने कुछ नहीं कहा पर खाने के समय खूब हंगामा मचा। राजीव थाली में पराठा पटक कर उलट-पुलट रहे थे, "ये कोई खाने लायक है, जला हुआ। जनावर समझ लिया है का हम लोग को?"

सासू जी को सब पता था फिर भी वो मुँह नहीं खोल रही थी। प्रतिमा तो दूसरी तरफ देख रही थीं। जब राजीव ज्यादा ही चीखने लगे और बाबूजी भी भीतर आ गए, "ई का हल्ला मचाए हुए हो, इतना रात हो गया है। का चल रहा है सब।"

"ई देखिए त ई खाने लायक है। इतना जला हुआ। आप कईसे खा लिए?"

"हमरा वाला त ठीक था।" उसने शुरू में जो पराठे बनाए थे। लगता है सासू जी चुन कर वही बाबू जी को दे आई थीं।

अब उसने सर झुकाए ही कह दिया, "हम नहीं बनाए हैं। ई सब त दीदी सेंकी हैं।"

"हाँ भाई। हमी सेंके हैं। हमीं जला दिए। हमरा ही सब गलती है। अब खा लो बौआ, तुमरी बहिन को तो खाना बनाना आता नहीं। आज पहली बार बनाई

है और जला दी। अपनी बहिन के हाथ का तो खईबे नहीं किए हो, जो नहीं मालूम है।"

"अरे रहे दे परतीमा। हम नहीं जानते हैं का तुमको?" राजीव अब भी पराठे को उलट-पुलट ही रहे थे।

"अरे वाह, मेरी बेटी। आज सीना चौड़ा कर दी तुम, अपने बाप का। दूसरे का गलती अपने ऊपर ले ली। दिल से असिर्वाद है बेटा। आज तुमको बढ़िया संस्कार देना सफल हो गया। आज तुम दुल्हिन को बचाने के लिए उसकी गलती अपने सर पर ले रही हो। वाह बेटी। जियो!"

और बाबूजी लंबे डग भरते फिर से बाहर अपने कमरे में चले गए।

वो भरी आँखें लिए अपने कमरे में चली आई। कितनी बार कहती है, इन उमड़ते आँसुओं को, तुम्हारी कोई परवाह नहीं करनेवाला। कोई नोटिस नहीं लेना वाला। क्यों बिन बुलाए दौड़े चले आते हो। पर इन्हें कोई शर्म ही नहीं। बेतहाशा भागते हुए चले आते हैं।

***

दो-चार दिनों बाद ही प्रतिमा चली गई और राजीव भी अपनी ट्रेनिंग पर चले गए। पति पहली बार दूर जा रहा था। उसे उदास होना चाहिए था पर यहाँ तो मन इतना हल्का-फुल्का हो गया था जैसे आसमान से उमस भरे बादल छँट गए हों और सुहानी पुरवैया चल पड़ी हो। और उसका तन-मन शीतल करती जा रही हो।

उस रात बिस्तर पर उलट-पुलटकर फैलकर खूब गहरी नींद सोई। ना एक बार नींद उचटी, ना ही किसी डरावने सपने ने डराया। सुबह जब आँखें खुलीं तो सुबह का उजास खत्म हो हल्की धूप फैल रही थी। हड़बड़ाकर उतर पड़ी बिस्तर से। घर के सारे लोग उठ गए थे। चेहरे पर पानी के छींटे मारकर रसोई में पहुँच गई। सब चाय के लिए इंतजार कर रहे होंगे। रसोई में देखा, देवर अमित चाय बना रहा था। उसे देख विद्रूपता से मुस्कुराया और मुँह फेर लिया। वह पास आकर बोली, "आप जाइए मैं चाय बना देती हूँ।"

"नहीं, का जरूरत है। अब भैया तो चले गए। अब आपको चाय बनाने से का मतलब। जाइए आराम कीजिए पलंग पर।"

"दीजिए ना। मैं बना देती हूँ, पता नहीं कैसे नींद नहीं खुली। आप बाहर बैठिए। मैं चाय छान कर लाती हूँ।" कहते उसने केतली उठा ली।

देवर ने उसे जैसे धक्का देकर उसके हाथों से केतली ले ली, "कोई जरूरत

नहीं है। आप चाय नहीं बनाइएगा तो ऐसा नहीं है लोगों को चाय नहीं मिलेगा। जाइए जाइए आराम कीजिए।"

वो दीवार से लगी एक तरफ खड़ी हो गई। उसने तो सोचा पति और ननद चले गए, अब उसका जीवन कुछ आसान हो जाएगा। पर अब तक ज्यादातर घर से बाहर रहने वाला, भाई की नजर के सामने पड़ने से बचने वाला अमित अब उस पर रौब गाँठने लगा था।

अमित अपना ये नया अवतार पूरे मन से निभाए जा रहा था। रोज ही खाने में कोई ना कोई दोष निकालता। जान बूझ कर सुबह उठकर आँगन में कुर्सी खींचना, चीजें गिराना शुरू कर देता कि वो भी देर तक ना सो सके। पर किसी के आस-पास ना होने पर ऐसे घूरता कि वो सिहर जाती। दोपहर में जब संजीव मैथ्स ट्यूशन पढ़ने बाहर जाता और सासू जी सो रही होतीं। उस समय अगर अमित घर में आ जाता तो वो डरकर अपने कमरे की सिटकनी लगा कर अंदर बैठ जाती। अमित की तरफ कभी, नजर उठाकर भी नहीं देखती पर उसके बदन पर अमित की आँखें ऐसे घूमती रहतीं कि काँटे उग आते। वो उसकी छाया से भी दूर रहने की कोशिश करती।

अमित अपनी खीझ अलग अलग तरह से उतारता। उससे जुड़ी हर बात पर टोका-टाकी करता। अगर शाम को मुँह-हाथ धोकर अच्छे से बाल बनाकर चोटी कर लेती तो व्यंग्य से कहता, "भैया तो हैं नहीं। किसके लिए इतना सिंगार पटार हो रहा है।" राजीव ने तो कभी नोटिस नहीं किया कि उसने कैसी साड़ी पहनी है। बाल बनाए हैं या नहीं बनाए पर अमित, सर से पैर तक उसे घूरता रहता। पैर के बिछुए बदले या नयी बिंदी लगाए या कलफ लगी साड़ी पहने। हमेशा टोक देता, "कहाँ घुमंतर का इरादा है ?" वो चिढ़कर रह जाती। एक दिन उसके नाखूनों के पीछे पड़ गया, "इतने लंबे नाखून क्यों हैं। हिरोइन बनना है क्या ? खाने में गंदगी जाती होगी। अभी काटिए इसे।"

वो ज्यादा फैशन नहीं करती थी पर लंबे नाखूनों का उसे शौक था। उँगलियाँ भी लंबी थीं। उस पर लंबे नाखून और उन पर हल्के रंग की नेलपॉलिश अच्छी लगती थी। जो भी देखता तारीफ करता था। हमेशा हिकारत से देखने वाले वाले राजीव ने भी इसे नोटिस किया था वैसे तारीफ तो नहीं की थी। पर अपने अंदाज में कहा था, "एकदम हिरोइन सब जैसा नाखून बढ़ा के रंग के रखती हैं।"

"काट दूँ क्या ?" वो डर गई थी।

"नहीं-नहीं रहने दीजिए।" और जल्दी से बात बदल दी थी, "ऊ तौलिया दीजिए जरा।"

वो समझ गई थी। उन्हें भी उसके लंबे नाखून पसंद हैं। और उसने अमित से कह दिया, "आपके भैया को पसंद हैं।"

"बहाना बनाती हैं। भैया ई सब पर कभी ध्यान नहीं देते। ऊ रहे पढ़ने-लिखने वाले आदमी। उनको ई सबमें कोई इंटरेस्ट नहीं है। आप काटिए इसे। वर्ना हम आपके हाथ का बना खाना नहीं खाएँगे।"

सास ने भी उसका साथ दिया, "ई कौन-सा फैशन है, नाखून में गंदा जमा रहे। सब खाने में जाए।"

अब कैसे समझाए कि कितने सालों से बढ़ाती रही है। हमेशा नाखून साफ रखती है पर सास-देवर उन्हें कटवा कर ही माने। जब शनिवार को राजीव आए तो अलग उसकी खबर ली कि अब क्या अमित ही उसका मालिक है। वो जो कहेगा वही करेंगी। उनका कोई खयाल नहीं। वे उसके पति हैं, उनकी इच्छा का कोई मोल नहीं। ये पति का अनादर है। उसने नाखून काटे कैसे?

वह तो इन सबके बीच पिस कर रह जाती। शनिवार की शाम राजीव आते और सोमवार की सुबह चले जाते। दो दिन उसके व्यस्तता भरे होते। राजीव अपने सारे गंदे कपड़े लेकर आते। उन्हें धोना-सुखाना, इस्त्री करना। सब उसके जिम्मे था। उस पर फरमाइशी खाना बनाना और वक्त बेवक्त राजीव की क्षुधापूर्ति भी करना। इतना थक जाती कि अगले पाँच दिन थकान उतारते गुजरता।

एक दिन राजीव की शर्ट प्रेस करनी थी और पुरानी इस्त्री खराब हो गई थी। शादी में एक नई स्टीम वाली इस्त्री मिली थी। संजीव को आदेश हुआ, वो निकाल कर लाए। दोनों भाइयों ने मिलकर उसके उपयोग का तरीका पढ़ा कि कैसे उसमें पानी डाल कर इस्तेमाल में लाया जाता है। वो भी जब सुन रही थी, सब समझ रही थी। पर जब प्रेस करने बैठी तो सब भूल गई। थकी भी हुई थी और दुबारा सारे निर्देश पढ़ने की हिम्मत नहीं थी। उसने बिना पानी डाले ही गरम कर के कपड़े प्रेस करने शुरू कर दिए।

उसी वक्त राजीव कमरे में आए और पूछा, "पानी डाला है?"

उसकी नहीं कहने की हिम्मत भी नहीं हुई। बस ना में सर हिला दिया।

"क्यों?" जोर से गरजे राजीव, "पढ़े-लिखे होने का क्या फायदा है। आप तो गँवार से भी बदतर हैं। आपको इन सब चीज को हाथ ही नहीं लगाने देना

चाहिए। राम जाने क्या पढ़ाया-लिखाया है माँ-बाप ने। इतना भी नहीं पता है। कभी कुछ देखी ही नहीं हैं जिंदगी में?"

बेहद थकी हुई थी और उस पर से राजीव का यूँ भला-बुरा कहना, वो भी बर्दाश्त कर लेती पर उसके माता-पिता को बीच में लाने की क्या जरूरत। वो भी उस पिता को जो अब इस दुनिया में नहीं हैं। सुलग उठा उसका मन और बोल पड़ी, "तो फिर आप ही कर लीजिए ना प्रेस।"

उसका इतना कहना तो कहर बरपा गया। राजीव ने वही गरम प्रेस उठाया और उसके हाथ से सटा दिया। उसकी पूरी कुहनी और कुहनी के नीचे के हाथ जल गए। "जुबान चलाती है। एक काम नहीं आता पर जुबान बहुत तेज चलती है। मुझे जवाब देती है।"

कुछ इस तेज जलन से और कुछ राजीव के इन शब्दों की मार से ऐसी चोट लगी की रोक नहीं पाई खुद को, बिलख उठी और राजीव का गुस्सा और बढ़ गया, "बहुत देखे हैं ई नौटंकी। ई तिरिया चरित्तर किसी और को दिखाइएगा। टेसुआ टपका रही हैं!"

वो बाहर आकर बाथरूम में चली गई। देर तक हाथ पर ठंडा पानी डालती रही। घर में सबने देखा होगा। पर किसी ने पूछने की जरूरत नहीं समझी कि हाथ कैसे जल गया? राजीव ने भी एक बार नहीं देखा कि आखिर कितना जल गया है। कोई मलहम लाकर देने का तो सवाल ही नहीं। वो संजीव के सामने हाथ पर साड़ी का आँचल लपेट कर रखती। ये बच्चा परेशान हो जाएगा, कुछ कर नहीं पाएगा पर उसके मस्तिष्क पर बुरा असर पड़ेगा।

***

राजीव से घर में सब डरते थे। संजीव उनके सामने जोर से बोलता भी नहीं। हँसना-बोलना तो दूर की बात। पर उनके नहीं रहने पर ये पाँच दिन संजीव उससे खूब घुल-मिलकर बातें करता। अपने स्कूल की बातें बताता। अपने टीचर की, साथ पढ़ने वाले लड़कों की। एक दिन पड़ोस के घर से लता मंगेशकर के मधुर स्वर में, उसके पसंदीदा गीत की स्वर-लहरी तैरते हुए आ गई। 'दुनिया करे सवाल तो हम क्या जवाब दें' और उसने संजीव को हाथ के इशारे से चुप करा दिया। जब तक गाना खत्म नहीं हुआ। वो ध्यान से सुनती रही और संजीव उसे मुँह खोले ताकता रहा।

"आपको गाना सुनना इतना पसंद है?"

"और क्या घर का ट्रांजिस्टर तो मेरे ही पास होता था। जहाँ भी मैं जाती। ट्रांजिस्टर साथ जाता। रसोई में, शाम में छत पर, रात को सोते वक्त। हमेशा मैं गाने सुनती रहती थी।"

और एकदम से उदास हो गया मन। माँ कहा करती थी, "शादी में कुछ दो ना दो। एक रेडियो जया को जरूर देना पड़ेगा।"

और दीदी लोग माँ का मजाक बनातीं, "क्या माँ। अब टेपरिकॉर्डर... टू-इन-वन का जमाना है और तुम रेडियो की बात कर रही हो?"

"अरे वही। मेरे लिए सब एक है।"

"नहीं, एक नहीं है। सीखो माँ। वर्ना नाती-पोता मजाक बनाएँगे।"

"क्यों मेरी माँ को तंग कर रही हो तुम लोग। ये मेरी माँ है, जिस चीज को जो चाहे कहेगी।" वो माँ से लड़ियाती उनकी गोद में सर रखकर लेट जाती।

"आ गई माँ की दुलारी बेटी। उनका पक्ष लेने।" दीदी लोग हँस पड़ती। हमेशा ऐसे हल्के-फुल्के मजाक चलते रहते घर में और हँसी की लहरें तैरती रहतीं। यहाँ कितना मनहूस-सा माहौल है। सब वाक्यों को खींच-खींचकर बातें करते हैं। कोई भी नहीं आपस में हँसता-बोलता। किसी को कोई शौक भी नहीं, गाने सुनने, फिल्म देखने, किताबें पढ़ने में कोई रुचि नहीं। इसीलिए तो भारी-भरकम। सोना-जेवर-गाड़ी की फरमाईश की थी। छोटी-मोटी मन लगाने वाली चीजों की इनके लिए अहमियत नहीं थी और भैया लोगों की कमर तो इनकी फरमाईशें पूरी करते ही टूट गई थी। कहाँ से कुछ और कर पाते। अक्सर यही होता है, लड़के वालों की फरमाईश पूरी करते ही माता-पिता इतने परेशान हो जाते हैं कि अपनी बेटी की किसी ख्वाहिश का ध्यान नहीं रहता और ध्यान जाता भी है तो पॉकेट अब और इजाजत नहीं देती। जबकि कहने के लिए तो सारा सामान बेटी को ही दिया जाता है।

उसे यूँ सोच में मग्न देख, संजीव ने कहा, "आप एक मिनट रुकिए। मैं अभी आता हूँ।"

थोड़ी देर में ही वो हाथ में ट्रांजिस्टर लिए हुए आया। वो हड़बड़ाकर खड़ी हो गई, "अरे ये क्यों लेकर आ गए आप?" वो बाबूजी का ट्रांजिस्टर था। रात में बरामदे में कुर्सी पर बैठकर समाचार, कृषि दर्शन सुनते। सुबह भी समाचार सुनने के बाद, अपने कमरे में सँभालकर ट्रांजिस्टर रख के चले जाते। उसने आजतक किसी दूसरे को ट्रांजिस्टर को हाथ लगाते नहीं देखा था और आज संजीव उसकी

खातिर उठाकर ले आया।

"बाप रे! ऐसा जुल्म मत कीजिए। जाइए रख आइए, किसी ने देख लिया तो गजब हो जाएगा। हमको नहीं सुनना है गाना-वाना।"

"अरे डरिए मत। हम अक्सर ले के आते हैं और कमेंट्री सुनते हैं। बाबूजी दिन भर थोड़े ही रहते हैं, घर में। माँ को भी पता है। चलिए आपके कमरे में चलते हैं। माँ सो रही है। उसकी नींद डिस्टर्ब होगी और बरामदे से उठकर वो कमरे में चला गया। वो वैसे ही बैठी रही। सासू जी की तो जाने बरसों की नींद बाकी थी। वे खाना खाने के बाद जो जाकर सोतीं, शाम को ही उठतीं। रसोई और घर का जिम्मा उस पर छोड़कर एकदम निश्चिंत हो गई थीं। शायद बरसों से ये सब सँभालते वे भी थक गईं थीं। वो कमरे में नहीं गई तो संजीव बाहर आया और उसका हाथ पकड़कर खींचते हुए बोला, "चलिए ना भाभी। कितना नखरा करती हैं आप।" एकदम अपने घर का दृश्य सजीव हो गया। पहली बार ससुराल में यूँ किसी ने इतने अपनेपन से जबरदस्ती की थी।

संजीव ने धीमी आवाज में गाना लगा दिया और खुद अपनी किताब लेकर मैथ्स ट्यूशन के लिए चला गया। कहता गया, "मैं आऊँगा तो फिर बाबूजी के कमरे में रख आऊँगा।"

वो देर तक माथे पर बाँह टेके, आँखें बंद कर फिल्मी नगमे सुनती रही। कभी-कभी इन छोटी छोटी चीजों की कमी किस तरह खलती है। आज गाने सुनकर मन भर-भर आ रहा था।

***

एक दिन संजीव अपनी किताब लेते हुए आया, "आप ये कविता समझा दीजिएगा। समझ में ही नहीं आ रहा है। इन पंक्तियों की व्याख्या करनी है।"

अहे विश्व! ऐ विश्व-व्यथित-मन!
किधर बह रहा है यह जीवन?
यह लघु-पोत, पात, तृण, रज-कण,
अस्थिर-भीरु-वितान,
किधर? किस ओर? अछोर, अजान,
डोलता है यह दुर्बल-यान?

सुमित्रानन्दन पंत तो उसके प्रिय कवि थे। उसने खूब मन लगाकर समझाया। संजीव ने एक बार कहा, "आप ऐसे-ऐसे शब्द बोल रही हैं कि हम भूल

जाएँगे। आप लिखकर दे दीजिए ना। हम याद कर लेंगे।"

"नहीं। जितना बार पूछिएगा। हम बता देंगे। पर अपने मन से ही लिखिए।"

दूसरे दिन तो संजीव बाहर से ही 'भाभी! भाभी!' चिल्लाता हुआ आया। वो रसोई में उसके लिए खाना निकाल रही थी, "अरे! खाना बाद में खाएँगे। पहले मेरी हिंदी की कॉपी तो देखिए। पांडे सर इतना खुश हुए। पूछ रहे थे इतना बढ़िया कैसे लिखे हो। मैंने बता दिया कि मेरी भाभी ने पढ़ाया है। बहुत खुश हुए सर।" संजीव की आवाज में गर्व छलक रहा था।

इसके बाद तो अक्सर ही संजीव को वो पढ़ाने लगी। हिंदी के साथ। इतिहास, भूगोल भी पढ़ा देती।

संजीव आश्चर्य से उसे देखता रहता, "आप इतनी अच्छी तरह कैसे समझा देती हैं। एक बार में ही याद हो जाता है।"

कभी-कभार अमित घर में आता और संजीव को उससे पढ़ते देख लेता तो उसकी भृकुटी चढ़ जाती, "चल जाकर एक गिलास पानी ला। खाली बतकही। पढ़ाई के नाम पर गपाश्टक हो रहा है।"

"नहीं भैया, भाभी बहुत अच्छा से समझाती हैं। हमारे पांडे सर भी कह रहे थे। हमको टेस्ट में पहली बार इतना नंबर मिला है।"

"एक झापड़ देंगे, हमसे थेथरई करेगा तो। जा भागा इहाँ से।" अमित उसे डाँट देता। शायद उसके मन में इस बात का गुस्सा था कि मुझसे तो बात करती नहीं।

उसने पढ़ना जारी रखा तो आखिर अमित ने राजीव के सामने ही एक दिन कह दिया, "का रे संजीव। आज तोरा टूशन बंद है। उहे हिंदी, इतिहास, भूगोल वाला। सनीचर-इतवार को बंद रहता है?"

राजीव समझे नहीं। पूछ बैठे, "कैसा ट्यूशन?"

"आपकी बीवी पढ़ाती हैं, आजकल। पढ़ना क्या खाली दिन भर गपाश्टक होता है ई लोग का। अब ई लरिका गया हाथ से। मन नहीं लगता है, इसका पढ़ने में।"

"का रे संजीव। तू मैथ्स और साइंस की जगह कबिता-फबिता पढ़ता है।"

संजीव सर झुकाए, रोटी टूँगता रहा।

"ई त लरिका है। पढ़ाई से भागबे करेगा। इसका मन त किस्सा कहानी में ही लगेगा ना। तोहर बीवी को समझना चाहिए ना। पर उनका मन भी गप्पे करने

में लगता है। हम त सुतल रहते हैं। पर सब सुनबे करते हैं।" सास ने अपनी तरफ से जोड़ा।

वो अंदर-ही-अंदर थर-थर काँपने लगी। अभी राजीव को एक और बहाना मिल गया उस पर बरसने का।

सब्जी लेकर दुबारा परसने आई ही थी कि राजीव थाली से हाथ उठाकर बोले, "इरादा का है। इसका जिनगी बर्बाद करना है का। कबिता कहानी पढ़के का कर लेगा ई। आपको इतना भी समझ नहीं है कि साइंस का पढ़ाई केतना जरूरी है। इतना गप्प करने का मन होता है तो निकल जाइए महल्ला में दुआरी-दुआरी घूमिये। पर मेरा भाई को बख्स दीजिए।"

"और संजीव तू सुन ले। अगले बार से ई खिस्सा-कहानी इतिहास-भूगोल में समय बर्बाद किया ना त इतना लतियाएँगे कि दू दिन तक उठ नहीं पाएगा।"

दूसरे दिन से संजीव अपराधबोध से सर झुकाए स्कूल से आता और भीतर चला जाता। खाना परसती तो सर झुकाए हुए बिना बोले ही जल्दी-जल्दी खाना खत्म करने में लग जाता। उसे लग रहा था भाभी को उसकी वजह से बातें सुननी पड़ीं।

आखिर उसने ही समझाया, "आपके भैया ठीक ही कहते हैं। मैथ्स-साइंस पर ज्यादा ध्यान दीजिए। वैसे कभी कुछ समझ में ना आए तो पूछ लिया कीजिए। आपके बड़े भाई हैं, उनकी बातों को दिल से मत लगाइए। मैं तो चाहती हूँ आप पढ़-लिखकर खूब बड़े आदमी बनें। आखिर मेरा ही नाम होगा ना। सबसे कहूँगी, देखो, मेरा देवर कितना बड़ा अफसर बन गया है!"

"आप ठीक कहती हैं भाभी।" संजीव की आँखें डबडबा आई थीं।

***

अब संजीव माँ और भाई के डर से ज्यादा बात नहीं करता। वो ही उसे सहज बनाने के लिए इधर-उधर की बातें करती रहती। जन्माष्टमी आने वाली थी। संजीव से पूछा, "आप लोग कृष्ण जी की झाँकी सजाते हैं?"

"ना, हम लोग तो कभी नहीं सजाए हैं? पर रणजीत के यहाँ बहुत सुंदर झाँकी सजता है। उसके यहाँ सब लोग व्रत भी रखता है। रणजीत बताता है, बारह बजे रात को आरती करते हैं।"

"यहाँ कोई व्रत नहीं रखता?"

संजीव के ना में सर हिलाने पर थोड़ी देर वो सोचती रही। फिर बोली, "हम

तो व्रत रखते हैं। झाँकी भी सजाते थे अपने घर में। यहाँ भी सजाएँ?"

संजीव का चेहरा एकदम एक छोटे बच्चे-सा खिल गया, "हाँ भाभी। सजाइए ना। महल्ला का सब लोग आएगा देखने। अभी तो सब लोग रणजीत के घर पर ही जाता है।"

"ठीक है। फिर मेरी मदद कीजिएगा?"

"जरूर भाभी।"

"अम्मा जी मना तो नहीं करेंगी?"

"नहीं। मैं उन्हें मना लूँगा। भाभी खूब सुंदर सजाइएगा। रंजीत के घर से भी सुंदर।"

"पर रणजीत के यहाँ की झाँकी तो हमने देखी नहीं।" वो हँस दी।

"मुझे पता है। आप उससे भी सुंदर सजाइएगा।"

संजीव का ये विश्वास उसे अंदर तक पिघला गया। उसने सोच लिया, अपनी सारी कलात्मकता उड़ेल देगी। इस घर में सिर्फ एक ही तो उसे इंसान समझता है, उसे निराश नहीं करेगी।

संजीव ने अम्मा को मना लिया। सबसे छोटा था। वे मना नहीं कर पाती थीं।

और उसे एक नया काम मिल गया। जल्दी से काम निबटा कर झाँकी की तैयारी में लग जाती। गत्ते को काटकर आटे की लेई से चिपकाकर सुंदर-सा मंदिर बनाया। उस पर सुंदर चित्रकारी की। जन्माष्टमी शनिवार को पड़ी थी। उसे खुशी हो रही थी। राजीव भी घर पे होंगे। मुँह से तारीफ भले ना करें। उसके इस प्रयास को मन-ही-मन जरूर सराहेंगे।

जन्माष्टमी वाले दिन जल्दी-जल्दी काम निबटा कर बरामदे के एक कोने में झाँकी सजाने बैठ गई। अपनी चुनरी, रंग-बिरंगी साड़ियों से सुंदर-सा एक मंडप जैसा बनाया। आज संजीव भी सारा डर भय भूलकर उसका साथ दे रहा था। तरह-तरह की पेडों की टहनियाँ, फूल, रेत जो भी कहती झट से ला देता। रेत, पत्थर के टुकड़ों, टहनियों से मंदिर के बाहर एक खूबसूरत जंगल का दृश्य बनाया। सजाने में ही लगी थी कि राजीव आ गए। पहले तो गरज कर पूछा, "ई का हो रहा है?"

उसके हाथ रुक गए।

संजीव तो चुप रहा। पर सासू जी बोलीं, "जन्माष्टमी का झाँकी सज रहा है। संजीव सब घर में न्योता दे आया है कि मेरे घर में आइएगा झाँकी देखने। अब

तनी फल-मिठाई ला दो। सबको परसादी देना पड़ेगा ना।"

"अभी तो आया हूँ। ई अमितवा कहाँ है। उससे काहे नहीं मँगवा लेती। सारा दिन घर से गायब रहता है। कुछ चाय-नास्ता कराओ पहले और संजीव बाद में ई सब कचरा साफ होना चहिये। का लकड़ी-फकड़ी, रेती-उती का गंदगी लगाए हुए हो। सब बढ़िया से साफ करना।"

"जी भैया।" संजीव ने सर झुकाए ही सर हिला दिया।

वो भागकर रसोई में जाकर सूजी का हलवा और चाय बना लाई। सुबह से पानी भी नहीं पिया था उसने और ना ही सास ने एक बार पूछा था। बल्कि काम करने से भी नहीं रोका पर झाँकी सजाने के उत्साह में उसे कुछ महसूस नहीं हो रहा था।

घर के काम निबटाती और जल्दी से सजाने बैठ जाती।

शाम को जल्दी ही खाना बनाकर रख दिया और नहाकर तैयार होकर कृष्ण की मूर्ति के सामने बैठ गई। महल्ले वाले आने लगे। सबने तारीफों के पुल बाँध दिए। लड़कियाँ तो सामने ही आसान जमा कर बैठ गई थीं। वे भी अपनी तरफ से सजावट में फेर बदलकरती रहतीं। बगल की शुक्ला चाची ने कहा, "कुछ गाना-बजाना होना चाहिए। लड़की लोग कुछ भजन गाओ। इतना सुंदर झाँकी सजा है।"

मीना ने बड़े मधुर स्वर में मीरा का एक भजन गाया और फिर सब उसके पीछे पड़ गईं। उसे भी इतना अच्छा लग रहा था सब कि लगा एकदम अपनी सहेलियों के बीच है। और उसने 'मैं तो साँवरे रंग राची' इतने मन से गाया कि सब वाह-वाह कर उठे। सबको बहुत पसंद आई। और सबने 'भाभी। एक और। एक और' की रट लगाई तो एक के बाद एक उसने तीन भजन गाए।

राजीव चाय नाश्ते के बाद ही जाकर कमरे में सो गए थे। एक बार झाँकी देखने नहीं आए। फल-मिठाई भी संजीव ही लेकर आया। ससुर जरूर कुछ देर एक-एक कोण से निहारते रहे। पर फिर बिना कुछ बोले चले गए। पता ही नहीं चला, उन्हें अच्छा लगा या बुरा।

रात के खाने के समय राजीव बुलाने पर कमरे से बाहर आए और बिना कुछ बोले, गंभीर बने खाना खाया। उसे लगा शायद नींद में हैं या फिर थक गए होंगे। वैसे उसने ज्यादा परवाह भी नहीं की। आज तो वो कृष्णमय हो चुकी थी। नजर थी कि कृष्ण की मूर्ति से हटती ही नहीं।

बारह बजे पूजा की। धीमे स्वर में आरती गाई। संजीव साथ था। सासू जी भी जगी हुई थीं। पूजा करने के बाद जब पानी पिया तो जोर का चक्कर आ गया। सर थामे रसोई में जमीन पर ही बैठ गई। कितनी देर तक बैठी रही फिर हिम्मत कर थोड़ा प्रसाद लेकर मुँह जुठाया। कुछ खाया ही नहीं जा रहा था। किसी तरह डगमग कदम से कमरे में जा बिस्तर के एक किनारे लेट गई। सुबह से अभी जरा-सी कमर सीधी की थी।

अभी कुछ पल ही बीते होंगे कि कमर के पास एक जोर की लात मारी राजीव ने। वो तो बिस्तर से आधा गिर ही गई। हतप्रभ थी। क्या कर दिया उसने।

राजीव भी आधा उठ गए थे और कोहनी पर टिके, चेहरा लाल किए उसे घूर रहे थे, "तेरी हिम्मत कैसे हो गई ऐसे आकर सो जाने की। एक पत्नी का यही कर्तव्य है?"

अब तक वो बिस्तर छोड़कर उठ खड़ी हुई थी। राजीव बोले जा रहे थे, "हफ्ता भर बाद पति घर आया है। पर महारानी झाँकी सजा रही हैं। गाना गा रही हैं। मोहल्ले भर को दिखा रही हैं। महल्ले वाला तुमको पालता है का। पति का कोई फिकर ही नहीं और अब आकर सीधा सूत गई। कुतिया कहीं की। पाखंड करती है। ई कौन-सा पूजा है कि पति को नजरंदाज करो और गीत गाओ।"

वो क्या बोलती, कमर टूटी जी रही थी। सीधा खड़ी भी नहीं हो पा रही थी।

"बोलती काहे नहीं है। बोल। जवाब दे?"

वो फिर भी चुप रही।

"अईसे नहीं मानेगी तू रुक।" और राजीव ने उसकी चोटी पकड़कर उसका माथा दीवार पर दे मारा।

"बोल। जवाब दे। ई कौन पूजा है?"

फिर भी वह चुप रही। ना तो रोई, ना ही चिल्लाई। इस से राजीव का गुस्सा और बढ़ गया, "बड़ी हठी है। बकार भी नहीं फूटता है, मुँह से।" और फिर तो जैसे कोई जुनून सवार हो गया, राजीव के सर पर। कई बार उसका सर दीवार पर मारा और फिर थक कर छोड़ दिया। वो भहरा कर जमीन पर गिर पड़ी। निःशब्द रोए जा रही थी। पर ताकत नहीं बची थी कि कोई आवाज भी निकले मुँह से।

राजीव का फुफकारना जारी रहा, "पति का कोई फिकर ही नहीं। बारह बजे कमरे में आने का समय है? और आते ही टाँग पसार कर सूत गईं। बियाह इसीलिए किए हैं? महल्ला भर को गीत सुनाने के लिए?" राजीव बड़बड़ाते

रहे। वो तो नीम बेहोशी की हालत में थी। उनकी आवाज उस तक पहुँच भी नहीं रही थी।

पर राजीव का गुस्सा एक बार जो चढ़ गया था उतरने का नाम ही नहीं ले रहा था। उसके पास आकर उसे एक लात लगाया, "उठ निकल मेरे घर से बाहर। तेरा कोई काम नहीं। निकल यहाँ से।"

वो वैसे ही पड़ी रही तो उसका हाथ खींचकर उठाया और कमरे से बाहर कर दिया। वो लडख़ड़ाती हुई रसोई के पास जाकर धम्म से जमीन पर बैठ गई।

पर राजीव को चैन नहीं था। फिर थोड़ी देर बाद आए, "हियाँ काहे बैठी है। कहे ना हमरे घर से बाहर निकल। चल बाहर निकल।"

अब उसने सर उठाया और काँपती आवाज में कहा, "कहाँ जाऊँगी घर छोड़कर?"

"हम का जाने। जा डूब मर कहीं। ट्रेन से कट जा। बस के नीचे आ जा। बस भाग हमरे घर से।"

वो वैसे ही सर झुकाए बैठी रही तो उसका हाथ खींचते हुए बोले, "चल उठ, उठती है कि दो लात और लगाऊँ।"

इतनी आवाज सुन। सासू जी की नींद खुल गई। वे बाहर आ गई, "अरे का हुआ राजीव। काहे हल्ला मचाए हुए हो?"

"इस औरत को मैं घर में नहीं रखूँगा। निकालो इसे बाहर। अभी निकालो।"

"अरे, तुहे ना बियाह के लाया। हमको तो सुरुये दिन से इसका लच्छन पसंद नहीं था।"

"हाँ। हमही बियाह के लाए ना। त हमी निकाल रहें हैं। चल बाहर निकल।" उसका हाथ पकड़कर फिर से खींचने लगे।

"तू हो त वैसही जिद्दी है। अरे माफी काहे नहीं माँग लेती है। गोर काहे नहीं पकर लेती है?"

"ई घमंडिन है। ई माफी माँगेगी। सब घमंड का भूत आज उतार देंगे।" राजीव ने एक लात और लगाई।

अब सास ने राजीव को पकड़ लिया, "चल चल। भीतर चल तू। औरत जात को जादे मुँह नहीं लगाते। ऊ त हईये है कुलच्छनी। तू काहे ला अपना नींद खराब कर रहा है। चल आराम कर। हफ्ता भर बाहर रहता है। का जाने का खाने को मिलता है का पीने को और घर आकर भी आराम नहीं। ई त नौटंकी

वाली हइए है। इसके पीछे अपना नींद मत खराब कर।" सास राजीव को कमरे में लेकर चली गईं।

थोड़ी देर बाद उसके पास आकर बोली, "का फायदा ई रूप, ई गुण का। महल्ला वाला त सराहे पर अपना आदमी को ही खुस ना रखो। जाओ माफी माँगो उससे।"

वो वैसे ही घुटनों पर सर टिकाए बैठी रही।

थोड़ी देर में वे भी चिल्ला कर बोलीं, "अभी लात खा के मन नहीं भरा है। बुलाए का उसको। बुलाने का का जरूरत अभी आ के दू लात और लगाएगा। चलो, उठो जाओ अपना कमरा में।"

किसी तरह दीवार का सहार लेकर खड़ी हो गई।

"जाओ, जा के माफी माँग लो। उसका पैर दबा दो। माफ कर देगा।"

उनके बार-बार कहने पर उसे जाना ही पड़ा। वर्ना सोच रखा था, बाहर ही बैठकर बाकी रात गुजार देगी। लडख़ड़ाती हुई दीवार का सहारा लेते हुए कमरे में जाकर किनारे खड़ी हो गई।

थोड़ी देर तो राजीव ने इंतजार किया। फिर उसकी तरफ मुड़कर बोले, "अभी मन नहीं भरा है का। आज दिखाइए दें आपको तमासा।"

घबरा गई कि फिर वो कमरे से बाहर जाकर हंगामा ना करने लगे। घर के बाकी लोग भी उठ जाएँगे। संजीव भी उठ जाएगा। फिर से वो खुद को दोषी समझने लगेगा। उसे लगेगा उसकी वजह से ही भाभी के साथ ये सब हो रहा है।

पलंग के पास जाकर सर झुकाए बोली, "हमको माफ कर दीजिए।"

"हूँ आ गईं ना लाइन पे। जब तक दू हाथ ना पड़े। अक्किल नहीं खुलता है।"

चुपचाप खड़ी रही तो जोर से हुंकारा, "खड़ी का हैं। जाइए माफ किए। गोड़ दबाइए।"

टूटता बदन, माथे पर गूमड़ लिए वो झुककर उसके पैर दबाने लगी। पता था। अभी थोड़ी ही देर में उसकी इस दुखती देह पर और कहर बरसेगा।

बेजान पड़ते सपनों में उम्मीद की धड़कन

जब आँखें खुलीं, तो पता नहीं चला, वो दिन का कौन-सा पहर था। बदन बुखार से तप रहा था। सर दर्द से फटा जा रहा था। पलकें इतनी भारी हो गई थीं कि पूरी ताकत लगाकर उन्हें खोलती पर दूसरे ही पल वे बंद हो जातीं। सूखे होंठ पर जीभ फेर कर रह जाती। बड़ी जोरों से प्यास लग रही थी। पर उठने की हिम्मत नहीं हो रही थी। उठने की इन सारी कोशिशों ने उसे इतना थका दिया कि फिर से उसकी आँखें मूँद गईं। काफी देर बाद काकी की आवाज से नींद खुली, "कब तक सोवोगी कनिया?"

और उसके चेहरे पर नजर पड़ते ही जैसे वो चिल्ला उठीं, "अरे! कनिया को तो बुखार है। अ राजीव माएँ कह रही हैं कि काम के बहाने सुतल है।"

उसने आँखें खोल दीं। अस्फुट-सा स्वर निकला, "काकी, पानी।"

"हाँ-हाँ, कनिया अभी लाते हैं।" काकी भागती हुई कमरे से बाहर चली गईं, "राजीव माएँ। ओ राजीव माएँ। कनिया को बहुते बुखार है।"

काकी ने सहारा देकर पानी पिलाया फिर बाहर चली गईं। थोड़ी देर बाहर से आवाजें आती रहीं, "बार्ली बना के दे आओ सरसती माएँ। जरा-सा बरत रखी और बुखार हो गया। इतना सुकुमार है कि का कहें। कैसे चलेगी राजीब की गिरहस्थी। हमको तो एही चिंता है।"

कोई उसे देखने अंदर नहीं आया। उसे कोई उम्मीद भी नहीं थी कि कोई आएगा। राजीव के आने के बाद संजीव शनिचर-इतवार को तो दूर-दूर ही रहता था। अपने कमरे में ही बना रहता था। उसे तो पता ही नहीं होगा। वो पूरे दिन बुखार की बेहोशी में ही डूबती-उतरती नहीं। किसी बात की सुध नहीं। काकी बार्ली लेकर आईं तो बिना ना-नुकुर के पी लिया। वर्ना अपने घर में जरा-सा बुखार आते ही कितना तूफान मचाती थी। माँ को एक पल के लिए अपने पास

से नहीं उठने देती थी। उसे बार्ली पिलाने की तो कोई सोच भी नहीं सकता था। कितने सारे फल, बिस्किट, हॉर्लिक्स मँगवाए जाते और वो सौ नखरे से खाती। पर पता था, यहाँ बार्ली नहीं पीएगी तो कभी अपने पैरों पर खड़ी भी नहीं हो पाएगी। बीच-बीच में आँखें खुलतीं तो खिड़की के बाहर कभी तेज धूप दिखती। कभी शाम का धुंधलका तो कभी गहरा अँधेरा। वो वैसे ही अशक्त पड़ी रही। गहरी रात में नीम बेहोशी में ही किसी के हाथ जिस्म पर रेंगते महसूस हुए। प्रतिकार की हिम्मत तो थी ही नहीं। ना ही क्या गुजर रही है देह पर, ये महसूस ही कर पा रही थी। शायद कोई जानवर भी एक बेहोश शरीर को बख्श दे। पर राजीव को जानवर कहना भी उन बेजुबानों का अपमान होता।

दूसरे दिन भी वैसे ही लस्त पड़ी रही काकी के बहुत हल्ला मचाने पर ही सास ने अपने मन से बुखार की दवा भेजी। डॉक्टर को तब भी नहीं बुलाया गया। शायद डॉक्टर के सवालों का डर था। राजीव तो सुबह ही उससे एक बात किए बिना चले गए थे।

संजीव बीच बीच में आता। उसका हाल पूछता, वो फीकी-सी मुस्कुराहट के साथ कहती, "ठीक हूँ।" उठने का उपक्रम करती पर वो कहता, "ना ना भाभी, आप लेटी रहिए। आराम कीजिए।" शरीर को आराम के साथ मन को भी तो सुकून जरूरी है। किसी से दो बातें करने को तरस जाती। सारा-सारा दिन छत घूरती रहती। आँखों के किनारे से आँसू बहकर तकिए में जज्ब होते रहते। ऐसे में घर बहुत याद आता।

पर उसे तो सब भूल ही गए। इतने दिन हो गए थे। एक चिट्ठी तक किसी की नहीं आई। जबकि शादी से पहले, दीदी भाभी लोगों की चिट्ठी की इतनी आदत थी कि दो दिन गुजरते नहीं कि किसी-ना-किसी के पत्र का इंतजार होने लगता और पत्र आ भी जाते। एक-एक बातें विस्तार से लिखी हुईं। बच्चों के भी टेढ़े-मेढ़े अक्षरों में लिखे दो लाइन पढ़कर ही वो और माँ निहाल हो जातीं। जिन बच्चों ने पढ़ना शुरू नहीं किया होता, वे बस कलर पेंसिल से चाँद-सूरज ही बनाकर भेज देते और वो उनकी ये पेंटिंग, गत्ते पर चिपका कर अपने टेबल पर सजाकर रखती। फिर सिलसिलेवार ढंग से पत्रों का जवाब देने का सिलसिला शुरू होता। आस-पड़ोस की बातें। रोज-रोज की बातें। कैसे एक दिन चूल्हे पर दूध चढ़ाकर छत पर चली गई, किचन पूरा धुँआ से भर गया। 'बिनाका गीतमाला' में कौन-सा गीत टॉप पर पहुँचा। ये सुनने के चक्कर में सब्जी जला दी और माँ

से डाँट सुननी पड़ी। पड़ोस में शादी है। उसमें कौन-सी सलवार समीज पहनूँ? गुलाबी वाली या नीली वाली? तमाम बेमतलब की बातें। पर ये बातें ही जीने का बहाना बन जातीं।

पर अब तक एक खत भी नहीं मिला उसे घर से। वो खुद भी लिखने को तरस जाती। पर ना तो लिफाफा था ना अंतर्देशीय। पोस्टकार्ड भी नहीं था। पर पोस्टकार्ड पर तो आज तक उसने लिखा भी नहीं। उसकी इतनी ढेर सारी बातें भला, समा पातीं एक पोस्टकार्ड में!

राजीव तो कभी सीधे मुँह बोलते ही नहीं। जरा-सा उनका अच्छा मूड देखती और सोचती कह देगी, लिफाफा लाने के लिए। पर उनका अच्छा मूड विशेष कारण से होता। अगले ही पल वे बिल्कुल अनजान से बन जाते और किसी-ना-किसी बात पर चिल्ला उठते। वही पानी का गिलास उन्हें पहले नहीं दिखाई देता। पर अपनी क्षुधापूर्ति होते ही वे चीख उठते, "जरा भी शउर नहीं। सुबह से गिलास ऐसे ही पड़ा हुआ है।" मन मसोस कर रह जाती। एक दिन हिम्मत करके सासू जी से कहा तो उन्होंने कह दिया, "अपन दूल्हा से कहो। बाहर-भीतर तो उहे आता जाता है, ला देगा।"

पास में पैसे भी नहीं थे कि किसी से मँगवा लेती। पर मँगवाती भी किससे। संजीव को इन सब झंझटों में उलझाने का मन नहीं था। कच्ची उम्र है, पता नहीं अपने घर वालों के प्रति कैसी भावनाएँ घर कर जाएँ। और संजीव से मँगवाती भी कैसे एक धेला भी तो नहीं था उसके पास। मुँह दिखाई में इतने सारे लिफाफे मिले थे। जब सासू जी ने कहा, "लिफाफे लेकर आओ, लिखना होगा। किसने कितना दिया है। उनके यहाँ भी हमें उतना ही देना होगा।" तो वह सारे लिफाफे उन्हें दे आई। पैसों का लालच भी नहीं था और जिंदगी ऐसी करवट लेगी, सपने में भी नहीं सोचा था कभी।

इन लोगों ने वो सारे पैसे गिन कर उसे नहीं दिए। बल्कि उन्हीं पैसों से उसके लिए लाख में जड़े कंगन बनवा दिए और सासू जी ने बड़ी उदारता से वे कंगन मुँह दिखाई के रूप में उसे दे दिए। ये कहते हुए, "हम लोग बहू को मिला पैसा नहीं रखते। लो तुम्हारे लिए कंगन बनवा दिए हैं।" जब उसने कंगन लेकर उनके पैर छुए तो इस बार उन्होंने नहीं रोका। तब उसे समझ में आया, वे पैर छूने से रोक देती थीं कि मुँह दिखाई देना पड़ेगा।

वो तो पत्र नहीं लिख पा रही। पर दीदी, माँ, सब लोग उसे भूल गईं। माँ भी

अपने बेटे-बहू, पोते-पोतियों के बीच। अपनी छुटकी बेटी को बिल्कुल ही भुला बैठी है। शायद उनके पत्र बार-बार आते तो उसका भी कहने का मुँह होता, "पत्र का जवाब देना है।"

***

एक गहरी उसाँस ली जया ने। अतीत का दर्द शब्दों में बँधी कविता के रूप में तो जब-तब छलकता ही रहता था आज तो जैसे सैलाब बन उसे अपने गिरफ्त में ले लिया था। अतीत की यादों से पीछा छुड़ाने को उसने पर्दे वापस खींच दिए। खिड़की के पास से हट गई। रसोई में जाकर ठंडा पानी पिया और सोफे पर सर टेक आँखें मूँद लीं। आँखें मूँदते ही मानस पटल पर फिर से जिंदगी के पुराने चित्र उभरने और मिटने शुरू हो गए। तब कहाँ अंदर की बात उसे पता चल पाती थी। माँ-दीदी-भैया-भाभी सब उसे लगातार पत्र लिखते थे। पर वे पत्र उस तक पहुँचने ही नहीं दिए जाते थे। जब उसकी कोई खबर ना पाकर एक दिन बड़े जीजाजी, उसकी खोज-खबर लेने आए तब उसे असली बात पता चली। पर उसे तो जीजाजी से मिलने भी नहीं दिया गया।

उनसे तो शादी के वक्त से ही लोग चिढ़े बैठे थे। राजीव ने व्यंग्य से कहा, "आपको अपनी साली की इतनी चिंता क्यों हो रही है? दू दू गो भाई हैं इनके। ऊ लोग काहे नहीं आए?"

"दोनों भाई तो कलकत्ता और दिल्ली में है। छुट्टी कहाँ मिलती है। हम पास के शहर में हैं। इसलिए हमसे सब लोग बोला है, जरा हाल-चाल लेने के लिए। सबको चिंता लगी हुई है। जया की कोई खबर ही नहीं।" जीजाजी ने सफाई दी।

"सब ठीक है। अ उसको तनी ससुराल में बसने दीजिए। मैके से ही जुड़ी रहेगी तो हियाँ कईसे एडजस्ट करेगी। हमारे इहाँ एक साल तक मायके वालों से मिलना-जुलना, चिट्ठी-पत्री नहीं होता है। अब इहे उसका घर है। और वो बहुत खुस है इहाँ। नहीं तो आप लोग को चिट्ठी लिखबे न करती।" ये ससुर जी की आवाज थी।

वो जल्दी-जल्दी चाय-नाश्ता तैयार करने लगी कि ये लोग मना करें तो करें। वो ट्रे लेकर सीधा कमरे में चली जाएगी।

ट्रे सजाए रसोई से निकली ही थी कि काकी आती दिखीं, "कहाँ जा रही हो कनिया। पाहुन त गए। भेंट हो गया ना?"

ओह! तो उसे मिलने भी नहीं दिया गया। उसे जोर का चक्कर आ गया था।

काकी ने थाम नहीं लिया होता तो सारे कप-प्लेट गिरकर चकनाचूर हो गए होते और फिर उसे घरवालों से इसके प्रसादस्वरूप क्या मिलता। इसकी कल्पना भी बेकार है।

सोफे पर बैठे-बैठे ही फिर से यादों के बवंडर ने उसे घेर लिया और फिर अतीत में पहुँच गई।

***

कुछ अपनी हिम्मत कुछ आराम करने का असर। दो-चार दिनों में ही उसने बिस्तर छोड़ दिया और पहले की तरह किचन का काम सँभाल लिया।

जिंदगी धीमी रफ्तार से उसी ढर्रे पर वापस आ गई थी। अब पास के ही शहर, सीतामढ़ी में राजीव की पोस्टिंग हो गई थी। पहले की तरह ही शनिवार-इतवार को राजीव आते और ऐसा व्यवहार करते जैसे कभी कुछ हुआ ही ना हो।

एक बार उसने कहने की कोशिश भी कि आपको इतना गुस्सा क्यों आता है? आप गुस्से में कुछ नहीं देखते।

राजीव ने उसे परे धकेल दिया, "आपका काम ही ऐसा होता है। मरद जात हैं। आन-बान वाले। गुस्सा नहीं आएगा? हमको तो कोई कंधे पर हाथ रखे तो हम उसका जबड़ा तोड़ दें। हमको अपने खानदान वालों जैसा पिलपिला नहीं समझिएगा।"

वो मुँह फेरे बिस्तर के किनारे पड़ी रही। थोड़ी देर बाद ही बिना कुछ बोले राजीव ने अपनी तरफ खींच लिया। उन्हें उसका मन जीतने की कभी कोई फिक्र तो थी नहीं। सिर्फ शरीर से मतलब था और वह उन्हें प्राप्य था। अपने शरीर से ही घृणा हो आई, जिस पर उसका अधिकार नहीं अब।

एक दिन इसी घृणारूपी कीच में एक कोंपल खिलने का आभास हुआ और मन आह्लाद से भर गया। कानों में एक आवाज आई, "जब-जब अधर्म की परकाष्ठा होती है। कोई अवतार लेता है।" तो क्या ये आहट उसे सारे कष्टों से मुक्ति दिलाने वाले की है? शायद अब सब ठीक हो जाए। पत्नी से प्यार हो या ना हो। अपने अंश से सबको लगाव होता है और इस अंश को साकार रूप देने वाली तो वही है। तो उसकी उपेक्षा अब कैसे की जा सकती है? यह अनदेखा अनजाना अनुभव स्वर्गीय सुख-सा लगा। अभी बस उसकी आहट मिली है और मन-प्राण जैसे उसके प्यार की शीतलता से सराबोर हो गया। जब वह खुद अवतरित होगा तो उसकी दुनिया के सारे कष्ट बिला जाएँगे। सब कुछ कितना

सुखमय हो जाएगा!

पहली बार शनिवार की प्रतीक्षा इतनी आतुरता से की। कैसे यह समाचार देगी? सौ उपाय सोचती। फिर उन्हें खारिज कर देती, 'ना ये ठीक नहीं।' बहुत अफसोस हो रहा था, यहाँ लोगों को पढ़ने-लिखने का शौक नहीं। घर में कोई पत्रिका नहीं। वर्ना उसमें से सुंदर से बच्चे की तस्वीर काटकर आकर्षक पोस्टर बनाती। आखिर अखबार के विज्ञापन में से ही बच्चे और माँ की एक सुंदर-सी तस्वीर ढूँढी। उसे गत्ते पर चिपका, दीवार पर लगा, बेसब्री से शाम का इंतजार करने लगी।

राजीव कभी सीधे कमरे में नहीं आते थे। पहले बरामदे में बैठते, माँ से गपशप करते फिर अंदर आते। वो भी कपड़े बदलने के लिए। कपड़े बदल जो बाहर जाते, रात में ही आते। इस बार भी जैसे ही बरामदे में बैठे, सासू जी ने उन्हें पहले ही बता दिया।

वो अंदर शरमाई-सी दीवार से लगी खड़ी थी, "पता नहीं। कमरे के अंदर आकर कैसे रिएक्ट करेंगे।"

राजीव की तेज चाल ने ही थोड़ी आशंका जगा दी। धम-धम करते हुए भीतर आए, "पता था, पता था। मुझे यही सुनने को मिलेगा।"

वो हतप्रभ उनकी तरफ देखने लगी, "आपको खुशी नहीं हुई?"

"खुस्सी, कईसा खुस्सी। अभी-अभी नौकरी शुरू हुआ। पईसा जमा हुआ नहीं, अ बच्चा गोदी में।"

मन वितृष्णा से भर उठा। एक पल भी वहाँ खड़ा रहना मुमकिन नहीं था। चाय बनाने के बहाने कमरे से निकलकर बाहर आ गई।

उसे लगा चाय भी इतनी जल्दी क्यों बन गई। अब चाय लेकर कमरे में जाना पड़ेगा। बिस्तर के पास स्टूल पर चाय रखा ही था कि सामने दीवार पर जो नजर गई कि दिल दहल गया। माँ-बच्चे की तस्वीर के बीचो-बीच एक चीरा लगा दिया गया था। अनजाने ही उसका हाथ अपने पेट पर चला गया और दोनों हाथों से उसने पेट को ढक लिया, मन-ही-मन प्रतिज्ञा की। "तुझे मैं कुछ नहीं होने दूँगी। इतना भरोसा रख मेरी संतान।" एक दृढ़ निश्चय मन में समा गया था। राजीव लाल-लाल आँखें लिए अब भी दीवार घूर रहे थे। अचानक उठे जोर से चाय के कप पर हाथ मारा। सारी चाय फैल गई। वो दहशत में एक किनारे दुबक गई। राजीव ने चोटी पकड़कर उसे एक थप्पड़ लगाया और जमीन पर गिरा दिया।

अंधाधुंध उस पर हाथ-लात बरसाने लगे। औंधे होकर उसने अपने पेट को जोर से पकड़ लिया था कि पेट पर कोई चोट न पड़े। राजीव चीख रहे थे, "ये बच्चा तो मैं किसी कीमत पर नहीं होने दूँगा। बहुत मेरे बच्चे की माँ बनने चली है। देखूँ कैसे इसकी ये साजिश पूरी होती है। कैसे ये बच्चा आता है, दुनिया में!"

ये शाम का वक्त था। बाबूजी ऑफिस से आ चुके थे। शोर-शराबा सुन कमरे के दरवाजे तक चले आए, "अरे, का हुआ राजीब। आते ही काहे का तूफान मचाए हुए है?"

"बाबूजी। ई बच्चा तो हम कौनो हाल में नहीं होने देंगे। सारा पिलान चौपट हो गया। बच्चा हो गया तब त ई कानूनन हक माँगेगी। हम त सोचे थे, ई भाग जाएगी अपना माइके। पर गजब कठकरेजी है। इस पर तो कौनो असरे नहीं है। अब मेरे बच्चे की माँ बनेगी। ना ई हम नहीं होने देंगे। हमको जिनगी भर इसके साथ नहीं रहना है। दूसरा बियाह करना है। बच्चा हो गया तब त मुस्किल हो जाएगा, इसको निकालना।"

वो याचना भरी निगाहों से बाबूजी की तरफ देखने लगी कि शायद वो उसके तारणहार बनें। पर उन्होंने भी आगे बढ़कर राजीव का हाथ नहीं पकड़ा। किसी को अपनी मदद के लिए नहीं आते देख। अचानक कोई शक्ति आ गई उसमें और उठकर बाहर की तरफ भागी। राजीव भी उसके पीछे किसी हिंसक की तरह दौड़ा तो उसने झपट कर बरामदे में ताखे पर रखा, शेविंग का डब्बा उठा लिया और बोली, "हम ब्लेड से नस काट लेंगे।"

राजीव रुका, "बाबूजी। देखिए धमकी दे रही है।"

उसकी आँखों से आँसू की जगह आज चिंगारियाँ निकल रही थीं।

बाबूजी का स्वर सुना, "मर जाने दो, किसी को कानों कान खबर भी नहीं होगी। फूँक आएँगे उठा के। ई रोज-रोज के किचकिच से छुट्टी मिलेगी।"

रुक गई वह। वो तो मर जाएगी। पर उसके अंदर पलता ये नन्हा जीव। उसका क्या कसूर। बेइंतहा प्यार उमड़ आया। ना, अब तो उसकी खातिर जीना है।

नसों के जरा-सा शिथिल पड़ते ही पेट में असहनीय दर्द उठा। चक्कर खाकर गिर पड़ी।

उसकी संतान के भाग्य से संजीव और काकी। दोनों ने ही एक साथ आँगन में प्रवेश किया। उसे इस हाल में देखकर घबरा गए, "अरे क्या हो गया। क्या

हुआ?" उसके बाद उसे कुछ पता नहीं। वो बेहोश हो चुकी थी।

अब कोई चारा नहीं था। उन्हें, उसे हॉस्पिटल ले ही जाना पड़ा। रास्ते में जरा-सा आँखें खुलीं तो राजीव और सास ने समझाना शुरू कर दिया, "कह देना बाथरूम में गिर गई हो। ये सब तो हर घर में होता है। तुम तो समझदार हो। घर का इज्जत बचाना तुम्हारा कर्तव्य है।" आदि आदि।

दर्द के बीच अपनी साँसें थामते, लेडी डॉक्टर से यही कहा। सास और राजीव की नजरें उसके चेहरे पर चिपकी हुई थीं।

पर लेडी डॉक्टर सिर्फ उसका चहरे घूरती रही। उँगलियों के निशान स्पष्ट थे।

अंदर चेक-अप के लिए गई तो डॉक्टर ने गहरी नजर से उसे देखा और कहा, "सच बताओ, क्या हुआ है। बाथरूम में गिरने से ऐसे निशान तो नहीं पड़ते?"

वो कुछ बोल नहीं पाई। रो पड़ी।

डॉक्टर ने उसका सर सहलाते हुए पूछा, "डरो नहीं। मुझसे कहो। क्या हुआ, सारी बात बताओ।"

फिर भी वह कुछ बोल नहीं पाई। बस आँखों से भल्ल-भल्ल आँसू गिरते रहे। डॉक्टर समझ गई, "पति ने मारा है ना? अभी मैं उन लोगों से बात करती हूँ। पढ़े-लिखे होकर ऐसी हरकत! मैं पूछती हूँ जरा उन सबसे। पुलिस को फोन कर दूँगी तो इनके होश ठिकाने आ जाएँगे।"

डॉक्टर की आवाज में गुस्सा झलक रहा था पर वो बेतरह डर गई। उसने डॉक्टर का हाथ पकड़ लिया, "नहीं। प्लीज उनसे कुछ मत कहिए। उन लोगों ने मना किया है बताने को। लौटकर तो मुझे उसी घर में जाना है। पता नहीं फिर क्या हाल करें मेरा। अब मुझे अपने बच्चे को बचाना है। उसे कुछ नहीं होना चाहिए।"

डॉक्टर गंभीर होकर चुप हो गई। बाहर आकर दवा लिख दी और जरा सख्ती से कहा, "ये बहुत कमजोर हैं। इसकी अच्छी तरह देखभाल कीजिए। सारी दवा, टॉनिक, दूध, फल, हरी सब्जियाँ खिलाइए और रेगुलर चेक अप के लिए लेकर आइए।"

पर राजीव उसे फिर चेक अप के लिए नहीं ले गए कभी। हाथ उठना भी नहीं रुका। अब तो और ज्यादा हो गया। उस पर अबॉर्शन के लिए भी दबाव डाला पर वो अड़ गई, "मार दीजिए मंजूर है। पर अपने बच्चे को नहीं खो सकती।

मरेंगे तो दोनों मरेंगे।"

***

ये सब सोचते जया की आँखें स्वत: ही सामने टेबल पर रखे एक सुदर्शन युवा की मुस्कुराती तस्वीर पर चली गईं। रूद्र। हाँ, यही नाम रखा था उसने बेटे का। उसके विश्वास का बीज अब पनप कर झूमते देवदार के तरुण वृक्ष में बदल चुका था। पास ही रखी तस्वीर में रूद्र अपनी दोनों बहनों के साथ था- काव्या और सौम्या। उसकी क्यारी में आँसुओं से सींचें, दृढ़ निश्चय का खाद पाकर खिले ये तीन फूल लहरा-लहरा कर उसके सारे दुख हर लेते। वर्तमान की शान बने, वे आगे बढ़ रहे थे और वे लोग, जो सब कुछ खत्म होने के इंतजार में थे, दाँतों तले उँगलियाँ दबाए बैठे थे।

नन्हें-से घोसले-सा लगता उसे अपना ये घर। जैसे चिड़िया के बच्चे उससे दाना लेते हुए चहचहाते हैं, कुछ ऐसा ही माहौल रहता।

जब वह अपने बच्चों को निहारती है, बच्चे पूछते हैं, "क्या हुआ माँ?"

वो मुस्कुरा देती है, "कुछ नहीं।"

बेटा कहता, "मैं हूँ न। तुम सोचा मत करो कुछ भी।"

बेटियाँ कहतीं, "हम तो तुम्हारी प्रतिच्छाया हैं। जीवन में तुम्हारे सम्मान से बढ़कर कुछ नहीं हमारे लिए।"

पर जब ये उसके जीवन में नहीं आए थे, तो कष्ट, अपमान ही उसके जीवन के पर्याय थे। कौन से उपाय नहीं किए गए कि ये नन्ही जान, इस संसार में आँखें ना खोल सकें और वो घर छोड़ या दुनिया ही छोड़ चली जाए। पर उसके मन का विश्वास कि कृष्ण की तरह कोई आएगा। उसके लिए संजीवनी बन गया।

जब राजीव पेट पर लात मारते तो वो कहती, "आपको बच्चा नहीं चाहिए ना। मैं उठक-बैठक कर लूँगी। पर लात मत मारिए।"

राजीव किसी हिंसक जानवर की तरह दाँत पीसते, "चल लगा उठक-बैठक। देखता हूँ। कब तक तू अपने बच्चा को बचा सकती है?"

वो उठक-बैठक करती और मन-ही-मन रक्षा मंत्र का पाठ करती रहती।

ॐ जुंग सह माम संजीवये पालय: सह जुंग ॐ

दिन भर दुहराती रहती, "हे ईश्वर अगर मैंने जीवन में कभी कुछ भी अच्छा किया हो तो मेरे बच्चे को मुझसे मत छीनना"। एक जुनून-सा सवार हो गया था। सारे अत्याचार सह लेती। पहले गुस्से में एक जिद की तरह खड़े होकर मार खाती

रहती थी। मन-ही-मन उबलती रहती, "मारो और मारो कितना मार सकते हो।"

लेकिन अब हर संभव कोशिश करती कि राजीव उसे कोई गहरी चोट ना दे पाएँ। एक बार भागकर बाथरूम में छुप गई। थके बदन को जरा-सा आराम देने के लिए चप्पलों का सिरहाना बना बाथरूम में ही लेट गई। थोड़ी देर में ही हाथ पैरों में कुछ चिपचिपा-सा लगा। आँखें खोली तो देखा, बाथरूम के दरवाजे के बाहर से पानी-सा बहता हुआ आ रहा है। राजीव ने दरवाजे पर पेशाब कर दिया था कि वो छुप कर अंदर ना बैठ सके।

हाथ-पैर पटकती बाहर निकल आई। इतना तो समझ गई थी, "राजीव सैडिस्ट हैं। उन्हें हँसने-बोलने में खुशी नहीं मिलती। किसी को तकलीफ पहुँचाने में ही खुशी मिलती है। और जब आदत भी हो। मकसद भी हो और सामने शिकार भी तो कहर ढाने से क्यों बाज आएँ।"

शादी के शुरू के दिनों में बुआ सास थीं तो कहती रहती थीं, "अम्मा, राजीव का ब्याह नहीं देख पाई। सबसे ज्यादा खुशी उनको ही होती। दादी का सबसे दुलारा था, राजीव। पाँच साल तक तो इसको गोदी के सिवा कहीं बैठने नहीं दिया। मजाल था कि भाभी कुछ कह दें। जो जिद करे सब पूरा। रात के बारह बजे कहे, हलुआ खाना है। तो इसकी मतारी को बारह बजे हलुआ बनाना पड़ता था। नहीं तो अम्मा भाभी को घर में रहने नहीं देतीं। और अम्मा अपने दुलारा पोता का सादी देखने से पहली ही चली गई।"

उन दिनों, इन सब बातों पर गौर नहीं किया था। पर अब रह रह कर ध्यान जाता। बचपन से ही राजीव निरंकुश रहे हैं और दूसरों को तकलीफ देने में ही इन्हें मजा आता है। और साधन वो बन गई है। क्या करे वह इस नर-पिशाच से कैसे छुटकारा पाए? भैया लोग इतने दूर हैं। माँ भी भैया के पास है और अगर वो किसी तरह घर से निकलकर उन तक पहुँच भी जाए तो क्या वे लोग अपने पास रख लेंगे?

किताबों में पढ़ चुकी है। आँखों देख चुकी है। कोई बेटी आती है मायके में, अंदर की बात तो किसी को बताई नहीं जाती। पर कुछ ही दिनों में उसे फिर से ससुराल पहुँचा दिया जाता है। कई बार लड़की वहीं खुद को खत्म कर लेती है या खत्म कर दी जाती है। तब मायके वाले बड़े-बड़े टेसुए बहा आते हैं पर जब वो अपनी समस्या लेकर आती है तो उसे अपने ही घर में रहने नहीं दिया जाता। समझाया जाता है, ससुराल ही उसका घर है। अगर वो ये कदम उठाए भी तो

उसके साथ भी तो यही सब होगा।

याद आ गए बाबूजी। शायद बाबू जी जिंदा होते तो उनकी रानी बेटी को ये सब नहीं सहना पड़ता। पर फिर साथ ही पड़ोस की किरण दी भी याद आ गईं। उनके तो बाबूजी भी हैं और दो-दो भाई भी। दोनों ऊँची नौकरी में। मुहल्ले में खबर फैली थी कि किरण को ससुराल में बहुत सताते हैं। मारते-पीटते हैं। वो अक्सर मायके आती भीं। पड़ोस की औरतें आँख के इशारे से एक-दूसरे से कहतीं, "आ गई। फिर से कुछ हुआ होगा।"

फिर दसेक दिनों में ही किरण दी को कभी उनके भैया तो कभी उनके बाबूजी ससुराल पहुँचा आते। पिछले कुछ सालों से किरण दी ने मायके आना ही बंद कर दिया। तब भी लोग उन्हें ही दोषी कहते। यहाँ तक कि वो भी सोचती, "कैसी पत्थरदिल हैं वो। माँ-बाबूजी को देखने का मन भी नहीं होता उनका।" उन दिनों गहराई से नहीं समझ पाई थी। कब तक वे झूठी मुस्कान ओढ़े, अपने माता-पिता की लाडली होने का दिखावा करतीं। उनका भी तो मन दुखता होगा। जब अकेले ही सब सहना है तो क्यों किसी झूठे दिलासे की उम्मीद में वे मायके का रुख करें। क्या बेटा किसी मुसीबत में होता तो माँ-बाप यूँ ही छोड़ देते? रुपए-पैसे, घर-जमीन, लोक-लाज किसी की परवाह नहीं करते। लड़कियाँ ही बेवकूफ होती हैं जो मायके से झूठी उम्मीद पाले बैठी होती हैं। अब लग रहा है, शायद ईसा मसीह की तरह हर लड़की को अपना क्रॉस खुद ही ढोना पड़ता है। कोई उसकी मदद को नहीं आता। जन्म देने वाले माता-पिता भी नहीं।

जितना ही वो अपने सहने की शक्ति बढ़ाती जा रही थी। इन सबके जुल्म बढ़ते जा रहे थे। पूरी-पूरी रात उसे खड़े होकर गुजारनी पड़ती। घर का सारा काम करना पड़ता। वो रोटी बनाते हुए चार बार उठकर उल्टियाँ करने जाती। पर सास आँगन में बैठे सब देखती रहतीं। एक बार नहीं कहती, "रहने दो, मैं बना लूँगी।"

एक दिन पड़ोस की कुछ महिलाएँ आई हुई थीं। उन्हीं लोगों के लिए चाय-नाश्ता बना रही थी। लगातार रसोई में खड़े रहने के कारण वो बेहोश होकर गिर गई। लोक-लाज की खातिर घरवालों को उसे अस्पताल ले जाना ही पड़ा। डॉक्टर उसकी दशा देख सब समझ गई। उसे डाँटा भी। उसने डॉक्टर से मिन्नत की, "मुझे कुछ दिनों के लिए एडमिट कर लीजिए। कई रात से मुझे नींद नसीब नहीं हुई है।"

डॉक्टर ने एडमिट कर लिया। पर साथ में राजीव रुका। उसे डराता रहा,

"आज तो यहीं तुम्हें और तुम्हारे बच्चे को खत्म कर देंगे। हम पर कोई इलजाम भी नहीं आएगा। काम भी हो जाएगा। रात होने दो जरा।"

रात में नींद भर सोने के लिए उसने डॉक्टर से एडमिट करने की मिन्नत की थी। पर अभी अपनी नींद त्याग अँधेरे में भी आँखें फाड़ राजीव पर नजर जमाए हुए थी। आधी रात के करीब जरा-सी आँखें झपकी और मौका देख राजीव घुटनों के बल पेट पर चढ़ गया। जोर से चिल्ला उठी वह। नर्स भागती हुई आई, "क्या हुआ?"

"पेट में जोरों का दर्द हो रहा है।" राजीव दीवार से लगे चोर की तरह खड़े थे।

अपना मकसद ना पूरा होते देख, राजीव नर्स और डॉक्टर के विरोध के बावजूद दूसरे दिन उसे हॉस्पिटल से घर ले आए। समय खुद को घसीटते हुए बीतता रहा। वे जुल्म ढाते रहे। बस सुकून यही था कि हफ्ते के पाँच दिन वो बाहर रहते। शरीर उनके अत्याचार से बचा रहता।

और आखिर वो घड़ी आ गई, जब देवकी की तरह उसने रूद्र को जन्म दिया। उसके भोले से चेहरे पर नजर डालते ही अपना सारा दुख भूल गई। उसकी किलकारियों ने उसके सारे कष्ट हर लिए।

बेटे को जब सीने से लगाया तो लगा, फूल-सी हल्की हो आई है। लगा ही नहीं इसी शरीर ने इतने अत्याचार झेले हैं।

"यह मेरा अपना है।" का एहसास उसमें संजीवनी ताकत भर गया। हिम्मत करके उसने डॉ को एक पर्ची थमाई, जिसमें फोन नंबर था। "मेरे मायके में सूचित कर दीजिए प्लीज। ये लोग नहीं करेंगे।"

डॉ ने बड़े प्यार से कहा, "बिल्कुल बेटा।"

माँ, दीदी, भैया-भाभी सबके खुशी भरे चेहरे आँखों के सामने घूम गए। और वह उनकी खुशियों को अपने नसों में महसूस करने लगी।

सुनामियों के मध्य जिंदगी की पुकार

उसका शरीर बहुत ही कमजोर हो गया था। सारी शक्ति निचुड़ गई-सी लग रही थी। पर ये भी महसूस हो रहा था मानो एक सदी के बाद उसे यूँ आराम करने का मौका मिला है। आँखें मिन्नतें कर रही थीं, पलकों को बंद करो और गहरी नींद में डूब जाओ। पर दिल था कि बार-बार उन पलकों पर दस्तक देता। एक बार मुड़कर अपने बेटे को देख तो लो और हर दो मिनट पर उसकी लंबी-लंबी पलकें पूरी लंबाई में खुल जातीं और बिस्तर से लगे पालने में सोए नन्हीं-सी आकृति को निहारने लग जातीं। दिल जैसे सुकून से भर जाता। इतने जुल्म सहने के बाद भी आखिर वो अपने बेटे को इस दुनिया में लाने में कामयाब हो ही गई और जैसे उसका नन्हा बेटा भी अपनी हामी भरने को जोर से चिल्ला पड़ता। एकबारगी वो चौंक ही जाती, इतनी छोटी-सी जान। हथेली पर समा जाए पर रोता ऐसे गला फाड़कर कि दीवारें भी कहें जल्दी से उसकी भूख मिटाओ वर्ना हम हिलने लगेंगे। कभी नर्स, कभी राजीव की चाची बच्चे को उठा उसके पास लिटा देतीं। उसे सीने से लगाते ही अथाह प्यार का सागर उमड़ पड़ता।

यूँ तो उसके ससुराल वालों का कहीं आना-जाना नहीं था। ना ही रिश्तेदार ही उनके घर आते। पर बेटे की खबर सुन शायद लोक-लाज निभाने को शहर के रिश्तेदार तो आते ही रहे। पास के गाँव से राजीव की चाची भी आई थीं। गाँव की भली-सी औरत उसका बहुत खयाल रख रही थीं। सास तो पोते के जन्म के थोड़ी देर बाद ही चली गईं कि अब तो घर का सारा काम उन पर ही आ गया है। वो तो अस्पताल में पड़ी है। मन छोटा हो आया उसका। "उनके खानदान को वारिस दिया है पर इन्हें लग रहा है, जैसे आराम करने के लिए पड़ी हो।"

राजीव का दोहरा रूप बहुत खुलकर नजर आ रहा था। लोगों की बधाइयाँ बड़े शौक से ले रहे थे। किसी ने कहा, "बिल्कुल तुम पर गया है।" तो गर्व से

कॉलर चढ़ाकर बोले, "आखिर बेटा किसका है?" उसका मन वितृष्णा से भर गया। आज इस बेटे के जन्म पर गर्व कर रहे हैं और कल तक इसका अस्तित्व मिटाने में कोई भी कसर छोड़ी थी। वो तो उसके अडिग विश्वास ने उसके बेटे की रक्षा की। पर जब कमरे में एक बार राजीव अकेले थे और नर्स उन्हें बेटे को थमाने लगी तो एकदम से झिड़क दिया, "पालने में डाल दो।" अब तक उसने राजीव को एक बार पालने के पास आकर अपने बेटे को गौर से देखते भी नहीं देखा था। पर फिर उसने सोचा, शायद बहुत छोटा है इसलिए डर रहे हैं। धीरे-धीरे स्नेह का पौधा उग ही आएगा। अपने बेटे से भला कोई दूर रह पाया है!

सोचने लगी पर आखिर राजीव ऐसे क्यों हैं? आम पुरुष से इतने अलग क्यों हैं? कैसे उनमें किसी के लिए स्नेह, प्यार नहीं उमड़ता? पर इतना अच्छा अभिनय कैसे कर लेते हैं? लोग मिलने आ रहे हैं। उन्हें यूँ हँसता-मुस्कुराता देख कभी सोच सकते हैं कि उनका असली रूप क्या है? गौर कर रही थी, जब तक उन दोनों के अलावा कोई तीसरा आदमी मौजूद रहता, उससे बड़ी गर्मजोशी से मिलते। हँसते-बतियाते पर उसके दरवाजे से निकलते ही भृकुटी चढ़ाए, तना चेहरा लिए कुर्सी पर धम्म से बैठ जाते। आखिर उससे इतनी नफरत क्यों हैं उनके मन में? खुद ही तो शादी का प्रस्ताव भेजा था पर शादी के बाद इतना कैसे बदल गए? शायद उसे पास से देखते ही समझ गए थे उसका रहन-सहन, तौर-तरीके, उसकी भाषा, सब इन लोगों से बहुत अलग है। वो उनके परिवार में कहीं फिट नहीं होती और इसीलिए हर घड़ी उसे नीचा दिखाने, उस पर अपनी प्रभुता सिद्ध करने को आतुर रहते हैं। शायद उन्हें यह एहसास बहुत सुकून देता है कि पढ़ी-लिखी है तो क्या, एक सॉफिस्टीकेटेड परिवार से है तो क्या, उनकी तो जूती के नीचे है। जब तक दूर से उसे देखा, उसे पाने की तमन्ना की। पर पास आने पर उन्हें लग रहा है, वो उन जैसी नहीं। उनसे बहुत ही अलग है। वे ना एक जैसा सोचते हैं, ना किसी सिचुएशन पर एक जैसा रिएक्ट करते हैं। रुचियाँ, जीने का अंदाज, जीवन की कल्पनाएँ सब अलग हैं। दोनों दो ध्रुव की तरह हैं। पर उसने तो पूरी कोशिश की एडजस्ट करने की। अपनी भाषा भी बिगाड़ कर देखा। पर एकदम से फूहड़ कैसे बन जाए।

शायद जोर-जोर से बोलने वाली, बिल्कुल गँवार जैसी होती तो शायद राजीव अपनों में से एक समझते। उसके साथ, गालियाँ मार-पीट तो तब भी करते पलटकर वो भी इनकी सात पुश्तें तार देती, तब शायद वो उन्हें अलग-सी नहीं

लगती। सुना है, गाँव में आदमी हाथ उठाए तो औरत दाँत काट लेती है। उनके कपड़े फाड़ देती है। छाती पीट-पीट कर रोती है, गालियों से तर कर देती है। यही सब वो नहीं कर पाई और इसीलिए राजीव को अब तक अजनबी-सी लगती है। अब तो एक बच्चे की माँ बन गई है। पर शायद ही दो लाइन पति-पत्नी में कभी बात भी हुई हो। एक गहरी उसाँस ली उसने, जाने दो। अब तो उसके पास जीने का सहारा है। जब से बेटे की आहट मिली थी, उसे जीने का मकसद मिल गया था। उसे अच्छे संस्कार देगी। एक अच्छा इंसान बनाएगी। राजीव के अत्याचार अब सेकेंडरी हो गए हैं। वे तो शायद अब जीवन का अंग बनते जा रहे हैं और सिहर गई। "क्या उसने इसे स्वीकार कर लिया है?" फिर मन में खयाल आया। नहीं। उसे अपने बच्चे को अच्छे पालन-पोषण के साथ एक स्वस्थ माहौल भी देना है। अब यह गाली-बात, मार-पीट नहीं चलेगा। ओह! सोचते-सोचते थक गई दिमाग की नसें। कल उसने बेटे को जन्म दिया है। अभी इस खुशनुमा एहसास को जीना चाहिए और वो ये सब क्या अनाप-शनाप सोच रही है। उसने नजरें घुमाकर बेटे को देखा। वो आँखें बंद किए अपनी नन्ही मुट्ठियाँ भींचे नींद में मगन था। उसने अपनी ही नजरें हटा लीं। माँ कहा करती थी, "माँ की नजर जल्दी लगती है।" अपने लिए माँ का संबोधन एक पुलक से भर गया।

शाम को सासू माँ ने पोते को गोद में लिया तो उसकी एक उलझन दूर हो गई। कम-से-कम दादी को पोते से तो प्यार है। बेटे को निहार ही रही थी कि एक शहद-सी अपनत्व भरी आवाज आई, "जया!"

चिहुँककर देखा तो पाया, मुस्कुराते हुए दीदी-जीजाजी दरवाजे पर खड़े हैं और दीदी ने जैसे पलक झपकते ही दरवाजे से पलंग तक की दूरी तय कर ली। अगले ही पल वो दीदी के सीने में दुबकी हुई सिसक रही थी। दीदी उसके बच्चे को देखने आई थीं। पर अपनी बच्ची जैसी छोटी बहन को अपने सीने से अलग नहीं कर पा रही थीं। दोनों बहनों की आँखें गंगा-जमुना बनी हुई थीं। जीजाजी ने स्थिति संभाली, "अरे! अपनी छोटी बहन के बेटे को तो देखो। कैसे टुकुर-टुकुर देख रहा है।" अब दीदी उससे अलग होकर हुलस कर बच्चे की तरफ बढ़ीं। उसकी नजर सास पर पड़ी। वे आग्नेय नेत्रों से उसे घूर रही थीं। समझ नहीं पा रही थीं, दीदी को कैसे खबर हो गई। उसने कृतज्ञता से अभिभूत हो, मन-ही-मन नतमस्तक हो डॉक्टर को नमन किया। वे सिर्फ शरीर की देखभाल करने वाली ही डॉक्टर नहीं थीं। मन का भी पूरा इलाज जानती थीं।

वहाँ चाची भी थीं। मुहल्ले की भी एक महिला बैठी थीं। सास को दीदी लोगों से सामान्य व्यवहार ही करना पड़ा। राजीव जब कमरे में आए तो दीदी-जीजाजी को देखकर हतप्रभ रह गए। उसकी तरफ कड़ी निगाहों से देखा। उसने नजरें झुका लीं। ये भी डर लगा, कहीं इसे स्वीकारोक्ति ना समझ बैठें। शुक्र है, दीदी से सबके सामने ये नहीं पूछ पाए कि आप लोगों को किसने खबर दी? वर्ना छोटे-मोटे महाभारत का दृश्य इस अस्पताल के कमरे में ही प्रदर्शित हो जाता। दीदी से बात कुछ भी नहीं हो पाई। बस दीदी उसके बाल पर हाथ फेरते हुए कहती रहीं, "कैसी है तू। ठीक है ना।" और उसकी आँखें भर-भर आतीं। पर दोनों बहनों ने एक-दूसरे को भर आँख देख लिया, ये ही अल्लाह का करम लगा उसे।

दीदी ने बड़ी आशा से पूछा, "छुट्टी कब है?" और सास उन्हें कहीं बुलाना ना टाल जाएँ इस आशंका से आशंकित होकर जीजाजी से पहले ही कह दिया, "देखिए चाहे जो भी हो। उस दिन आपको छुट्टी लेनी पड़ेगी। हम दिन में ही आ जाएँगे, मदद करने। आखिर माँ जी अकेले क्या-क्या करेंगी।"

जीजाजी कुछ जवाब देते कि सास ने रूखे स्वर में कहा, "छुट्टी हमारे यहाँ नहीं सहता है। माने नहीं चलता है। बहुत पहले हमरे खानदान में एगो बच्चा का छुट्टी खूब धूमधाम से हुआ पर थोरके दिन बाद, ऊ लईका अईसा बीमार पड़ा कि मरते-मरते बचा। तबसे हमरे खानदान में छठी नहीं होता है। इस खानदान के बच्चा सबको बड़ी जल्दी नजर लग जाता है। सब केतना खबसूरत भी तो होता है!"

सासू जी खानदान के गुणगान करने का एक मौका भी नहीं छोड़तीं। हर वाक्य शुरू होता, "हम खानदानी लोग..." ऐसे जैसे वो तो किसी घसियारे खानदान से है। पर मुँह खोलना यानि मुसीबत को न्योता देना पर उदास हो गई बिल्कुल। यानि कि उसके बेटे को अब लोगों का आशीर्वाद नहीं मिलेगा। वो रौनक, जिसके केंद्र में वो और उसका बेटा होंगे। उससे महरूम रहेगी वो। दीदी भी उदास-सी उसकी तरफ देख रही थी। एक मौका मिला था, बहनों को आपस में बातें करने का। वो भी गया। रात गहराने लगी तो दीदी को जाना पड़ा। आखिर दूसरे शहर से आई थी। दीदी के गले लग फूट पड़ी। दीदी भी आँखें पोंछती रहीं। दोनों के मुख से बोल नहीं फूट रहे थे।

दीदी के जाते ही सास और राजीव एक साथ उसके बेड के पास आए और सास ने कठोर आवाज में पूछा, "तुमरे दीदी लोग को कौन खबर किया?"

उसने मासूमियत से कहा, "पता नहीं।" इतना पता था उसे, डॉक्टर तक इनका दिमाग बिल्कुल नहीं जाएगा।"

"त पूछी नहीं उनसे?" सास की आवाज में तल्खी बरकरार थी।

उसने उल्टा पासा फेंक दिया, "मुझे तो लगा, आप लोगों ने उन्हें खबर की होगी।"

राजीव भी सोचते रहे, "कोन बताया होगा। कोन बताया होगा।" फिर बोले, "इसका मतलब, खाली सहरे में नहीं, पटना तक में हल्ला हो गया कि डिप्टी कलक्टर को बेटा हुआ है। ई अफसरी भी कोई मजाक थोड़े है। पब्लिक सारा खबर रखती है।" फिर उसकी तरफ घूमे, "देखिए। मुफत में डिप्टी-कलक्टर दामाद मिल गया आपके परिवार वालों को। भाग सराहिए अपना।" देर तक घमंड से गर्दन टेढ़ी किए बोलते रहे पर उसने थकान का बहाना बना, आँखें बंद कर ली थीं।

***

दूसरे दिन हॉस्पिटल से घर आ गई। अपने कमरे में बिस्तर पर रूद्र को लिटाते ही एहसास हुआ। इसी कमरे ने उसका सुख-चैन छीन लिया था। मर्मांतक यातनाएँ दी थीं। पर आज बेटे के रूप में जैसे सब कुछ सूद समेत वापस कर दिया। निहाल हुई जा रही थी, बेटे को देखकर। उसके गीले कपड़े बदलने। उसकी भूख मिटाने। थपकी दे कर सुलाने में ही सारा दिन निकल गया। कमरे में काकी आईं। संजीव आया। काकी बेटे को गोद में लाकर गीत गाने लगीं।

जुग जुग जियसु ललनवा
भवनवा के भाग जागल हो
ललना लाल होइहें
कुलवा के दीपक मनवा में आस लागल हो।

माँ की याद हो आई। ऐसे ही तो माँ सारा दिन दीदी-भाभी के छोटे बच्चे को गोद में लिए गीत गुनगुनाया करती थीं।

संजीव हैरान हो रहा था, "इतना छोटा है। इतने छोटे। इसके हाथ-पैर हैं!"

"आप भी कभी ऐसे ही छोटे होंगे।"

वो झेंप गया तो उसने और छेड़ दिया, "ऐसे ही बिस्तर पे सुसु-पोटी करते होंगे।"

"भाभी, ये सब कहिएगा, तो मैं चला जाऊँगा।"

"तो आपका भतीजा रोने लगेगा।"

सब कुछ भूलकर एकदम से खुश हो गया संजीव, "मुझे चाचू कहेगा ना। मैं तो चाचा बन गया।"

"इसे क्रिकेट खेलना सिखाऊँगा।"

"हाँ जरूर।" काकी और संजीव की उपस्थिति ने मन हल्का कर दिया था।

चाची भी जब तब उसे और बेटे को देखने कमरे में चली आतीं। पर राजीव और सास नहीं आए एक बार भी।

रात में बेटे को पास लिटाए। उस पर एक हाथ रखे। लेटी हुई थी। धम-धम करते राजीव कमरे में घुसे। उसने आँखे खोलकर देखा। राजीव के लिए पर्याप्त जगह है ना और निश्चिंत हो गई, "हाँ, वो माँ बेटा तो आधे से भी कम जगह में लेटे हैं।"

राजीव थोड़ी देर उन दोनों को घूरते रहे और फिर तकिया उठा उसका एक सिरा दाँत से नोच डाला। उसका कलेजा मुँह को आ गया। बेतरह डर गई। रूद्र को कस कर कलेजे से चिपटा लिया और मन-ही-मन दुहराने लगी।

"यदा यदा ही धर्मस्य ग्लानिर्भवति भारत, अभ्युथानम् अधर्मस्य तदात्मानं सृजाम्यहम्।"

अपने मन को समझाया "घबरा मत। रूद्र अपने माँ के पास है। उसकी माँ उसे कुछ नहीं होने देगी।" एकाएक झटके से राजीव आगे बढ़ा और रूद्र को उसकी गोदी से छीन लिया।

"तुम डायन हो। तुम मेरे बेटे को दूध नहीं पिलाओगी, तुम इसे नहीं पालोगी। मैं जा रहा हूँ। इसे माँ को देने। वही अब इसे पालेगी।"

वो शेरनी की तरह आगे बढ़ आई, "अगर आप कमरे के बाहर गए तो मैं जाकर चाची को सब बता दूँगी। फिर चाची गाँव जाकर सबसे कहेंगी। पूरे गाँव में प्रचार हो जाएगा।"

राजीव ने मानो फेंककर रूद्र को उसे वापस थमाया। रूद्र जोर-जोर से चिल्ला कर रोने लगा। राजीव फिर गरजे, "चुप कराओ इसे।"

उसने पीठ फेर कर बेटे को आँचल तले लिया और बेटा चुप हो गया।

फिर उसने रूद्र को किनारे तरफ ही सुलाया। डर गई थी। पता नहीं ये जालिम पिता क्या कर बैठे।

उसके और बेटे के भाग्य से दूसरे दिन ही राजीव को वापस जाना पड़ गया।

हालाँकि जाते जाते धमका गए, "इस बार आया तो तुम्हें जान से ही मार दूँगा। अब तेरा मेरे घर में क्या काम?"

डर तो गई थी पर मन को समझाया। इतने कुछ का सामना किया है। आने वाले वक्त का भी कर लेगी। पर आनेवाला वक्त इतना बेरहम था कि दुआ करती है कि दुश्मनों के भी जीवन में ना आए कभी।"

***

जया घबरा उठी। सोफे से उठकर कमरे में चहलकदमी करने लगी। आखिर कहाँ भाग जाए। जहाँ ये यादें ना पीछा कर पाएँ। इन स्मृतियों के दंश से कैसे पीछा छुडाये। अतीत की जरा-सी याद आई और जैसे मधुमक्खियाँ का छत्ता छेड़ दिया हो। यादें डंक मार-मार उसका मन लहूलुहान कर देती हैं, हफ्ते लग जाते हैं, फिर सँभालने में।

काव्या-सौम्या दूसरे कमरे में सो रही हैं। क्या उन्हें जगा कर थोड़ी देर बात कर ले। शायद मूड बदल जाए पर दोनों सारा दिन आगंतुकों के लिए चाय-कॉफी बनाते थक गई हैं। और क्या कहेगी उन सबसे? किन यादों से डर रही है? जितना हो सके अपने अतीत से बच्चों को दूर रखने की कोशिश करती है। खयाल रखती है, उन्हें गलती से भी कुछ याद न आ जाए। खुद के लिए कॉफी बना लेती है। शायद काली कॉफी की घूँट के साथ ही इन कड़वी यादों को पीकर हजम कर सके।

कॉफी बनाकर कप लिए बालकनी में चली आई। पूरा शहर सोया हुआ था। क्या कोई किसी घर में उसी की तरह जाग रहा होगा। पर ऐसी यादें भी तो सबके पास नहीं होतीं कि नींद हर लें।

***

उन दिनों भी वो नींद के लिए यूँ ही तरसती थी। पर तब वजह कुछ और थी। रूद्र सारी सारी रात रोता और कोई था भी नहीं उसका हाथ बटाने वाला। याद आ जाता अपनी भाभी-दीदी के बच्चों को कंधे से लगा, बरामदे में चहलकदमी करते रहना। उसकी कितनी सारी ड्यूटी होती थी। सुबह-सुबह सोंठ के लड्डू के साथ एक गिलास दूध लेकर उनके कमरे में हाजिर हो जाना और बिल्कुल एक सख्त मास्टरनी की तरह अपने सामने उन्हें वो लड्डू और दूध गटकवाना। माँ का आदेश ही यही था। माँ पूरी दोपहर गर्मी में चूल्हे की आँच सहती, तरह-तरह की चीजें बनाती। बत्तीस जड़ी-बूटियों वाला बत्तीसे का हलवा। सोंठ के लड्डू।

मंगरैल के लड्डू। पता नहीं क्या क्या और भाभी दीदी नखरा करती खाने में तो वो उनसे कहती, "शर्म कीजिए। माँ ने इतना पसीना बहा-बहा कर बनाया है।"

यहाँ तो उसे कुछ भी नसीब नहीं। चाची ने एकाध बार कहा भी, "राजीव माएँ। दुल्हिन के लिए ये सब नहीं बनेगा? तुमको टाइम नहीं मिलता तो लाओ हम बना देते हैं। शरीर में शक्ति आ जाएगी। ऐसे ही इतनी कमजोर दिखती है।"

सास ने सिरे से ही नकार दिया, "ऊ सब हम लोग का जमाना था जीजी। सास लोग जईसा कही, खा लिए। जईसा कही, पी लिए। ई आजकल के सहर के लड़की सब ई सब खाएगी? इतना सामान लगाओ, पसीना बहाओ और सब बेकार जाए।" उसे समझ में आ गया। असली बात सामान की ही है। शुद्ध घी में बनता है, पैसे तो खर्च होंगे ही।

चाची कुछ बोलीं नहीं। वे भी इन सबके बर्ताव से कुछ-कुछ तो समझ ही रही थीं। पर रोज सुबह गिलास भरकर दूध लिए उसके कमरे में हाजिर हो जातीं। पर हफ्ते भर में वो चली गईं। फिर तो दूध भी नहीं नसीब होता।

***

चाची गईं और राजीव वापस आया। रात में कमरे में आते ही उसके अंदर का जानवर जाग उठा। रूद्र के जन्म को मात्र बारह दिन हुए थे। उसने बिल्कुल मना कर दिया तो राजीव हिंसक हो उठा। हाथ-पैर समेटकर वो बिल्कुल गठरी बन गई। राजीव ने उसे काफी धक्के मारे पर एक सख्त गेंद-सी इधर से उधर लुढ़कती रही पर हाथ-पैर नहीं खोले। अब राजीव ने बाज की तरह झपट्टा मारकर उसकी चोटी पकड़ ली। कराहते हुए वो उठ खड़ी हुई। राजीव ने धक्का देते हुए कहा, "निकल जाओ घर से बाहर। अपना सामान भी लेती जाओ। फिर लौटकर इस घर में कदम मत रखना।"

"कहाँ जाऊँ मैं इस रात में?"

"अब ये तो पहले सोचना चाहिए था।" कहते उसने पीठ पर जोर का हाथ लगाया। वो बाहर निकल आई। कही आवाज से रूद्र न जाग जाए। बरामदे में खंभे से लगकर घुटनों में सर दिए बैठ गई। राजीव भी भींचे-भींचे स्वर में गालियाँ देता उसके ऊपर लात चलाता रहा। उसने आँचल मुँह में ठूँस लिया कि कहीं उसके रोने की आवाज सुन रूद्र न जाग जाए। जब राजीव थककर कमरे में चला गया और उसकी नाक बजने लगी तो धीरे से उठकर कमरे में गई और वो रूद्र को गोद में लिए सारी रात फर्श पर बैठी रही।

सुबह रूद्र के रोने से राजीव की नींद खुल गई। राजीव लाल-लाल आँखें कर जोर से चिल्लाकर बोला, "का हल्ला हो रहा है, भाग यहाँ से।"

जया सास के कमरे में आ गई। सास कमरे में नहीं थीं। बेटे को उनके बिस्तर पर लिटा, बैठी ही थी कि राजीव भी पीछे-पीछे आ पहुँचा, "भाग के हियाँ आ गई। केतना भागेगी।" और कहते हुए उसका सर जोर से दीवार से टकरा दिया। फिर मारने के लिए कोई चीज उठाने को झुका ही था कि वह उसकी पकड़ से छूट बदहवास-सी बाहर की तरफ भागी। बगल में पड़ोसी बरामदे में बैठे अखबार पढ़ रहे थे। जाकर कातर स्वर में बोली, "मुझे बचा लीजिए। मुझे बचा लीजिए।"

पड़ोसी ने अखबार मोड़ते हुए इत्मिनान से कहा, "का हुआ? अरे, गोपाल की माँ। तनी बाहर आ के देखो।" उनके स्वर में कोई परेशानी, जल्दबाजी नहीं थी। जैसे यह तो कोई आम-सी घटना हो।

उनकी पत्नी बाहर आईं और उसे देखकर गंभीर स्वर में कहा, "हूँ, हम त ई दोसर घर के झगरा में परते नहीं हैं। गोपाल तनी सुसीला माएँ, ममता माएँ सबको बुलाओ तो।"

और उसकी तरफ आँख सिकोड़ कर पूछा, "का हुआ है। भोरे-भोरे का लराई-झगरा लगाए हुए हो तुम लोग। सुब्बे-सुब्बे राम का नाम लेना चाहिए। ना जाने आज दिन कईसा जाएगा। अरे गोपाल। सुना नहीं। तनी बुला के लाओ सबको।" उनकी आवाज में लेशमात्र भी सहानुभूति नहीं थी।

और वो समझ गई। ये लोग उसकी कोई मदद नहीं करेंगी। बल्कि तमाशा ही बनाएँगी। बोली, "नहीं रहने दीजिए। मैं जाती हूँ। प्लीज मेरे घर वालों को मत बताइएगा कि मैं यहाँ आई थी।"

राजीव को लगा था वो सड़क पर भाग गई है। उसने खिड़की से उसे भागते हुए देखा था और फिर अंदर जाकर अपने पिता को कह दिया, "वो भाग गई है।"

उसे अंदर आते देख, ससुर ने जोर से कड़क कर पूछा, "कहाँ गई थी। अच्छे घर की बेटी बहू घर की दहलीज नहीं लाँघती है। जाने कईसी कुलच्छनी हो। तुम घर से बाहर पैर कैसे निकाली?"

उसने पहली बार ससुर के सामने मुँह खोला, "जान लेने की हद तक मारा जाए तो भी पैर नहीं निकालूँ?"

ससुर को प्रत्युत्तर की आशा नहीं थी। चुप हो गए पर सास का तीखा स्वर उभरा, "बेटा अब हमसे ई सब रोज-रोज का नौटंकी नहीं देखा जाता। इसलिए

तुम इसे अपने साथ ले जाओ। चेहरे पर तेजाब डाल दो, जला दो, जान से मार दो। जो करना है करो। इस कुलच्छनी को ले जाओ, इहाँ से। पर रूद्र कहीं नहीं जाएगा, हमारा खून है ये।"

यह सुनते ही लहक उठी वह। बच्चे की बात आते ही वो केवल एक माँ रह गई थी और उसने तेजी से कहा, "नौ महीने मार खाकर इसलिए नहीं जन्म दिया इसे कि किसी और को दे दूँ?" सब हतप्रभ थे। सब कुछ उनकी आशा के विपरीत था। राजीव का पारा सातवें आसमान पर, "अभी। अभी इसकी माँ को चिट्ठी लिखता हूँ। आकर ले जाए। अब इसको इस घर में नहीं टिकने देंगे।"

उसने तुरंत कागज कलम लाकर चिट्ठी लिखी। उससे भी लिखने को कहा, "तुम भी लिखो। तुमरे घर का लोग हमरा चिट्ठी का भैलू नहीं करता है। डरे नहीं है तनिको सबको। लिखो तुम कि आ के ले जाएँ तुमको।"

उसने भी दो लाइन लिख दिया। राजीव नजरें गड़ाए हुए थे, उसके लिखने पर। बोले, "इसे पोस्ट नहीं करूँगा। पास में इनके जीजा जी हैं ना। उनके यहाँ अमित के हाथ से भिजवाऊँगा। अब हम इसको एक मिनट के लिए घर में बर्दास्त नहीं कर सकते। सड़क पर निकल गई थी ना। अब इसको निकाल के ही छोड़ेंगे।"

वे अमित को उठाने गए। उसने मौका पाकर लिफाफे में से चिट्ठी निकाली और चिट्ठी में दो लाइन जोड़ दिया, "माँ। मुझे और मेरे रूद्र को बचा लो। मुझे कुछ हो जाए तो रूद्र का खयाल रखना।" लिफाफा बंद कर रख दिया और लिखकर निश्चिंत हो गई। अब उसे कुछ हो भी गया तो माँ को खबर तो रहेगी।

शाम होते ही माँ, जीजाजी के साथ आ गईं। रूद्र के जन्म की खबर मिलते ही वे दीदी के पास आ गई थीं और उपहार वगैरह लेकर उसके ससुराल आने ही वाली थीं कि बीच में ही ये चिट्ठी उन तक पहुँच गई। दोनों के चेहरे पर हवाइयाँ उड़ रही थीं। माँ को देखते ही उसके कलेजे में ऐसी हूक उठी और वो ऐसे रोई जैसे शायद बकरा रोता हो, काटे जाते समय। माँ का चेहरा राख जैसा सफेद पड़ गया था। उनका पूरा शरीर थरथरा रहा था।

फिर भी वे सँभाल कर बोलीं, "काफी दिनों से जया हमारे पास नहीं आई। सबका मन है देखने का। कुछ समय के लिए इसे हमारे पास..." उनका वाक्य पूरा भी नहीं हुआ था कि सास बोली, "ले जाइए हमेशा के लिए और अपने पास ही रखिए।"

राजीव बोले, "दिया तो कुछ नहीं बेटी को, अउर अब बहुत प्यार-दुलार आ रहा है। ले जाइए इसको। हम दूसरा बियाह करेंगे।"

"लेकिन मेरा पोता, इसके साथ नहीं जाएगा। ले के जाइए अपनी बेटी को।" कहते सास रूद्र को लेकर कमरे में बंद हो गईं।

माँ का शरीर बुरी तरह काँपने लगा। जीजाजी बोले, "ई सब का कर रहे हैं आप लोग? पढ़ा-लिखा लोग के घर में ई सब होता है। कुछ तो सरम कीजिए।"

इतना सुनते ही राजीव चीख पड़े, "ई हमरे घर का मामला है। आप हैं कौन? उस घर के दामाद हैं दामाद बन के रहिए। मालिक बनने का कोसिस मत कीजिए।"

जया ने दौड़कर ससुर जी के पैर पकड़ लिए, "बाबू जी, रूद्र को दे दीजिए। हम चले जाएँगे। फिर कभी नहीं आएँगे। पर मेरे बेटे को मुझसे अलग मत कीजिए।"

ससुर कुछ कहते कि राजीव चीख पड़े, "हमरा खून है वो। तुमरे साथ कईसे जाएगा। चलो निकलो बाहर तुम।"

"रूद्र को लिए बगैर मैं नहीं जाऊँगी।" कहती वो कमरे की तरफ बढ़ी।

राजीव रास्ता रोककर खड़े हो गए, "अगर एक कदम भी आगे बढ़ी। त तुमरे बेटा को हियें पटक कर मार देंगे। एक्को मिनट नहीं लगेगा हमको।"

वो वहीं बेहोश होकर गिर पड़ी। जब आँखें खुलीं। तो देखा, माँ काँपते हुए जार-जार रोए जा रही थीं। जीजाजी पानी के छींटे मार रहे थे। बरामदे में कोई नहीं था। वो फिर से कमरे की तरफ बढ़ी। पर जीजाजी ने रोक लिया, "कोई फायदा नहीं। चलो हम लोग पुलिस में खबर करते हैं। ऐसे किसी का बच्चा कैसे ले सकते हैं ये लोग?"

उसका अशक्त शरीर और सुन्न दिमाग कुछ काम नहीं कर रहा था। उसे भी यही सलाह ठीक लगी और वो माँ और जीजाजी के साथ बाहर निकल आई।

धी हो या धरणी आखिर कब तक धीरज धरे

वह अर्धमूर्छित-सी ही, माँ और जीजाजी के साथ बाहर निकल आई। पर बाहर आकर जीजाजी अपने जल्दबाजी में लिए फैसले पर सोचने लगे, कहने लगे, "पता नहीं यहाँ पुलिस स्टेशन कहाँ है? और कहीं बात और बिगड़ ना जाए। किसी और की सलाह लेना सही रहेगा।"

माँ ने तुरंत हामी भरी, "हाँ, घर चलिए। शांति से सोच-विचार करते हैं। रीता से भी सलाह लेनी होगी। जल्दबाजी में कोई कदम नहीं उठना चाहिए।"

वो तो अपनी सुध-बुध खो चुकी थी। दिमाग ने काम करना बंद कर दिया था। जीजाजी ने गाड़ी में बैठने को कहा। वो यंत्रवत बैठ गई और निढाल हो सर पीछे टिका दिया। कुछ सोचने समझने की शक्ति नहीं बची थी। खुद को हालात के हवाले कर दिया था। इन लोगों के कहे अनुसार भी कर के देख लेती है।

जीजाजी कह रह थे, "वो मेरी बड़ी फुआ के दामाद डी.आई.जी. हैं। बहुत भले आदमी हैं। अभी चार महीने पहले ही इसी शहर में पोस्टिंग हुई है। उनसे बात करके देखता हूँ। परिवार वाले आदमी हैं। स्थिति की नजाकत को समझेंगे और उचित सलाह देंगे।"

माँ ने भी सहमति जताई।

दीदी घबराई-सी दरवाजे पर ही खड़ी थी। गाड़ी देखते ही लपककर आई। उसकी दशा देखते हुए उसे बाँहों में भर रो पड़ी, "क्या हाल कर दिया है, हमारे छुटकी का। माँ, बउआ कहाँ है?"

माँ भी फूट पड़ी, "बच्चा उन लोगों ने रख लिया। बेटा हमको तो एक बार गोदी में लेना भी नसीब नहीं हुआ।"

"ये क्या कह रही हो माँ।" दीदी कुछ समझ नहीं पा रही थीं। उनकी बाहों की पकड़ ढीली हो गई थी।

"अब बाहर ही सारी पंचायत कर लोगी। मैं जा रहा हूँ डी.आई.जी. साहब से मिलने। वो ही, बड़की फुआ के दामाद, सुरेश जी से। वे जैसा बताएँगे करने को, वैसा ही करेंगे। अंदर ले जाकर शरबत-वर्बत पिलाओ जया को। बेहोश हो गई थी ये।" जीजाजी भी घबराए हुए से लग रहे थे। इस तरह की सिचुएशन से जिंदगी में पाला नहीं पड़ा था।

दीदी सँभाल कर अंदर ले गई। माँ ने ही संक्षेप में बताया सब कुछ। उससे कुछ नहीं पूछा दीदी ने। वो वैसे ही आँखें बंद किए जाने कब तक पड़ी रही। जीजाजी डी.आई.जी. के साथ आए और उसकी बुलाहट हुई। डी.आई.जी. ने उसे अब तक की सारी बातें लिखकर देने के लिए कहा। उसने काँपते हाथों से अब तक जो कुछ गुजरा था, संक्षेप में सब लिख डाला। डी.आई.जी. ने एक नजर डाला और कागज मोड़ कर जेब में रख लिया। बोले, "इस रिपोर्ट के आधार पर तो खुद-ब-खुद केस हो जाएगा। बेटी तुम डरो नहीं। कल सुबह ही तुम्हारा बेटा तुम्हारे पास होगा और इन सबको अपनी करनी का फल भुगतना पड़ेगा। इतना आसान नहीं, बच्चे को माँ से अलगकर देना। कानून से खिलवाड़ करना बहुत महँगा पड़ेगा। सारी जिंदगी पछताएँगे ये लोग।"

उनके इतना आश्वासन देते ही, जैसे जीवन-संचार हो गया उसमें। ससुराल वालों को सजा मिले या नहीं, इसकी चिंता नहीं थी उसे। पर उसका बेटा उसकी गोद में होना चाहिए। बेटे की याद में छाती में एक टीस-सी उठी और कराह उठी वह। वहाँ बेटा भूखा था और दूध उसकी छाती में जम गया था। दर्द से तड़प रही थी वह।

पूरी रात यूँ ही तड़पते हुए गुजरी और सुबह-सुबह दीदी ने चीखकर आवाज दी, "जयाऽऽऽ आऽऽऽ इधर देख तो जरा, कौन लोग आ रहे हैं?"

सास गोद में उसके लाल को लिए हुए थी। साथ में राजीव चल रहे थे और पीछे-पीछे ससुर जी। और उनके पीछे दो पुलिस वाले। वो भागकर बाहर बरामदे में आ गई। एक टक उसकी नजरें सास की गोद में सोए अपने बेटे पर लगी हुई थीं। उन लोगों के बरामदे के करीब आते ही दो सीढ़ियाँ उतर कर उसने लगभग छीनकर बेटे को सास की गोद से ले लिया और भीतर भाग गई। बिल्कुल पीछे के कमरे में जाकर उसने दरवाजा बंद कर दिया। अपनी दीदी के घर में थी। पुलिस लेकर आई थी उसके बेटे को। पर भी जाने कैसा अनजाना डर समाया हुआ था मन में।

इस दौड़-भाग से चिहुँककर बेटा भी रोने लगा। उसने झट आँचल के नीचे लेकर उसे दूध पिलाने की कोशिश की। पर ये क्या बेटा रोए जा रहा है। वो दर्द से तड़प रही है पर बेटे की भूख नहीं मिटा पा रही। उसने दरवाजा खोल, रोते हुए बहन को आवाज दी।

दीदी ने कहा, "हॉस्पिटल चलना पड़ेगा। दूध जम गया है।"

दीदी ने बाहर आकर माँ को सूचना दी, "जया को तुरंत हॉस्पिटल लेकर जाना पड़ेगा।"

एक तरफ अपराधी से सर झुकाए सास-ससुर और राजीव बैठे थे। राजीव झट से कह उठे, "मैं भी साथ चलता हूँ।"

रूद्र चीख रहा था। राजीव ने तुरंत हाथ बढ़ा दिए, "दो, मैं चुप कराता हूँ।"

उसने पीठ मोड़ कर बच्चे को ओट में कर लिया। रूद्र का रोना नहीं रुक रहा था और राजीव ने सास से कहा, "माँ बोतल दो ना। दूध है ना उसमें?" सास फुर्ती से उठकर बगल में रखे बास्केट से दूध की बोतल उठा लाईं। मन तड़प उठा उसका, "बेटा उसकी गोद में है पर इन जालिमों की वजह से वो उसकी भूख नहीं मिटा पा रही। बोतल का दूध देने पर मजबूर है।"

पुलिस की एक झड़प ने उन सबके होश फाख्ता कर दिए थे। सब आगे बढ़कर अपना किया-धरा धो-पोंछ देने के फिराक में थे। पर क्या इन सबकी करनी धुलने-पूछने लायक थी? उसने दीदी को आवाज दी, "चलो दीदी। जल्दी करो।"

वो दीदी के साथ हॉस्पिटल जाने के लिए निकली। राजीव भी लपकते हुए पीछे-पीछे आ गए।

उन्हें मना करने के लिए भी उनकी तरफ मुखातिब होने की इच्छा नहीं थी। ना उसने पीछे मुड़कर देखा, ना दीदी ने। पर राजीव उनके पीछे-पीछे हॉस्पिटल तक आ गए। हॉस्पिटल में भी पर्ची लेते समय आगे बढ़कर पैसे दे दिए। जब वो लेडी डॉक्टर के चेंबर में गई तो बाहर खड़े इंतजार करते रहे। काफी समय लगा उसे। पर राजीव कुछ दूर पड़ी कुर्सियों पर बैठे भी नहीं। दरवाजे के पास ही खड़े थे। अगर किसी अनजान ने ध्यान दिया होता तो यही समझता कि कितना कर्तव्यपरायण पति है, कितना प्यार करता है अपनी बीवी से।

दीदी ने भी एक शब्द बात नहीं की राजीव से। पर राजीव फिर से उन दोनों के पीछे-पीछे घर तक आए। वो दीदी के साथ सीधा अंदर चली गई। बाहर के

कमरे में सास-ससुर चुपचाप बैठे थे। जीजाजी ऑफिस जाने के लिए तैयार हो रहे थे। माँ रसोई में थीं। थोड़ी देर बाद, राजीव अंदर बरामदे में आए और माँ से बोले, "माँ जी, बहुत बड़ी गलती हो गई। गुस्से में मैंने अपना आपा खो दिया। मुझ जैसा नीच कोई नहीं। मुझे एक बार जया से माफी माँग लेने दीजिए।"

"अब हम क्या कहें। आप लोगों ने उसका जो हाल किया है। कोई अपनी बीवी के साथ ऐसा करता है? बीवी नहीं तो उसे बस इंसान ही समझ लेते।"

राजीव के आँसू निकल आए। गिड़गिड़ाते हुए कहा, "माँ जी, एक बार। बस एक बार, मुझे जया से मिलने दीजिए।"

"आप लोग जाइए। मेरी बेटी को कुछ देर शांति से रहने दीजिए। बहुत जुल्म किए हैं आप लोग उस पर।"

पर राजीव की माफी की रट लगी हुई थी। आखिर में, अब माँ उसकी मगरमच्छी आँसुओं से पिघल गईं या अपनी बला उसके सर टालने के लिए उसके कमरे तक आईं। राजीव भी पीछे-पीछे थे। माँ बोलीं, "जया देखो। मेहमान को तुमसे कुछ कहना है।"

उसका तो राजीव के लिए मेहमान के संबोधन से ही जी जल गया। इस जल्लाद ने ये हाल किया है उसका। और माँ उन्हें मेहमान कह रही हैं।

माँ लौट गईं और राजीव भीतर आ गए। रुँधे गले से कहा, "जया मुझे माफ कर दो। मैं माँ के बहकावे में आ गया था। बहुत बड़ी गलती हो गई। अब ऐसा नहीं होगा। हम तुमको अपनी पोस्टिंग पर ले जाएँगे। मेरा पोस्टिंग हो गया है। हम दोनों वहीं रहेंगे। माँ-बाप से दूर। ये लोग ही बहकाते हैं हमको। अब तुमको कोई तकलीफ नहीं होगी। अपने बेटा को हम दोनों मिल के बड़ा करेंगे। मेरा माथा घूम गया था जो तुम जैसी लक्ष्मी का हम कदर नहीं किए।" देर तक अलग-अलग शब्दों में राजीव यही सब कहते रहे। वो बेटे को गोद में लिए सर झुकाए बैठी रही। ना तो एक बार नजर उठाकर राजीव की तरफ देखा। ना उनकी किसी बात का जवाब दिया। उसने फैसला ले लिया था। वो अब उनके घड़ियाली आँसुओं से पिघलने वाली नहीं है। पढ़ी-लिखी है। नौकरी करेगी। अपने बच्चे को बड़ा करेगी अब उसकी दुनिया वो और उसका बेटा होंगे। उसके जल्लाद पिता की काली छाया तक नहीं पड़ने देगी अपने बेटे पर। एक साल साथ रहकर इस आदमी की हर करतूत हर सोच से वाकिफ है वो।

राजीव तो आज इतने अलग रंग में थे कि शायद वह पलंग से पैर लटकाकर

बैठी होती तो उसके पैर भी पकड़ लेते आज। काफी देर तक बक-बक कर चुप हो गए और उसकी तरफ एकटक देखते रहे। जबकि इस पूरे साल में, एक बार नजर भर कर भी उसे नहीं देखा था। जब कभी नजर डाली भी थी तो नफरत से। हिकारत से। आखिर थोड़ी देर बाद ही वो उठी और बेटे को लिए दूसरे कमरे में चली गई। राजीव बाहर के कमरे में गए। कुछ मंत्रणा की अपने माता-पिता से और फिर जीजाजी से ये कहते हुए कि कल फिर आएँगे। शायद कल तक जया का गुस्सा ठंडा हो जाए, वापस लौट गए।

चैन की साँस ली उसने। और अब जाकर सारी बात मालूम हुई। जीजाजी ने बताया कि उसकी लिखी रिपोर्ट पर अपने आप ही केस बन गया है। राजीव की नौकरी जा सकती है। और इसी साल ससुर रिटायर होने वाले हैं। उनकी पेंशन भी रुक जाएगी। इसी वजह से वे लोग इतनी जल्दी रास्ते पर आ गये हैं और उसकी मिन्नतें कर रहे हैं।

उसने सोच लिया, "उसे उन लोगों से बदला लेने का उन्हें सबक सिखाने का कोई शौक नहीं। बस अब उसे उन लोगों से कोई मतलब नहीं रखना है। कानून जो करना चाहता है करे। उससे जो कुछ पूछा जाएगा। सच बता देगी। अब इससे ज्यादा कुछ नहीं। अपनी शादी और शादी के बाद की जिंदगी एक बुरे सपने की तरह भूल जाएगी।"

पर उसने भले ही सोच लिया कि उसे उनसे कोई मतलब नहीं रखना। पर उसके ससुराल वाले तो अब उसकी रहमो करम के मोहताज थे। दूसरे दिन ससुर जी के ऑफिस से दो बड़े अफसर आए। उसे बुलाया गया। उसने सर पर आँचल रखकर उन्हें प्रणाम किया। अब उसके संस्कार यही कहते थे। वे लोग तो आश्चर्य से भर गए क्योंकि उन्हें बताया गया था कि वो बेहद उजड्ड, गँवार, संस्कारहीन परिवार से है और अपने ससुराल वालों को तंग करने के लिए उसने उन पर झूठा आरोप लगाया है। पर उसकी झुकी नजर, नम्र स्वर और कांतिहीन काया ने ही सारा सच उगल दिया। जब उन्हें उसके पक्ष की बात पता चली तो हैरान रह गए। हमारी कॉलोनी में ये सब होता रहा और हमें कुछ पता भी नहीं चला। हम शर्मिंदा हैं बेटी। तुम्हें हमारे मदद की जरूरत हो तो हिचकिचाना नहीं। अपने बेटे के भविष्य का सोच कर ससुराल लौट भी आओ तो खुद को अकेला मत समझना। अब वहाँ तुम्हारा एक घर और भी है।

आँखें भर आईं उसकी, "भगवान ने भी ये कैसी दुनिया बनाई है। यहाँ राजीव

के घर वाले जैसे राक्षस हैं तो इन लोगों जैसे देव सरीखे लोग भी हैं।"

वे लोग उससे मिलकर चले गए। पर ये समझाते भी गए, "कोई भी फैसला लेने से पहले एक बार रूद्र के भविष्य की बाबत जरूर सोच लेना। इस दुनिया में एक अकेली स्त्री के लिए अकेले रह कर अपने बेटे को बड़ा करना बहुत कठिन होता है।"

उसने कुछ कहा नहीं। फैसला तो वो ले चुकी थी।

इन लोगों को सफलता ना मिलते देख। दूसरे दिन फिर से राजीव अपनी माँ के साथ आ गए। रोज का ही सिलसिला हो गया। आते चार-पाँच घंटे बैठते। माँ-बेटे दोनों उसकी मिन्नतें करते और थक हार कर चले जाते।

उनकी इतनी जी हुजूरी देख, अब माँ का भी मन बदलने लगा था। उनके जाने के बाद माँ का समझाने का सिलसिला शुरू हो जाता, "इतनी मिन्नत कर रहे हैं। अब तो उनको पुलिस का भी डर है। अब कुछ ऐसा वैसा नहीं करेंगे। देखो तुम्हारे लिए भी पति के पास लौट जाना ही ठीक रहेगा। समाज में लोग बात बनाएगा। और बेटा को अकेले दम पर कैसे पालोगी? नौकरी भी नहीं है और नौकरी कर भी लो तो कितना पैसा मिलेगा? उसमें तुम दोनों का खर्चा भी पूरा होगा कि नहीं। और नौकरी पर जाओगी तो पीछे से बेटा को कौन देखेगा?"

"तुम हो ना माँ। दीदी भाभी के बच्चों को पाला है। एक मेरे बेटे को नहीं पाल सकती?" कहने की सोच ही रही थी कि माँ ने खुद आगे कहा, "अब हम कितने दिन हैं। बुढ़ापा का शरीर है। कब क्या हो जाए और अब हमसे इतना छोटा बच्चा का लालन-पलान होगा? हमको भी तो जिंदगी में कभी तो अपनी जिम्मेवारी से छुट्टी चाहिए। तुम्हारे शादी के बाद सोचे, अब सब भार खतम हुआ। अपने दोनों बेटा के पास बारी-बारी से रहेंगे। छोटे को टाइफॉइड हो गया है। मन छटपटा रहा है, उसे देखने के लिए पर तुम्हारा झमेला लगा हुआ है। देखो शांत दिमाग से सोच कर देखो। ई बच्चा का पूरा जिंदगी सामने है। अफसर का बेटा है ये। कितना ठाठ-बाट में पलेगा। उसका हक क्यों छीन रही हो? राजीव तो रोज हाथ जोड़ के माफी माँगते हैं। गलती इंसान से ही होता है ना। भगवान से नहीं। और इंसान जब अपनी गलती मानकर प्रायश्चित करे तो उसे एक मौका देना चाहिए। है ना बेटा। तुम तो इतनी समझदार हो।"

"और माँ मैंने जो पूरे एक साल तक इतने जुल्म सहे। उसका क्या। उसका हिसाब कौन देगा?"

"बेटी तो धरती होती है बाबू। धरती मैया कितना सहती है। धी धरणी को धीरज धरना ही होता है।" इसमें नया क्या है। राजीव को एक मौका देकर तो देखो।

माँ का मन अब कविमय हो चुका था। उनसे कुछ कहना-सुनना बेकार था। पर वो भी सोचने लगी। अगर माँ साथ नहीं देंगी तो वो बेटे के साथ अकेले कैसे रह पाएगी? दीदी के यहाँ तो वो हमेशा के लिए नहीं रह सकती। अभी ही सोच रही थी कुछ दिनों में ये सब शांत हो जाए तो माँ के साथ अपने शहर लौट जाएगी। उसके आने की वजह से दीदी की गृहस्थी अस्त-व्यस्त हो गई है। दीदी के बच्चे नीतू और चिंटू सहमे-सहमे से रहते। कुछ समझ नहीं पाते, ये सब क्या हो रहा है। उनकी पढ़ाई पर भी असर पड़ रहा है।

दीदी, जीजाजी उसकी पर्सनल समस्या सोच बीच में कुछ बोलते नहीं। ना तो राजीव के साथ जाने के लिए जोर देते, ना ही अलग रहने की। सारे निर्णय उसे अपने विवेक से ही लेने थे। पर परिस्थितियों पर उसका वश नहीं था। ऐसे में शिद्दत से याद आते बाबूजी। शायद आज बाबूजी होते तो उसे राजीव जैसे राक्षस के साथ जाने के लिए मजबूर नहीं करते। पर पता नहीं क्यों जब जब बाबूजी के बारे में सोचती। पड़ोस वाली किरण दीदी के बाबूजी का चेहरा उसके बाबूजी के साथ गड्ड-मड्ड होने लगता। किरण दीदी को भी तो उनके बाबूजी कितना प्यार करते थे। थीं भी कितनी टैलेंटेड। पढ़ाई-लिखाई से लेकर खेल-कूद में ढेरो ईनाम जीते थे उन्होंने। स्कूल में उसकी सहेलियाँ सिर्फ इसलिए उसका रौब मानती कि वो किरण दीदी के पड़ोस में रहती है। हर आने-जाने वाले से किरण दीदी के बाबूजी उनकी तारीफ करते नहीं अघाते थे। सबको गर्व से उनके जीते कप्स, मेडल दिखाते। पर जब उन्हीं किरण दीदी को ससुराल में सताया जाने लगा तो समाज में अपनी इज्जत के खयाल से उनके बाबूजी ने आँखें फेर लीं। और अपनी बेटी को जुल्म सहने के लिए अकेला छोड़ दिया। क्या पता शायद बाबूजी के होने पर भी स्थितियाँ अलग नहीं होतीं।

क्या करे वह। उस नरक में जाना उसे रत्ती भर गवारा नहीं। पर वहाँ गए बिना और कोई चारा भी नहीं।

रोज दिन में राजीव की मिन्नतें और रात में माँ की नसीहतें सुन-सुनकर उसका दिमाग भन्ना जाता। स्त्री जाति में क्या जन्म ले लिया, अपने जीवन पर अपना ही कोई अधिकार नहीं। हमेशा उसके फैसले दूसरे ही लेंगे और उसे मन

से या बेमन से मानना ही पड़ेगा। गहरी सोच में पड़ गई। अगर माँ ही साथ नहीं देगी तो वो क्या करे आखिर?

एक पुरुष का यूँ झुककर माफी माँगना किसी के गले नहीं उतर रहा था और सब के सब जल्दी-से-जल्दी पुरुष को इस जलालत से छुटकारा दिलाना चाहते थे।

आखिर उसने भारी मन से फैसला ले ही लिया। सोच लिया, अब अगर उसे कुछ हो भी गया तो सबको इन सबके व्यवहार का अंदाजा तो है ही। ये अफसोस नहीं रहेगा कि उसके मायके वालों को कुछ पता ही नहीं। माँ उसके इस फैसले से बहुत खुश थीं। होना भी चाहिए था। अब वो उसकी तरफ से चिंतामुक्त थीं। दीदी चुप-चुप-सी थीं। पर अपने मन की कह नहीं पा रही थीं। वे भी जीजाजी पर निर्भर थीं। अपने मन से कोई निर्णय नहीं ले सकती थीं। चाहें तब भी उसका साथ नहीं दे सकती थीं।

***

ससुराल में इतना जोरदार स्वागत हुआ उसका। जितना पहली बार होना चाहिए था, पर हुआ नहीं था। पहली बार उसे देखकर ससुर, सास, अमित, राजीव सबके चहरे पर चौड़ी मुस्कान खिली हुई थी। पर उसे पता था ये मुस्कान उसके आने की खुशी में नहीं। पर अपनी जान छूटने की राहत से है। अमित उसके लिए चाय बनाने चला गया। सास ने जल्दी से बिस्तर ठीक किया। राजीव सामान करीने से रखने लगे। अपनी आँखों से यह सब देख भी यही सोच रही थी, 'आखिर कितने दिन चलेगा ये सब?' पूरा एक साल इतने करीब से देखने के बाद वो उन सबके रग-रग से वाकिफ थी। और आखिर रात के खाने के बाद बरामदे में सबकी बैठकी जमी और ससुर जी ने बड़े प्यार से कहा, "बेटा, अपना शिकायत वापस ले लो और लिखकर दे दो कि वो सब तुमने गलती से लिख दिया था। तुम्हें गलतफहमी हो गई थी। तुमने लिखा है, वो सब झूठ है। ऐसा कुछ तुम्हारे साथ नहीं किया गया।"

सास ने तुरंत कहा, "हाँ लिख ही देगी। समझदार है। अपन गृहस्थी थोड़ी बिगाड़ेगी। अब ऊ सब बाते खतम है।"

राजीव ने भी जोड़ा, "हाँ-हाँ, अब जब वापस आई हैं। त ई फैसला करिए के आई हैं। आजे लिख देंगी। हम कल दे आएँगे थाना में।"

पर उसने सिर्फ इतना कहा, "सोचूँगी।" और कमरे के अंदर चली गई।

राजीव का प्यार तो बेमौसम बरसात की तरह मुसलाधार बरसे जा रहा था। शायद कहती, पैरों में दर्द है तो पैर भी दबा देते। पूरी रात ही दबाते रहते। हर दो मिनट बाद उसकी मनुहार करते, "आप लिख के दे दीजिएगा ना?"

"सोचूँगी। नींद आ रही है।" कह उसने करवट बदल लिया।

"हाँ-हाँ सो जाइए। थक गई होंगीं। कल सुबह लिख दीजिएगा।"

उसने सोच लिया था, "वो सब झूठ था। उसे गलतफहमी हुई थी, ये तो कदापि नहीं लिखेगी। भले ही ये लिखकर दे दे कि इन लोगों के अच्छे व्यवहार के आश्वासन पर आई है और यही सब सोचते,उसकी आँख लग गई। पहली बार ससुराल में भरपूर नींद ली उसने।

पर दूसरे दिन कुछ लिखने की नौबत ही नहीं आई। पुलिस उसके ससुराल के दरवाजे पर थी। और पुलिस का कहना था, "उसे बिना उन लोगों को इत्तिला किए नहीं आना चाहिए था। जिस पुलिस स्टेशन में केस दर्ज हुआ है। वहाँ पर सूचित किए बिना वो ससुराल वापस नहीं आ सकती। उसे लिखकर देना होगा कि वो अपनी मर्जी से ससुराल जा रही है। कोई जबरदस्ती नहीं की गई है।" उसे पुलिस की जीप में ही वापस दीदी के यहाँ आ जाना पड़ा।

शाम तक बेहद घबराए से करीब-करीब रोते हुए राजीव आए। पता चला, माता-पिता भाई ने राजीव की खूब लानत मलामत की है कि उसकी वजह से ही, उन्हें ये दिन देखने पड़ रहे हैं। अगर वो अपनी बीवी पर इतने अत्याचार नहीं करता तो पुलिस तक बात नहीं पहुँचती। घरवालों ने उन्हें मारा-पीटा भी है और सबने राजीव को घर से निकाल दिया है। उसका सारा सामान भी पड़ोस में रखवा दिया है कि अब राजीव से उनका कोई नाता-रिश्ता नहीं।

राजीव रोए जा रहे थे, "जिन घरवालों के बहकावे में आकर अपनी लच्छमी जैसी बीवी को सताए। आज ओही लोग हमको घर से निकाल दिया है। अ सब लोग बहुते मारा। पता है, माँ तक हाथ उठाई है। पिताजी, भाई सब मिलकर पीटे हैं हमको।"

माँ एकदम द्रवित हुई जा रही थीं पर उसे लग रहा था, राजीव बढ़ा-चढ़ाकर कह रहे हैं। उसने पूछा, "सबने मारा है आपको?"

"हाँ, सबने। घर के एक-एक एक आदमी ने।"

"संजीव ने भी?"

"हाँ, उसने भी।" राजीव कुर्ते की बाहँ से अपनी आँखें पोंछ रहे थे।

उसने कह दिया, "यहीं आपका झूठ पकड़ में आ गया। संजीव तो आपकी छाया तक से डरता है। आपके सामने नहीं आता और वो हाथ उठाएगा?"

"अब का कहें। नहीं विस्वास तो जाके सिवधर चाचा से पूछ लीजिए। ऊ आए थे ना, आपसे बात करने। आपका बहुते तारीफ कर रहे थे कि तु6हीं लोग का गलती है। लड़की बहुत सुशील है। गलती तो हमारा हइए है। तभी भुगत रहे हैं। उनसे भी चाहे तो पूछ लीजिए। पूरा महल्ला इकट्ठा हो गया था। हमको घर वाले बाहर निकाल दिए हैं। अब हम उहाँ नहीं जाएँगे। चलिए अब आपके और अपने बेटा के साथ पोस्टिंग पर ही चलेंगे।"

बहुत पेशोपेश में थी वह। पुलिस स्टेशन पर तो लिख दिया था उसने कि ससुराल वालों के अच्छे व्यवहार के आश्वासन पर वापस जा रही है। पुलिस की 'नारी अपराध शाखा' ने उसे आश्वस्त किया था कि हर कुछ दिन पर उनके यहाँ से कोई अधिकारी या कॉन्स्टेबल उसकी सुरक्षा के विषय में जानकारी लेने आता रहेगा। पर अब राजीव कह रहे हैं कि ससुराल जाना ही नहीं है। उसका सारा सामान वहाँ है। रूद्र को माँ ने इतने प्यार से पालना, खिलौने, ढेर सारे कपड़े दिए थे। सब वहीं हैं। ऐसे कैसे चली जाए? और अपने सास-ससुर से पूछना भी चाहती थी कि आज राजीव को घर से निकालने की हिम्मत कहाँ से आ गई?"

जब राजीव उसे मारते-पीटते थे तब तो उनका हाथ पकड़ने की, उन्हें रोकने की हिम्मत किसी में नहीं होती थी। सब बड़बड़ाते रहते थे, "उसके कौन मुँह लगे। वो तो बहुत जबर आदमी है। जो रोकने जाएगा, उसी की हालत खराब कर देगा।" आज जब खुद पर आन पड़ी तो उन्हें कोई डर नहीं लगा?

उसने कहा, "अब उनके साथ रहने का निर्णय तो ले ही लिया है। पर पहले वह ससुराल जाएगी।" राजीव को उसकी बात माननी पड़ी।

***

पहले वह सिवधर चाचा के यहाँ ही गई यह जानने के लिए कि कहीं, उसे बुलाने के लिए राजीव और उसके सास-ससुर की मिली-भगत से तैयार की गई कोई कहानी तो नहीं है। वहाँ जाकर पता चला, "नहीं सचमुच। उनके घर में बहुत मार-पीट हुई। राजीव और उसके माता-पिता दोनों लोग ही एक-दूसरे को दोष दे रहे थे। राजीव कह रहे थे कि उन लोगों के बहकावे में आकर उसने ऐसा बर्ताव किया अपनी पत्नी के साथ जबकि सास-ससुर का कहना था कि वो है ही जालिम स्वभाव वाला। बहुत नाटक हुए। राजीव ने केरोसिन पीने की कोशिश की। पिता

ने रोका तो उन्हें मारा। इस पर छोटे भाई अमित ने राजीव को मारा। इस पुलिस के चक्कर, समाज में बदनामी और राजीव के अक्खड़पन से वे लोग तंग आ गए थे और कह दिया कि राजीव से अब उनका कोई रिश्ता नहीं। वो चाहे तो साथ ले जाए अपनी बीवी को या मायके में रखे। उन्हें कोई मतलब नहीं। वह उनके घर से निकल जाए। और राजीव का, उसका और बच्चे का सारा समान घर से बाहर रख दिया। राजीव, पड़ोस वाले के गैरेज में में सारा समान रखकर आए हैं।"

उन सबके दोहरेपन पर उसे बहुत गुस्सा आ रहा था। गुस्सा राजीव पर है, लेकिन उसका और बच्चे का भी सारा समान निकाल दिया। जबकि साल भर दिन-रात उनकी खिदमत की है उसने। कल तक पोते से इतना प्यार था कि माँ से अलगकर रहे थे। अपना खून बता रहे थे और आज बच्चे का भी सारा सामान निकाल दिया। मानो, उसका कोई हक नहीं।

जया सीधा ससुराल ही गई। और सबको खूब आड़े हाथों लिया कि जब उस पर राजीव जुल्म ढाते थे तो सबकी जुबान पर ताले लगे थे और आज जब खुद पर पर बन आई तो राजीव का विरोध करने की हिम्मत सबमें आ गई है। यही हौसला तब क्यों नहीं दिखाया जब राजीव उसे मारते-पीटते थे। तब तो किसी ने राजीव का हाथ नहीं पकड़ा। तब ये लोग बढ़-चढ़कर उसका साथ देते थे। सास-ससुर चुप रहे। इतना ही बोले, "देख तो रही हो। क्या हाल किया है इसने हम सबका। ससुर के माथे पर पट्टी बँधी हुई थी। राजीव ने पेपरवेट फेंककर उनका सर फोड़ दिया था। माँ हाथों पर लेप लगाए हुए थीं। राजीव ने उनका हाथ मरोड़ दिया था।"

उसे ऐसे हिंसक इंसान के साथ रहने में एक बार फिर बहुत डर लगा। पर फिर डर परे झटक दिया। अभी तो माँ भी साथ में जा रही थी और फिर पुलिस का साथ भी था। केस अभी वापस नहीं हुआ था। 'महिला अपराध शाखा' वालों ने कहा था, वे समय-समय पर पूछताछ करते रहेंगे। अब राजीव की हिम्मत उसे सताने की नहीं होगी।

उसने अपना सामान समेटा और माँ और राजीव के साथ, अपने नन्हे बेटे को लिए नई गृहस्थी बसाने राजीव की पोस्टिंग पर सीतामढ़ी चली आई।

राजीव का व्यवहार सामान्य था। बहुत ज्यादा बातचीत तो नहीं करते पर घर का खयाल रखते। डाँट-फटकार। चीखना-चिल्लाना बंद हो गया था। माँ बहुत खुश थीं।

पर उसका मन आश्वस्त नहीं हो पाता। राजीव का ऐसा क्रूर रूप देख चुकी थी कि ये सामान्य रूप जेहन में उतारना मुश्किल हो जाता। उसे यूँ गुमसुम देख, माँ उसे समझातीं, "वो कोई खराब ग्रह थे तुम्हारे। अब कट गए हैं। तुम्हारे सुख के दिन लौटे हैं। उनका आनंद लो।"

माँ रूद्र की तेल मालिश करती। उसे थपकते हुए खूब गीत गातीं। जरा-सा रोता और गोद में लिए उसे देर तक टहलती रहतीं। रूद्र की सारी जिम्मेवारी उन्होंने ले ली थी। कभी वो सोचती, यही आग्रह तो किया था उसने माँ से कि वो जितनी देर नौकरी करेगी, उतनी देर रूद्र को सँभाल लें। पर माँ ने तब बुढ़ापे का रोना रोया था। पर माँ के मन में भी ये बात गहरे बैठी हुई थी कि अब पति का घर ही उसका घर है। पति मारे-कूटे या प्यार से रखे, ये अब उसकी किस्मत है। जो भी हो, उसे पति के साथ ही रहना चाहिए।

फिर उसने मन को समझाया, "शायद माँ ठीक ही कह रही हैं। बुरे ग्रह थे उसके जो बीत गए।"

पर दोष ग्रहों का नहीं। आदमी के मूल स्वभाव का था। दो महीने बाद, माँ के वापस जाते ही। राजीव ने अपना केंचुल उतार फेंका और पुराने जहरीले नाग-सा फुफकारना शुरू कर दिया।

अब वे निरंकुश हो चुके थे। और उन्हें इस बात की बहुत खुन्नस थी कि उसने उनकी इतनी थू-थू करवाई। शुरुआत बेटे के रोने से हुई। रात में जरा-सा बेटा रोता और राजीव चीख पड़ते, "चुऽऽऽप कराओऽऽऽ इसे वर्ना नहर में फेंक आऊँगा।"

नाश्ते-खाने में जरा-सी देर होती और थाली पटक देते। थाली फेंकना तो उनका रोज का नियम बन गया था। एक दिन रूद्र रो रहा था। उसे बहलाने में लगी थी और राजीव चिल्ला रहे थे। उसने भी पलटकर कह दिया, "चुप करा तो रही हूँ। आप भी तो पिता हैं। दो मिनट नहीं टहला सकते। शायद गोद बदलने से बच्चा चुप हो जाए।"

उसका इतना कहना था कि राजीव का भरपूर तमाचा पड़ा गाल पर। उसकी कान की बाली गिरकर अलमारी के नीचे चली गई। जो महीने भर बाद मिली। गाल पर पंजों के निशान भी कई दिन तक बने रहे। जिन्हें आँचल दाँतों में दबाकर घर में आने-जाने वाली कामवालियों, फाइल लेने आए चपरासी वगैरह से छुपाती रहती। पर कब तक और क्या क्या छुपाती। कभी कोई शर्ट ना मिलने पर इतनी

जोर का धक्का देते कि गिर पड़ती। हाथ उठाने का बहाना चाहिए था। कभी कोई कागज नहीं मिल रहा तो कभी पर्स। कभी अच्छी-खासी साफ कमीज को गंदा बताते हुए फेंक देते और उस पर हाथ चला देते। उसका पूरा शरीर नीले-काले-बैंगनी निशानों से भर गया था।

लेकिन लोगों के सामने इतने प्यार से पुकारते, "अरे सुनती हो। जरा दो कप चाय भिजवा दो। या नाश्ता भिजवा दो।" उसकी तारीफ करते रहते, "अरे राय साहब, हलवा खा कर जाइए। मैडम बहुत बढ़िया बनाती हैं।"

स्वर की मुलायमियत सुन लोग कल्पना भी नहीं कर पाते होंगे कि पीठ पीछे यही आदमी नृशंस जानवर बन जाता है।

पुलिस स्टेशन से अब भी पूछताछ करने वाले आते। पर पहले राजीव ही उनसे मिलते और ऑफिस के किसी-न-किसी को साथ में रखते। बड़े प्यार से उसे आवाज देते, "अरे देखो भाई, तुम्हारी खैर-खबर लेने वाले आए हैं। बताओ उनको, कैसी हो। सब ठीक है या नहीं ?"

ऑफिस के लोगों ने शुरुआत में राजीव को सशंकित निगाहों से देखा था पर एक महीने तक उनका अच्छा व्यवहार देख निश्चिंत हो गए थे। अब पता नहीं राजीव ने उन्हें क्या कहानी बताई थी। शायद उसके मायके वालों को ही दोषी ठहरा दिया होगा कि उन लोगों ने झूठा केस कर दिया है। ऑफिस के लोग राजीव के इतना कहने पर ही बोल उठते, "क्या सर आप भी। हम लोग तो आस-पास ही रहते हैं और फिर उस कॉन्स्टेबल से कहते, सब ठीक है। आप चिंता मत कीजिए।"

"ना ना, इनको अपना ड्यूटी करने दीजिए। उनके मुँह से सुन लेने दीजिए। सुनती हो। अरे जल्दी आओ। ई लोग का समय कीमती होता है।"

वो कमरे में आकर खड़ी होती और कॉन्स्टेबल अदब से खड़ा हो जाता, "सब ठीक है ना मैडम ?"

वो 'हाँ' में सर हिलाती और वो चला जाता। उसके चले जाने पर मनन करती, 'क्या उसे उन्हें सच बात देना चाहिए ?' पर फिर सोचती, सच बताने पर फिर वही सारा चक्र घूमेगा और वो जाएगी कहाँ ? माँ तो छोटे भैया के पास हैं। यहाँ से तो दीदी का शहर भी बहुत दूर है। और दीदी के सर पर तो वो अपना भार नहीं डाल सकती। बस भगवान से प्रार्थना करेगी कि राजीव का स्वभाव बदल जाए।

बस भगवान का सहारा ही नजर आता उसे। ढेरों व्रत-पूजा-पाठ करती कि उसका अशांत मन तो स्थिर हो। राजीव यह देख-देख और कुढ़ते। व्यंग्य करते, "मेरा मरण जाप कर रही हो क्या? मुझे कुछ नहीं होगा। तुम्हारे मंतर पढ़ने से। ई तुमरे भगवान भी कुछ नहीं बिगाड़ सकेंगे मेरा। पुलिस थाना सब त कर के देख ली। का हुआ। मेरे ही शरण में हो ना?" और हा हा करके राक्षस की तरह हँस पड़ते।

वो बिना जवाब दिए अपने पूजा-पाठ में लगी रहती। उसका नवरात्र चल रहा था। उसने व्रत रखा था और रोज दुर्गा सप्तमी का पाठ करती थी। क्वॉर्टर के पीछे रहनेवाले चपरासी की बेटी को उसने रूद्र को खेलाने का जिम्मा सौंपा था। वो पाठ करने बैठती और नीलम रूद्र को घुमाने ले जाती। उस दिन राजीव ऑफिस से कुछ जल्दी आ गए थे। वो पाठ कर रही थी। राजीव ने चाय माँगी। उसने कोई जवाब नहीं दिया। पाठ के बीच से वो नहीं उठती थी। राजीव ने दो बार कहा और फिर गुस्से में धम धम करते हुए आए, "ई सब नाटक बंद करिए। पहिले पति का सेवा होता है। उसके बाद ई सब नौटंकी किया जाता है।"

उसने पाठ करना जारी रखा। राजीव ने उसके सामने से पुस्तिका उठा ली। उसे तो इतनी बार पाठ करके सब याद हो आया था। उसने आँखें बंद कर पढ़ना जारी रखा। इसपर राजीव का गुस्सा सातवें आसमान पर। उन्होंने दुर्गा जी की मूर्ति उठाकर जमीन पर पटक दी। आशंका से उसका मन काँप गया, "हे देवी, मेरा छोटा बेटा है। उसका कुछ अनिष्ट मत करना।" थर-थर काँपने लगी और विस्फारित नेत्रों से मूर्ति के बिखरे टुकड़े घूरती रही। राजीव का गुस्सा इतने से शांत नहीं हुआ था। उसने जया का गला पकड़ लिया, "आज झंझटे खतम कर देते हैं। ई पार चाहे उ पार। बहुत गुमान है इनको। जवाब नहीं दे रही हैं। सारी हेकड़ी भुला देंगे।"

राजीव की उँगलियों का कसाव बढ़ता जा रहा था। उसके सामने रूद्र का चेहरा घूम रहा था। दोनों हाथों से उनकी उँगुलियाँ छुड़ाते चीखने की कोशिश कर रही थी। कोई तो सुने और आकर बचा ले। उसके बाद उसके बेटे का क्या होगा। पर गले से बस गों गों की आवाज निकल रही थी।

उसी समय पिछले दरवाजे से रूद्र को लिए नीलम ने प्रवेश किया और यह दृश्य देखते ही, "बाप रे! बाप! साहब त मलकिनी का नट्टी दबा रहे हैं। जाने से मार देंगे। बचाओऽऽऽ रेऽऽऽ" जोर से चिल्लाते हुए बाहर भागी।

राजीव ने गला छोड़ दिया और कमरे में चले गए। वो अपनी उखड़ती साँस पर काबू करने का प्रयत्न कर रही थी। इतने में ही पूरी कॉलोनी के लोग मर्द, औरत, बच्चे सब उसके आँगन में जमा हो गए। सारे अफसर के क्वॉर्टर आस-पास ही थे। औरतें उसके पास आकर उसकी पीठ सहलाने उसे पानी पिलाने लगीं। किसी को कुछ पूछने की जरूरत नहीं थी। गर्दन पर नीले निशान पड़े हुए थे और दुर्गा जी की मूर्ति बिखरी पड़ी थी। रूद्र ये सारा शोर शराबा सुन चीख-चीखकर रो रहा था। एक महिला ने रूद्र को उसकी गोद में दिया। तब वह वर्तमान में लौटी। वर्ना अब तक सुन्न-सी बैठी थी।

महिलाएँ उसे कमरे में लेकर आ गईं। पुरुषों ने आपस में मंत्रणा की और एक चपरासी को उसके ससुर को बुलाने भेज दिया। औरतें आपस में बात कर रही थीं, "सुने तो थे ई सबके बारे में। लेकिन आज त देख लिया। ना इनका अकेले इहाँ रहना ठीक नहीं है। इनके ससुर को बुलाना जरूरी है।"

दूसरे दिन ही ससुर आ गए। बहुत लानत-मलामत की राजीव की कि अब तक केस वापस नहीं हुआ है। अपनी नौकरी भी गँवाएगा। उनकी पेंशन भी खा जाएगा। रोड पर भीख माँगेगे सब उसकी हरकतों से। काबू ही नहीं खुद पर। कहाँ से कुलबोरन लड़का पैदा हो गया है। घर की इज्जत मिटटी में मिलाकर रख दी है। कहीं मुँह दिखाने के काबिल नहीं छोड़ा। अब वे अपने बहू और पोता को अपने साथ ले जाएँगे। रहे अकेला वो।

राजीव सर झुकाए सब सुनते रहे। एक शब्द नहीं बोले कुछ। अब नौकरी पर बन आई थी और सारी हेकड़ी गुम थी।

वह ससुर के साथ ससुराल वापस आ गई।

मुर्झाए उपवन में नन्ही कली का प्रस्फुटन

ससुर जी के साथ हाजीपुर, ससुराल वापस आ गई। पर इस बार का प्रवास कुछ शांतिपूर्ण था। एक तो राजीव के हर शनिचर-इतवार को आने का दहशत भरा इंतजार नहीं था। वर्ना हफ्ते के पाँच दिन साँसत में ही गुजरते कि अब तीन दिन बचे हैं, अब दो दिन बचे हैं, राजीव के घर आने में। इस बार राजीव ने एक बार भी कोई खोज खबर नहीं ली, ना ही कोई पत्र ही भेजा। सास-ससुर का भी रुख जरा नरम था। केस की तलवार अभी भी उनके सर पर लटक रही थी। सास ज्यादा टोका-टाकी नहीं करतीं पर कोई स्नेह-प्यार भी नहीं दर्शातीं। वे अपना प्रतिकार उसकी उपेक्षा करके ले रही थीं। पर उसे यह स्थिति ही सुखकर लगती। काम करने से वह नहीं डरती थी, ना पीछे हटती पर बार-बार का कटाक्ष, व्यंग्य, उसका हृदय छलनी कर देता था। सास ज्यादातर सोने और अपने पूजा-पाठ में लगी रहतीं। और सबसे बड़ी राहत तो ये थी कि अमित कंपीटीशन की कोचिंग करने दिल्ली चला गया था। संजीव तो पहले से ही इस घर में अकेला शख्स था जो उसकी चिंता किया करता था। कुल मिलाकर दिन सुखपूर्वक नहीं तो शांतिपूर्ण जरूर गुजर रहे थे। किसी सुख की तलाश में वो अपनी शांति नहीं खोना चाहती थी।

जया घर का काम करती और अपने बेटे रूद्र में मगन रहती। जब रात में बेटे को सीने से लगाकर सोती तो सोचती, भगवान ने इतना नायाब तोहफा देने के पहले शायद उसकी कड़ी परीक्षा ली। खुद को ही शुक्रिया कहती कि अच्छा हुआ उसने हार नहीं मानी और कठिनतम परीक्षा से भी घबराई नहीं। वर्ना रूद्र उसकी गोद में यूँ प्यारी मुस्कान लिए नहीं सो रहा होता। बेटे को खींचकर चूम लेती। और ईश्वर का धन्यवाद कर सुकून से आँखें बंद कर लेती।

अब कभी बेटे को लेकर आँगन में बैठती तो चारों तरफ नजर दौड़ा कर

सोचती। अब तो यही उसका घर है। एक बार मायके जाकर देख चुकी है कि वहाँ मेहमान की तरह चार दिन के लिए जाएगी, तभी उसकी पूछ है वर्ना हमेशा के लिए अपनी माँ भी साथ नहीं देने वाली। अब इस घर से और घर के लोगों से ही उसे प्यार करना होगा। ठीक है, पति का प्यार नहीं मिलता पर अब सास-ससुर तो उसके साथ अच्छा व्यवहार कर रहे हैं। सास कम-से-कम सता तो नहीं रही। और ससुर तो आने के बाद एक बार भी उस पर नाराज नहीं हुए। रूद्र को भी बड़े प्यार से खिलाते हैं। ऑफिस से आने के बाद रूद्र के साथ खेलते रहते हैं। उसे शाम का खाना बनाने के लिए अच्छा समय मिल जाता। पर एक बात गौर करती, जब भी ससुर जी अकेले होते, शून्य में देखते रहते। यूँ ही सर झुकाए चहलकदमी करते रहते। गहरी साँस लेते और खुद से ही कहते, "हे राम! क्या होने वाला है। अब कैसे दिन दिखाने वाले हो। इतवार को तो उनका सार-सारा दिन दीवार घूरते निकल जाता। कभी-कभी सास से कहते, "ई राजीव के दिमाग में का हुआ। तनी प्यार से रखता त का जाने बहू साइन कर देती कागज पर और केस वापस हो जाता। अपना बुढ़ापा त गया। रिटायरमेंट के बाद पेंशन मिलने में बहुत परेसानी होगा। का खाएँगे। कहाँ रहेंगे। कैसा कुपुत्र निकला ई लरिका। अफसरी मिलने से इसका दिमाग घूम गया।"

एक बार उसके दिल में आता, "साइन कर दे क्या?" पर फिर दिमाग उसे रोक लेता, इन सबका असली रूप देख चुकी है। किसने उस पर अत्याचार नहीं किए? इन्हीं बाबूजी ने कहा था, "मर जाने दो। किसी को पता नहीं चलेगा। फूँक आएँगे।" ना, ऐसी गलती वो नहीं करेगी। उस कागज ने ही उसे अत्याचारों से बचा कर रखा है और इस विडंबना पर मन-ही-मन हँस पड़ती। पति-ससुर-माँ-भाई, कोई उसके काम नहीं आया। आया तो एक कागज का टुकड़ा, उसकी जिंदगी का सुख-चैन महज एक कागज का मोहताज हो गया है। फिर इन विचारों को झटक, इनसे बचने को किसी काम में लग जाती।

पर जैसे-जैसे दिन बीतते जा रहे थे और ससुर के रिटायरमेंट के दिन नजदीक आ रहे थे। उनकी बेचैनी बढ़ती जा रही थी। अब वे रातों को सो नहीं पाते। रात में कभी रूद्र के गीले कपड़े बदलने उठती तो बरामदे से उनकी चहलकदमी की आवाज आती। अब वे रूद्र से भी ज्यादा नहीं खेलते-बतियाते। उसे गोद में थामे कहीं गुम हो जाते। वह कुछ दिन तक उनकी ये हालात गौर से देखती रही फिर उसने फैसला ले लिया कि वह केस वापस ले लेगी। किसी और की सजा

इन बूढ़े व्यक्ति को क्यों दे? इन्होंने भी गलती की है। पर ये तो पश्चाताप भी कर रहे हैं और जिसने सारे अत्याचार किए वह तो निर्दंद्व जी रहा है। पता नहीं जब ससुर जी को यूँ चुपचाप बैठे देखती तो उनमें उसे अपने बाबूजी की झलक दिखाई देती और बाबूजी की सीख याद हो आती, "बेटा कभी किसी का बुरा नहीं करना चाहिए।" आखिर ससुर जी की आत्मा तो वही दुखा रही है। क्यों इस पाप का भागी बने? और किसी डर की वजह से कोई उसके साथ अच्छा व्यवहार करने को मजबूर हो। उसे किसी की ऐसी मजबूरी का फायदा नहीं उठाना। वह अपनी तरफ से उन्हें चिंतामुक्त कर देगी। और फिर देखेगी उनका असली रूप कि आखिर उसके बाद वे लोग उसके साथ कैसा व्यवहार करते हैं। यही उनकी असली कसौटी होगी।

उसके हाँ कहते ही ससुर जी के सुस्त पड़े शरीर में जैसे बिजली का करंट दौड़ गया। एकदम से बोले, "बस अभी कागज बनवा कर लाता हूँ बेटा। तुम तो बहुत समझदार हो। हमको तो मालूम ही था। ई बूढ़ा ससुर का इज्जत इस घर का मान-मर्यादा सबका रक्षा करोगी तुम। पता था हमको।" उसने सोचा, पहले तो ये लोग, "ए चाय बनाओ। ए जरा ई लेकर आओ" ऐसा कहते थे। अब बहू और बहू से आज बेटा भी कह गए। देखती है, कब तक कायम रहता है यह सब।

ससुर जी ने जो लेटर बनवाया। उसका आशय था कि वह सब उसकी गलतफहमी थी। उसने ससुराल वालों को गलत समझ लिया। उसके साथ ऐसा कुछ नहीं हुआ था। वह अपनी शिकायत वापस लेती है। वे बड़ी जल्दबाजी मचा रहे थे। जल्दी से साइन कर दो। आज ही पुलिस स्टेशन में दे कर आते हैं। वे नहीं चाहते थे कि वो लेटर पढ़े। वे सोच बैठे थे वो बिना पढ़े ही साइन कर देगी। पर उसने बिल्कुल इनकार कर दिया। कह दिया, "ये तो मैं कभी नहीं कहूँगी कि मुझे गलतफहमी हुई थी और मेरे साथ ऐसा कुछ नहीं हुआ। हाँ, अब आप लोगों का व्यवहार अच्छा है, यह कह सकती हूँ। हालाँकि आपका बेटा तो बिल्कुल नहीं बदला। लेकिन उसके किए की सजा आप लोग क्यों भुगतें। यही सोचकर केस वापस लेने की सोची है।"

ससुर जी फिर बोले, "हाँ बेटा। बिल्कुल ठीक सोचा तुमने। अभी दूसरा कागज तैयार करके लाते हैं।"

उसने साइन कर दिया और ससुर जी के चेहरे पर जो सुकून देखा। सोचा, शायद उनकी आत्मा से निकली दुआ ही कुछ भला कर जाए और अब उसकी

आगे की जिंदगी सँवर जाए।

ससुर जी ने जरूर राजीव को ये खुशखबरी सुनाई होगी क्योंकि दो दिन बाद ही राजीव का पत्र मिला। जिसमें उन्होंने अपने किए की माफी माँगी थी और लिखा था, "उसका ये अहसान वे जिंदगी भर नहीं भूलेंगे।" उसे पढ़कर कोई खुशी नहीं हुई। यह सब नाटक वह पहले ही देख चुकी थी। तब तो उसके पैर पकड़ने को भी तैयार हो गए थे और कुछ ही दिन बाद उसका गला पकड़ने से नहीं चूके।

सोचती रहती वह, बहुत ही उलझा हुआ व्यक्तित्व है, राजीव का। एक सामान्य जीवन जीने की इच्छा का ही अभाव है। बस वे चाहते हैं हर कोई उनकी दहशत में रहे। सब रहते भी है पर दिन में दस बार वे ताकीद कर लेना चाहते हैं कि लोग दहशत में है या नहीं। किसी ने डरना छोड़ तो नहीं दिया। पत्नी का अर्थ तो उनकी नजर में जरखरीद गुलाम ही है। जब जैसा चाहे व्यवहार करो और बदले में वो कोई भी अपेक्षा ना करे। ऐसा आदमी उसकी किस्मत में ही लिखा था? ईश्वर ने उसे ही क्यों चुना? कहीं इसलिए तो नहीं कि भगवान को पता है, उसकी सहनशक्ति असीम है। दूसरी लड़की होती तो शायद इतने अत्याचार के बाद आत्महत्या ही कर लेती। अखबारों में पढ़ती तो है ही रोज ऐसे किस्से। पर वो तो कुछ सोचती समझती, अपने पति को पहचान पाती। उसके पहले ही रूद्र की आहट मिल गई और अपने अंश के पदचाप को वो कैसे अनसुनाकर देती। अब तो हर हाल में उसे अपने बेटे के लिए जीना है। कितना अच्छा होता माँ के प्यार के साथ-साथ उसे पिता का स्नेह भी मिलता। पर इसके लिए क्या करे वह? वो तो हर संभव कोशिश करती है, राजीव को खुश रखे। उनकी पसंद का खाना बनाती है। उनके कपड़े साफ करती है। उनके आने से पहले, कमरा साफ-सुथरा करके रखती है। उनके परिवार की सेवा करती है। समय असमय की उनकी माँग से भी इनकार नहीं किया। कितनी भी थकी देह हो, राजीव के हाथ नहीं झटके। आखिर क्या करे वो कि राजीव उससे खुश रहें। खीझ जाता मन। वह समझती थी, कुछ ग्रंथियाँ तो हैं राजीव के मन में। जिनका निराकरण जरूरी है। वे हमेशा खुद को सबसे ऊपर दिखाना चाहते हैं। ये 'सुपीरियोरिटी कॉम्प्लेक्स' से ग्रसित होने का अर्थ ही है कि उनमें 'इन्फीरियोरिटी कॉम्प्लेक्स' है। तभी वे उसे दबा कर खुद को हमेशा सुपर दिखाना चाहते हैं। रहे होंगे उसके कारण। शायद फैमिली बैकग्राउंड, पैसों की कमी, उनका गहरा रंग उनमें हीन भाव जगाता होगा। पर

अब तो वे एक अच्छे पद पर हैं। पत्नी है, बेटा है। सब लोग इज्जत करते हैं। फिर भी वे सहज क्यों नहीं हो पाते। किताबें पढ़ने का लाभ आज नजर आ रहा था। इसी वजह से वह उनकी समस्या को समझ पा रही थी। पर मुश्किल ये है कि वो इसे दूर करने के लिए कुछ कर नहीं सकती। अगर राजीव किसी काउंसलर से मिलें। उससे ही अपने दिल की बात कहें। वो शायद उन्हें समझा सके। पर ऐसा तो वे तब करेंगे जब वे कोई कमी महसूस करें। उनमें कोई चाह ही नहीं कि वे अपने परिवार के साथ हँसी-खुशी से रहें। वे यही चाहते हैं कि सब उनसे डरकर रहें। वे जब चाहें सब पर चिल्ला सकें और उनकी ये इच्छा पूरी हो जाती है और वे संतुष्ट हो जाते हैं।

कुछ ही दिनों में बाबूजी रिटायर हो जाएँगे फिर तो सब लोग राजीव के पास ही जाकर रहेंगे। कैसे कटेंगे दिन? रूह काँप-काँप जाती उसकी। राजीव ने पहले चिट्ठी भेजी और फिर अगले शनीचर को खुद ही आ गए। ऐसा व्यवहार किया मानो कुछ हुआ ही ना हो। वो भी गंभीर बनी रही। रूद्र को भी बड़े प्यार से गोद में लिया। जया को लगा, अब उसकी कठिन परीक्षा सफल हुई। इतने दिनों बाद ही, अब सब कुछ सामान्य हो गया है और वो अब एक आम स्त्री की तरह सास-ससुर, पति के प्यार के साथ अपना जीवन शांति से गुजार पाएगी। रूद्र को एक अच्छा माहौल मिल सकेगा। पर यह सब अपनी देह-क्षुधा शांत करने के पैंतरे थे। सुबह आँख खुलते ही अपने उसी परम रौद्र रूप में थे।

"अब तक चाय नहीं बनी?" बिस्तर से ही चिल्लाए।

"पर आप तो बस अभी ही उठे हैं।"

"हाँ, तो अब तो उठ गए ना। अभियो चाय मिलेगी कि नहीं?" चीखकर कहा।

वो चाय लेकर आई तो देखा। आलमारी में वो कुछ ढूँढ रहे हैं। मन हुआ पूछे, पर फिर सोचा, उसे क्या पड़ी है और रसोई में चली गई।

जब बाद में कमरे में आई तो देखा। कागज के छोटे टुकड़े जमीन पर फेंके हुए हैं।

उत्सुकता हुई, उठाकर देखा तो पाया, ये वही चिट्ठी थी जो राजीव ने उसे भेजी थी और लिखा था, "उसका अहसान जीवन भर नहीं भूलेंगे।"

***

राजीव पहले की तरह ही सप्ताहांत में आते। उनका जरा-जरा-सी बातों पर

चीखना चिल्लाना जारी रहता। रूद्र को खिलाने का तरीका भी उनका अजीब था। कभी उसके कान खींच देते। कभी उसके दोनों हाथ-पैर अपनी मुट्ठी में दबा लेते। वो चीखता रहता और वे हँसते रहते। एक बार उससे रहा नहीं गया और उसने रूद्र को ये कहते उठा लिया, "ये क्या तरीका है खेलाने का का ?"

राजीव ने हाथ चला ही दिया, "मुझे सिखाएगी। मेरा बेटा है। जैसे मन होगा खेलाऊँगा।"

वो रूद्र को लेकर रसोई में भाग गई।

उसके केस वापस लेते ही, सास-ससुर की नजरें भी बदल गई थीं। ससुर ने उपेक्षा अपना ली थी। जैसे उनका काम पूरा हो गया हो तो अब क्या मतलब ? सास के ताने फिर से शुरू हो गए थे। ये सब्जी बनाने नहीं आती, वो दाल कहीं ऐसे बनती है, लगता है तुम्हारे मायके में दूध का कमी था, खीर तनिको बढ़िया नहीं है। उसे यूँ सबसे कोई अपेक्षा भी नहीं थी। उसने अपने दिल की बात मान कर केस वापस लिया था और इसका उसे कोई अफसोस नहीं होता।

***

बाबूजी के रिटायरमेंट के बाद सास-ससुर के साथ वह राजीव के पास ही रहने आ गई। संजीव कॉलेज में पढ़ने पटना चला गया था। यहाँ भी कुछ नहीं बदला था बस काम ज्यादा बढ़ गया था। सास-ससुर ज्यादातर अपने कमरे में ही रहते। वे भी राजीव से डरते थे। सास ने तो जैसे उससे बात करना ही बंद कर दिया था। वो चाय-नाश्ता-खाना लेकर जाती तो इशारे से कहतीं, "उधर रख दो।" बस। वे अपने बेटे के घर में थीं। पर लगता जैसे किसी तरह दिन काट रही हैं। ससुर जी का पेंशन अभी फिक्स नहीं हुआ था। वे अक्सर दूसरे शहर हेड ऑफिस का चक्कर लगाने जाते। सुबह के गए शाम को थके-हारे आते और कहते, "अभी और समय लगेगा।" सास का चेहरा बुझ जाता। इन लोगों ने तय कर रखा था कि पेंशन मिलना शुरू हो गया तो अपने पुश्तैनी मकान में जाकर रहेंगे। राजीव भी अपने माता-पिता की उपेक्षा ही करते। वे अपने काम में ही मगन रहते। कभी आगे बढ़कर अपने माता-पिता से बातचीत नहीं करते। और वो उनके करीब जाने की कोशिश करती तो मुँह की खाती।

जया के लिए ये अच्छा था, राजीव काफी व्यस्त रहने लगे थे। वर्ना उनका फेवरेट टाइम पास उसे परेशान करना था। सुबह उनकी नींद खुलते ही लोगों का आना-जाना शुरू हो जाता। ऑफिस से लौटते तो कुछ लोग साथ होते। पर इन

सबके बीच भी जैसे याद करके राजीव दिन में दो तीन बार उस पर चिल्लाने का बहाना ढूँढ ही लेते। कभी कोई शर्ट नहीं मिल रही। पेन नहीं मिला रहा तो तौलिया नहीं मिल रहा या खाने में देर हो रही है। वो पलटकर कुछ नहीं कहती। पता था, उसे उकसाने के लिए ये सब कहा जा रहा है। उसने कुछ जवाब दिया और राजीव ने हाथ उठाया। क्यों मौका दे उन्हें अपनी फ्रस्ट्रेशन निकालने का। और जब उसे पता है, उसके पास कोई निस्तार नहीं। वह घर छोड़कर नहीं जा सकती। उसका कोई साथ नहीं देने वाला। उसे यहीं रहना है तो फिर यही कोशिश करे कि घर में शांति बनी रहे।

रूद्र अब घुटनों चलने लगा था। नित नई शैतानियाँ करता। पर उस पर बलिहारी होने की फुरसत किसी को नहीं थी। जब तक राजीव घर में होते, सास पोते से बड़ा प्यार दिखातीं पर राजीव के ऑफिस जाते ही उसे आँगन में छोड़ अपने कमरे में चली जातीं। छोटे बच्चे के साथ उसे काम करने में बड़ी परेशानी होती। रूद्र को लिए किसी तरह काम निबटाती। नहाने-खाने में उसे दिन के तीन बज जाते। रूद्र को सुलाकर नहाने के लिए जाती फिर भी आशंका बनी रहती, कहीं जाग ना जाए। आस-पड़ोस वाली महिलाएँ आतीं तो कहतीं, "बड़ा अच्छा है कि इसके दादा-दादी भी साथ हैं। वर्ना अकेले छोटे बच्चे को सँभालना और काम करना बड़ा मुश्किल होता है।" वो मन-ही-मन हँसकर रह जाती। अब उन्हें सच्चाई का क्या पता!

वैसे भी सास-ससुर या राजीव किसी का रूद्र के पास होने ना होने से कोई फर्क नहीं पड़ता था। एक दिन बिजली नहीं थी। बरामदे में लैंप जलाकर रखा हुआ था। राजीव, उसके सास-ससुर सब आस-पास ही बैठे थे। वो रूद्र को वहीं जमीन पर खेलने के लिए छोड़, खाना बनाने चली गई। अचानक रूद्र के जोर से रोने की आवाज सुन दौड़कर आई तो देखा, रूद्र का हाथ जल गया है। रूद्र ने लैंप छू लिया था। रूद्र को गोद में उठा किचन में भागी, ठंडे पानी से उसका हाथ धुलाया, क्रीम लगाया। कंधे पर थपकी देती रही सिसकता हुआ रूद्र सो गया तो उससे रहा नहीं गया उन सबसे गुस्से में जाकर पूछा, "आप सब लोग यहाँ बैठे हुए हैं और किसी ने ध्यान नहीं दिया, बच्चा जलते हुए लैंप की तरफ जा रहा है?"

"काहे, हम त जानकर छोड़ दिए। अब दुबारा जिनगी में लालटेन नहीं छुएगा। उसको सीख मिल गया।" राजीव का तर्क था।

"कसाई हैं आप लोग।" बुदबुदाते हुए वो वापस किचन में चली आई।

असमय खाना-पीना, घर का सारा काम, छोटे बच्चे की देखभाल और मानसिक तनाव ने उसके शरीर पर असर डाला। वो बहुत कमजोर हो गई थी। काम करते-करते उसे चक्कर आने लगते। सर थाम कर बैठ जाती। आँखें कोटरों में धँस गई थीं, रंग निस्तेज हो गया था और काया क्षीण। उसके पड़ोस में रहने वाली मिसेज शर्मा बहुत ही स्नेहमयी थीं। उनके बच्चे चौदह-सोलह वर्ष के थे। उन्हें रूद्र से बहुत प्यार था। अक्सर रूद्र के साथ खेलने चली आतीं। उसकी मालिश कर देतीं। उसके कपड़े बदल देतीं। उसे थोड़ी राहत मिल जाती। एक दिन यूँ ही घुटनों पर सर डाले निढाल-सी पड़ी थी। मिसेज शर्मा उसके पीछे पड़ गईं, "चलो तुम डॉक्टर से दिखा लो। कहीं दूर नहीं जाना। पास में ही तो एक बड़ी अच्छी डॉक्टर है। कुछ दिन से देख रही हूँ। तुम कमजोर होती जा रही हो। कुछ टॉनिक-वॉनिक लिख देगी। शरीर में जान आ जाएगी। अब इन मर्द लोगों को इतना ध्यान नहीं रहता। उनके भरोसे रहकर बिस्तर से लग गई, तो रूद्र को कैसे सँभालोगी?"

जया ने उनसे कभी कुछ नहीं कहा था पर घर में आते-जाते वे इस घर की आबोहवा से वाकिफ हो गई थीं। देखने वाले का संवेदनशील मन और चौकस नजर होनी चाहिए। बहुत कुछ अनजाना अनदेखा, जो आम लोगों की नजरों से छूट जाता है। उनकी पकड़ से नहीं बच पाता। वे जिद कर आखिर उसे डॉक्टर के पास ले ही गईं, और डॉक्टर ने जो खबर दी। उसे सुन तो दुबारा चक्कर आ गया, वो माँ बनने वाली थी। अभी रूद्र सिर्फ डेढ़ साल का था, कैसे सँभालेगी वो दो छोटे बच्चों को। पर ईश्वर की यही मर्जी थी।

मिसेज शर्मा ने ही घर में आकर सबको ये खुशखबरी सुनाई। सबसे ज्यादा उत्साहित वो ही लग रही थीं। सास-ससुर ने एक जबरदस्ती की मुस्कुराहट ओढ़ कर नकली खुशी जाहिर की। उन्हें तो उससे कोई मतलब ही नहीं रह गया था। जैसे वे लोग एक मेहमान की तरह हों। सास के चेहरे पर चिंता की लकीरें खींच गईं। उन्हें डर हो गया होगा कि अब घर का काम उनके ऊपर ना आ पड़े। शाम को राजीव को भी बड़ी विद्रूपता से उन्होंने ही खबर दी, "बाऽप बनने वाले हो फिर से।"

"आएँऽऽऽ ई लो एक और मुसीबत। अब तनिका पईसा बचाने का सोच रहे थे। त एक और खर्चा। अब दवा दारू अस्पताल। भरते रहो कमा कमा के।"

वो चाय लेकर आई तो हाथ से मारकर गिरा दी चाय, "ले जाओ। नहीं पीना है चाय ओए। इहाँ त खाली कोल्हू के बैल जईसा पिसते रहो और इनका अ इनका बच्चा पर पईसा उझीलते रहो।"

वो चुपचाप वापस लौट गई। अब इन सब बातों की इतनी आदत हो गई थी कि चौंकाती नहीं ये बातें। बल्कि अगर प्यार भरी प्रतिक्रया होती तब ही उसे आश्चर्य होता। जब सारे काम निबटा, रूद्र को सुला अकेले आँगन में थोड़ी देर बैठी तब उसे खुद के लिए थोड़ा समय मिला। अपने मन को टटोला, खुश नहीं है वह। पर मन इतना नि:स्संग हो उठा था कि उसमें सुख-दुख महसूस करने की क्षमता ही नहीं बची थी। यही जब रूद्र की खबर मिली थी तो कितनी उत्साहित थी वो। इतनी प्रताड़णा झेलने के बाद भी रूद्र को जन्म देने के लिए कटिबद्ध थी। ये आनेवाली संतान भी तो उसी की है। पर उसके स्वागत के लिए मन उतावला क्यों नहीं हो रहा। छोड़ो कल सोचेगी, अभी तो बहुत नींद आ रही है और थके कदम कमरे की तरफ बढ़ा दिए जहाँ का माहौल एक-सा ही रहता। मन खुश हो, दुखी हो, शरीर अच्छा हो, बीमार हो, शरीर को अपने कर्तव्य निभाने ही पड़ते।

बाद में भी आने वाले संतान के लिए सपने कहाँ बुन पाई? उल्टियाँ शुरू हो गई। चक्कर आते रहते। उसमें अकेले ही सारे काम निबटाने पड़ते। एक दिन तो बेहोश हो, आँगन में ही गिर पड़ी। रूद्र चीखता रहा। आखिर मिसेज शर्मा ही देखने आईं कि बच्चा इतना रो क्यों रहा है। उसे गिरे हुए देखा तो चिल्ला पड़ीं। आस-पास से और लोग आ गए। उन लोगों ने रूद्र को सँभाला, उसके चेहरे पर पानी के छींटे मारे। उसे होश आया तो उसे सँभाल कर बिस्तर पर लिटा दिया। कोई डॉक्टर को बुला लाया। कोई उसके लिए दूध गरम करके ले आया। उसके घर के लोग। सास-ससुर मूक दर्शक बने सब देखते रहे। मिसेज शर्मा उसके पास ही देर तक बैठी रहीं। सबके चले जाने के बाद। वे अपना गुस्सा रोक नहीं पायीं, सास से कह ही दिया, "आप लोग घर में ही हैं और बच्चा रो रहा है। ये बेहोश पड़ी है। आपको खबर नहीं?"

सास कह रही थीं, "हमको तो डरे लगता है, कहीं हमीं लोग का नाम न लगा दे कि हमी लोग कुछ कर दिए हैं। ई पहिले भी पुलिस में सिकायत कर चुकी है। हमरे ऊपर ही इल्जाम आता।"

ऐसे ही किसी तरह नौ महीने कटे उसके और गोद में एक चाँद-सी गुड़िया आ गई। पहली बार ही वो बच्ची होंठ के कोनों से ऐसे मुस्काई कि लगा कह रही

हो, "अब मैं आ गई हूँ तुम्हारा साथ देने, चिंता मत करो।" सीने से भींच लिया उसे और एक वादा किया, "अपने में ही उलझी रही बिटिया। तेरे स्वागत की तैयारी नहीं कर पाई पर अब तेरे होंठों पे हँसी बनाए रखने का वादा है।"

राजीव की प्रतिक्रिया तो अपेक्षित थी, "लड़की आ गई। अब तो दहेज के लिए पैसा जुटाना पड़ेगा। मेरे करम में तो यही लिखा है। बस गधा मजूरी करते रहो, बीवी-बच्चा के लिए। अपने केतना सान से बिछौना पर बेटी को लिए आराम फरमा रही हैं। हम ऑफिस जाएँ, अस्पताल आएँ, घर देखें। का का करें?"

दुख से दोस्ती कि वे कभी सुख की तरह फरेबी नहीं होते

उसके मायकेवालों को इतना तो पता था कि वो फिर से माँ बनने वाली है। एक दिन मौका पाकर, उसने माँ को चिट्‌ठी लिख दी थी। यहाँ दिन के किसी भी समय चपरासी ढेर सारी चिट्ठियाँ घर पर ही दे जाता। सरकारी चिट्ठियाँ ही होती थीं। कभी-कभार ऐसे संयोग जुटते कि राजीव को सामने ना देख चपरासी उसी को डाक थमा जाता। और उसमें दीदी की या माँ की कोई चिट्‌ठी मिल जाती तो जैसे वीराने में बहार आ जाती। उनकी चिट्ठियों में ढेरों शिकायतें होती कि इतनी चिट्ठियाँ भेजीं पर तुमने एक का जवाब नहीं दिया। माँ, राजीव का अच्छा रूप देखकर गई थीं। उन्हें क्या पता कि राजीव ने फिर वही पुराना रंग-ढंग अख्तियार कर लिया है। उसका जवाब ना पाकर वे यही सोचतीं कि उसने ही पत्रों के जवाब नहीं दिए जबकि उसे तो उनकी कोई चिट्‌ठी मिली ही नहीं होती। राजीव जरूर पढ़कर या शायद बिना पढ़े ही फाड़कर फेंक देते होंगे।

उसका भी दिल इतना टूट गया था कि मायके पत्र लिखने का मन भी नहीं होता। किसी ने उसका दर्द नहीं समझा और उसे वापस इसी अंधे कुएँ में धकेल दिया। पर कभी-कभी शादी के पहले की बातें याद कर माँ-बहनों के प्रति मन कोमल हो आता और एक दिन उसने उन्हीं गुजरे लम्हों के वशीभूत होकर माँ को एक लंबी चिट्‌ठी लिखी। अपने दुबारा माँ बनने की खुशखबरी भी सुनाई पर यहाँ का और कोई हाल नहीं लिखा। सोचा, क्या फायदा, जब उन्हें कोई फर्क ही नहीं पड़ता तो अपना दुखड़ा क्यों रोए। एक दिन राजीव दौरे पर गए थे तो उसने वो चिट्‌ठी चपरासी को पोस्ट करने के लिए दे दी।

अपनी गुड़िया का चाँद-सा चेहरा देखते ही, माँ याद आईं, बहनें याद आईं,

भाभियाँ याद आईं। भतीजे-भतीजियाँ, भांजे-भांजियाँ सबके चहरे आँखों के आगे घूम गए। तकरीबन हर बच्चे के जन्म के समय वो मौजूद रहती थी। वो छोटी थी और बहुत फुर्तीली भी। भाग-भागकर काम करती। ऐसे समय उसकी जरूर पूछ होती। सीमा दीदी की बेटी के जन्म के समय तो उनके ससुराल भी हो आई थी। कितनी चहल-पहल रहती थी, बच्चों के जन्म के समय। लोगों की भीड़-भाड़। हँसते-मुस्कुराते चहरे। मिठाई बाँटते, घर के लोग और यहाँ कितनी शांति है। वो बिटिया के साथ अकेले हॉस्पिटल बेड पर लेटी हुई है। हॉस्पिटल की शांत ठंडी नीली दीवारें हैं। पंखा भी जैसे आलस के मारे धीरे-धीरे घूम रहा है। रात में मिसेज शर्मा ही रुकी थीं उसके पास। सासू जी रूद्र को सँभालने के लिए घर पर ही थीं। सुबह राजीव आए थे और बिना बिटिया या उस पर एक नजर डाले, डॉक्टर और नर्स से बतियाते रहे। माँ-बेटी का हाल उनसे पूछते रहे। वे सोच रही होंगी, कितना ध्यान रखता है, अपने बीवी-बच्चों का। एक चक्कर लगा, अपनी उपस्थिति दर्ज कर ऑफिस चले गए।

जब मिसेज शर्मा नहाने-धोने के लिए अपने घर जाने लगीं तो उसने बड़े सकुचाते हुए उनसे कहा, "जरा सौरभ से भैया के यहाँ फोन करवा दीजिएगा। माँ वहीं पर है।"

"हाँ-हाँ। कहने की क्या बात है। नंबर दो। अभी जाकर पहला काम यही करवाते हैं।"

और जब उन्होंने शाम को सास के सामने जोर से कहा, "अपने भैया का नंबर देना। हम सौरभ से फोन करवा के खबर करवा देंगे। अब रूद्र के पापा अकेले यहाँ सब कुछ देख रहे हैं। क्या-क्या याद रखेंगे। एक तो ऑफिस का काम। फिर हॉस्पिटल का चक्कर। बेचारे परेशान हो गए होंगे।" वो समझ गई। वे सचमुच उसकी शुभचिंतक हैं। बड़ी गहरी नजर है उनकी।

हॉस्पिटल से घर आ गई थी। सास ने रूद्र के समय ही कह दिया था, उनके यहाँ बच्चे की छुट्टी नहीं मनाई जाती और रूद्र के जन्म के चार दिन बाद ही ऐसा तमाशा हुआ था कि जन्मोत्सव मनाने का कोई प्रश्न ही नहीं। और ये तो बेटी थी। वैसे ही दहेज की चिंता से अभी से ही दुबले हुए जा रहे थे राजीव। मन बुझ जाता उसका। उसने अपने बच्चों के इस दुनिया में आने का कोई उत्सव भी नहीं मनाया। बस दूसरे बच्चों के उत्सव में ही शामिल होती रही।

पर वो दिन उसके लिए उत्सव-सा ही हो उठा। जब दोनों बहने अचानक ही

उसकी नन्ही बिटिया को देखने आ गईं। उसके दूसरे नंबर वाली बहन सीमा दी तो उसे शादी के बाद पहली बार देख रही थी। वे तो कुछ दूर खड़ी उसे आवाक् घूरती ही रह गईं और फिर आगे बढ़कर भींच लिया उसे। सिसिकियों के बीच बस इतना बोल पायीं, "ये क्या हो गया तुम्हें। तुम तो पहचान में ही नहीं आ रही।"

उसके तो आँसू भी सूख चुके थे। बस छाती में एक ऐंठन-सी उठी। पर ऊपर से मुस्कुराने की कोशिश करते हुए बोली, "क्या हुआ है। ठीक तो हूँ।"

"ठीक? खुद को आईने में देखा है कभी। वो तेरा चमकता रंग। भरा-भरा चेहरा। घने बाल। सुतवाँ देह। क्या हो गया है तुझे। बच्चे सबके होते हैं पर यूँ कोई खुद का ध्यान रखना छोड़ देता है?"

क्या कहे अपनी बहन से। आईना देखने की हिम्मत कहाँ से लाए। आते-जाते गलती से भी नजर पड़ जाती है तो निगाहें चुरा लेती है। रंग निस्तेज हो चुका था। आँखें कोटरों में धँस गई थीं। गाल पिचक गए थे। गले की उभरी हुई हड्डियाँ और पतले-पतले हाथ, किसी और के लगते। बाल सँवारने के लिए कुछ पल के लिए भी आइने के सामने खड़े होना मुश्किल पड़ता। दोनों हथेलियों के बीच भी मुश्किल से समाने वाली उसकी मोटी चोटी, अब एक मुट्ठी में भी ढीली पड़ती।

राजीव भी गाहे-बगाहे मजाक उड़ा जाते, "कईसन हो गई हैं आप। बिस्वासे नहीं होता है। इहे चेहरा देख के कभी सादी का सोचे थे। तनिक अपने आस-पास की औरतों को देखिए। दस-दस साल हो गया है सादी का तभियो अपना खबसुरती बचा के रखी हैं।"

सास से भी अक्सर किसी-ना-किसी सहकर्मी की पत्नी की तारीफ कर जाते, "बड़ी सुंदर बीवी है उसकी। किस्मत वाला है।"

"अब तुमरा तो भागे खराब है। ना बीबी बढ़िया मिली ना ससुराल। पर अपना जिद के आगे किसी को बूझो तब ना। जिद था हियें सादी करेंगे। लोग अगर नहीं जाने कि तुमरी बीबी है तो कौनो दाई समझ ले।" सास मुँह बनाते हुए कहतीं।

राजीव ठहाका लगा के हँस पड़ते। वह ऐंठ कर रह जाती। मन होता सामने जाकर कहे कि उस पर जो गुजरी है। क्या बाकी औरतों ने भी वही सब झेला है? और क्या राजीव ने कभी उसे अच्छी साड़ी, क्रीम पाउडर लाकर दिया है? अब तक शादी में मिली साड़ियाँ ही पहन रही है। साड़ियाँ बेरंग हो गई हैं। उनका बॉर्डर घिस गया है। पर किससे कहे कि उसे नई साड़ी चाहिए। जाड़े में हाथ पैर

रूखे हो जाते हैं। चेहरा, होंठ सब रूखे होकर फट जाते हैं। पर एक क्रीम नहीं होती उसके पास।

घर के जरूरी खर्चों के लिए ही राजीव इतनी चख चख करते हैं, "तेल इतनी जल्दी कैसे खतम हो गया। साबुन अभी तो मँगवाया था। चीनी क्या फाँकती हैं आप। दिन में केतना बार चाय बनाती हैं जो चाय खतम हो गया।" वो लिस्ट लिखकर दे देती। राजीव उसे पढ़कर चपरासी को दे देते। पैसे भी राजीव ही देते। उसके हाथों में एक पैसा नहीं रखते। एक बार लिस्ट में एक क्रीम लिख दी तो राजीव ने उस पर बड़ा-सा क्रॉस लगा दिया। और कई दिन तक सुनाते रहे। "इतना फैसन का सौख है तो कहिए मतारी-भाई को कि भेज दें सोलह सिंगार का सामान। हियाँ मर-मर के कमाओ। घर देखो, बाहर देखो और इनका फैसन भी पूरा करो। अ किसके लिए सजना है। पति तो आँख उठा के भी नहीं देखता।"

उस दिन से फिर कभी क्रीम मँगाने को नहीं कहा। पर नहीं सजो सँवरो तब भी सुनो। अजीब-सी स्थिति थी। जब जैसा मन हो वैसा बोल डालो।

सबसे बड़ी बहन रीता दी, एक बार उसका हाल देख चुकी थीं। उन्हें ज्यादा आश्चर्य नहीं हो रहा था। लेकिन सीमा दी तो बस उसे घूरे ही जा रही थीं। बार-बार अपनी आँखें पोंछ लेती। आखिर उससे आग्रह कर बैठीं, "कुछ दिन चल मेरे साथ। मेरे पास रह। मैं अच्छे से तुम्हारा खयाल रखूँगी। थोड़ी सेहत बन जाए तो चली आना।"

पर वो जानती थी ये संभव नहीं। माँ के कहने पर बड़े जीजाजी एक बार उसकी खबर लेने ससुराल में आए थे तो राजीव ने उनसे मिलने भी नहीं दिया था और फिर बाद में व्यंग्य से मुस्कुराकर कहा था, "बड़ी चिंता है, जिज्जाजी को आपकी। दौड़े-दौड़े चले आए। मामला क्या है?"

उन जैसी गंदी सोच वाले आदमी से वह और कोई अपेक्षा भी नहीं कर सकती थी। सीमा दी को समझाया, "बिटिया के जन्म के बाद उसकी सेहत खराब हो गई है। वो अब अपना पूरा खयाल रखेगी। उसकी चिंता ना करे।"

फिर भी वे गुमसुम बनी रहीं। दोनों बहनें ढेर सारे उपहार लेकर आई थीं। कह रही थीं, सामानों की पूरी लिस्ट माँ ने लिखवाई है। माँ तरस रही थी, उसकी बिटिया को देखने को लेकिन भैया की छुट्टी नहीं थी। वर्ना वो जरूर आती। दो दिन रहकर, उसका घर गुलजार कर दोनों बहने चली गईं।

एक ही महीने बाद, दो खुशियाँ एक साथ आईं। ससुर जी की पेंशन फिक्स

हो गई थी और अमित की नौकरी लग गई थी। अमित गया तो था वो बड़े शहर, कंपीटीशन की कोचिंग करने। पर चलता-पुर्जा लड़का था। कुछ ही दिनों में एक प्रायवेट कंपनी में अच्छी नौकरी ढूँढ ली।

पर इन खबरों पर सास ने प्रतिक्रिया कुछ इस तरह दी, "ई बेटी त घर में आते ही, दादा-दादी को निकाल बाहर की।"

"आप लोग रहिए ना। पेंशन फिक्स हो गया तो क्या। आप लोग घर क्यों जा रहे हैं। हमारे साथ ही रहिए।" उसने जल्दी से कहा।

"ना बाबा ना। बेटा के यहाँ किसी का दिन कटा है। अपना घर अपना ही होता है।"

फिर कुछ नहीं कहा उसने। पर मन-ही-मन आतंकित जरूर थी। सास-ससुर थे तो एक आड़ थी। अब कहीं राजीव निरंकुश ना हो जाएँ।

फिर भी मन को समझाया। अब ये उसका भी घर है। उसके दोनों बच्चों का घर है। इसे बेजान ईंट-गारे के मकान से एहसासों, भावनाओं से धड़कता घर बनाना होगा। राजीव का सहभागिता ना सही। पर दो नन्हे बच्चों की किलकारियाँ साथ हैं। उन्हें एक सुरक्षित नीड़ देना अब उसका कर्तव्य है। रूद्र के साथ तोतली बातों में वह जिंदगी को खींचकर ले आती। बिटिया की अबूझ भाषा में वह जिंदगी को मुट्ठी में कर लेना चाहती। बिटिया को पुचकारते गुनगुना उठी।

जीवन की साँसें और बढ़ीं
एक कली मेरे गोद खिली
मेरा प्रतिरूप, मेरा जीवन
देख जिसे खिल जाए मन।

और खुद ही चौंक गई। ये पंक्तियाँ कहाँ से फूट पड़ी? वो तो भूल चुकी थी कि कभी वो कविताएँ भी लिखा करती थी। पूरी डायरी ही भर रखी है। शादी के बाद सारा सामान तो भाभी और बहनों ने सँभाला था। उसने बस एक डायरी ही एहतियात से बक्से में सबसे नीचे रख दी थी। जो अब तक वहीं पड़ी हुई है। नम आँखें उसने बेटी के फ्रॉक में छुपा ली। बेटी उसे वापस कविता की दुनिया में खींच लाई। और उसने बेटी का नाम रखा- काव्या।

बेटे और बेटी को नहलाते धुलाते। खाना खिलाते। उनके लिए बड़े-बड़े ख्वाब देखती। अपने आप से बातें करती, मुस्कुरा उठती। कभी राजीव की नजर उस पर पड़ जाती तो वे विद्रूपता से मुस्कुराते। क्योंकि उन्हें ख्वाबों से

सख्त नफरत थी। वे उसे सुकून में देख, आवेश से भर जाते और कुछ-ना-कुछ अकथनीय, अकल्पनीय कर जाते। कभी दहशत फैलाने को रूद्र के किसी प्लास्टिक के खिलौने को जोर से किक मारते। खड़-खड़ करता खिलौना, दूर दीवार से टकरा जाता। रूद्र काँप उठता। दिल तो उसका भी धड़क जाता। वो रूद्र को उठा दूर ले जाती। कभी रूद्र उनके रास्ते में आ जता तो उसकी एक बाहँ पकड़ टाँगकर परे कर देते। रूद्र बुरी तरह डरकर रोने लगता।

अब उसका धैर्य जवाब देने लगा था। आखिर बच्चे यह सब देख क्या सीखेंगे? वे भी यही समझेंगे कि खुद से छोटे और कमजोर के साथ ऐसा ही व्यवहार किया जाता है। चाहे वो कितनी ही अच्छी बातें सिखा ले उन्हें। पर सुनने से ज्यादा बच्चे देखकर सीखते हैं और यही बात उसने एक दिन राजीव से कह दी, "बच्चे तो गीली मिट्टी सामान होते हैं। अपने आस-पास के परिवेश का उन पर बहुत असर पड़ता है। आप उनके सामने इतना गुस्सा मत किया कीजिए।"

उसका इतना कहना था कि तूफान बरपा हो गया, "मुझे भाषण देती है। अब मुझे इनसे सीखना पड़ेगा। बहुत संस्कार वाली हैं ये। मेरा ही खाती हैं और मुझे ही सिखाती हैं।"

उनको इस तरह चिल्लाते देख, रूद्र दौड़कर उसके पास आ उसका आँचल पकड़ खड़ा हो गया। बेटी भी घुटनों चलते आई और उसकी तरफ हाथ बढ़ा कहने लगी, "माँ... माँ।" उसने बेटी को गोद में उठा लिया। यूँ रूद्र को उसकी साड़ी पकड़े देख और बेटी को गोद में देख जैसे इस दृश्य ने उनकी क्रोधाग्नि में घी का काम किया। चिल्ला पड़े, "चलो निकल जाओ, मेरे घर से। निकलो अपने बच्चों को लेकर। कमा-कमा के खिलाओ भी और भाषण भी सुनो। चलो निकलो।" और उसका हाथ पकड़ वे खींचते हुए बाहर के बरामदे में ले गए। राजीव का गर्जन-तर्जन सुन पहले ही आस-पास के लोग खिड़कियों से कान लगा कर खड़े थे। अब थोड़ी दूर पर खड़े हो तमाशा देखने लगे।

इस बात से कभी राजीव को फर्क नहीं पड़ता था कि लोग देखेंगे तो क्या कहेंगे। बल्कि उन्हें गर्व होता था कि वे इतने दबंग आदमी हैं कि सबके सामने अपनी बीवी पर चिल्ला सकते हैं, हाथ उठा सकते हैं।

कई बार उन्हें लोगों से कहते भी सुना था, "मैं तो बर्दाश्त नहीं करता। मुझे तो गुस्सा आया कि मेरे हाथ-पैर चलने लगते हैं।"

राजीव का चिल्लाना जारी था और रूद्र डर के जोर-जोर से रोने लगा। उसे

रोता देख बेटी भी रोने लगी। अब उसने सँभाला खुद को और उसने भी सबके सामने ही जोर से कहा, "हाथ भी लगाया मुझे या मेरे बच्चों को तो देखिएगा। जरा छूकर भी देखिए। तो मैं क्या करती हूँ। वो सब मैं भी कर सकती हूँ, जो तुम करते हो। तुमसे भी जोर से चिल्ला सकती हूँ। चुप रहने का मतलब कमजोरी मत समझिए। एक कदम भी मेरे बच्चे की तरफ बढ़ा के दिखाइए। फिर देखिए क्या होता है।" वो काली का रूप ले चुकी थी।

राजीव सकते में आ गए। पर अपनी हेकड़ी दिखाने से बाज नहीं आए। गरज कर बोले, "क्या कर लेगी। क्या कर लेगी? मेरा घर है ये।"

उसने भीड़ की तरफ इशारा किया और कहा, "इनमें से कोई एक कह दे कि यह घर मेरा नहीं तो मैं इसी वक्त चल दूँगी।"

भीड़ अवाक। उन्हें अंदाजा नहीं था। उन्हें संबोधित कर सवाल किए जाएँगे। सब लोग एक-दूसरे से आँखे चुराने लगे। उसके इस प्रश्न का उत्तर देने से कतराते छँटने लगे। वे लोग तो तमाशा देखने आए थे और कहते भी क्या।

उसका यूँ जवाब देना, राजीव को बहुत अखर गया। उसने आतंक ही मचा दिया। रसोई में ताला जड़ दिया यह कहते हुए कि देखता हूँ खाना कैसे खाती और खिलाती है।

उसने बाहर से खाना मँगवाया और कहा, "पेमेंट्स एक साथ होंगे। ऑफिस में बिल भेज देना।" बच्चों को आराम से खिलाया। वे तो छोटे थे। कुछ समझते नहीं थे। पर बार-बार उनके सर पर हाथ फेर जैसे खुद को ही दिलासा दिया, "मैं हूँ ना, तुम लोगों को कोई कष्ट नहीं होने दूँगी।"

जब किसी का घर जलता है तो जलते हुए घर पर प्रतिक्रिया देना सबको सहज लगता है, पर स्त्री की हिम्मत ग्राह्य नहीं होती। लोग स्त्री का अबला रूप ही देखना चाहते हैं। रोती गिड़गिड़ाती हुई औरत ताकि वे साहनुभूति जता सकें। उस पर 'बेचारी' का लेबल लगा सकें। जिन लोगों की जुबान राजीव के आगे नहीं खुलती थी। राजीव के मातहत, सहकर्मी सब उनके गुस्सैल स्वभाव से डरते थे। अब वे लोग भी उसे सीख देने लगे, "अब पति की बात तो माननी ही पड़ती है। आखिर उसी का खाते-पहनते हैं। प्यार भी तो करता है। कभी हाथ ही उठा दिया, घर से निकलने को ही कह दिया तो क्या उनका मतलब ये थोड़े ही रहता है। आखिर घर में तो ताला नहीं लगाया ना। वे लोग गरम खून वाले होते हैं। पति के सामने हमेशा झुककर रहने में ही भलाई है।"

उस ने दो टूक उत्तर दे दिया, "एक सीमा तक ही किसी का गुस्सा सहन किया जा सकता है। उसके बाद उसे भी बताना जरूरी है कि वो गलत है।"

राजीव ने अपनी हरकत का कोई असर ना होता देख, एक रात चुपचाप रसोई के ताले खोल दिए। बेड टी की आदत थी। सबसे ज्यादा परेशानी तो उन्हें ही हो रही थी।

***

वह अपना कर्तव्य निभा देती। खाना बना देती। कपड़े साफ कर देती। कमरा सँभाल देती और अपने बच्चों में मगन रहती।

तीन साल से ज्यादा गुजर गए और राजीव का ट्रांसफर सीतामढ़ी से बेगुसराय हो गया। छोटी जगह थी, पर उसे फर्क नहीं पड़ता, उसे तो ऑफिसर्स कॉलोनी में ही रहना था। बाजार छोटा हो या बड़ा। पास हो या दूर, उसे तो कभी जाना नहीं था। जरूरत का सामान चपरासी ही ला दिया करता। दूसरे अफसर, अपनी पत्नी-बच्चों को पास के बड़े शहर मुजफ्फरपुर या समस्तीपुर सिनेमा दिखाने या शॉपिंग करवाने ले जाते पर राजीव एक बार भूल कर भी उन सब को नहीं ले गए। उसे कोई इच्छा भी नहीं होती। घर में शांति से रहें, बस यही प्रार्थना करती। सीतामढ़ी छूटा तो मिसेज शर्मा, पुराने पड़ोसियों का साथ भी छूट गया। पर अब दोनों बच्चों से घिरे सुबह से शाम कैसे हो जाती पता नहीं चलता। बच्चे बड़े होते जा रहे थे। उनकी शरारतें, तोतली बातें, सैकड़ों सवाल, आसमान नीला क्यों? रोटी गोल क्यों? पानी का रंग क्या? सूरज रात में कहाँ चला जाता है, अपनी मम्मी के पास? उसे उलझाए रखते। वो उन्हें छोटी-छोटी कविताएँ सुनाती। कृष्ण के बचपन की कथा सुनाती। रूद्र, काव्या कोहनी पर ठुड्डी टिकाए, गोल-गोल आँखें बड़ी-बड़ी करके कहनियाँ सुनते तो उसका जीवन सफल लगता। उसे दुनिया में और किसी चीज की जरूरत नहीं महसूस होती।

पर समय के साथ बच्चों की जरूरतें भी बढ़ती जा रही थीं। खुद की तो कभी परवाह नहीं की पर बच्चों को सजा सँवार कर रखना चाहती थी। मन होता, उन्हें सुंदर-सुंदर कपड़े पहनाए। बढ़िया खिलौने लाकर दे। जब पड़ोस के बच्चे की तिपहिया साइकल को रूद्र को ललचाई आँखों से घूरते देखती तो उसका दिल दो टूक हो जाता। बच्चों के नए कपड़े भी बस होली-दीवाली पर खरीदे जाते। कपड़े छोटे हो जाते। उनके रंग उड़ जाते पर रूद्र और काव्या इतने सुंदर और इतने चंचल थे कि उनके कपड़ों पर निगाह ना जाकर उनकी साफ बोली,

उनकी चंचलता पर ही लोगों का ध्यान जाता। दोनों ने स्कूल जाना शुरू कर दिया था। जब स्कूल के शिक्षक, उनकी कापियों पर 'गुड', 'वेरी गुड' का रिमार्क लिखते, आस-पास वाले उनकी कुशाग्र बुद्धि की तारीफ करते तो उसकी दूसरी सारी शिकायतें गौण हो जातीं। वैसे राजीव के पास पैसे की कमी नहीं थी। पर बीवी-बच्चों पर खर्च करना उन्हें गवारा नहीं था। गाँव में जमीन खरीदने, पुश्तैनी मकान की पेंटिंग, उसके छत पर नए कमरे बनवाने में ही लगे होते। बच्चों से उन्हें लगाव ही नहीं था। कभी उनके साथ समय भी नहीं बिताते कि उनकी जरूरतों के विषय में पता चले।

***

अमित की शादी एक धनाढ्य घर में तय हो गई थी। बड़े धूमधाम से शादी हुई। वो भी बहुत खुश थी कि अब देवरानी के रूप में उसे ससुराल में एक सहेली मिल जाएगी। जिससे वो बातें कर पाएगी। पर देवरानी तो पलंग से उतरती ही नहीं, "ओह! बहुत थक गई। तबियत खराब लग रही है।" यही कहती रहती। अमित भी उसके आगे-पीछे लगे होते। माँ पर ही रौब जमाते, "जरा नीलम के लिए शरबत बनवा कर भेजो। जरा दूध में केसर डाल के भेजो। उसकी तबियत बहुत खराब है।" आधे रस्मो-रिवाज के लिए तो मना ही कर दिया कि उसकी तबियत ठीक नहीं। सास भी उसका पक्ष लेकर कहतीं, "बड़े घर की लड़की है। ई सब आदत नहीं ना।"

वो क्या कहती कि उसे क्या तपती धूप में फर्श पर नंगे पैरों चलने की आदत थी? पर वही जिसका पति साथ देता है। वो लड़की ससुराल में रानी बनकर रहती है।

चार दिन बाद ही उसके पिता-चाचा-भाई सब आ पहुँचे उसे विदा करा कर ले जाने। सास-ससुर तो उनके सामने बिछे जा रहे थे। सास ने दबी जुबान में कहा भी कि इतनी जल्दी तो लड़की विदा नहीं करते हमारे यहाँ। जबकि उसके समय में तो साल भर की बात कही थी। इतना सुनते ही नीलम के पिता ठठा कर हँस पड़े, "किस जमाने की बात कर रही हैं आप? अब ये सब चलता है क्या? हमारे यहाँ भी तो सबको दामाद से मिलने का शौक है। शादी में आराम से बात ही कहा हुआ। क्यों दामाद जी?"

और घर में शेर की तरह दहाड़ने वाला अमित, हाथ बाँधे सर झुकाए बिल्ली की तरह बोला, "हाँ, ठीक बात है।"

उसने गहरी साँस ली। पैसे में तो ताकत है ही। पर ज्यादा ताकत उसके प्रदर्शन में है। चीजें वही सारी दी थीं इन लोगों ने भी। जो उसे भी शादी में मिले थे। पर दिखावा खूब था। जोर-जोर से रौब से बोलते। बेटी के ससुराल वालों की ही खिल्ली उड़ाते। और वे बेटी-दामाद को विदा करा कर ले ही गए। वहाँ से ही वो अमित के साथ नौकरी पर चली गई। सास ने तर्क दिया, "अब अमित को खाने-पीने की भी तो तकलीफ थी।"

वो कुछ बोली नहीं कि अमित पहले भी तो खाता-पीता था ही। और अब ये बड़े घर की लड़की खाना कैसे बनाएगी? पर फिर सोचा, "अच्छा ही है। वो चली गई अमित के साथ। यहाँ की बोरिंग जिंदगी में वो करती भी क्या?"

वो भी राजीव की नौकरी पर लौट आई। कुछ ही दिनों बाद सुना, सास-ससुर अमित की गृहस्थी पर गए हैं। पर अभी एक महीना भी नहीं गुजरा था उनके गए कि एक दिन सुबह सुबह, हाँफते-कराहते सास-ससुर उसके घर पर नमूदार हुए। ससुर ने आते ही हल्ला मचाना शुरू कर दिया, "अरे राजीव की माँ की तबियत बहुत खराब है। जल्दी से बिस्तर ठीक करो। पानी लाओ। डॉक्टर बुलाओ।"

वह उनकी सेवा में लग गई। अब सास थोड़ी बदल गई थीं। बीच-बीच में कह देतीं, "वो तुमरी तरह कामकाजी नहीं है। मेरे जाते ही बीमार पड़ गई और कईसा संयोग कि उसकी कामवाली भी छुट्टी पर चली गई। अब सारा काम मेरे ऊपर पड़ गया। इतना आदत है नहीं अब। हम भी बीमार पड़ गए। अब अमित अकेले किसको-किसको सँभालता त बाबूजी बोले, चलो राजीव के इहाँ। उहाँ बहू के सेवा से एकदम ठीक हो जाओगी।"

मुस्कुराकर रह गई। सेवा करवाने के लिए बहू भी कहने लगे।

उनके आने से उसे कोई नाराजगी नहीं हुई। आखिर बीमारी में बूढ़े माँ-बाप बेटे के पास नहीं जाएँगे तो कहाँ जाएँगे? उसका भी बुढ़ापा तो कभी आएगा। आज सास की सेवा करेगी तो उसके आने वाले दिन उसकी बहु उसका भी खयाल रखेगी।

बस एक मुश्किल थी। राजीव के उस दिन घर से निकालने वाली घटना के बाद उसने अपना कमरा अलगकर लिया था। बच्चों के साथ अलग कमरे में सोती। राजीव भी इतना ईगो वाले थे कि उसे नहीं बुलाते, यूँ दिखाते जैसे उन्हें उसकी कोई जरूरत नहीं। एक ही कमरा होने पर बिना बोले ही टूट पड़ते थे। अब सास-ससुर को वो कमरा देना पड़ा था। और राजीव के कमरे में जाने से उसकी

रूह काँप जाती। परिणाम उसे पता थे। पर दूसरा कोई चारा नहीं था।

उसने हिम्मत कर राजीव से कहा भी, "अब तो भगवान ने बेटा और बेटी दोनों दे दिए हैं। मुझे ऑपरेशन करवा लेना चाहिए।"

"जब देखो खर्चे का बात। इतना पईसा नहीं है मेरे पास। अभी ऊ जमीन का रजिस्ट्री करना बाकिए है। उसके पईसा के जुगाड़ में लगे हुए हैं और इनका ई फरमाईश।"

"सरकारी अस्पताल में ज्यादा पैसे नहीं लगते।" हिचकते हुए कहा उसने।

"का बात कर रही हैं, अफसर की बीवी और सरकारी अस्पताल में? कौनो लोक लाज है कि नहीं? का कहेगा लोग? आपके ई सब टीटीम्मा के लिए फालतू पईसा नहीं है मेरे पास।"

उसके बाद तो एक ही प्रार्थना लब पर रहती, "हे भगवान, मेरी बगिया में दो ही पौधे काफी हैं। उनसे ज्यादा की देखभाल मैं नहीं कर पाऊँगी।"

पर भगवान की मर्जी कुछ और थी। एक नए जीवन की आहट वो तुरंत ही पहचान गई। दो बच्चों की माँ बन चुकी थी और देर रात आँगन में बैठे शून्य में देखती रही, "ईश्वर कितनी परीक्षा लोगे अब। जरा-सी अपने जीवन की उलझनें सुलझा कदम बढ़ाती है और तुम दूसरी मुश्किल सामने ला देते हो।"

पर भगवान ने इतनी इनायत की। इस बार उसे कोई तकलीफ नहीं दी। सारे काम अंजाम देते। वो एक दिन हॉस्पिटल गई और अपनी बेटी को गोद में पाया। ये बिटिया भी बड़ी सयानी थी। जरा नहीं रोती। टुकुर-टुकुर उसे देखती रहती। भाई-बहन को देख मुस्काती रहती और उसने काव्या के संग मिला आकर उसका नाम रखा- सौम्या।

अलग घोसले के निर्माण का हौसला

कॉलोनी में एक शादी थी। बच्चे बड़े उत्साहित थे। उनके लिए, पहली बार किसी शादी को करीब से देखने का मौका था। पर उसे चिंता हो रही थी। बच्चों के पास अच्छे कपड़े नहीं थे। उसने राजीव से कहा तो वे बिगड़ पड़े, "अभी तो होली में खरीदे थे। इतना फुटानी के लिए मेरे पास पैसा नहीं है। ई लोग के लिए तो बढ़िया-बढ़िया रेडीमेड का कपड़ा आता है। हमारे यहाँ एक्के थान से तीनों भाई का शर्ट सिलाता था। हम लोग ओही पहन के आगे बढ़े कि नहीं? और अफसर हम अपना पढ़ाई और मेहनत से बने हैं। ऊ फैशनेबल कपड़ा पहिन के नहीं। बच्चा लोग को उल्टा सीक्षा मत दीजिए। इसी झींट में रह जाएगा। तो जिनगी में कुछो नहीं कर पाएगा।"

वे तो कहकर निकल गए। ये देखने की कोशिश ही नहीं की कि उनका समय अलग था। सारे लोग ही उसी तरह के कपड़े पहनते थे। वे सबके बीच अलग-थलग महसूस नहीं करते होंगें। पर अब लोग अपने बच्चों को सजा सँवार कर रखते हैं। उनकी पसंद की चीजें खरीद कर देते हैं। पर राजीव को तो जमीन खरीदने का नशा-सा हो गया था। वे अपने गाँव के लोगों, अपने परिचितों के बीच, अपनी धाक जमाना चाहते थे कि लोग समझे वे कितने बड़े आदमी हैं। बीवी-बच्चों को बस जिंदा रखने लायक पैसे देकर। वे सारे पैसे उसी झूठी शान में खर्च कर देते। गाँव से लोगों का आना-जाना भी काफी बढ़ गया था। कोई-ना-कोई किसी जमीन बिकने, कोई बगीचा बिकने की खबर लेकर आता ही रहता। गाँव का सबसे धनी और प्रतिष्ठित व्यक्ति बनने की धुन सवार हो गई थी उन्हें। पर अपनी इस सनक में बच्चों के वर्तमान, उनकी मासूम ख्वाहिशों की बलि चढ़ा रहे हैं। ये वे नहीं समझ पाते।

उसने अपने बच्चों के लिए ही ये जलालत भरी जिंदगी स्वीकार की थी। पर

उन्हें ही खुश नहीं रख पा रही थी। राजीव को अपने आप बच्चों की जरूरतें समझ नहीं आतीं और उसकी हर बात काटने, उसकी हर बात को नकारना उन्होंने अपना परम धरम बना लिया था। उसे परेशान करने की मंशा तो थी ही। वो जो भी चाहती, उसकी इच्छा को कुचल राजीव को अजीब-सा सुख मिलता। इस समस्या का कोई हल नजर नहीं आता था। वह अब लोगों से कटने लगी थी। यूँ भी जब कभी महिलाओं का ग्रुप उसके घर आता या किसी फंक्शन में सब मिलते। तो नए ढंग की सुंदर साड़ियों में उनके चमकते चेहरों के बीच, वो खुद को अनफिट-सा महसूस करती।

एकाध बार उन्हें आपस में बातें करते भी सुन लिया कि रूद्र की माँ तो चुप-चुप-सी अपनी दुनिया में ही खोई रहती हैं। ना बच्चों का ध्यान रखती हैं ना घर का। लगता ही नहीं किसी अफसर का घर है। शायद एही सब रूद्र के पापा को पसंद नहीं आता होगा। इसीलिए इनके इहाँ इतना झगड़ा होता है। आखिर कोई मर्द हाथ काहे उठाएगा। कुछ तो बात होगा। इहाँ तक बात बिना कारण थोड़े पहुँच जाएगी। सबसे त इतना बढ़िया से बतियाते हैं। कौनो भीतरिया बात जरूर है।"

ये सब सुन, उसका मन और डूब जाता। वो धीरे-धीरे बिल्कुल चुप रहने लगी थी। दो औरतों को दूर से भी बातें करते देखती तो खुद में ही सिमट जाती, उसे लगता उसके बारे में ही ये लोग बातें कर रही हैं। कभी उन्हें जोर से हँसते देखती तो यही सोचती कि शायद उस पर ही हँस रही हैं। कभी-कभी खुद का विश्लेषण भी करती और अपना मन टटोलती, कहीं वो डिप्रेशन का शिकार तो नहीं होती जा रही। पत्रिकाओं में पढ़ा था, 'पोस्टपार्टम डिप्रेशन' के विषय में। बच्चे के जन्म के बाद माँ अक्सर डिप्रेशन में चली जाती है। पर तुरंत उसके जेहन में बहनों-भाभियों का हँसता चेहरा कौंध जाता। वे लोग तो और सुंदर और खुश दिखतीं। उनके चेहरे पर लुनाई आ जाती। आँखों में चमक और बाल रेशमी हो जाते। पर शायद इसलिए कि उनका कितना खयाल भी तो रखा जाता। पूरा घर ही उनके गिर्द घूमता रहता। पौष्टिक चीजें खाने को दी जातीं। उनके आराम का पूरा खयाल रखा जाता। पर उसके हिस्से तो बस अकेलापन और बेरुखी ही आई है। नहीं. नहीं वो जब समझ रही है कि ये डिप्रेशन है। तो उसे इसमें नहीं घिरना है। पर कैसे, किस बहाने खुश रहने की कोशिश करे? किसका सहारा है उसे? और मन फिर से उदास हो जाता।

राजीव अब जब भी चिल्लाते, सामान उठाकर फेंक देते तो उसके दिल की धड़कन बहुत बढ़ जाती और पाँव थर-थर काँपने लगते। डॉक्टर ने सौम्या के जन्म के बाद ही उसे लो ब्लड प्रेशर का मरीज बता दिया था और अपने खाने-पीने का खास ध्यान रखने को कहा था। परंतु यहाँ तो उल्टा वह कई बार खाना ही नहीं खाती। लेकिन यह सब देखने वाला कौन था। बच्चे छोटे थे और राजीव, उसकी ऐसी हालत देख भी अपने अत्याचारों से बाज नहीं आते। अब शारीरिक से ज्यादा मानसिक प्रताड़नाओं का दौर शुरू हो गया था।

कभी-कभी वे बच्चों के लिए टॉफी लाते और रूद्र और काव्या से कहते, "बोलो मम्मी गंदी है। तब ये टॉफी दूँगा।"

बेटा सर झुका कर पीछे हाथ बाँध लेता। पर कभी नहीं बोलता।

बिटिया शैतान थी। उसकी तरफ देख गोल-गोल आँख घुमाती और इशारा करती कि इस पर विश्वास मत करना।

और अपनी हथेली फैला कह देती, "मम्मी गंदी है।"

राजीव जोर-जोर से हो-हो कर हँसते और कहते, "रूद्र तुमको टॉफी नहीं चाहिए?"

"नहीं।" एक निश्चित स्वर में रूद्र कहता और वहाँ से चला आता।

"जा। मतारी का चमचा। चॉकलेट का स्वादो नहीं जानेगा कभियो कि कईसा होता है।" कहते वे टॉफी पॉकेट में वापस रख लेते।

मौका देख काव्या, उसके गले में बाँहें डाल झूल जाती, "मम्मी तुम गुस्सा नहीं हो ना। किसी के कहने से कोई गंदा थोड़े ही हो जाएगा। तुम तो बहुत अच्छी हो।" और उसे एक चुम्मी दे भाग जाती।

पर जब खुद पे आती तो काव्या, राजीव की भी नहीं सुनती। एक बार एक आदमी नारंगी रंग की कोई मिठाई दे गया। राजीव ने बुलाकर काव्या को दिया। काव्या ने जरा-सा तोड़कर खाया और बुरा-सा मुँह बनाया, "गंदी मिठाई है। मुझे नहीं खानी।"

राजीव को 'ना' सुनना गवारा नहीं था। जोर से बोले, "खाओ चुपचाप। इतना बढ़िया मिठाई है।"

"नहीं खानी।" काव्या ढीठ बनी खड़ी रही।

वो खाना बना रही थी और बरामदे में बाप-बेटी की बातों की रस्साकस्सी भी गुन रही थी।

राजीव के बहुत डाँटने पर भी जब काव्या ने नहीं माना तो राजीव उसका हाथ पकड़ खींचते हुए बाहर ले गए। वो डर गई। पर उसने चावल चढ़ा रखा था और अब वे पक गए थे। उनका पानी निकालने जा रही थी। अगर छोड़कर बाप-बेटी के पीछे जाती तो चावल गीले हो जाते। फिर और महाभारत मचती।

उसका दिल धड़क रहा था। पर उसने सोचा बाहर तो और लोग भी होंगे। राजीव मार-पीट नहीं कर पाएँगे। अभी चावल का पानी निकाल पतीला नीचे रखा ही था कि तेज कदमों से राजीव आए और सब्जी की कड़ाही को जोर की ठोकर मारी। दाल का कुकर उठा नाली में गिरा दिया। चावल बिखेर दिए। सारी चीजें तहस-नहस कर दीं और बोलते जा रहे थे, "बच्चा सब को एही सिखाती हैं। बाप का कहना मत मानो। सब आपका सिखाया हुआ है। बित्ता भर की लड़की का इतना हिम्मत। मेरे सामने जुबान खोले। आज हम बताइए देते हैं, सबको खतम कर देंगे।" चीखते चिल्लाते वे कमरे में चले गए।

उनके जाते ही ड्राइवर सामने आया और काव्या को उसकी गोद में थमाते हुए बोला, "आज तो अनर्थ हो जाता मालकिन। साहब, मुनिया को उठाकर फेंक दिए थे। उ त हम वहीं थे बीच में पकड़ लिए नहीं तो बाउंड्री से टकरा के इसका त माथा ओथा फूट जाता।"

वह बच्ची को गोद में लिए ही भहरा कर जमीन पर बैठ गई। काव्या की हिरणी-सी आँखों में एक सहम व्याप्त थी। जिसे देख उसका जी दहल गया। उसे कम-से-कम अपना बचपन तो प्यार-दुलार में जीने को मिला। पर उसकी बिटिया होश आने के पहले ही इस तरह की हिंसा की शिकार हो रही है।

एक रोज यूँ ही छोटी-सी बात पर कि उसने पैट्रोमैक्स जलाना क्यों नहीं सीखा। इसके लिए क्या उसे एक नौकर चाहिए। किसी काम की नहीं वो, कहते राजीव ने बहुत हंगामा किया। नया खरीदा पैट्रोमैक्स आँगन में फेंककर चूर-चूर कर दिया। आलमारी से सारे कपड़े निकालकर फेंक दिए। वो काँपते कदमों से बिस्तर पर बैठी थी। उसे यूँ चुप देख और नाराज हो गए और उसका हाथ पकड़ घर से बाहर निकाल दिया। सौम्या तो गोद में ही थी। रूद्र और काव्या भी उसका आँचल थामे उसके साथ ही चले आए। राजीव का दिल तब भी नहीं पिघला। उस अँधेरे बरामदे में बच्चों को लेकर वो घंटों बैठी रही। कई बार सोचा, बच्चों को लेकर सामने पसरी सीधी सपाट सड़क पर चलती चली जाए। किसी कुएँ में कूद जाए। पर मन-मस्तिष्क इतना शिथिल हो गया था जैसे कुछ सोचने-समझने

की ताकत ही नहीं बची थी। गहरे डिप्रेशन में डूबती जा रही थी वो। बच्चे जमीन पर ही सो गए थे। आधी रात के बाद जब राजीव के सो जाने का एहसास हुआ तो घर के अंदर गई।

दूसरे दिन रूद्र, काव्या, स्कूल जाने को तैयार नहीं कि पड़ोस के निखिल ने खिड़की से सब देख लिया है। वो स्कूल में सबको बता देगा और बच्चे उन लोगों को चिढ़ाएँगे कि "तुम्हारे पापा ने तुम्हें घर से निकाल दिया।" बड़ी मुश्किल से समझाया कि अँधेरा था किसी ने कुछ नहीं देखा है। कोई नहीं चिढ़ाएगा। स्कूल जाना जरूरी है। पढ़ना और पढ़कर अच्छी नौकरी करना जरूरी है। तब तो कमा के अपना और अपनी माँ की देखभाल कर पाएँगे वे दोनों। वर्ना जिंदगी भर पापा की डाँट सुननी पड़ेगी। लेकिन बच्चों के स्कूल जाने के बाद सोच में पड़ गई, कब तक वो बच्चों को यूँ बहला पाएगी? कुछ दिनों में वे खुद सोचने-समझने लायक हो जाएँगे और तब कैसे झेल पाएँगे, पिता की इस तरह की हरकतें?

***

दिन बीत नहीं किसी तरह रेंग रहे थे और छह साल गुजर गए, बेगुसराय में अलग अलग डिपार्टमेंट में दो टर्म गुजारने के बाद राजीव का तबादला बेगुसराय से पास के शहर खगड़िया में हो गया। बेगुसराय में बच्चों का अच्छा स्कूल था और नया सेशन शुरू हुए दो ही महीने हुए थे। इस वजह से उन्हें अकेले ही जाना पड़ा। अब वे सिर्फ शनिवार-इतवार को आते। उसने चैन की साँस ली। कम-से-कम पाँच दिन तो वो और उसके बच्चे उनके आतंक से दूर रहेंगे। पर एक दूसरी परेशानी ही आ खड़ी हुई। राजीव उसके हाथों में पैसा पहले भी नहीं देते थे। पर तब वे सामने होते थे। चपरासी से कोई जरूरी चीज लाने को कहकर वो कहती, "साहब से पैसे ले लो।" राजीव बहस तब भी करते कि क्या जरूरत है। कभी मँगवा देते, कभी नहीं। पर अब छोटी-छोटी जरूरतों के लिए वो क्या करे। राजीव, शनिवार को रास्ते में ड्राइवर के साथ ही सब्जी लेते हुए आते। शनिवार-रविवार जम कर मनपसंद खाना बनवा कर खाते और चले जाते। उन्हें लगता, दाल-चावल-आटा-आलू-प्याज तो घर में हैं ही। अब और क्या जरूरत पड़ सकती है।

एक बार राजीव के जाने के बाद रूद्र बीमार पड़ा। कॉलोनी के सरकारी डॉक्टर थे। घर आकर देख गए। दवा भी दे गए और कह गए, "दो बिस्किट खिलाकर उसे दवा दे दीजिए।"

अब वो बिस्किट कहाँ से मँगवाए? घर में बार्ली पड़ा था। रूद्र को किसी

तरह फुसला कर बार्ली पिलाया। पर शाम को रूद्र अड़ गया, "बार्ली नहीं पिएगा।"

उसने समझाया, "बुखार है। वो और कुछ नहीं खा सकता।"

"डॉक्टर अंकल ने कहा है, बिस्किट खाने के लिए। वो तो खा सकता हूँ। वो मँगवा दो।"

तड़पकर रह गई वो। कितनी कहानियाँ कितने गीत सुनाए। पर रूद्र अड़ा रहा। नहीं माना और कुछ नहीं खाया।

शाम को जब पड़ोसी 'मिस्टर सिन्हा' रूद्र को देखने आए तो उसने उनसे कहा, "एक पैकेट बिस्किट ला दीजिए। ये दवा नहीं खा रहा।"

कहते हुए वो कटकर रह गई। पर कोई उपाय नजर नहीं आया।

ये सब बातें उसे निराशा के गर्त में धकेलती जा रही थीं। लोगों से मिलना-जुलना छोड़ दिया था। कोई भी नहीं था जिस से वह दो बातें कर पाती। निराशा के गड्ढे में शनैः शनैः गिरती जा रही थी। पर तिनके का भी सहारा नहीं मिल रहा था। जिसके सहारे वो उबरने का प्रयास कर सके। बच्चों पर बिना बात झुंझला जाती। उनकी जरा-सी शैतानी पर उन्हें पीट देती। फिर अपनी गलती समझ उन्हें गले लगा रोने लगती। बच्चे भी उसकी इन हरकतों से सहम से गए थे। काव्या-रूद्र आपस में कोई झगड़ा, कोई बहस भी करते तो उसे अपनी तरफ आता देख, एक-दूसरे को आँखों से इशारा कर चुप हो जाते। वो सब देखती पर अनदेखा कर देती। पहले की तरह व्यवहार नहीं कर पाती। और सौम्या की बीमारी ने तो उसकी जीने की आखिरी इच्छा भी छीन ली।

सौम्या को दस्त हो रहे थे। कॉलोनी के डॉक्टर की दवा से आराम नहीं हो रहा था। वह बेसब्री से राजीव की राह देख रही थी कि वे आएँ तो दूसरे डॉक्टर को दिखा लाए। राजीव ने मना कर दिया, "ई सब तो बच्चा लोग को लगा ही रहता है। रामनरेस बाबू दवा दिए ही हैं। टाइम लगेगा पर दवा असर करिबे करेगा। आज जरा कटहल का बढ़िया तरकारी बनाइए। खूब बढ़िया कटहल लाए हैं बाजार से।"

उसने सब्जी तो बनाकर खिला दी। पर जब राजीव सो रहे थे तो उनके पॉकेट से पैसे निकाल, सौम्या को दूसरे डॉक्टर के पास ले गई। डॉक्टर ने इंजेक्शन लगाया और उसे एडमिट करने की सलाह दी। उसने कहा, "वो घर जाकर पति को साथ लेकर आती है।"

घर आ उसने बदहवास हो राजीव को जगाया और साथ चलने को कहा। राजीव ने करवट बदल ली और बोले, "ई बचने वाली नहीं है। काहे परेसान हो रही हैं। कहीं इतना पेट खराब के बाद इतना छोटा बच्चा बचता है। ई नहीं बचेगी अब। पईसा बर्बाद करना बेकार है।"

"कैसा कुबोल बोल रहे हैं, आप बाप हैं कि कसाई। बच्ची की तबियत खराब है और आप डॉक्टर से दिखाने के बजाय ये अंट-शंट बोल रहे हैं। अभी चलिए मेरे साथ। इसे एडमिट करना है हॉस्पिटल में।" उसका गुस्सा फूट पड़ा। आवाज तीखी हो गई थी और राजीव को ये बर्दाश्त कहाँ!

"आपके हुकुम में बसे हैं का। नहीं जाएँगे। का कीजिएगा?"

"आपको चलना पड़ेगा, अभी चलिए।" उसने भी जोर से चिल्ला कर कहा।

"एक हाथ देंगे ना। मतारी-बेटी दुनो हियें ढेर हो जाइएगा। इनकी जमींदारी में बसे हैं। दू दिन आराम करे आओ। और उ भी चैन नहीं। हम चलिए जाते हैं, हिंया से।" उन्होंने अपनी शर्ट उठाई, पहनी और चप्पल डाल बाहर जाने लगे।

"कहाँ जा रहे हैं। ऐसा मत कीजिए।" कहते उसने एक हाथ में सौम्या को सँभाले दूसरे हाथ से उन्हें रोकने की कोशिश की पर राजीव ने उसे धक्का दिया और बाहर चले गए।

"जनार्दन... जनार्दन।" जोर से चीखकर ड्राइवर को बुलाया और बोले, "जरूरी काम है। अभी वापस जाना होगा, चलो।" और वे सचमुच चले गए।

थोड़ी देर तो वो सचमुच सर पर हाथ रखे बैठी रही। पर फिर हिम्मत की। रूद्र और काव्या को बुलाया और पड़ोस में रहनेवाली मिसेज सिंह के यहाँ गई। उन्होंने एक बार उसका मजाक उड़ाया था। पर वो जानती थी, "वे भी एक माँ हैं। ऐसे समय में उसकी मदद जरूर करेंगी।"

मिसेज सिंह का भाई विजय उनके पास ही रहकर यहीं के कॉलेज में पढ़ता था। उसकी रूद्र से बहुत जमती थी और अक्सर उसके साथ खेलने घर भी आ जाया करता था। उसे दीदी बुलाता था। उसने विजय से साथ चलने के लिए कहा। मिसेज सिंह ने भी आश्वस्त किया, "बच्चों की चिंता ना करे और अपने भाई से कहा कि तुम साथ ही रहना। इनको जो भी जरूरत हो मदद करना।"

विजय के साथ हॉस्पिटल आई। अभी डॉक्टर के केबिन के बाहर बैठी अपनी बारी का इंतजार कर ही रही थी कि पास बैठी महिला ने कहा, "अरे अपने बच्चा को देखिए उसका तो आँख उलट रहा है। मुँह से फेन निकल रहा है। जाइए

पहले आप डॉक्टर के पास। आप ही जाइए।"

सौम्या पर नजर डाली तो देखा। उसके मुँह से झाग निकल रहा था। गर्दन एक तरफ लटक गई थी और आँखें उलट गई थीं।

सीधा डॉक्टर के केबिन के दरवाजे को धक्का मारा। डॉक्टर ने भी तुरंत जरूरी उपचार किए और सौम्या को एडमिट कर लिया। उसने अपने कान के सोने के टॉप्स और चेन उतारकर विजय को थमाए और कहा, "मुझे पता है। ये मुश्किल काम है। तुमने कभी किया नहीं है। पर दीदी कहते हो तो आज मेरा इतना काम कर दो। मेरी बच्ची बच जाएगी।"

उस बीस वर्षीय नौजवान लड़के की आँखें भर आईं। कुछ बोला नहीं। चुपचाप चेन और टॉप्स लेकर चला गया।

दो दिन के बाद सौम्या को छुट्टी मिल गई। मिसेज सिंह ने रूद्र और काव्या का पूरा खयाल रखा। एक दिन उन्हें लेकर हॉस्पिटल में मिलने भी आईं।

राजीव हमेशा की तरह शनिवार को सब्जी का थैला लिए पहुँचे और बड़े इत्मीनान से कहा, "बच गई ये। हम तो इसके ऊपर जाने के खबर का इंतजार कर रहे थे और सोच रहे थे, छुट्टी लेना पड़ेगा।"

उसने एक शब्द जवाब नहीं दिया। इस घटना ने उसे बिल्कुल तोड़ दिया था। अब तक सोचती थी, भगवान ने इतने कष्ट दिए तो क्या तीन फूल से प्यार बच्चे भी तो दिए। पर उसकी बगिया की इस नन्ही कली को तोड़ने की उनकी कोशिश से उसका सारा आत्मबल बिखर गया था। अब अक्सर सोचती ऐसी जिंदगी से क्या फायदा, "बच्चे भी अपना बचपन सामान्य रूप से नहीं जी पा रहे हैं। वो हजारों कष्ट सहकर भी जिंदा रह सकती है। अगर उसके बच्चे सुखी हों। पर बच्चों को मनचाहा खाने-पहनने को नहीं दे पा रही है। उन्हें घर का एक खुशनुमा माहौल नहीं दे पा रही। फिर क्या करेगी जी कर।"

और अक्सर सोचती, इस नरक तुल्य जिंदगी से तो अच्छा है। वो बच्चों के साथ ये दुनिया ही छोड़ दे। और एक बार ये खयाल आया तो जैसे इसने मन में घर ही बना लिया। सोते-जागते, उठते-बैठते, यही बात दिमाग में आती, "उसे अब नहीं रहना इस दुनिया में।" और बच्चों को किसी के भरोसे नहीं छोड़ सकती। इसलिए उन्हें भी साथ ले जाएगी। पर कैसे? जहर उसे मिल नहीं सकता। फाँसी लगा नहीं सकती। नदी-पोखरे का रास्ता नहीं पता। रेलवे लाइन भी बहुत दूर है। वहाँ तक जाते देख लिया किसी ने तो? और उसने सोच लिया जलकर मर

जाएगी और बच्चों से भी एक दिन कह दिया, "पापा इतना चिल्लाते हैं, मारते हैं, कभी ठीक से बात नहीं करते, ना घुमाने ले जाते हैं। तुम लोगों के पास खिलौने हैं। ना अच्छे कपड़े, क्या फायदा ऐसे जीने से। हम सब लोग साथ में मर जाते हैं।"

पहले तो मरने की बात से बच्चे डर गए। पर फिर रूद्र ने आँख बंद कर कहा, "हाँ माँ, जैसा तुम कहो।"

काव्या ने रूद्र को 'हाँ' कहते देख सोचा शायद वो भाई से पिछड़ गई और उसने भी जल्दी से कहा, "हाँ मम्मी। मैं भी तैयार हूँ।"

ऐसे चहककर कहा जैसे कोई मेला चलने की बात हो। वो समझ रही थी। बच्चे इसकी भयावहता समझ नहीं रहे हैं।

पर उसने निर्णय ले लिया था। अब उसमें ताकत नहीं बची। वो बच्चों को इस जीवन में खुशी नहीं दे सकती। उन्हें इस जीवन से मुक्त तो कर सकती है। क्या पता, अगले जन्म में उन्हें कोई बढ़िया घर मिले।

वो रोज केरोसिन का डब्बा लाकर कमरे में रखती। सोचती, बच्चों को बुलाएगी। पर उसकी हिम्मत जवाब दे जाती। कभी सबको सुलाकर केरोसिन लेकर आती। पर बच्चों के मासूम चेहरे पर नजर पड़ती। तो वो उन्हें ही टक लगाए देखती रह जाती। दो-तीन दिन तक ये सिलसिला चला। बाकी रोजमर्रा के काम भी वैसे ही चल रहे थे। बच्चे स्कूल जाते। खेलने जाते। वो उनका होमवर्क करवाती। एक दिन काव्या की नोटबुक पलटकर देख रही थी कि उसने होमवर्क किया है या नहीं। वहाँ जो लिखा देखा, लगा बिजली की नंगी तार छू ली हो।

काव्या ने लिखा था-

'मैं मरना नहीं चाहती।

मैं जीना चाहती हूँ।

खूब बड़ी होना चाहती हूँ।

और पूरी दुनिया को बताना चाहती हूँ की मेरी मम्मी कितनी अच्छी है।

कितनी तकलीफ झेलकर उसने हमें बड़ा किया है।

पर भैया तो मरने को तैयार है।

फिर मैं क्या करूँ।

लेकिन मेरा मरने का मन नहीं है।'

ये पढ़कर तो एक सनाका खींच गया। तीसरी में पढ़ने वाली सात साल की छोटी-सी सौम्या की लिखी इन बड़ी-बड़ी बातों ने उसे चौंका दिया।

शर्म से सर झुक गया उसका। खुद को धिक्कारा, "इतनी छोटी-सी बच्ची ने हिम्मत नहीं हारी। दुनिया का सामना करने को तैयार है और वो उनकी हिम्मत बनने की बजाय उनकी कमजोरी बन रही है। लानत है उस पर। उसने ऐसा सोचा भी कैसे?" बेहद ग्लानि हो आई और बिटिया की लिखी ये चंद पंक्तियाँ जैसे मोटी रस्सी बन उसे डिप्रेशन के गहरे कुएँ से एक झटके में बाहर खींच लाईं।

उस नोटबुक को हाथ में लिए लिए ही, उसने निर्णय ले लिया, "अब और नहीं। अब इस जहरीले वातावरण में वो अपने बच्चो को साँस नहीं लेने देगी। वो उन्हें ले कहीं दूर चली जाएगी। जहाँ इस राजीव जैसे दुष्ट राक्षस की छाया भी उन पर ना पड़ सके। पर कहाँ जाएगी? सोच में पड़ गई। लड़कियों का तो कोई अपना घर होता नहीं। एक शामियाना मिलता है ठहरने को। माता-पिता के घर में भी जब तक रहो, पराये बन कर। 'बेटियाँ तो पराई होती हैं' और 'एक दिन पराये घर जाना है' जैसे जुमले सुनते ही तो लड़कियाँ बड़ी होती हैं। हर वक्त ससुराल का डर दिखाया जाता है- 'ये हाल रहा तो सास क्या कहेगी? ससुराल वाले ताना देंगे। ससुराल में क्या ऐसे ही ठाठ होंगे?' और जब ससुराल में जाओ तो वहाँ हर वक्त दूसरे ताने।

'माँ ने क्या यही सिखाया है', 'माँ के घर से यही सीख कर आई हो', 'तुम्हारे यहाँ ऐसे होता होगा, हमारे घर में नहीं चलगा', 'ऐसे लक्षण रहे तो मायके बैठना पड़ेगा।'

माँ के घर ससुराल को और ससुराल में माँ के घर को उसका घर बताया जाता है। पर अधिकार तो किसी घर पर नहीं होता। बस शामियाने से तान दिए जाते हैं सर पर। वो भी कांच के शामियाने जो जिंदगी की धूप को संग्रहित कर और भी मन-प्राण दग्ध कर जाते हैं।

नहीं चाहिए उसे अब किसी का भी शामियाना। अपने शामियाने का निर्माण वो खुद करेगी। और जब तक नहीं कर पाती जिंदगी की धूप को सीधा अपने ऊपर झेलेगी। नहीं चाहिए उसे कोई भी सहारा।

वो मेहनत मजदूरी कर लेगी। जो काम मिलेगा करेगी। पर अब राजीव के साथ नहीं रहेगी। न ही भाइयों के पास जाएगी। उसे अब लोगों की भी परवाह नहीं। अपने बच्चों के लिए वो अकेली ही बहुत है।

और जब ये निर्णय ले लिया तो इसे कार्यान्वित करने में देर नहीं की। सीधा मिसेज सिंह के यहाँ गई और बोली, "भैया के यहाँ एक फोन करना है।" पूरी

कॉलोनी में उनके यहाँ ही फोन था। जब खुद हिम्मत करो तो परिस्थितियाँ भी साथ देने लगती हैं। मिसेज सिंह खाना बना रही थीं। उसे कमरे में अकेली छोड़ चली गईं। वर्ना उनके सामने शायद वो इतना खुलकर बात नहीं कर पाती।

भैया ने फोन उठाया। उसने सीधा ही कहा, "भैया। वो बाबूजी वाले घर की चाबी किसके पास है? मुझे वो चाबी चाहिए। मैं बच्चों को लेकर वहाँ जा रही हूँ। अब मुझे राजीव के साथ नहीं रहना है।"

"क्याऽऽऽ आखिर हुआ क्या?"

"आप लोगों को सब पता है। क्या होता आया है और क्या हो रहा है। मुझे वो सब नहीं दुहराना। बस मैंने फैसला ले लिया है। मुझे अब राजीव के साथ नहीं रहना है।"

"राजीव को बताया। वे क्या कहते हैं?"

"मुझे उनकी अनुमति नहीं चाहिए। बाबूजी के घर पर मेरा भी हक है। इसलिए आपसे चाभी माँग रही हूँ। वहाँ कुछ दिन रहूँगी। फिर आप लोग कहेंगे तो अपना अलग इंतजाम कर लूँगी।"

"ऐसा क्यों कह रही है छुटकी। अभी तू गुस्से में है। जा शांति से इस मसले पर सोच। फिर बात करेंगे।"

"नहीं भैया मेरा फैसला अटल है। बहुत पहले ही ये फैसला ले लेना चाहिए था। अब देर से ही सही। पर मैं डिगने वाली नहीं।"

"लो माँ से बात करो।" भैया ने हथियार डाल दिए।

माँ सुनकर चिल्लाने लगी, "हे भगवान, ये क्या कह रही है। कैसे पालेगी तीन तीन बच्चों को। बच्चों की खातिर तो माँ कुछ भी सह लेती है। अभी उनका पूरा भविष्य सामने है।"

"माँ, बच्चों की खातिर ही अलग होने की सोच रही हूँ। ऐसे माहौल में रहकर क्या होगा उनका भविष्य?"

"ना ना जया। ये ठीक नहीं। राजीव भी तो सुधर रहे हैं। बच्चे थोड़े और बड़े जाएँगे तो वे समझने लगेंगे। धीरज रख बेटी। शांति से काम ले। लोग क्या कहेंगे। जो सुनेगा हँसेगा।"

"पहले भी लोग हँसते ही हैं। मुझे इसकी परवाह नहीं।"

"मैं मर जाऊँगी। अगर तूने ऐसा कुछ किया।" माँ ने धमकाया।

"मर जाओ। पर मैं अपने बच्चों को ऐसी अपमानजनक जिंदगी से दूर ले

जाकर रहूँगी।"

उसने भी गुस्से में कह दिया। माँ को इसकी उम्मीद नहीं थी। वे चुप हो गईं और फोन पर ही रोने लगीं।

"माँ ये रोना बंद करो। मैं दूसरे के यहाँ से फोन कर रही हूँ। ज्यादा समय नहीं है मेरे पास।" खीझकर बोली वो।

"पर बच्चों को कैसे पालेगी। मुझे बस यही चिंता है। तेरे सब भाई-बहन भी तो अपनी अपनी गृहस्थी में परेशान है। किसके यहाँ जाएगी।"

"माँ, मैं किसी के पास नहीं जाऊँगी। और अपने दम पर ही पालूँगी और नहीं कर पाई, तो मरना तो आखिरी उपाय है ना। मर जाऊँगी पर मैं अब राजीव के साथ नहीं रहूँगी।"

उसकी दृढ़ता भरी आवाज सुन माँ की आवाज धीमी पड़ गई, "ठीक है। जैसा तू कहे। मैं आती हूँ। बस दो दिन रुक जा। फिर मेरे साथ ही चलना।"

"ठीक है माँ। पर बस दो दिन।" कहते उसने फोन रख दिया।

मिसेज सिंह को धन्यवाद दे। उनसे दो बातें कर बाहर निकल आई। हालाँकि ये खयाल भी आया। आज बाबूजी नहीं हैं। घर खाली पड़ा है इसलिए वो अधिकार से उस घर की चाबी माँग सकी। अगर बाबूजी वहाँ रह रहे होते तो शायद कभी पास आकर रहने की इजाजत नहीं देते। उनके सारे प्यार, स्नेह, दुलार की कठिन परीक्षा होती। शायद ऐसी दुविधा से बचे रहने को ही ईश्वर ने उन्हें अपने पास बुला लिया और बाबूजी को याद कर, आँखें स्वत: ऊपर उठ गईं। ऊपर देखा था तो उस सुहावने दृश्य में खो गई।

शाम ढल चुकी थी। झकोरे की हवा चल रही थी। पेड़ों की शाखाएँ झूम रही थीं। आकाश में बादलों के उतार-चढ़ाव पल-पल रंग बदल रहे थे। कभी नारंगी, कभी गहरे गुलाबी तो कभी सिंदूरी। पक्षी अपने पंख हिला-हिला अपनी नीड़ की तरफ लौट रहे थे। मंत्रमुग्ध हो ये दृश्य निहार रही थी। पहले तो कभी नहीं देखा ये सब। फिर खुद को ही टोका, आज तक तो सर झुकाए जमीन से नजरें लगाए चलती रही। अब से पहले सर उठाकर देखा कब? ऐसा लगा, आकाश ने उसके इस निर्णय के स्वागत में ही ये रंग-बिरंगी छँटा बिखेर रखी है। पेड़ों की शाखाएँ और पक्षी अपने डैने हिला-हिला उसे विदा दे रहे हैं। बहुत देर कर दी उसने। पूरे दस साल तक एक अभिशप्त जिंदगी जीती रही, पर अब और नहीं। अब अपने बच्चों के लिए एक नए सुंदर शांतिपूर्ण घोसले का निर्माण करना होगा उसे।

बीच धार में डगमग करती जीवन कश्ती

घर आकर उसने सामान समेटने में जरा भी देरी नहीं की। ये तय कर लिया था, बस बच्चों के कपड़े, उनकी किताबें, खिलौने और अपने कपड़े के सिवा और कुछ छुएगी भी नहीं। पता नहीं कहाँ की स्फूर्ति भर गई थी तन-मन में। अभी दोपहर तक मन इतना अवसादग्रस्त रहता था कि किसी तरह शरीर को खींचकर बस जरूरी काम भर निबटाती थी। अपने लिए एक ग्लास पानी भी लेना हो तो दस मिनट तक यूँ ही बैठी रह जाती थी। कई बार तो पानी पीना भी टाल ही जाती थी पर अभी तो सारे कमरे में उनके कोने-कतरे में हर जगह से सामान समेट रही थी। बच्चे भी खेलकर आए तो चौंक गए, "माँ हम लोग कहीं जा रहे हैं?"

"हाँ, नानी के यहाँ।" वह बच्चों को मानसिक रूप से तैयार कर देना चाहती थी।

"अहा! मैं तो कित कित खेलूँगी छत पे।"

"मैं तो छत पर पतंग उड़ाऊँगा।"

बच्चे ज्यादा दिन के लिए कभी ननिहाल नहीं गए थे। बस दो बार सप्ताह भर के लिए गए थे। उन्हें वहाँ की छत का बड़ा आकर्षण था। अब तक जहाँ भी सरकारी क्वॉर्टर्स में रहे, वहाँ छत पर जाने की सुविधा नहीं थी। इसलिए बच्चों को बड़ा अजूबा लगता था, नानी के घर।

वह खाना बनाने में लग गई और बच्चे अपनी कल्पनाओं के किले बनाने में।

दूसरे दिन बच्चों के स्कूल गई। संयोग अच्छे थे कि बच्चों के रिजल्ट आए और नए क्लास में गए कुछ ही दिन हुए थे। वहाँ प्रिंसिपल से बात की कि यहाँ अकेले बच्चों के साथ रहना मुश्किल हो रहा है। इसलिए वे बच्चों को यहाँ से लेकर जाना चाहती है और उन्हें स्कूल लिविंग सर्टिफिकेट चाहिए। दो दिन में सारे जरूरी कागजात के साथ उन्होंने लिविंग सर्टिफिकेट देने का आश्वासन

दिया।

शाम तक माँ और भैया भी आ गए।

माँ घर में घूम-घूम कर उसकी तैयारी देखती रहीं और पूछ बैठीं, "तुमने सचमुच तय कर लिया है?"

"हाँ माँ। अब मेरा फैसला बदलने वाला नहीं।"

"पर ऐसा हुआ क्या?"

"क्या तुम्हें नहीं मालूम है? उन सबको दुहराकर, किस्से सुनाकर क्या होगा? तुम्हें अगर नहीं दिखता तो कितने भी किस्से सुना दूँ, नहीं दिखेगा। सीमा दी सिर्फ मुझे नजर भर देखकर ही मेरी हालत समझ गई थी। वो सब जाने दो, माँ। वर्णन करने से कोई फायदा नहीं और तुम मेरी हिम्मत नहीं बन सकती हो तो मुझे अब डराओ मत। बड़ी मुश्किल से मैंने हिम्मत जुटाई है। मुझसे ज्यादा सवाल मत करो। डर है, मैं फिर से कमजोर ना पड़ जाऊँ कहीं।"

"बेटा, हम तुम्हारे दुश्मन नहीं हैं। तुम्हारी भलाई के लिए कह रहे हैं।"

"भैया से पूछती हूँ, चाय लेंगे क्या। तुम्हारे लिए भी बना दूँ?" कहती वो वहाँ से चली गई। माँ से बातें करने का कोई मतलब नहीं था। वे हर संभव कोशिश करतीं कि वो अपनी जिद छोड़ दे।

भैया भी तो जब से आए थे। तब से माथे पर हाथ रखे गुमसुम बैठे थे, जैसे उनके ही सर पर जाकर रहने वाली थी। मन हो रहा था, जाकर कह दे, "भैया, चिंता ना करो। चाहे कुछ भी हो। आप पर बोझ नहीं बनूँगी। ना तो आपको अपनी किसी तकलीफ में कष्ट दूँगी।" पर फिर सोचती, "किसी भी भाई को दुख तो होगा ही ना, चिंता होगी ही। और भैया ने तो माँ की तरह इतना डिटेल में कभी सुना भी नहीं कि उस पर क्या-क्या गुजरती रही है। फिर भी उन्हें अंदाजा तो है ना। तो उसके इस निर्णय से इतने परेशान क्यों दिख रहे हैं?"

जब चाय लेकर गई तो भैया ने इतना ही पूछा, "राजीव जी के आने के बाद ही जाओगी ना।"

"हाँ भैया। मैं कोई चोरी-छुपे नहीं जाना चाहती। मैं उन्हें बताकर जाऊँगी। उनके सामने जाऊँगी।" कहना चाहती थी, "कई बार उन्होंने निकाला है घर से। पर अब खुद उनके सामने उनका घर छोड़कर जाना चाहती हूँ।" पर भैया का गमगीन चेहरा देख, कुछ कहने की हिम्मत नहीं हुई।

लेकिन राजीव के आने के बाद जाने की बात सुनते ही भैया सीधा होकर

बैठ गए। जैसे उन्हें उम्मीद की किरण नजर आ गई हो कि शायद उनके आने पर बात बन जाए।

भैया उत्साह में भरकर बोले, "मैं उनकी पोस्टिंग पर जाकर उनसे मिल आऊँ?"

"नहीं, बिल्कुल नहीं। कल शनिवार है, वे आ ही जाएँगे। तब जो कहना हो कह लीजिएगा।" वो राजीव को पहले से सँभलने का कोई मौका नहीं देना चाहती थी। पता नहीं कौन-सी चाल चल देते और भैया को कौन-सा पाठ पढ़ा देते।

भैया ने फिर से निढाल हो, कुर्सी की पीठ से सर टिका दिया। एक बार उनकी हालत देख, उसका मन भर आया। उसकी वजह से कितने परेशान हैं वे। पर दूसरे ही पल खयाल आ गया। और उसने जो इतने साल पल-पल जो कुछ भी झेला है, उसका क्या। फिर सर झटक दिया। अब ये सब सोचने का वक्त नहीं है। उसे कितना कुछ सँभालना है।

***

घर के अंदर कदम रखते ही राजीव की नजर भैया और माँ पर पड़ी। एक पल को तो उनकी भृकुटी चढ़ गई। पर दोनों को गंभीर बने सर झुकाए देख। उन्हें कुछ आभास हो गया। एकदम से पैंतरा बदलकर बोले, "अरे! आप लोग कब आए। एकदम अचानक।" और उनके पैरों पर झुक गए। माँ तो एकदम गदगद हो गईं। उड़ती नजर से उसे भी देख लिया। जैसे कह रही हों, "तुम्हें क्या शिकायत है। इतना संस्कारी तो है।" उसने नजर घुमा ली।

भैया ने अस्फुट से स्वर में कहा, "कल आए हम लोग।"

फिर राजीव उसकी तरफ मुड़कर बोले, "अरे! किसी से खबर करवा देतीं। हम कल्हे चले आते।"

इस बार भैया ने सर उठाकर उसकी तरफ देखा। जैसे कह रहे हों। सब कुछ तो इतना सहज है। फिर वो ऐसा फैसला क्यों ले रही है?"

"जरा चाय-वाय पिलाइए और कुछ खिलाई हैं कि नहीं भैया को। पकौड़ी बनाइए तनिका।" राजीव उसे वहाँ से टरका देना चाहते थे। ताकि उसके पीछे में भैया, माँ से बातें कर सकें। इन दोनों की मुखमुद्रा से जो मजबूरी झलक रही थी इसका उन्हें खूब आभास हो गया था।

पर अब वो उनकी कोई चाल कामयाब नहीं होने देने वाली थी। दोनों हाथ सामने बाँधे खड़ी रही और राजीव की आँखों में सीधा देखते हुए बोली, "मैंने इन्हें

यहाँ बुलाया है। और अब मैं घर छोड़कर जा रही हूँ हमेशा के लिए।"

"आँय! का कह रही हैं आप?" राजीव ने कुछ ना समझने का नाटक किया।

"मैं अब बच्चों के साथ आपका घर हमेशा के लिए छोड़कर जा रही हूँ।" एक-एक शब्द पर जोर देते हुए वो बोली।

"ई का गजब कह रही हैं, भाई। का हो गया?" राजीव खड़े होकर उसकी तरफ बढ़े।

वो दो कदम पीछे हट गई और बोली, "जो सब होता रहा है। आप भी जानते हैं और हम भी और मेरे माँ और भैया भी। वो सब दुहराने का कोई मतलब नहीं है।"

अब राजीव माँ और भैया की तरफ मुड़े, "आप लोग समझाइए ना इन्हें। ई का कह रही हैं। माथा घूम गया है का इनका। हमको बच्चों से अलगकर देना चाहती हैं।"

मन हो रहा था। काव्या को उठाकर फेंकने वाली, सौम्या का इलाज नहीं करवाने वाली सारी बातें कहकर पूछे कि आपको कितना प्यार है बच्चों से? पर उसे पता था, राजीव सफाई देने लगेंगे और माँ भैया भी उसका जस्टिफिकेशन ढूँढने लगेंगे। फिर कहीं से उसकी गलती ही निकाल देंगे। राजीव के हाथ उठाने की बात को कितनी बार ये लोग, छोटी-सी बात ठहरा, रफा-दफा करते हुए कह चुके थे, "ऊ ब्लडप्रेसर बढ़ जता है। हर आदमी बर्दास्त नहीं कर पाता है।"

जब एक बार माँ को बताया कि गलती से उसने पाँच की जगह चार रोटी दे दी थी और राजीव ने थाली उठाकर फेंक दी थी कि उसको आधा पेट खिलाना चाहती है, तो माँ का तर्क था, "ऊ गलतफहमी हो गया ना उनको। उनको लगा कि तुम जान-बूझकर चार रोटी दी हो।"

माँ को ये नहीं लगा कि वे एक रोटी और माँग भी तो सकते थे। तो इन लोगों के सामने कुछ भी कहने से क्या फायदा। बस तमाशा ही होगा। वो चुप रही तो राजीव का नाटक और बढ़ गया, "अब तनी मनी कहा-सुनी कौन मियाँ-बीवी में नहीं होता है। इसका मतलब ई थोड़े ही है कि घर छोड़ दिया जाए। जाइए जाइए माथा ठंडा कीजिए और चाय बनाइए।"

"हम ठंडे माथे से ही ये निर्णय लिए हैं। और अब आपके साथ रहना मेरे बस की बात नहीं है।"

माँ, भैया तो सर झुकाए बैठे ही थे। राजीव भी सर पकड़कर बैठ गए। वो अपराधिनी-सी खड़ी थी, जैसे उसने ही इन लोगों को कोई बड़ी सजा सुना दी हो।

थोड़ी देर में राजीव के कंधे हिलने लगे और वे सुबुक-सुबुक कर रोने लगे। जैसा तब रोते थे जब उन पर पुलिस केस हो गया था।

माँ हड़बड़ाकर अपनी जगह से उठीं, "अरे मेहमान का हो गया। ऐसे मन छोटा मत कीजिए।"

अब ये सब देखना उसके बर्दाश्त के बाहर हो गया। वो वहाँ से हटकर अपने बच्चों के पास चली आई।

थोड़ी देर बाद माँ आईं, "अरे चाय नहीं बनाई? मेहमान का माथा दुखा रहा है।"

उसने चुपचाप चाय बनाकर दे दी।

जब रात में माँ ने फिर से समझाने का प्रयास किया तो उसने राजीव की वो सारी हरकतें बता दीं कि कैसे काव्या को उठाकर फेंक दिया था। उसकी किस्मत थी कि ड्राइवर बीच में आ गया। कैसे सौम्या का इलाज उसे गहने बेचकर करवाना पड़ा। घर से बाहर निकाल देना, चीजें तहस-नहस करना रोज की बात है। और बच्चों से प्यार का दावा कर रहे हैं। एक बार रूद्र पढ़ाई में मन नहीं लगा रहा था तो उसने उसे डाँट दिया, "नहीं पढ़ोगे तो पापा के पास भेज दूँगी। वहीं रह के पढ़ना।" वो लड़का इतना सुनते ही बेहोश हो गया। तो ये कैसा प्यार है उनका कि बच्चे उनके पास रहने की बात से ही बेहोश हो जाते हैं। इतना आतंक छाया हुआ है उनका बच्चों के मन पर। उनके साथ रहकर एक सामान्य जीवन कभी नहीं जी पाएँगे वो। माँ चुप रहीं, क्या कहतीं। बस इतना बोलीं, "बहुत थक गई हूँ। नींद आ रही है।"

दूसरे दिन भी भैया-माँ के सामने, राजीव का नाटक जारी रहा। सौम्या को गोद भी उठा लिया। बिना 'गंदी मम्मी' का पाठ दुहरवाए रूद्र और काव्या को टॉफी भी दे दी। रूद्र तो आश्चर्य से कभी हथेली पर पड़ी चॉकलेट कभी उनका चेहरा देखता रह गया। जब भैया और माँ चुप रहे और उसने सामान सहेजना नहीं छोड़ा तो राजीव ने दूसरी चाल चली, "ठीक है, जाइए। बहुत दिन से नैहर नहीं गई हैं। मन उबिया गया है आपका। जाइए कुछ दिन घूम फिर के माथा ठंडा हो जाएगा तो चली आइएगा। जाइए कौनो बात नहीं। रह लेंगे हम कुछ दिन अकेले। बच्चा सबका त बहुत याद आएगा। हियाँ अईबे नहीं करेंगे। पोस्टिंग पर

ही पड़े रहेंगे।"

"हम एक ही बात कितनी बार दुहराएँ। हम हमेशा के लिए जा रहे हैं।" कुछ जोर से बोली वो। तो भैया बीच में आ गए, "ठीक है ना। कह तो रहे हैं जाओ। चलो। चलो अब क्यों गुस्सा हो रही हो। शांति से चलो, अभी। बाद की बाद में देखी जाएगी।" उन्हें भी शायद राजीव की बात से बल मिल गया था कि शायद कुछ दिन रहकर वो वापस लौट आएगी।

"हाँ, हम भी तो इहे चाहते हैं। इनके मन को शांति मिल जाए। पईसा ले लीजिएगा। अ जरूरत होगा। त खबर करिएगा और भेज देंगे। बस आप खुश रहिए।"

राजीव का यह दोहरा रूप देखकर मन वितृष्णा से भर उठा। वो हाथ का काम अधूरा छोड़ दूसरे कमरे में चली गई। पर मन-ही-मन इस प्रण को दुहराया कि वो अब इस नरक में नहीं लौटने वाली।

***

जाते समय भी राजीव स्टेशन तक छोड़ने आए। बच्चों को टॉफी-बिस्किट खरीद कर दिया। माँ, भैया और जीवन में पहली बार उसके लिए भी चाय लेकर आए। माँ का मन पिघला जा रहा था। बस आँचल से आँसू पोंछने की ही कमी थी। यहाँ ये तीनों ऐसा व्यवहार कर रहे थे कि उसकी किसी नासमझी भरी जिद को वे लोग बड़ी समझदारी से पूरा कर रहे हैं।

माँ के घर पहुँचते ही, आँचल कमर में खोंस कर झाड़ू उठा काम में लग गई। बच्चे भी शोर मचाते खिलखिलाते हुए आँगन में छत पर दौड़ लगाने लगे। बच्चों की इतनी निश्चितता भरी हँसी उसने पहले नहीं देखी थी। अपने घर में शोर मचाते, शैतानियाँ करते भी एक सहम-सी व्याप्त रहती थी। कब पिता आएँ और उन पर बरस पड़ें।

भैया तो दूसरे दिन सुबह-सुबह ही वापस लौट गए। जब उसने माँ से कहा कि बच्चों का थोड़ी देर ध्यान रखे। वो स्कूल में बात करने जा रही है तो माँ चौंक पड़ी, "अरे का सचमुच सोच ली हो। नहीं लौटोगी वापस?"

"और क्या माँ, मैंने तो सब बता ही दिया था।"

"इतना जल्दी क्या है। कुछ दिन रुक जाओ, फिर जाना स्कूल।" माँ को अभी भी उम्मीद थी। वो अपना फैसला बदल लेगी।

"ना माँ। बच्चों का जितना कम नुकसान हो पढ़ाई का उतना अच्छा। आज

से ही स्कूल में बात करना शुरू कर देती हूँ।"

माँ को कुछ और कहने का मौका दिए बिना, वो बाहर निकल गई।

बच्चों के नंबर अच्छे थे। ड्राइंग, खेल-कूद में कई सर्टिफिकेट भी मिले थे। उसके मनपसंद स्कूल में एडमिशन मिलने में दिक्कत नहीं हुई। पर उन लोगों ने टेस्ट लेने के लिए बुलाया। उसे पता था ये महज औपचारिकता है। खुशी-खुशी घर लौटी। बच्चे नए स्कूल के नाम पर बड़े उत्साहित थे। पर माँ निराश हो गईं। कुछ बोली नहीं। दूसरे कमरे में चली गईं। वो बच्चों को पढ़ाने बैठ गई। उन्हें जरूरी पाठ का रीविजन करवाने लगी। जब खाना के लिए माँ को बुलाया तो माँ ने कह दिया, "तबियत ठीक नहीं।"

हताश हो गई वो। उसे कभी भी चैन नहीं मिलनेवाला। अब माँ की खुशामद करो। किसी तरह माँ को मना कर एक रोटी खिलाई पर माँ का मुँह फूला ही रहा।

दूसरे दिन माँ ने फिर से एक बार समझाने की कोशिश की। जब उसने सख्ती से मना कर दिया तो माँ का पल्ला आँखों से जा लगा। एक क्षण को बेबस हो गई पर फिर दिल को कठोर किया और सौम्या को उनकी गोद में डाल बोली, "देख, नानी को जरा भी परेशान किया तो आकर बहुत पिटाई करूँगी। बिल्कुल तंग नहीं करना उन्हें। समझी?"

माँ ने सौम्या को गोद में समेटते हुए कहा, "बहुत आई हैं इसकी पिटाई करने वाली इसकी नानी जिंदा है अभी।" सुकून आ गया दिल को। मन हुआ आगे बढ़कर माँ के गले से लग जाए। पर रूद्र और काव्या, माँ और नानी की ये नोंक-झोंक बड़े ध्यान से देख रहे थे और खी-खी करके हँस रहे थे। डपटा उन्हें, "चलो चुपचाप और सब ध्यान से लिखना वहाँ।"

खुद पर ही आश्चर्य हो रहा था। इतना सब कुछ इतनी सहजता से वो कैसे कर पा रही है? उसे अपनी अंदर छुपी शक्ति का ही अंदाजा नहीं था। घर का काम भी कर रही है। बच्चों को भी सँभाल रही है। बाहर के भी काम निबटा रही है। अब विश्वास हो गया था। इतना मुश्किल नहीं होगा ये सफर। जीवन के झंझावात के बीच आराम से वो खे ले जाएगी अपनी कश्ती।

बच्चों के टेस्ट के परिणाम संतोषजनक थे। पर एडमिशन फीस, बच्चों के स्कूल यूनीफॉर्म, उनके टेक्स्ट-बुक सबका खर्चा जोड़ा तो उसके होश उड़ गए। इतने पैसे तो उसके पास नहीं थे। घर पर जब माँ ने उसे सोच में निमग्न देखा तो कहीं उनके चेहरे पर एक संतोष की लहर कौंध गई। उन्हें लगा बच्चे टेस्ट में

सफल नहीं हुए और अब उन्हें वहाँ एडमिशन नहीं मिलेगा।

पर जब उसने सच्चाई बताई तो बोलीं, "ये तो पता ही था। आखिर पैसे तो चाहिए ही और पैसे तो हर महीने ही चाहिए होंगे। फिर घर का खर्चा है। सौम्या बड़ी होगी। उसका भी खर्चा होगा। चलो पिताजी के पेंशन से कुछ तो सहायता होगा। पर पूरा खर्चा तो नहीं निकलेगा। इसीलिए कह रहे थे ना, सब अच्छी तरह सोच लो। तीन-तीन बच्चों की जिंदगी का सवाल है। इसीलिए एक औरत का घर से पैर निकालना मुश्किल होता है। अभी भी कुछ बिगड़ा थोड़े ही है। मेहमान तो कहे ही हैं। कुछ दिन मन बदल के चले आना। चलो तुमको भी पता चल गया। इतना आसान नहीं है, अकेले के दम पर जीना। चलो तुम आराम करो। कितने दिन से हैरान हो रही हो। हम खाना बनाते हैं।"

वो गंभीर सोच में डूबी रही। खाने के समय माँ ने फिर जिक्र छेड़ा तो उसने कह दिया, "माँ, मैं वापस जाने वाली नहीं हूँ। सोच रही हूँ पैसे का इंतजाम कैसे करूँ?"

"भैया-दीदी लोग से कहोगी?" माँ ने धीरे से पूछा।

वो कुछ देर सोचती रही। फिर बोली, "नहीं माँ, उसी से कहूँगी, जिसकी जिम्मवारी हैं ये लोग। इनकी पढ़ाई का पैसा तो उनको देना ही पड़ेगा।"

और उसने देर नहीं की, उसी समय एक चिट्ठी लिखी और सुबह ही पोस्ट कर दिया। स्कूल से एक हफ्ते का समय ले लिया था और इंतजार करने लगी। राजीव का एक लाइन का जवाब आया, "अगर वापस नहीं लौटेंगी तो एक पैसा नहीं दूँगा।"

उसने माँ से कुछ भी नहीं कहा और अपने कंगन बेचकर बच्चों की फीस, उनकी किताबों और यूनिफॉर्म का इंतजाम किया। खुद के लिए भी नौकरी ढूँढने लगी। उसे घर के पास के ही स्कूल में शिक्षिका की नौकरी मिल गई। पर पता था सिर्फ उसके वेतन से ये सारे खर्चे पूरे नहीं हो पाएँगे। और राजीव को भी, वो यूँ उनकी जिम्मेवारियों से मुक्त नहीं करना चाहती थी। उसने पुराने कागजात निकाले। जिसमें वो पुराना शिकायती पत्र था। जिसमें उसने ससुराल वालों के अत्याचार की बात लिखी थी। इन लोगों का आश्वासन पत्र भी कि अब वे ऐसा नहीं करेंगे। सबकी प्रतिलिपि उसने इतने दिनों सहेज कर रखी थी। राजीव ने शुरू में पूछा भी था तो उसने कह दिया था कि वो सब तो उसने कब का फाड़कर फेंक दिए।

इन पत्रों के साथ एक नई चिट्ठी लिखी। जिसमें राजीव के इतने दिनों के जुल्म की दास्तान लिखी। ये भी लिखा कि उनकी धमकी की वजह से पुलिस की नियमित पूछताछ के बावजूद वो कहती रही कि 'सब ठीक है'। पर अब वो उनके साथ नहीं रहना चाहती। लेकिन राजीव बच्चों की पढ़ाई का भी खर्च नहीं दे रहे। उन पर बच्चों की शिक्षा के पैसे देने का दबाव डाला जाए नहीं तो फिर उसे पुलिस में शिकायत करनी पड़ेगी।

और ये सब एक बड़े से लिफाफे में डालकर उसने उस जिले के कमिश्नर को भेज दिया, जहाँ राजीव पोस्टेड थे।

राजीव को कमिश्नर के ऑफिस में बुलाकर जवाब-तलब किया गया।

बदले में राजीव ने चपरासी के हाथों एक लाइन की एक चिट्ठी भेजी कि वे तलाक चाहते हैं। और अब फैसला कोर्ट में ही होगा।

जीवन की ये तल्खियाँ, ये दुश्वारियाँ

धीरे-धीरे शहर में बसे रिश्तेदारों को पता चलने लगा था। और वे जैसे उसके मरे हुए रिश्ते की मातमपुर्सी के लिए आने लगे थे। चेहरे पर थोड़ा दुख छिड़के, आँखों में चिंता का सुरमा लगाए, आवाज में इतनी सहानुभूति घोल कर बोलते कि उसका मन होता उनके मुँह पर ही दरवाजा बंद कर दे। उसे खुद की चिंता नहीं थी। वो तो यह सब मान कर चल रही थी कि इन स्थितियों से दो-चार होना ही पड़ेगा पर उसे चिंता बच्चों की होती। वे लोग बच्चों को ऐसे घूरतीं और इतनी दया दिखा, उनके सर पर हाथ फेरतीं, जैसे अनाथ हो गए हों वे। अब असलियत सबको पता चल गई थी कि कितने जुल्म सहे थे उसने। इन सबका भी खूब बखान करतीं, "ना-ना। ई मारपीट सब शरीफ घर में होता है कहीं! कैसा खानदान में जया का बियाह कर दीं। कुछ पता-उता लगाना था ना।" और फिर उसे ऐसी हिकारत भरी नजरों से देखतीं जैसे अच्छा ससुराल ना मिलने में उसकी ही कोई गलती हो।

बातों-बातों में ये भी कह जातीं, "बच्चों के लिए तो सब सहना ही पड़ता है। औरत का तो जनम ही त्याग के लिए होता है।" मानो, उसने अपने सुख-चैन के लिए बच्चों से उनके ऐशो-आराम की जिंदगी छीन ली हो। उसे डर लगता, बच्चों के कच्चे दिमाग में ये सब बातें जाएँगी तो सच में कल को वे उसे ही ना दोषी समझने लगें। भावनाओं को भी लोग भौतिकता के तराजू पर ही तौलते हैं। रोज बच्चे हिंसा के शिकार हों या फिर अपनी आँखों के सामने हिंसा घटित होते हुए देखें। समाज को सब मंजूर होता है, बस दो रोटी, तन ढकने को कपड़े और सर पर छत की एवज में।

बहने भी मिलने आईं पर थोथी सहानुभूति के लिए नहीं। उनका मन सचमुच व्यथित था। अपनी सामर्थ्य भर सहायता करने की भी कोशिश की। उसकी सीमा

दी के दो बेटे ही थे। उन्होंने कह दिया, "काव्या की पूरी जिम्मेवारी मेरी। मेरी कोई बेटी नहीं, अब ये मेरी बेटी है। उसकी पढ़ाई-लिखाई, कपड़े-लत्ते सब मैं खरीदूँगी।" और उसे बुरा ना लगे इसलिए यह चुहल भी की, "देखना, कन्यादान भी मैं ही करूँगी। फिर तुम अपना हक मत जताने लगना।"

वो हँसकर रह जाती।

सीमा दी ने काव्या के लिए नई फ्रॉक, जूते, हेयरबैंड सब खरीदे और साथ में रूद्र और सौम्या के लिए भी। जया समझ रही थी, सीमा दी उसकी मदद भी करना चाहती हैं और उनकी ये भी मंशा है कि उसे पता भी ना लगे।

बहनों को भी इतने दिनों बाद यूँ मायके में आकर रहना अच्छा लग रहा था। उसकी शादी के बाद ही माँ, भैया के पास चली गई थीं और बहनों का इकट्ठे यूँ इत्मीनान से कुछ दिन बिताना छूट ही गया था। जब सारी बहने शाम को छत पर या देर रात गए आँगन में चारपाई पर लेटे बातें करतीं तो लगता ये बीच के साल छलांग लगा कहीं दूर चले गए हैं। और उनके वही पुराने स्कूल-कॉलेज वाले दिन लौट आए हैं। जब किसी चीज की कोई चिंता फिकर नहीं थी। जिंदगी के डरावने अंधकार से साबका नहीं पड़ा था। सब कुछ स्वच्छ, सहज और सुंदर लगता। चाँदनी अपनी शीतलता से नहलाती हुई-सी और ठंडी हवा सहलाती हुई-सी लगती थी।

उसकी बहने यही थीं तभी कोर्ट से राजीव द्वारा फाइल किए गए डिवोर्स के कागजात मिले। अब उसे भी एक वकील चाहिए था। रीता दी ने अपने जेठ से बात की जो एक क्रिमिनल लायर थे। उन्होंने फैमिली कोर्ट का एक वकील ठीक कर दिया। वकील के पास सारी बातें दुहराते हुए उसे फिर उसी अंगार पर चलने जैसा महसूस हुआ। जो पैर की जगह हृदय दग्ध करते जा रहे थे पर सब कुछ बताना भी जरूरी था। कोर्ट से तारीख मिलने का इंतजार करते दिन बीतने लगे। वकील ने बताया था, बच्चों को भी कोर्ट ले कर जाना पड़ेगा। अपने बच्चों के मासूम चेहरे देखती और एक ठंडी साँस निकल जाती उसकी। इतने छोटे बच्चों को जिंदगी का कितना क्रूर रूप देखना पड़ेगा। इस उम्र तक उसने कोर्ट का मुँह नहीं देखा और उसके ये नन्हे बच्चे इतनी जल्दी जिंदगी की तल्खियों से दो-चार होने लगे। फिर मन को दिलासा देती। आँख खोलते ही तो इन लोगों ने जिंदगी का विकृत रूप ही देखा है। उसकी कोशिश तो ये है कि दुनिया का एक खुशनुमा रूप भी देखें वे।

दोनों भाइयों की भी चिट्ठी आती। उन लोगों ने फोन लगवाने के लिए कहा था और उसके पैसे देने की पेशकश की थी। दोनों भाइयों ने इस बात को जोर देकर लिखा था कि "माँ की उम्र हो गई है। उन्हें चिंता लगी रहती है। फोन होगा तो उनका हाल-चाल मिलता रहेगा"। उसके मन में एक टीस-सी उठी। सिर्फ माँ की चिंता। यहाँ वो तीन बच्चों को लेकर अकेली है। उसकी चिंता की बात नहीं करते? क्या वे लोग अब भी यही समझते हैं कि उन लोगों ने उसकी शादी कर दी। अब वो राजीव की जिम्मेवारी है? और अगर वो राजीव को अपनी जिम्मेवारी सौंपने से इनकार कर रही है तो फिर खुद अपना ध्यान रखे। फिर सर झटक देती, इतनी छोटी-छोटी बातें सोचेगी तो जीना मुश्किल हो जाएगा। आखिर फोन लग जाएगा तो फायदा उसे भी तो होगा। वो बाहर भी रहेगी तो अपने बच्चों का हाल-चाल लेती रहेगी। भाइयों को ये सब कहना नहीं आया होगा। वर्ना फोन उसके काम ही ज्यादा आएगा।

और उसने माँ से कहा, "माँ पड़ोस वाले शर्मा जी से या फिर सिन्हा साहब के बेटे से कहती हूँ। सारी बातें पता लगा कर बताएँगे कहाँ क्या एप्लीकेशन देना है।"

माँ ने कुछ सोचते हुए कहा, "ना तू मत जाना। मैं ही कह दूँगी।"

वो गौर कर रही थी। कभी भी पड़ोसियों से कुछ कहना हो तो माँ के पैरों में कितना भी दर्द हो, कितनी भी थकान हो, खुद ही जातीं। उसे नहीं जाने देतीं। और उसे ये रहस्य समझ में आया। अब वो अकेली स्त्री है। पति को छोड़कर आई है। उसका यूँ पर-पुरुषों से बात करना ठीक नहीं। चाहे पुरुष पचास साल का अधेड़ हो या पच्चीस बरस का जवान। अब उसके आस-पास उनका प्रवेश वर्जित है। माँ ने दुनिया देखी है। ऊँच-नीच समझती हैं। और नहीं चाहतीं कि उनकी बेटी को लेकर कोई बातें बनाए। इन बातों का ध्यान आते ही वो भी ज्यादा सजग रहने लगी। पहले रास्ते में आते-जाते जान-पहचान के पुरुषों से रुककर दो बातें कर लेती थी। पर अब सर हिलाकर बस नमस्ते कहती और जल्दी से आगे बढ़ जाती। पहले ही क्या कम मुसीबतें हैं कि वो कुछ और को न्योता दे।

वो सुबह जल्दी उठकर घर का सारा काम करती। फिर स्कूल जाती। स्कूल से आकर फिर बच्चों को पढ़ाना, उनके काम। शाम होते ही बदन, थकान से टूटने लगता पर नींद आँखों से कोसों दूर रहती। क्या फैसला करेगा कोर्ट? बच्चे कहीं उससे दूर तो नहीं कर दिए जाएँगे? रात में कई बार आँख खुल जाती। पसीने से

नहा उठती। सपने में देखा होता, रूद्र और काव्या को राजीव खींचकर ले जा रहे हैं और वे दोनों बच्चे उसकी तरफ हाथ फैलाए बिलखते जा रहे हैं। दोनों बच्चों को कलेजे से लगा लेती पर उसकी बाकी की नींद उड़ जाती।

उसने निश्चय किया। उसे और पैसे कमाने होंगे। ये बताना होगा कि वो अपने बच्चों की देखभाल करने में सक्षम है। स्कूल में वो किसी से ज्यादा से बातें नहीं करती थी। एक पत्रिका या कोई किताब हमेशा हाथ में लिए होती। क्लासरूम में पढ़ा कर आती और स्टाफरूम में अपनी पत्रिका में सर छुपा बैठ जाती। फिर भी बाकी टीचर्स स्त्री-पुरुष दोनों, बात करने की कोशिश नहीं छोड़ते। उनके तमाम सवालों के जवाब में उसने यही बताया था कि पति का ट्रांसफर एक छोटी जगह पर हो गया है, वहाँ अच्छे स्कूल नहीं हैं। इसलिए वो बच्चों को लेकर यहाँ है। घर में बोर होती है। इसलिए नौकरी कर रही है।

पर उन सबको कहीं-ना-कहीं से उसकी वास्तविक स्थिति की खबर थी। वे लोग बस उसे घूरते रहते। कभी उसकी तरफ मुखातिब हो कुछ पूछते तो हाँ ना में जवाब दे, वो फिर से पत्रिका में सर गड़ा देती।

एकाध पुरुष शिक्षक ने किताबों के सहारे ही दोस्ती बढ़ाने की कोशिश की, "आपको किताबों-पत्रिकाओं का शौक है। मेरे पास बहुत सारी किताबें हैं। आपके लिए ला दूँगा।"

"थैंक्स, पर मेरे घर में एक लाइब्रेरी है। पहले तो वो ही सारी पढ़ लूँ।"

"अच्छा। तो आप हमारे लिए ही ला दिया कीजिए। हमें भी पढ़ने का बहुत शौक है।" तू डाल डाल तो मैं पात पात के तर्ज पर वे कहते।

"बाबूजी की जमा हुईं किताबें हैं। माँ उनको लेकर बहुत पजेसिव है। किसी को नहीं देने देती। सो सॉरी।" वो उनकी सारी चालें निरस्त कर देती। पर भीतर से बेतरह डर जाती। अभी तो उसने नौकरी शुरू ही की है। कैसे सामना कर पाएगी राह में निरंतर आने वाले इन झंझावातों का।

प्रिंसिपल एक सहृदय महिला थीं। उनसे उसने असलियत नहीं छुपाई थी। उन्होंने अफसोस भी किया था कि वे उसकी ज्यादा मदद नहीं कर पाएँगी, ज्यादा वेतन नहीं दे पाएँगी। क्योंकि वो बी.एड. भी नहीं है और उसके पास पढ़ाने का कोई अनुभव भी नहीं है। हाँ, वो चाहे तो उसे कुछ ट्यूशन दिला सकती हैं। उस वक्त तो उसने ट्यूशन के लिए हाँ नहीं कही थी। उसे लगा था, स्कूल के बाद ट्यूशन भी करने लगी तो अपने बच्चों को कब समय दे पाएगी? पर अब पैसों

की वजह से उसने प्रिंसिपल साहिबा से बात करने की सोची। उन्होंने ट्यूशन दिलवाने का आश्वासन दिया और एक सुझाव दिया कि एक प्रायवेट बैंक खुला है। उसमें वो चाहे तो नौकरी कर सकती है। अच्छे पैसे मिलेंगे।

एक दिन स्कूल के बाद उसे साथ लेकर गईं और बैंक के चेयरमैन से मिलवा दिया। उसने उनसे साफ कह दिया कि उसके पास बैंक से संबंधित कोई क्वॉलिफिकेशन नहीं है। उसे अकाउंट वगैरह रखने की कोई जानकारी नहीं है।

चेयरमैन ने बताया कि उनके पास एक पोस्ट 'बिजनेस डील' की है। बैंक वाले पेड़ लगवाते हैं, फिक्स डिपोजिट की तरह। और दस साल का एग्रीमेंट होता है। वो बतौर एजेंट काम कर सकती है। वे लोग एक अपार्टमेंट भी बनवा रहे हैं। जिसमें उसे फ्लैट की डील करनी होगी। जमीन की लोकेशन दिखाने जाना होगा। इन्सटॉलमेंट की जानकारी देनी होगी। बुकिंग करनेवालों की फाइल तैयार करनी होगी। बुकिंग करके रसीद वगैरह काटना ये सारे काम उसके जिम्मे होंगे।

उसे खुद पर इतना भरोसा था कि ये सब तो कर ही लेगी। वेतन की बात पर चेयरमैन ने कहा कि वे बहुत ज्यादा तो नहीं दे पाएँगे पर पाँच हजार तक देंगे। और फिर उसका काम देखते हुए बढ़ा देंगे। मुस्कुराते हुए उन्होंने ये भी जोड़ा, "बैंक के कई कर्मचारियों की तनख्वाह इतनी भी नहीं है। वे उसे ज्यादा ही दे रहे हैं।" एक बजे के बाद बैंक का काम सँभालने की बात भी आसानी से मान गए।

एक पल को उसका जी धक्क से रह गया कहीं उसकी क्वॉलिफिकेशन, उसका अकेले होना। उसकी उम्र और उसका चेहरा तो नहीं। पर फिर मन को दिलासा दिया, कोई नहीं। वो अपना काम इतनी मेहनत और ईमानदारी से निभाएगी कि अपने वेतन को सार्थक सिद्ध कर देगी।

दुविधा थी तो घर की। अब स्कूल के बाद उसे बैंक जाना पड़ेगा। बच्चे बिल्कुल अकेले रह जाएँगे। पर उसके पास कोई चारा भी नहीं था। बच्चे कुछ जल्दी ही जिम्मेवार बन जाएँगे। पर मन को समझाया। बच्चों को माता-पिता के नाक-नक्श के साथ उनके सुख-दुख भी विरासत में मिलते हैं। जब माँ पर इतनी मुसीबतें टूट रही हैं, तो कुछ हिस्से के भागीदार बच्चे भी बनेंगे ही।

पर कुछ ही दिनों बाद उसे स्कूल की नौकरी छोड़नी पड़ी। बैंक के बाकी कर्मचारी शोर मचाने लगे कि वो तनख्वाह उन जितनी या उनसे ज्यादा ही लेती है पर काम आधे दिन ही करती है। जबकि सच्चाई ये थी कि उसका काम क्लाइंट के आने पर निर्भर था। किसी-किसी दिन तो कोई भी काम नहीं होता। सुबह जाकर

भी वो यूँ ही रजिस्टर भरती रहती या टाइम पास करती। पर उसे उपस्थित रहना पड़ता। उन लोगों का कहना भी जायज था। वो कोई आपत्ति नहीं कर सकती थी।

पर घर के खर्चे भी पूरे करने थे। उसने प्रिंसिपल साहिबा की सहायता से कुछ जगह ट्यूशन पढ़ाना शुरू कर दिया। बैंक से आकर चाय पीती। बच्चों से दो बातें करती और फिर ट्यूशन के लिए निकल जाती। उम्मीद थी कि मन से पढ़ाएगी, बच्चे अच्छा रिजल्ट लेकर आएँगे तो शायद लोग अपने बच्चों को उसके घर पर ही ट्यूशन के लिए भेजने लगें। फिर वो अपने बच्चों की देख-रेख भी कर सकेगी। पर अभी तो उसे खुद को एक अच्छे टीचर के रूप में स्थापित करना था। माँ पर भी काम का कुछ ज्यादा ही बोझ बढ़ गया था। वो भरसक प्रयत्न करती कि सारा काम करके जाए। पर तीन तीन बच्चों की देख-रेख भी अपने आप में एक काम ही था। जबकि रूद्र और काव्या इन कुछ महीनों में ही जैसे कई साल बड़े हो गए थे। अपने बस्ते सँभालते। घर साफ करके रखते, हर चीज अपनी जगह पर रखते। काव्या तो एक नन्ही माँ ही बन गई थी। सौम्या के कपड़े बदल देती। उसे खाना खिला देती। उसे गोद में उठाए डगमग कर घूमती रहती। पर माँ का बड़बड़ाना भी चालू रहता। वो समझती थी माँ की ये उम्र अब बस माला फेरने और चारपाई पर आराम करने की थी। पर वो भी क्या करे। क्या उसकी उम्र यूँ जगह-जगह धक्के खाने की है ? तीन छोटे बच्चों की माँ है वो। और उनके बचपन पर निहाल होने की बजाय वो यहाँ-वहाँ भटक रही थी। पर करे क्या। सबको अपने-अपने हिस्से के दुख झेलने ही पड़ेंगे।

***

राजीव कुछ दिन तो शांत रहे। उन्हें लगा, पैसे भेजने की मनाही कर डिवोर्स सरीखा बम उसके ऊपर फेंक दिया है। उसका वजूद चिथड़े-चिथड़े हो जाएगा और वो उल्टे पैरों दौड़ती हुई उनके शरण में पहुँच जाएगी। पर उसे यूँ अपनी जिंदगी की बागडोर अपने हाथों में लेते देख उनका प्लान मटियामेट हो गया। एक दिन कोर्ट से बुलावा भी आया। वो रूद्र और काव्या को लेकर गई। राजीव पहले से ही अपने कुछ जूनियर्स के साथ मौजूद थे। वो एक किनारे अपने वकील के साथ खड़ी हो गई। रूद्र और काव्या उसका हाथ पकड़े उससे चिपककर सहमे से खड़े थे। काले कोट पहने, पान से होंठ रंगे, ब्राउन रंग की फाइल थामे वकील अंदर-बाहर आ जा रहे थे। आते-जाते उसकी तरफ एक नजर जरूर उछाल देते सब। वो खुद में थोड़ी और सिमट जाती। उन वकीलों के आगे-पीछे लोगों का

हुजूम चल रहा था। कुछ फटे कपड़े, मैली धोती, टूटे चप्पलों में हाथ जोड़, उनकी गुहार लगा रहे थे और वकील उन्हें झिड़के जा रहे थे। वो बच्चों को ऐसे दृश्यों से दूर रखना चाहती थी। पर विवश थी।

करीब दो घंटे खड़े रहने के बाद, वकील ने भीतर से आकर बताया कि तारीख बढ़ गई है। वे लोग चलने को हुए तो राजीव ने अपने पॉकेट से नोटों की एक गड्डी निकाली और बच्चों को दिखाते हुए बोले, "आओ ले लो। इसी के लिए इतना हैरान हो के आए हो ना। पईसा चाहिए ना तुम लोगों को?" इतनी देर से बच्चे खड़े थे, राजीव ने एक बार हाल तक नहीं पूछा था उनका और अब उनके सामने गड्डी लहरा रहे थे। बच्चे भी सब समझ रहे थे। उनकी आँखें जमीन से लग गईं। वे अपनी जगह से नहीं हिले तो राजीव ने कहा, "जाओ जाओ। माएँ के साथ जाओ। देखते हैं, केतना दिन खिलाती है तुम लोग को। मेरे पास ही आना पड़ेगा दौड़ के।"

वो बच्चों को खींचती हुई बाहर निकल आई।

जब भी अपने घर के सामने वाली उस सड़क से गुजरती। सायास अपनी नजरें नीची रखती कि कहीं राजीव के उस घर पर नजर ना पड़ जाए। जिसकी छत पर से पहली बार राजीव ने उसे देखा था और उसकी जिंदगी ही ख्वार कर डाली। अब उस घर में किराएदार रहते थे। जब तक राजीव के साथ थी, कभी किराएदार से उनकी कोई घनिष्ठता नहीं देखी। पर अब जरूर राजीव ने उनसे नजदीकियाँ बढ़ाई होंगी क्योंकि उससे संबंधित हर खबर राजीव को पहुँच जाती।

पहले तो उसकी बहनों के आने की खबर उन्हें मिल गई और राजीव उनके घर जाकर उनसे लड़ आए कि वे लोग तो सुख से अपने परिवार के साथ हैं और उनके परिवार को बिखरने में मदद कर रही हैं। उसे समझाने के बजाय कि उसे अपने पति के पास चले जाना चाहिए उल्टा उसकी सहयता कर रही हैं। उनसे ये गुजारिश भी कर आए कि अब जया अगर उन लोगों के पास किसी मदद के लिए आए तो उसके मुँह पर दरवाजा बंद कर दें। जिस से कोई सहरा ना पा हताश हो वो उनके पास लौटने के लिए मजबूर हो जाएगी।

बहनों ने उल्टा उन्हें ही आड़े हाथों लिया कि अगर वे प्यार से जया को रखते तो ये नौबत ही क्यों आती। किसी अनजान के मुँह पर तो वे लोग दरवाजा बंद कर ही नहीं सकतीं अपनी बहन के साथ ऐसा कैसे करेंगी?

वहाँ से निराश हो अब जिनके यहाँ ट्यूशन पढ़ाने जाती थी, राजीव ने उनसे

संपर्क किया और अपना दुखड़ा रोया कि वो बच्चों के बिना बहुत दुखी हैं। किसी तरह पति-पत्नी का समझौता करवा दें। लोगों को महान बनने का बड़ा शौक होता है। उन महिला ने एक चाल चली। जब वो बच्ची को उसके कमरे में पढ़ा रही थी तो उसे बुलाया कि आपसे कोई मिलने आया है। ड्राइंगरूम में बैठा है।

जया को कुछ समझ नहीं आया। जाकर देखा तो सोफे पर राजीव बैठे मुस्कुरा रहे थे। वो सीधा दरवाजे से निकल गई। वो ट्यूशन भी हाथ से गई। राजीव ने उसके दो और ट्यूशन भी यही कहकर छुड़वा दिए कि आप लोग पैसे नहीं देंगे तो वो हारकर मेरे पास लौट आएगी। सब लोगों को अंदर की सच्चाई नहीं पता थी। और वे राजीव की बातों में आ गए।

राजीव का झूठा अहम् यह गवारा नहीं कर रहा था कि वह उनकी छत्रछाया के बगैर बिना उनकी कोई मदद लिए अपने बलबूते पर बच्चों के पालन-पोषण की जिम्मेवारी उठा रही है। उनके पौरुष को यह एक बड़ी चुनौती थी और उसे वे किसी भी तरह अपनी मदद का मोहताज देखना चाहते थे। रोते-गिड़गिड़ाते, बच्चों का वास्ता देते अपने पैरों पर गिरा देखना चाहते थे। राजीव वे जीव थे कि वे सिर्फ किसी को पैरों तले कुचलकर ही संतुष्ट नहीं होते थे। कुचला हुआ जीव, पैरों तले आधा दब कर बाकी के आधे हिस्से से उनके जूते चूमते रहे, उनकी तमन्ना ये होती थी। पर अब वो उनकी पहुँच से दूर उन्हें खुद को सताने का कोई मौका नहीं दे रही थी और ये बात उन्हें हलकान किए जा रही थी।

एक दिन बैंक में उसके पास इंटरकॉम आया कि एक क्लाइंट आपसे बात करना चाहते हैं। हमेशा की तरह उसने कहा कि भेज दो। वो रजिस्टर पर सर झुकाए कुछ लिख रही थी। किसी के गला साफ करने की आवाज से चौंककर देखा तो सामने राजीव थे। एकबारगी उसकी नसें तन गईं पर खुद को सँभाला। बगल की कुर्सियों पर और लोग भी बैठे थे। उन्हें बैठने को कहा और फिर एक आम क्लाइंट की तरह उन्हें पूरी योजनाएँ समझा दीं। अब राजीव की फरमाइश थी कि उन्हें लोकेशन देखनी है। वो उठकर चेयरमैन के पास गई और कहा, "आज मुझे घर जल्दी जाना है। जरूरी काम है। आप किसी और को इनके साथ भेज दीजिए।"

उसके चले जाने के बाद, पता चला कि राजीव ने सबको बता दिया कि वो उनकी पत्नी है और उनसे रूठ कर, उन्हें छोड़कर चली आई है। उन्होंने चेयरमैन से भी रिक्वेस्ट किया कि उसे काम से निकाल दें।

दूसरे दिन वो बैंक गई तो पाया सबकी निगाहें बदली हुई हैं। सब उसे छुपी निगाहों से देखकर मुस्कुरा रहे हैं। तुरंत ही चेयरमैन का बुलावा आया और उन्होंने सारी बातें बता दीं। साथ ही ये अहसान भी जता दिया कि देखो तुम्हारे पति ने ये ये कहा। पर मैंने बोला, नहीं, मुझे उनके काम से कोई शिकायत नहीं तो मैं कैसे उन्हें निकाल दूँ? ये सब आपका निजी मामला है। मैं उसमें दखल नहीं दूँगा। आपसे कोई तो शिकायत होगी तभी आपको छोड़कर चली आई। फिर आवाज को मुलायम बनाकर कहा, "क्यों जया जी, मैंने ठीक किया ना?"

वो सर झुकाए सब सुन रही थी। इस अचानक आवाज में घुले शहद से चौंक गई। किसी तरह कहा, "हाँ, सर ठीक किया। थैंक्स।" और बाहर चली आई।

ऑफिस की महिलाएँ, पुरुष सब किसी-ना-किसी बहाने उससे सहानुभूति जताने की कोशिश करते। पर वो उन्हें कोई भी जवाब ही नहीं देती। लंच टाइम में टेबल पर लंच करते हुए लोग तलाक का कोई-ना-कोई किस्सा छेड़ देते कि फलाँ महिला अपने पति को छोड़कर चली आईं। या फलाँ पुरुष ने दूसरी शादी कर पहली पत्नी को घर से निकाल दिया। वो सब समझ रही थी। सब बहाने से जानना चाहते थे कि उसके पति को छोड़, अकेले रहने का क्या कारण था? एक पचपन वर्षीय अधेड़ सक्सेना जी हमेशा ललाट पर लाल टीका लगाए रहते और बात बात पे 'जय माँ काली' बोलते रहते।

एक दिन कहने लगे, "क्या जमाना है। आजकल पति-पत्नी साथ नहीं रहना चाहते और मुझे देखिए दो साल हो गए श्रीमती जी को परलोक सिधारे पर मैं आज भी उनकी फोटो अपनी ऊपरी जेब में लिए घूमता हूँ कि वे मेरे दिल के करीब रहें।" उन्होंने तुरंत फोटो निकाल कर उसे भी दिखाई। और फिर ठंडी साँस भर कहने लगे, "श्रीमती जी के जाने के बाद तो मैं सारा ध्यान पूजा-पाठ में लगाने लगा हूँ। सुबह दो घंटे और शाम को चार घंटे ध्यान लगाता हूँ। इतना ध्यान करने से अब तो मुझमें इतनी शक्ति आ गई है कि मंत्र पढ़कर किसी पर फूँक दूँ तो वो मर जाए। किसी की आँख में पाँच मिनट देखता रहूँ तो वो मेरे आगे-पीछे घूमने लगे। पर मैं ये सब करता नहीं। मैं तो बस माँ की भक्ति में मगन रहता हूँ। बस किसी का कुछ भला हो जाए, मेरे हाथों, यही सोचता हूँ। क्यों तिवारी जी, उस दिन देखा था ना उस बच्चे को कितना बुखार था। मेरे हाथ फेरते ही आँख खोल दिया।"

"हाँ महराज। बहुत शक्ति है आपके हाथ में। अपने चेयरमैन साहब भी

काली के बड़े भक्त हैं। हम तो बस आप सबके संगत से ही पुण्य कमा लेते हैं।" ये तिवारी जी थे।

जया सब सुन रही थी पर इस बातचीत का औचित्य नहीं समझ पा रही थी। पर बहुत जल्दी ही इस बातचीत का राज पता लग गया। अब सक्सेना साहब अक्सर किसी-ना-किसी काम से उसे फोन करते पर फोन करने के पहले, फोन में दो-तीन बार फूँक मारते। पहले उसे लगा, शायद उनका फोन खराब है। आवाज नहीं जा रही। पर जब रोज का सिलसिला हो गया वो भी दिन में तीन बार तो उसे खटका हुआ। एक ऑफिसर थीं मंजू दी, वो उससे बहुत स्नेह रखती थीं। उसने उनसे ये सब कहा तो हँसने लगीं। कहने लगीं, "तुम पर वशीकरण मंत्र आजमा रहे हैं।" फिर उन्होंने गंभीरता से सलाह दी, "तुम सबके सामने ये सब कह दो। फिर आगे मैं सँभाल लूँगी।"

और उसने सबके सामने टोक दिया, "सर, आपका फोन खराब है क्या? बदलवा क्यों नहीं लेते। कुछ भी कहने से पहले आपको फूँक मारना पड़ता है।"

"ऐसा तो नहीं है। हम लोग से तो ठीक से बात होती है। फोन खराब तो नहीं लगता। क्यों सक्सेना जी?" मंजू दी जल्दी से बोलीं।

वे कुछ बोलते कि मंजू दी खुद ही आगे बोल पड़ीं, "सक्सेना साहब आप कोई मंत्र तो पढ़ के फूँक नहीं मारते? बड़े भले आदमी हैं बेचारे। तुम्हारे अच्छे के लिए करते होंगे। पर ये नए जमाने के लोग बड़े अजीब हैं। विश्वास ही नहीं है इनलोग को पूजा-पाठ की शक्ति पर। किताब पढ़-पढ़ के दिमाग खराब हो गया है। क्यों जया तुमको भी विश्वास नहीं है ना?"

उसने 'ना' में सर हिला दिया और मंजू दी बोलीं, "देखिए आपने अपनी कितनी शक्ति व्यर्थ कर दी। इसको विश्वास ही नहीं तो कहाँ से असर होगा। चलो चलो कितना काम पड़ा है। अब सर नहीं आजमाएँगे कुछ भी।"

उन्हें कुछ बोलने का अवसर दिए बिना। वे दोनों अपनी सीट पर चली आईं। रजिस्टर में सर छुपाए देर तक बेआवाज हँसती रहीं, उसका तो ऐसे हँसते-हँसते पेट दर्द होने लगा।

पर उसकी परेशानी कम नहीं हुई थी। एक दिन एक-दूसरे सज्जन सिंह साहब ने अपने केबिन में बुलाया और पूछा, "कितना पैसा देते हैं ये लोग?"

उसके बताने पर कहने लगे, "पता है, इतने काम का ही दिल्ली-बंबई में कितना मिलता है? बीस-पच्चीस हजार। हमको एक ऑफर है। हम तो ज्वॉइन

करने का सोच रहे हैं। उसी ऑफिस में एक जगह और खाली है। आपके लिए बात करें। चलिएगा ?"

"सोच कर बताऊँगी, सर" कहती वो बाहर चली आई। अब इनसे कैसे निबटा जाए। फिर से मंजू दी ही काम आईं। उनकी सलाह पर दूसरे दिन खुद ही उनसे जाकर बोली, "बहुत बढ़िया ऑफर है सर। आप मेरे लिए भी बात कर लीजिए। मेरे तीनों बच्चे और माँ सबका रिजर्वेशन करवाना होगा। कब चलना होगा ?"

सिंह साहब के चेहरे का रंग उड़ गया था। उन्होंने गंभीरता से कहा, "बात करके बताऊँगा।" और फिर दुबारा उससे मुखातिब नहीं हुए।

राजीव ने अब उसे परेशान करने की दूसरी तरकीब निकाली। अक्सर छुट्टी लेकर उसके शहर आ जाते और ऑफिस के नीचे चाय के दुकान में बैठे रहते। लोगों से उसके आने-जाने का समय पूछते रहते। ऑफिस का कोई दिख जाता तो सुनाकर कहते, "अब किडनैप ही करवाना पड़ेगा। दूसरा कोई रास्ता नहीं है। इहाँ नौकरी कर के मेरी इज्जत मिट्टी में मिला रही हैं।"

लोग आकर उसे बता जाते। डर तो लगता उसे। पर फिर सोचती। इतनी हिम्मत नहीं है राजीव की। कोर्ट में केस दाखिल है। कुछ करेंगे तो उनकी नौकरी पर बन आएगी।

ऑफिस में चाय पहुँचाने वाले एक छोकरे को पैसे देकर, राजीव ने ऑफिस में छोटे-छोटे पत्थर भी फिंकवाने शुरू कर दिए। कभी किसी खिड़की से तो कभी किसी खिड़की से पत्थर आते। कभी किसी के हाथों में लगते। कभी किसी कि गर्दन पर। खिड़की से झाँकने पर कोई नजर नहीं आता। पर एक दिन तिवारी जी ने उस लड़के को पकड़ लिया और उसके कान उमेठकर दो चपत लगाए तो उस लड़के ने राजीव की डीलडौल, उनके कपड़ों का वर्णन कर बता दिया कि उन्होंने उसे पैसे दिए थे। लड़के को तो पुलिस का भय दिखाकर भगा दिया गया। पर तिवारी जी अब खुद को ऑफिस का हीरो और उसका संरक्षक समझने लगे। अक्सर कहते, "डरिएगा नहीं, जया जी। मैं हूँ ना। सब ठीक कर दूँगा। एक हाथ लगाया उसको कि उस लड़के ने सब बक दिया। मेरे रहते आपको कोई तंग नहीं कर सकेगा।"

उसे बहुत उलझन होती इन बातों से पर थैंक्स कहकर सर झुका लेने के सिवा कोई उपाय भी नहीं था। चेयरमैन के कानों तक बात गई। उन्होंने भी बुलावा

भेजा और फिर अहसान जताने लगे, "देखिए आपकी वजह से ऑफिस में कितना कुछ हो रहा है। फिर भी मैं आपको कुछ नहीं कहता। मैं आपको समझता हूँ। सब समझते हैं कि आपके लिए बहुत हाइ रिगाड्र्स हैं मेरे मन में। देखिए लेटर सब पर आप ही साइन करती हैं ना। लोग के पास लेटर जाता है तो लोग समझ जाते हैं। आपको हम कितना मानते हैं। कितना पावर दिए हुए हैं आपको? आप समझ रही हैं ना। आपके लिए कितना मान, कैसी भावनाएँ हैं मेरे मन में!"

उसक पूरा शरीर स्टिफ हो गया था। हाथों की नसें तन गई थीं। मुट्ठियाँ भींचे नजरें झुकाए वो चुप रही तो वे आगे बोले, "आप देख रही हैं ना, कितने भगवान लोग का फोटो लगा हुआ है। हम काली, दुर्गा सबकी पूजा करते हैं। ये हाथ में कड़ा जो पहने हैं ना, ये काली जी का आशीर्वाद है। इस कड़ा में ये शक्ति है कि ये सामने वाले के मन में क्या चल रहा है हमको सब बता देता है।"

फिर उन्होंने कड़ा, अपने कान के पास ले जाने का अभिनय किया और थोड़ी देर बाद बोले, "ये कड़ा कह रहा है। आपके मन में मेरे लिए भी वही भावनाएँ हैं। आप भी मेरे लिए वही सोचती हैं जो मैं आपके लिए सोचता हूँ।"

अब वो चुप नहीं रह सकी। बोली, "सर, शायद इस बार कड़ा ने आपको सच नहीं बताया। मेरे मन में आपके लिए कोई भावना नहीं है। बस आप मेरे बॉस हैं और मैं आपकी कर्मचारी। इस से ज्यादा कुछ नहीं।"

उसके सीधा 'न' कहने के बाद भी चेयरमैन अक्सर उसे बुलवा भेजते। इधर-उधर की बातें करते और उसकी साड़ी, उसके बाल, उसके चहरे की तारीफ में कुछ-न-कुछ कहते रहते। सीधा उसके चेहरे पर नजरें गड़ाए बोलते, आपकी आँखों में गजब का कशिश है। कभी कहते, 'आप लिपस्टिक नहीं लगातीं न। होंठ तो ऐसे ही गुलाबी हैं। जरूरत ही नहीं।"

चयरमैन का भतीजा इसी बैंक में वाइस चेयरमैन था। युवा लड़का था। मेहनत से अपना काम करता और अपने काम से काम रखता। उसने कभी उसके साथ कोई अनाधिकार चेष्टा नहीं की। उसके साथ बहुत ही इज्जत से पेश आता था। चेयरमैन की बार-बार की हरकतों से वो इतनी दुखी हो गई थी और एक दिन इतने रोष में आ गई कि सीधा उस लड़के के केबिन में गई और उसके चाचा जी की शिकायत कर डाली। भतीजे ने उसे बिठाया, पानी पिलाया और कहा, "ऑफिस में किसी और से इसकी चर्चा ना करें। वो अपने चाचा से बात करेगा।"

दूसरे दिन ऑफिस आते ही चेयरमैन ने उसे अपनी केबिन में बुलाया और

एक कागज सामने कर के कहा, "इस पर साइन कीजिए।"

उस कागज में लिखा था, अब बैंक को उसकी सेवा की जरूरत नहीं रही। उसकी सेवा समाप्त की जाती है।

उसके पैरों तले जमीन खिसक गई। इस बैंक की नौकरी के लिए स्कूल की नौकरी छोड़नी पड़ी थी। ट्यूशन छूट गए और अब ये नौकरी भी नहीं रही। आँखें डबडबा आईं पर फिर उसने खुद को साध, नजरें उठाईं। पहले सामने ही दीवार पर लगी, काली जी की तस्वीर पर नजर गई और हृदय में एक विश्वास का नन्हा अंकुर उग आया, "माँ ने जरूर इससे कुछ अच्छा ही उसके लिए सोच रखा होगा। ये रोज-रोज की जिल्लत माँ से भी नहीं देखी जा रही होगी। ये जगह उसके लिए नहीं थी। और उसने सीधी चेयरमैन की नजरों में देखते हुए कहा, "थैंक यू सर!" और साइन कर दिया।

बाहर निकलकर आई तो एक अन्य कर्मचारी उसके सामने एक रजिस्टर लेकर आया। जिसमें लिखा था, "उसकी सेवाओं से संतुष्ट नहीं है। और उसे साइन करना था कि उस पर बैंक का कोई बकाया नहीं है।"

वह कुछ देर अपमान का घूँट पीती रही। फिर एक स्वाभिमान की लहर शिराओं में दौड़ पड़ी। और उसने रजिस्टर में लिख दिया, मुझे इस बात की खुशी है कि यहाँ ऑफिस से मुझे कार्य के प्रति अयोग्य घोषित कर निकाला जा रहा है जबकि मैंने पूरी लगन से अपने कार्य को अंजाम दिया है। पर यहाँ उन्हीं महिलाओं को योग्य माना जाता है जो वरिष्ठ अधिकारियों की हाँ में हाँ मिलाती हैं और उनके साथ कहीं भी जाने को तैयार रहती हैं।

इतना लिखकर वो बाहर निकल आई। बाद में पता चला, इसे पढ़कर दो, तीन महिलाओं ने वहाँ की नौकरी से इस्तीफा दे दिया।

अब फिर से उसके सामने एक सीधी-सपाट सूनी-सी सड़क थी। जहाँ किसी दरख्त की छाया भी नहीं थी। उसे ही जलते पैरों से चलकर कोई पड़ाव ढूँढना था।

बदलता मौसम, छँटते बादल

राजीव ने डिवोर्स फाइल कर दिया था। पर एक साल गुजर गया और सुनवाई नहीं हुई। फैसले के तो कोई आसार ही नहीं। पर दहशत बनी रहती पता नहीं बच्चों की कस्टडी उसे मिले या नहीं।

एक बार बच्चों को लेकर कोर्ट गई थी। फिर खुद अकेले वकील के साथ ही जाती रही। पर अक्सर राजीव ही उपस्थित नहीं होते और डेट आगे बढ़ जाती।

एक दिन महिला सेल की डी.एस.पी. घर पर मिलने आईं। पहले भी जब राजीव के साथ थी, तब भी महिला सेल के अधिकारी उसका हाल-चाल लेने आते रहते थे। और वो उन्हें झूठी तसल्ली देती रहती थी कि सब ठीक है। महिला डी.एस.पी. ने प्रस्ताव रखा कि एक बार उनके ऑफिस में आकर मिल ले, राजीव बात करना चाहते हैं।

पहले तो उसने मना कर दिया लेकिन फिर सोचा, "चलो अच्छा है, डी.एस. पी. की उपस्थिति में ही पूछ लेगी कि जब उन्होंने डिवोर्स फाइल कर दिया है। उससे अलग होना चाहते हैं। फिर उसे अपनी शर्तों पर जीने क्यों नहीं दे रहे? उसकी नौकरी ट्यूशन छुड़वाने की कोशिश क्यों करते रहते हैं?

पर ये सब पूछने का मौका ही नहीं आया। घर पर तो वे डी.एस.पी. बड़ी मृदुता से बात कर रही थीं। पर वहाँ उनके तेवर ही बदले हुए थे। राजीव पहले से ही उनके ऑफिस में बैठे हुए थे और वे उससे ही उल्टा सवाल कर रही थीं कि वे बच्चों को लेकर क्यों चली आई हैं। ये बच्चे से मिलने को तरस रहे हैं। मिलने क्यों नहीं देतीं?

वो तो जैसे आसमान से गिरी। कोर्ट में दो घंटे बच्चे, राजीव की नजरों के सामने थे और राजीव ने एक बार उनके सर पर हाथ नहीं फेरा। उनसे एक बात नहीं की और अब उस पर उल्टा आरोप लगा रहे हैं कि वो मिलने नहीं देती।

“बच्चे इनके भी हैं। ये जब चाहें मिल सकते हैं। मैं कैसे मना कर सकती हूँ।” उसने अपनी बात कही।

“अरे, ई इतना जहर भर दी हैं, बच्चा सब के मन में कि मिलना ही नहीं चाहता है ऊ लोग। हमसे दूर कर दी हैं ऊ सबको।” राजीव गरजे।

“बच्चों ने आपके जुल्म सब अपनी आँखों से देखे हैं। इसीलिए दूर हो गए हैं। मैंने कुछ उन्हें नहीं सिखाया-पढ़ाया।” उसकी आवाज भी तेज हो गई।

“अब वो सब तो पति-पत्नी के बीच। थोड़ा-बहुत चलता ही रहता है। इसका मतलब ये तो नहीं कि बाप को बच्चों से अलगकर दिया जाए।” डी.एस. पी. पता नहीं कौन-सी बोली बोल रही थीं।

“लगता है, आपको हमारे केस के बारे में कुछ मालूम नहीं। प्लीज आप पहले सारी फाइल पढ़िए और जानने की कोशिश कीजिए कि क्या कुछ हो चुका है।”

“हम एक नजर में ही सब जान लेते हैं। पुलिस वाले की नजर है। आप सताई हुईं तो बिल्कुल नहीं लगतीं।”

राजीव ने भी एक भरपूर नजर डाली उस पर और वो थोड़ी-सी असहज हो गई। ये तो सच था, एक साल में उसकी काया पलट हो गई थी। अब घर से बाहर निकलना पड़ता। खुद को प्रेजेंटेबल रखती। अपने रखरखाव, अपने कपड़े का खयाल रखती। कॉटन की तीन-चार साड़ियाँ ही थीं उसके पास, वो भी दीदी लोगों ने खरीदकर दी थीं। पर उनमें स्टार्च लगा कर, कड़क इस्त्री कर, मैचिंग ब्लाउज के साथ ही पहनती वह।

एक हाथ में कड़ा और दूसरे में घड़ी। कानों में छोटे टॉप्स, माथे पर छोटी-सी काली बिंदी और ढीली-सी एक चोटी। बस इतना-सा श्रृंगार था उसका। पर उसका यह सादा रूप भी लोगों की आँखों में चुभता। शायद उसकी वजह थी उसकी चपलता और होंठों पर सजी मुस्कुराहट। पर अपना दुख छुपाये रखने के लिए इस मुस्कुराहट का आवरण भी जरूरी था।

अब अपने खाने-पीने का भी खयाल रखने लगी थी। सोचती, उस पर ही पूरे घर-बच्चों की जिम्मेदारी है, वो बीमार पड़ना अफोर्ड नहीं कर सकती। पहले जहाँ दो-दो दिन डिप्रेशन के मारे अन्न का दाना नहीं डालती थी मुँह में। अपने ऊपर किए गए जुल्मों के विरोध का और कोई तरीका था भी नहीं उसके पास और वो खाने पर ही अपना सारा क्रोध निकालती। शायद राजीव के घर में दिन के दो बजे

के पहले कभी खाना खाया भी नहीं। घर का सारा सारे काम निबटाते इतना वक्त हो ही जाता। उनके यहाँ, नाश्ता तो शायद कभी किया ही नहीं।

पर अब सुबह चाय भी दो बिस्किट के साथ लेती कि कहीं एसिडिटी ना हो जाए। समय पर नाश्ता-खाना। रात में भी नौ बजे के पहले खाना निबटा देती। अब घर में पहले किसी पुरुष को खाना खिलाने का इंतजार नहीं करना था। इस अनुशासित दिनचर्या का असर उसके शरीर पर भी पड़ा था। मुरझाया चेहरा खिल आया था। दबा हुआ रंग निखर गया था। उभरी हड्डियाँ अब छुप गई थीं।

और खुद में आए ये सारे परिवर्तन उसने राजीव की नजरों के प्रतिबिंब में भी देखे।

पर उसने सीधी बात करने की सोची, "ठीक है। कोर्ट में केस चल ही रहा है। यहाँ बहस से क्या फायदा। आप कह रही थीं, बात करनी है। बताइए क्या बात करनी है?"

"ई चाहते हैं, आप वापस लौट आइए। इनकी बहुत बदनामी हो रही है।" डी.एस.पी. बोलीं।

"ये अब संभव नहीं। आगे बोलिए।" उसने दो टूक बात की।

"क्यों संभव नहीं। इनको आपसे शिकायत है, आपको इनसे। बैठकर सुलह कर लीजिए और अपना घर दुआर सँभालिए अब।"

"अब मेरा लौटना असंभव है। कोई और बात हो तो करिए।"

"कोशिश की जाए तो दुनिया में कुछ भी असंभव नहीं। अब ये बदल गए हैं। आप इनको एक मौका तो दीजिए।" ये सारी बातें वो सैकड़ों लोगों से सुन चुकी थी और फिर से यही सब सुनने में उसकी कोई दिलचस्पी नहीं थी।

"मुझे कुछ काम है, अब जाना होगा।" कहती वो उठ गई।

"अरे रुकिए तो, बात तो कीजिए।" डी.एस.पी. कहती रह गईं। वो उठकर चली आई।

थोड़ी दूर आने के बाद पाया। वो अपने साथ लाया थैला तो वहीं बगल की कुर्सी पर छोड़ आई है।

मुड़कर वापस लौटी। ऑफिस के दरवाजे पर ही थी कि सुना, डी.एस.पी. साहिबा कह रही थीं, "अब हम तो अपनी तरफ से कोशिश किए पर वो बड़ी जिद्दी हैं।"

जैसे ही अंदर कदम रखे तो देखा, राजीव एक नोटों का बंडल डी.एस.पी.

को पकड़ा रहे थे।

उसे देखते ही जल्दी से हाथ नीचे कर लिए पर वो देख चुकी थी और समझ चुकी थी कि इसीलिए डी.एस.पी. इन पैसों की भाषा बोल रही थीं।

***

नियमित धनोपार्जन कुछ था नहीं। नौकरी मिलती और छूटती रही। पर अच्छी बात ये रही कि छूटने के बाद भी नए अवसर मिलते रहे। नए ट्यूशन ले लिए। सुबह-सुबह अखबारों में नौकरी के विज्ञापन वाले कॉलम देखकर पेन से गोल घेरा बना देती और फिर शुरू होता सिलसिला फोन करने का।

अब घर में फोन लग गया था। ये सुविधा तो हो गई थी पर उसके जीवन में एक अच्छी बात भी अपने साथ ढेरों तकलीफें लेकर आती। राजीव ने भी कहीं से घर के नंबर हासिल कर लिए और फोन पर गालियों का सिलसिला शुरू कर दिया। बच्चों को भी नहीं बख्शते। उन्हें धमकाते, "तुम लोगों को तो मेरे पास ही रहना होगा। देखना कोर्ट तुम्हारी कस्टडी मुझे ही देगा। तुम्हारी माँ कमाती है क्या? कहाँ से खिलाएगी? कहाँ से पढ़ाएगी?"

बच्चे बुरी तरह से डर जाते। अक्सर उन्हें तेज बुखार आ जाता। रात को नींद से हड़बड़ाकर उठ जाते। कोई बुरा सपना देखा होता उन्होंने। वो बहला देती, ऐसा कुछ हुआ तो हम सब लोग दूर किसी शहर में भाग जाएँगे। किसी को पता नहीं लगने देंगे कि कहाँ जा रहे हैं। वे छोटे थे, उसकी बातों पर विश्वास कर के आश्वस्त हो जाते। पर वो चिंता में पड़ जाती कहीं सच में कोर्ट ने कस्टडी उन्हें सौंप दी तो क्या करेगी वो?

फोन की घंटी बजती तो उसका दिल धड़क जाता, कहीं राजीव ना हों। कभी-कभी देर रात घंटी घनघनाती। वो चौंककर फोन उठाती, शायद भैया-दीदी लोगों का हो। कोई जरूरी बात हो। पर उधर से आती राजीव की नशे में डूबी आवाज में धमकियाँ, 'तुम्हें देख लूँगा' के साथ गालियों की जो बौछार शुरू होती कि उसे फोन रिसीवर पर से हटाकर रखना पड़ता। कई बार सुबह फोन वापस क्रेडल पर रखती और फोन घनघना उठता यानि कि नशे में धुत्त राजीव पूरी रात ट्राई करते रहते।

एक दिन एक फोन आया, "मैडम जी, मुझे ईश्वर का संदेश मिला है कि आप बहुत परेशानी में हैं। अगर शनिवार को आप हमारे पास अकेले आएँ तो आपके सारे कष्ट दूर कर सकता हूँ।"

वो समझ गई ये भी राजीव की एक चाल है। टालने के लिए बोली, "ठीक है आ जाऊँगी।"

"बहुत बढ़िया। अभी आपको पता बता देते हैं और जरा अपना डेट ऑफ बर्थ बता दीजिए तो।"

"जो बगल में खड़ा होकर फोन करवा रहा है ना। उसी से माँग लीजिए।" कहकर उसने फोन रख दिया।

पर राजीव हार मनाने वाले नहीं थे। एक दिन माँ ने बताया कि उन्होंने फोन उठाया था और राजीव ने कहा कि वे बच्चों से मिलना चाहते हैं। इतवार को उनसे मिलने आ रहे हैं।

वो मना तो कर नहीं सकती थी, चुप रही।

इतवार को राजीव तीन-चार अजीब से लोगों के साथ आए। आते ही कहने लगे, "इन लोगों का कहना है कि हमारी जिंदगी पर बुरा साया है। आप पर किसी ने जादू-टोना कर दिया है, इसीलिए आप इतना बदल गई हैं। ये लोग सब ठीक कर देंगे।"

"पर आपने तो कहा था, आपको बच्चों से मिलना है।"

"हाँ, उनसे भी मिल लेंगे। पहिले ई लोग का जरा बात सुन लिया जाए। का हर्जा है। हमको भी बुझा रहा है कोई कुछ टोना कर दिया है। एकदम से आप कईसे बदल गईं। आप तो केतना सीधी-सादी थीं। तनका इलोग का बात सुन लीजिए।"

राजीव के लगातार अत्याचार ने उसके अंदर की शक्ति को ललकार कर जगा दिया है। ये बात वे समझ नहीं पा रहे थे या शायद उनका अहम् स्वीकार नहीं कर पा रहा था। इसलिए नित नई चाल चलकर उसे तोड़ने की कोशिश में संलग्न थे।

उसने बच्चों को अंदर भेज दिया और दरवाजे के पास खड़ी हो गई। समझ नहीं पा रही थी। इन्हें कैसे घर से निकाले। राजीव कुछ तमाशा ना कर दें। बेकार मुहल्ले में बात फैलेगी।

एक लाल आँखों वाला आदमी सीधा उसकी तरफ देखते हुए बोला, "इसके सर पर एक साया मँडरा रहा है। मुझे यहीं से दिख रहा है। तनी इधर आओ।"

वो अपनी जगह से हिली नहीं। तो वो राजीव से बोला, "ई साया इनको बस में कर लिया है। वही ई सब करवा रहा है। इनका कौनो दोस नहीं है।"

"आइए आइए, इधर आइए तनिका। ई सब ठीक कर देंगे।" राजीव ने कहा।

उसका दिमाग तेजी से दौड़ रहा था। कैसे निबटे इन सबसे। तब तक उस आदमी ने खुद ही उपाय थमा दिया। बोला, "ठीक है। वहीं खड़े रहिए। ई बताइए आपको मन में कैसा बुझाता है। कैसा फील होता है?"

उसने भी अपनी आँखें चौड़ी कर लीं और थोड़े भारी स्वर में बोली, "हाँ, कुछ अजीब-अजीब-सा लगता है। सामने वाले को देख के हमको पता चल जाता है कि वो मेरे बारे में क्या सोच रहा है और कुछ भी गलत-सलत लगता है तो मन करता है, उसको खूब मारें। कभी-कभी तो जो भी हाथ में आता है, वही चला देते हैं।" कहते उसने बगल की टेबल पर रखा पीतल का भारी फूलदान उठा लिया।

वो आदमी राजीव से बोला, "देखिए हम कह रहे थे ना। इनके ऊपर साया है। बड़ा पूजा करवाना होगा। मुर्गा कटवाना होगा। चलिए हम लड़की को देख लिए। सब समझ गए। अब हम तंत्र मंत्र से सब ठीक कर देंगे। अब चलिए इहाँ से। ई साया इससे कुछ भी करवा लेगा।"

वो मन-ही-मन हँस पड़ी। डर गया है वो तांत्रिक।

"अरे रुकिए।" राजीव कहते रह गए पर वो आदमी अपने चेलों के साथ उठ गया। राजीव को भी जाना पड़ा। बच्चों से मिलने का तो बहाना था। पर इसे भी अच्छा हथियार बनाया राजीव ने। अक्सर उनसे मिलने के बहाने, किसी-ना-किसी ओझा-गुणी को लेकर आते और हर बार उसे नए पैंतरे अपना कर उन्हें भगाना पड़ता।

ये उपाय कारगर ना होता देख, उन्होंने एक नया तरीका अपनाया। एक रात जीप उसके दरवाजे पर रुकी। राजीव ने दरवाजा खटखटाया। वो खिड़की से राजीव की जीप देख चुकी थी। असमंजस में पड़ गई अगर दरवाजा नहीं खोलती है तो पता नहीं क्या हंगामा करें। मुहल्ले वाले भी डिस्टर्ब होंगे। माँ भी जाग रही थीं। उनसे ही दरवाजा खोलने को कहा। और बोली, "बाहर बरामदे पर ही रोक देना और कह देना, बच्चे सो गए हैं।"

पर खिड़की से उसने देखा। उनका चपरासी दो सूटकेस उठाए राजीव के पीछे-पीछे आया और बाहर बरामदे में सूटकेस रख दिया। ये माजरा कुछ समझ नहीं आया और वो बाहर निकल आई। राजीव अपने चपरासी से कह रहे थे, "अरे, ये यहाँ क्यों ले आए?"

मुँहलगा चपरासी बोला, "सर आपका घर है ये। आपके बीवी बाल-बच्चे

यहाँ हैं तो आप कहाँ जाएँगे? आप क्यों गेस्ट हाउस में ठहरिएगा? यहाँ अपने बच्चों के साथ रहिए।"

"ठीऽऽऽक है। अब तुम ऐसा कहते हो तो यही सही। रख दो अंदर सूटकेस।" सारे जाल राजीव के रचे हुए थे। पर वे अनभिज्ञता दर्शा रहे थे।

वो गुस्से से भर उठी। एकदम सख्त आवाज में बोली, "खबरदार जो अंदर कदम रखा। ले जाओ सूटकेस और अब आप भी मेरे घर में नहीं आ सकते। कोर्ट में फैसला होने दीजिए। जब तक कोर्ट से निर्देश नहीं मिलते। अब आप बच्चों से भी नहीं मिल सकते। बच्चों से तो आपको कभी मिलना ही नहीं था। हर बार उनका बहाना बनाकर नई चाल, चलते रहे। अब आप इस घर में कदम नहीं रखेंगे।" अंदर से डर भी रही थी। कहीं राजीव भी चिल्लाने ना लगें। पर ड्राइवर और चपरासी की उपस्थिति में वे अपनी फजीहत नहीं करवाना चाहते थे। उसका रौद्र रूप देख वो भी समझ गए थे, वो चुप नहीं रहेगी।

"हाँ ठीक है। अब कोर्ट में ही फैसला होगा। एक पैसा नहीं देंगे। रोड पर भीख ना मँगवाए तब कहिएगा।" फुफकारते हुए वे वापस चले गए।

बाद में एक रात चपरासी ने उसे फोन करके कहा, "आप मेरे साहब के साथ जो कर रही हैं ये अच्छा नहीं कर रहीं। भगवान इसका फल जरूर देगा आपको।"

उसकी सहनशक्ति जवाब देने लगी थी। उसने राजीव की पोस्टिंग वाले शहर के डी.एम. को एक पत्र लिखा और उसमें राजीव और उनके चपरासी की सारी करतूत बयाँ कर दी कि वे लोग अक्सर फोन करके उसे धमकाते हैं। उसका जीना मुश्किल कर दिया है।

राजीव को बुलाकर पूछताछ की गई, राजीव ने एक बार तो फोन करके अपनी सारी भड़ास निकाली पर उसके बाद उनके फोन आने बंद हो गए।

***

उसे एक बड़ी कंपनी में रिसेप्शनिस्ट का काम मिल गया था। माँ ने थोड़ी आपत्ति जताई पर उसने कहा कि एक तो उसके पास क्वॉलिफिकेशन नहीं है। अनुभव नहीं है और पैसों की भी जरूरत है। वो ज्यादा चूजी नहीं हो सकती।

जिंदगी फिर से ढर्रे पर आने लगी थी। इसी दौरान कोर्ट से बुलावा आया। बच्चों को भी लेकर जाना था।

लेडी जज थीं। उन्होंने रूद्र और काव्या से अलग कमरे में काफी देर तक

बात की। उसका मन काँप रहा था। ऐसा ना हो वे बच्चों की कस्टडी राजीव को दे दें। पर जज ने बच्चों से तरह-तरह के सवाल कर के उनके प्रति राजीव के व्यवहार का पता कर लिया और फैसला उसके हक में सुनाया। राजीव से ये भी कहा कि अगर बच्चों का सम्मान पाना है तो उनका मन जीतना होगा, उन्हें प्यार देना होगा। तलाक की सुनवाई अभी चलती रहेगी। फैसले पर इतनी जल्दी नहीं पहुँचा जा सकता पर तब तक एक निश्चित रकम बच्चों को और जया को मिलती रहेगी। इस ऑर्डर को पढ़कर वकील ने कहा, "अब आगे जो भी फैसला हो पर, राजीव किसी बच्चे को लेने की बात नहीं कर सकते।" एक बड़ा बोझ उसके दिल से उतर गया।

बाद में काव्या ने बताया कि जज ने पूछा था कि क्या कभी पापा ने प्यार नहीं किया। कभी टॉफी-चॉकलेट नहीं दिया? स्पष्टवादी काव्या ने कह दिया कि कहते थे, बोलो मम्मी गंदी है। तभी चॉकलेट दूँगा।

जज ने बच्चों की परवरिश के लिए एक हर महीने एक अच्छी रकम देने का निर्देश दिया था। उसे शांति मिली कि आखिर अब उसका संघर्ष सफल हुआ। वो चिंतामुक्त हो जी सकेगी। परंतु अभी इस व्यवस्था की खामियों से दो-चार होना बाकी था। उसके वकील ने निर्देश दिया कि इस रकम में उन लोगों का भी हिस्सा है। कुछ अंश वे ले लेते। कुछ जूनियर वकील को दिलवा देते। सबका हिस्सा देते उसके हाथ में आधी रकम भी नहीं पहुँचती।

आखिर कुछ महीने बाद खुद उसने राजीव से कहा कि वे सीधा उसके पास ही वो रकम भेज दिया करें। राजीव ने शर्त रखी कि वे महीने में एक बार पटना में, हेड ऑफिस में मीटिंग के लिए आते हैं तो वो बच्चों के साथ आकर पैसे खुद ले लें। राजीव से मुखातिब होने की बात सोच कर ही उसकी रूह काँप जाती। पर बच्चों के लिए ये करना ही था। बच्चे भी सहमे से रहते।

गेस्ट हाउस में राजीव बिस्तर पर मसनद लगाए किसी महंथ की तरह लेटे रहते। वो बच्चों को लेकर सामने कुर्सी पर अपराधी की तरह सर झुकाए बैठी रहती। कचर-कचर पान चबाते राजीव का एकालाप चलता रहता। "कुछ नहीं बनोगे तुम लोग। ई तुम लोग की माँ तुम लोग का जिनगी खराब कर दी है। बिन बाप के रहने वाले बच्चे का कहीं कोई पूछ है? तनिका लोग को पता चलने दो। कोई बात नहीं करेगा तुम लोग से। अकेले पड़ जाओगे एकदम। कुछ नहीं कर पाओगे जिंदगी में। एक चपरासी का नौकरी भी नहीं मिलेगा।"

वो पहले से जानती थी, राजीव को हमेशा एकतरफा संवाद ही पसंद है। वे घंटों अकेले बोल सकते हैं। उन्हें किसी से बातचीत करते कभी नहीं सुना। ऐसा कभी नहीं होता था कि वे दो अपनी कहें और दो किसी की सुनें। पहले भी वे एकतरफा अपनी ढपली बजाते रहते और उनके जूनियर ऑफिसर उस पर हाँ-हाँ की थाप लगाते रहते। या फिर उनके सीनियर अफसर हों तो बस सुनाई देता, "जी सर! जी-जी सर! 'हाँ सर', एकदम ठीक सर!"

यहाँ तो उन्हें पूरा मौका मिल रहा था। ना तो वे लोग उठकर जा सकते थे ना ही कोई जवाब दे सकते थे। वो कुछ कहती तो फिर झगड़ा बढ़ता और शायद वो पैसे देने से मना कर देते फिर लगाते रहो कोर्ट के चक्कर। बाद में बच्चों का डरा चेहरा देखकर समझाती किसी के कहने से कुछ नहीं होता। बल्कि तुम लोग इसे एक चैलेंज की तरह लो और भी अच्छे से पढ़ लिखकर बड़े आदमी बन कर दिखाओ।

राजीव अक्सर रूद्र को नुक्कड़ से पान लाने के लिए कहते। पीछे वो और काव्या रह जाती। राजीव का प्रलाप चलता रहता। एक बार काव्या की तबियत ठीक नहीं थी। वो साथ नहीं गई। सिर्फ रूद्र साथ था। कुछ ही देर बाद राजीव ने रूद्र से पान लाने के लिए कहा। अब कमरे में सिर्फ जया और राजीव रह गए थे। जया का दिल किसी अनागत की आशंका से धड़क उठा। और आशंका गलत नहीं थी। रूद्र के जाते ही राजीव उठे और दरवाजा बंद करने लगे, अभी डिवोर्स हुआ नहीं है। अभी भी आप हमारी पत्नी हैं। पत्नी धरम निबाहिए।

किसी तरह वो राजीव को धक्का देते हुए बाहर भाग आई। बुरी तरह हाँफ रही थी। रूद्र को आते देखा तो खुद को व्यवस्थित किया। रूद्र ने पूछा, "यहाँ क्यों खड़ी हो माँ?"

"तुम्हारी राह देख रही थी कि इतना देर क्यों लग रही है?"

रूद्र कुछ बोला नहीं। उसने जाकर पान राजीव को दे दिए।

इसके काफी दिनों बाद, एक बार फिर काव्या नहीं जा सकी और रूद्र के साथ उसे ही जाना पड़ा। रूद्र ने रास्ते में ही बोला, "माँ दस पान बनवा कर ले चलते हैं। वर्ना वे मुझे फिर पान लेने भेज देंगे।"

रूद्र पान बनवाने चला गया और वो अपने बेटे को एकटक देखती रही। इतने कम समय में ही कितना बड़ा हो गया उसका बेटा और कितना कुछ समझने लगा। इस कच्ची-सी उम्र में ही।

वो खुशनुमा एहसास

बच्चे मन लगाकर पढ़ रहे थे। उनका रिजल्ट अच्छा आ रहा था। माँ ने भी अब उसका मायके में रहना स्वीकार कर लिया था। बल्कि उन्हें अब यहाँ ज्यादा अच्छा लगता था। बातों-बातों में कह ही देतीं, "बेटा के यहाँ तो केवल खाना और सोना था। कोई बात करनेवाला भी नहीं मिलता। बच्चे तो घर में रहते ही नहीं थे। बहू के ऊपर घर का सारा काम। बड़े, सुबह गए देर रात को लौटता। हमेशा दरवाजा बंद कर के भीतर बैठे रहो। ना किसी से बोलो ना बतियाओ। एकदम मन औंजिया जाता था। खाने से ही अरुचि हो गई थी। कुछ अच्छा भी नहीं लगता और पचता भी नहीं था। यहाँ कुछ नहीं तो छत पर ही चले जाओ। दो बार चढ़ने उतरने में ही खाना हजम हो जाता है। अगल-बगल वाले से छत पर ही बात भी हो जाती है।"

वो भी छोटी-से-छोटी बातें भी माँ से पूछकर ही करती। ताकि उन्हें ये एहसास बना रहे कि वे ही घर की मालकिन हैं, "माँ सब्जी में क्या बनाऊँ? सौम्या को सर्दी-खाँसी में क्या घरेलू दवा दूँ? बच्चे पढ़ रहे हैं माँ, जरा वहाँ बैठकर देखो, लड़ाई ना करें आपस में।" इतने से ही माँ खुश हो जातीं। और उन्हें लगता उनकी कितनी अहमियत है घर में। उसे भी सर पर एक साए का होना अच्छा लगता। अपने दुख सुख, बच्चों की हारी-बीमारी में कोई उसके साथ है। वो बिल्कुल अकेली नहीं, यह एहसास बहुत सुकून देता।

डगमग करती हुई, जीवन की नैय्या चली जा रही थी। पर उसकी नाव को हिचकोले देना शायद ईश्वर को ज्यादा ही पसंद था। एक दिन ऑफिस पहुँची ही थी कि मैनेजर का बुलावा आया। बड़ी नम्रता से उन्होंने एक लिफाफा पकड़ाया और उसकी सवालिया निगाहों के जवाब में कहा, "कंपनी को शिफ्ट करने की सोच रहे हैं। वहाँ जगह छोटी है इसलिए स्टाफ कम कर रहे हैं। अब उसकी

सेवाओं की जरूरत नहीं है।"

वो क्या कहती फिर से चिंताओं के जाल में उलझी घर आ गई। रह-रह कर उस व्यक्ति का ध्यान आता जो एक रोज पहले ऑफिस में आया था और उसकी डेस्क के पास खड़ा उसे घूरता रहा था। फिर अंदर जाकर काफी देर तक बात करने के बाद निकला तो जाते समय भी अजीब-सा चेहरे पर हल्का स्मित लिए उसकी तरफ देख रहा था। उसने व्यस्त होने का बहाना कर अपनी आँखें, एक रजिस्टर में छुपा ली थीं पर बार-बार उसे लग रहा था, ये व्यक्ति उसकी तरफ यूँ क्यों देख रहा है ? उसे पहचानता है क्या ? पर दिमाग पर काफी जोर डालने पर भी याद नहीं आया कि कहीं मिली हो उससे। अब एक शंका हो रही थी कि उसे इस कंपनी से रुखसती का लिफाफा पकड़वाने के पीछे कहीं वही शख्स तो नहीं था। क्योंकि कंपनी के बाकी लोगों को भी हैरानी हुई। कंपनी शिफ्ट करने जैसी तो कोई खबर किसी ने नहीं सुनी थी।

यानि कि राजीव अपनी हरकतों से बाज नहीं आ रहे। किसी और को उससे क्या दुश्मनी हो सकती है पर विद्रूपता से उसने सोचा, कंपनी वाले कम-से-कम बहाना तो कोई अच्छा-सा बनाते।

एक बार फिर हाथों में था चाय का कप, लाल पेन, माथे पर सिलवटें, नजरों के सामने अखबारों के विज्ञापन और ढेर सारा वक्त। कभी-कभी सोचती, अच्छा ही है जो यूँ नौकरी से जबरन ब्रेक मिल जाता है। वो बच्चों की तरफ ध्यान दे पाती है। स्कूल से आकर माँ कपड़े बदलने के लिए डाँट लगाए और खाना परोसे। बचपन के इस सुख से बड़ा दूसरा सुख नहीं होता। खुद अपने दिन याद हैं उसे। कितने नखरे करती थी। सलाद काटकर दो। अचार लाओ। ये सब्जी कितनी गंदी है। पकौड़े बनाओ और माँ उसे डाँटती भी रहतीं और गरम-गरम पकौड़े भी बनाकर देतीं और यहाँ ऑफिस में बैठी सोचती रहती, "उसके बच्चों को ये सब कहाँ नसीब। पहले राजीव के आतंक से सहमे से रहते थे। जो दो खा लेते थे। अब भी वही है। वो हिदायत देकर जाती है, नानी को तंग मत करना। खुद से खाना निकाल लेना।" अब कम-से-कम उसके बच्चों के पास भी ये स्मृति तो रहेगी कि कभी-कभी माँ भी मनपसंद खाना परोस कर खिलाया करती थी।

कोर्ट से भी बुलावा आता रहता और वो वकील साहब के साथ कोर्ट के चक्कर लगाती रहती पर जब से जज ने बच्चों से बात करके पैसे देने का फैसला सुनाया था। राजीव ने कोर्ट आना बंद कर दिया था। एक बार उसके वकील को

खबर भेजी कि वे म्युचुअल सेटलमेंट चाहते हैं। क्योंकि उन्हें शादी करनी है। उसे अंदर से खुशी ही हुई। अच्छा है, हमेशा के लिए ही नाता खत्म हो जाएगा। वे भी अपनी नई गृहस्थी में रम जाएँगे। ना तो उनकी सूरत देखने की मजबूरी होगी ना ही उनकी जली-कटी बातें सुनने की। और उसने अपने घरवालों से सलाह-मशवरा कर तीनों बच्चों की पढ़ाई का खर्च जोड़कर एक रकम निश्चित कर ली और जब वकील के घर पर मुलाकात हुई तो राजीव के सामने वो प्रस्ताव रख दिया। राजीव सुनते ही आग-बबूला हो गए, "क्यों दे, हम इतनी बड़ी रकम। हमारी सेविंग्स क्या रह जाएगी फिर?"

उसने भी तर्क दिया, "बच्चों को बड़ा करना है। उन्हें पढ़ना-लिखना है।"

"हाँ, तो करिए इंतजाम। आप ही को शौक था ना घर छोड़ के भागने का। ई तो घर से बाहर पैर निकालने से पहले सोचना चाहिए था।"

"आप ऐसा सलूक नहीं करते, तो फिर हम पैर ही बाहर क्यों निकालते। आपने मजबूर किया मुझे।" अब वो भी चुप रहने वाली नहीं थी।

"अरे आप जैसी औरत के साथ ऐसा ही करना चाहिए। ठीक किए हम जो भी किए। बल्कि कम्मे किए। अ का पता आप हमसे इतना पईसा ले के डिवोर्स ले लें और दूसरी शादी कर लें।"

"अब ये कौन जानता है। आगे क्या होगा। आप भी तो दूसरी शादी कर सकते हैं।" वकील ने बीच में दखल देते हुए कहा।

"हाँ, हम तो करबे करेंगे। इसीलिए तो म्युचुअल सेटलमेंट के लिए कहे हैं। पर इतना पईसा हम नहीं देंगे। ई बस पईसा के भूखी है। सहर में अकेले मौज करना चाहती है। बच्चा सब तो बहाना है।"

इसके साथ ही गालियों की बौछार शुरू कर दी उन्होंने। वकील भी घबरा गए। उनकी पत्नी अंदर से आकर बीच में खड़ी हो गईं क्योंकि राजीव ने ऐसा रौद्र रूप धारण कर रखा था कि हाथ चलाते उन्हें देर नहीं लगती।

म्युचुअल सेटलमेंट की बात वहीं रह गई और उसका कोर्ट जाना बदस्तूर जारी रहा। जब भी कोर्ट से बुलावा आता। उसे जाना पड़ता। सुनवाई कोई नहीं होती। डेट आगे बढ़ जाती पर उसे वकील की फीस देनी पड़ती। उसके साथ ही वकील का व्यवहार भी अब असह्य होता जा रहा था। थे तो वे पिता की उम्र के। पर हर बार वे अपने कॉलेज के प्रेम प्रसंग बड़े रस लेकर सुनाते। शुरुआत करते, "आपको पता है। हमने प्रेम विवाह किया था, उस जमाने में। मैं तो कॉलेज में

बिल्कुल छैला बाबू था। इतनी लड़कियाँ मुझपे मरती थीं"। और फिर छेड़ देते कोई प्रेम प्रसंग। कई बार तो वे दो प्रसंग एक ही नाम से सुना जाते। कभी दो नाम से एक ही प्रसंग। वो हाँ हूँ भी नहीं करती फिर भी उन्हें एक तरफा कथा सुनाने से कोई गुरेज नहीं होता। पर एक बार तो हद हो गई। जब उसकी इस कंपनी की नौकरी छूट गई तो बोले, "मैं आपको अच्छी नौकरी दिलवा सकता हूँ। दस हजार तक मिलेगा। मेरे कॉलेज का साथी है। बड़ी कंपनी का मालिक। पर मेरी ही तरह जरा रंगीन मिजाज का है। अगर उसे खुश कर देंगी तो दस हजार महीना ऊपर से देगा। अब देखिए घर से बाहर पाँव निकाली हैं तो जमाने के अनुसार चलना ही होगा।"

उसकी तो मुट्ठियाँ भींच गईं। गुस्से से चेहरा लाल हो गया। बदन काँपने लगा। अगर कोर्ट परिसर नहीं होता। लोग आस-पास नहीं होते तो पता नहीं वो क्या करती। शायद उन्हें थप्पड़ ही रसीद कर देती। ऐसा प्रस्ताव रखने की उनकी हिम्मत भी कैसे हुई?

उसने वहाँ से अपना बैग उठाया और चल दी।

वे पीछे-पीछे लपकते हुए आए, "अरे, ठीक है। मत करिएगा वो नौकरी। मैं तो एक बात कह रहा था।"

उसने इतना ही कहा, "अब मेरा केस दूसरा वकील देखेगा। अब आपकी जरूरत नहीं।" और झटकती हुई आगे निकल आई।

उसने भी कोर्ट जाना छोड़ दिया और उसकी केस फाइल धूल खाती रही। कोर्ट के चक्कर लगाने के दौरान देखा था उसने कि कई डिवोर्स केस दस साल से, पंद्रह साल से पेंडिंग पड़े हुए थे। उसे कोई फर्क नहीं पड़ता था। डिवोर्स मिले या ना मिले। बस उसके बच्चों को उनका कानूनी हक मिलता रहे। उनकी पढ़ाई सुचारू रूप से चलती रहे। इस से बढ़कर अब उसकी कोई दूसरी इच्छा नहीं थी।

***

उसे एक कंपनी में क्लर्क की नौकरी मिल गई और उन्हीं दिनों राजीव का फोन आया कि उनका ट्रांसफर काफी दूर हो गया है। अब वे हर महीने नहीं आ पाएँगे। मनी ऑर्डर से पैसे भेज दिया करेंगे। सुकून-सा महसूस हुआ। वर्ना महीने का पहला हफ्ता निकट आते ही, उसका जी धड़कने लगता, अब राजीव के सामने पैसे लेने जाना होगा।

ये सोच भी राहत मिली। अब शायद उसकी ये नौकरी बच जाएगी। राजीव

उतनी दूर से चालें नहीं चल पाएँगे। हालाँकि इतना आभास उसे था कि राजीव आसानी से पैसे नहीं देंगे। उन्हें कई बार फोन करके तकाजाकरना पड़ेगा। अपने सामने झुकाने का ऐसा सुनहरा मौका वे नहीं छोड़ेंगे। यही हुआ भी।

वो फोन करती तो कहते, "मुझे आपसे बात नहीं करनी। बच्चों को फोन दीजिए।"

वो बच्चों को उनके अपशब्दों से बचाना चाहती थी। पर उन्हें फोन थामना ही पड़ता। वो देखती, रूद्र या काव्या चुपचाप रिसीवर पकड़े देर तक खड़े रहते। जब पूछती, "क्या कह रहे थे?"

"अरे क्या कहेंगे। वही सब। जाने दो ना। उनकी तो आदत है। तुमने ही सिखाया है ना, एक कान से सुनकर दूसरे से निकाल दो। फिर उनकी बात क्या दुहराना। हमने दूसरे कान से निकाल दिया।" और हँसने लगते बच्चे।

वो भी मुस्कुरा देती। मेरी ही दी हुई सीख मुझे ही लौटा रहे हैं। पर समझती थी, जैसे वो बच्चों को उनकी कड़वी बातों से बचना चाहती है। वैसे ही बच्चे भी उसे मानसिक संताप से बचाना चाहते हैं। और उसकी शांति के लिए उसे कुछ नहीं बताते। पर मन दुखी हो जाता, इतनी छोटी उम्र में ऐसी मानसिक प्रताड़ना।

कभी-कभी राजीव उसे कह देते, "शर्म नहीं आती है। पैसा मँगाते हुए। आपका कर्जा खाए हैं क्या कि कमा-कमा के आपका भोथरा भरते रहें।"

उसका जवाब होता, "कानूनी हक माँगने में शर्म कैसी? ये बच्चे आपकी भी जिम्मेवारी हैं। कानून ने ये हक दिया है, उन्हें। उनके पालन-पोषण का खर्च तो देना ही पड़ेगा। ये सब उन्हें दुनिया में लाने से पहले सोचना चाहिए था।" अब वो पहले वाली छुई-मुई जया नहीं रह गई थी।

"हाँ, गज भर का जुबान आ गया है मुँह में। इतना ही अकेले मटरगश्ती का शौक है तो हाथ-पैर हिला के कमा काहे नहीं लेतीं हैं। खाली बड़का-बड़का बोली बोलने आता है।"

"जरूर कमा लेती और आपसे अच्छा कमा लेती। पर मैंने अपने कैरियर बनाने के दिन, आपके अत्याचार सहने में और अपने बच्चों को पालने में लगा दिया।"

"हूँह कहने में कुछो का जाता है। कौन देता आपको नौकरी। क्या है आपका क्वालिफ्केसन। ऐसे सैकड़ों बी.ए. पास चप्पल चटकाते घूमते हैं।"

मन तो हुआ कहे, आप भी तो सिंपल बी.ए. ही हैं। कंपीटीशन में कंपीट

करके नौकरी ली है तो क्या वो कोई कमजोर थी पढ़ने में। वो क्या मेहनत करके कंपीटीशन नहीं कंपीट कर सकती थी।

पर बात को दूसरी तरह से कहा।

"आपने जिस तरह से अपनी हर साँस नौकरी को दी है। हर तरफ की चिंता छोड़ चौबीस घंटे सिर्फ नौकरी पर ही ध्यान दिया हैं। इसी तरह अगर मैं भी अपना तन-मन लगाकर सिर्फ अचार भी बनाती ना तो वो अचार आज देश के हर दुकान पर सबसे ज्यादा कीमत पर बिक रहा होता। और कानून भी ये बात समझता है कि एक औरत आपने जीवन का सर्वश्रेष्ठ समय घर सँभालने में लगा देती है। इसीलिए अदालत उसके भरण-पोषण का खर्च पति को देने पर मजबूर करती है। आप बच्चों की तरफ से एकदम निश्चिंत होकर जो नौकरी कर पाते हैं। जब मन हुआ घर में आए जब मन हुआ चले गए। केवल टेबल पर खाना और अलमारी में धुले कपड़े चाहिए थे आपको। बच्चा बीमार पड़ा। उसका इम्तिहान है। किसी बात की कोई फिक्र रही कभी? चौबीसों घंटे सिर्फ अपनी नौकरी का ध्यान। और आज मुझे आप पैसा कमाने का ताना दे रहे हैं। नहीं करते शादी। नहीं लाते बच्चों को दुनिया में। आपके पैसों पर थूकने भी नहीं जाती मैं।" कह उसने फोन काट दिया। अब तक का ये सबसे लंबा और सबसे तल्ख वार्तालाप था राजीव से। खुद पर ही विश्वास नहीं हो पा रहा था। ये सब कैसे कह गई वो। कहाँ से आ गया इतना आत्मविश्वास पर जमाने के तौर-तरीकों ने उसे बहुत कुछ सिखा दिया था।

***

पर लोगों को पता नहीं होता था किन-किन उपायों से ये दो पैसे उसके हाथ आते हैं। उसका यूँ सम्मान से तीन बच्चों के साथ सर उठाकर जीना समाज को नहीं भाता। उसने तो लोगों से मिलना जुलना बंद ही कर दिया था पर कभी-कभार लोकाचार निभाने को आस-पास किसी की शादी या किसी समारोह में जाना ही पड़ता। और तब देखती कई बार महिलाएँ उसे सुनाकर पीठ पीछे और कभी तो सामने से ही कह देतीं, "मौज तो तुम्हारी है। पति पैसे भी देता है पर साथ नहीं रहता। और उसकी कोई चाकरी भी नहीं करनी पड़ती। आराम से बच्चों के साथ अलग रहती हो। ना कोई रोक-टोक। ना कोई कहा-सुनी। अपनी मर्जी की मालिक। कुछ भी कहो, बड़े आराम की जिंदगी है तुम्हारी।"

मन में बड़ी तीखी बात आती कि कहकर देखे, "मेरी जिंदगी एक्सचेंज करना चाहेंगी? जितने जुल्म सहकर अलग हुई हूँ। उसका शतांश भी सह

पाएँगी?" पर खून का घूँट पीकर रह जाती। यूँ ही वह सबके बीच गॉसिप का एक अच्छा खासा विषय थी। अब अपनी तरफ से उसमें समिधा डालकर गॉसिप की अग्नि को और प्रज्वलित नहीं करना चाहती थी। अगले महीने भर यही चर्चा होती, "अरे मैंने तो जरा-सा ये कहा। सुना, उसने कैसे पलटकर जवाब दिया।" और हर दिन उसके कहे वाक्य का विन्यास बदल जाता और कुछ और शब्द जुड़ जाते उसमें। यूँ भी सुनने में आता रहता। सब दूसरे का नाम रखकर कहते, "फलाँ कह रही थी। अब क्या पता। कुछ तो बात होगा। आखिर बात यहाँ तक कैसे पहुँच जाती थी।"

उसे समझ नहीं आता। वे लोग उस पर व्यंग्य कर रही हैं या फिर अंतर्मन से उसकी इस जिंदगी से कुढ़ रही हैं। क्योंकि भले ही उसकी तरह बदहाल जिंदगी ना हो उनकी। पर पति का रौब तो मानना ही पड़ता है, उन्हें। उसकी तरह अपने फैसले लेने के लिए आजाद नहीं थीं वे। अपनी आर्थिक सुरक्षा की बड़ी कीमत अदा कर रही थीं। और इसीलिए उसकी आजादी उनके आँखों की किरकिरी बन गई थी।

ससुराल, मायके के कुछ शुभचिंतक अब भी उन दोनों के बीच समझौते की कोशिश करते रहते। उससे कहते, "बहुत हालत खराब है राजीव की। शराब पीना शुरू कर दिया है। कुछ गलत आदतें भी अपनाता जा रहा है। जहाँ पोस्टिंग होती है। वहीं कोई-ना-कोई औरत का लफड़ा सुनने में आता है। अच्छे घर का लड़का है। ये सब सुनकर बहुत अफसोस होता है। उसकी जिंदगी बर्बाद हो रही है।"

वे लोग सोचते ये सब सुनकर शायद वो पिघल जाएगी। पर राजीव की हरकतों से उसका दिल इस कदर छलनी हो चुका था कि ये बातें उसके दिल में ठहर ही नहीं पातीं कि कोई असर कर सकें। वे लोग उसे ये सब सुनाते रहते और समानांतर में उसके मन में अपने ऊपर किए गए जुल्म एक रील की तरह आँखों के सामने चलती रहती। राजीव उससे पाँच साल बड़े होकर भी आज लड़के थे क्योंकि पुरुष थे। अपना ध्यान नहीं रख सकते थे और उससे अपेक्षा की जा रही थी कि वो जाकर उन्हें सँभाले। उनका खयाल रखे।

किसी तरह गुस्सा दबाते हुए इतना ही पूछा, "आप गारंटी लेंगे, उनके अच्छे व्यवहार की?"

"अब गारंटी तो आदमी अपने बच्चे का भी नहीं ले सकता।" उन्होंने मजबूरी जताई।

"तो फिर मैं उन पर कैसे भरोसा करूँ। आज भी जिस तरह से फोन पर गालियाँ देते हैं। रेकॉर्ड करके सुना दूँ तो आप हैरान रह जाएँगे।"

"अब देखो। औरत तो बनी ही होती है त्याग के लिए। बहुत बड़ा दिल होता है औरत का। माफ करके उसे एक और मौका और दो।"

"आपके लिए चाय बनाती हूँ।" कहती वो उठकर चली गई। कोई फायदा नहीं इन लोगों से बहस करके। और मन-ही-मन एक प्रतिज्ञा की। वो काव्या और सौम्या को ये औरत की सहनशीलता और उसके त्याग का एक भी किस्सा नहीं सुनाएगी। अगर उनके पाठ्य पुस्तक में कोई ऐसी कहानी होगी तो कहेगी वो पाठ मत पढ़ो। कम नंबर लाओ। फेल हो जाओ मंजूर है पर ये सब सीखकर तुम जिंदगी का इम्तिहान नहीं जीत सकती। लड़कियों को बचपन से ही घुट्टी में पिला दी जाती है, औरत त्याग, विनम्रता, सहनशीलता की मूर्ति होती है। और औरत भी अपनी इस छवि को बरकरार रखने की पुरजोर कोशिश करती है। अन्याय के विरोध के लिए एक कदम नहीं उठता उनका। क्योंकि शिक्षा ही उल्टी दी जाती है। सहती रहो। बर्दाश्त करती रहो। उसके साथ भी तो यही हुआ। सर के ऊपर पानी चला गया। डूब जाने की पूरी आशंका थी तब जाकर उसने हाथ-पैर मारे। पिंडली तक पानी आने पर ही उसकी बेटियाँ क्यों ना वो पानी उलीचने की कोशिश करें। वो उन्हें बस एक अच्छा सहृदय संवेदनशील इंसान बनाने की शिक्षा देगी। कोई देवी नहीं।

राजीव का ये लाइफ स्टाइल देख। उनके परिजन भी चिंतित हो गए। उनके एक परिचित बता रहे थे कि राजीव के परिवार ने सलाह दी कि डिवोर्स ले लो। और अपनी जिंदगी नए ढंग से शुरू करो। पर राजीव ने बड़ी अकड़ से कहा, "डिवोर्स तो मैं बिल्कुल नहीं दूँगा। मैं उसे आजाद नहीं कर सकता। वो सारी जिंदगी मेरी बीवी ही कहलाएगी और किस चीज की कमी है मुझे? नौकर हैं। खाना बनाते हैं। घर सँभालते हैं और शादी का सुख क्या केवल शादी करके ही मिलता है। मुझे किसी सुख की कोई कमी नहीं है। रॉयल जिंदगी जीता हूँ मैं। लोग तरसते हैं ऐसी जिंदगी के लिए। ना बीवी कि किच-किच ना बच्चों की चख-चख।"

***

वो सब तरफ से ध्यान हटाकर अपने बच्चों और किताबों में डूब जाना चाहती थी। जितना भी खाली वक्त मिलता। किताबों-पत्रिकाओं में सर गड़ाए

बैठी रहती। कहीं और ध्यान ना भटके इसकी पूरी कोशिश करती। एक बार एक पत्रिका में नवोदित कवियों की एक प्रतियोगिता के लिए रचनाएँ आमंत्रित की गई थीं। उसका मन मचल गया। अपनी रचना भेज कर देखे क्या? कई बार पत्रिकओं में दूसरों की कविताएँ पढ़ते-पढ़ते अपनी पुरानी डायरी निकाल, कविताएँ पढ़ने लगती और उसे लगता उसकी कविताएँ कहीं से भी कमजोर नहीं हैं। उसे भेजनी चाहिए। फिर डर जाती। ना, वहाँ तो नामचीन कवियों की कविताएँ छपती हैं। जो पता नहीं कब से लिख रहे हैं। वो तो कई सालों तक लिखना-पढ़ना सब भूल ही गई थी। उसे क्या कविता का शऊर। पर इस पत्रिका में जिनकी रचनाएँ अब तक कहीं नहीं छपी हैं, उनसे अपनी रचनाएँ भेजने का अनुरोध था। उसने एक कविता चुन कर भेज दी। पता लिखा लिफाफा भी नहीं भेजा। वापस आ गई तो बच्चे-माँ सबको पता चल जाएगा। क्या सोचेंगे सब? और उसे क्या, उन्हें पसंद नहीं आई तो फेंक दें वो रद्दी के टोकरे में। उसकी बला से। उसने कौन-सा कवयित्री बनने का सपना देखा है।

हर नया अंक धड़कते दिल से खोलती। "प्रतियोगिता के परिणाम आ गए क्या?"

उस दिन भी नया अंक लिए घर के बरामदे में ही बैग एक तरफ फेंका और कुर्सी पर बैठ, काँपते हाथों से पत्रिका खोली। पत्रिका के बीच वाले पन्नों पर। एक टहनी पर लगे पलाश के फूलों की पृष्ठभूमि में उसने बड़े कलात्मक अक्षरों में अपनी कविता छपी देखी। और उसके नीचे उसका नाम लिखा था।

वो जड़वत् रह गई। साँस भी रुक गई थी। एक टक अपने नाम को घूरे जा रही थी। ये भी देखने का होश नहीं था कि कौन-सा पुरस्कार मिला है, उसकी कविता को। थोड़ी देर बाद पृष्ठ के उपरी हिस्से पर नजर दौड़ाई तो पाया उसे द्वितीय पुरस्कार मिला है।

वैसे ही जाने कब तक बैठी रही। थोड़ी देर बाद माँ बाहर आईं और उसे देख चौंक गई, "अरे, तुम आ गई हो। और मैं देखने निकली कि अब तक आई क्यों नहीं। देर क्यों हो रही है। ऐसे यहाँ क्यों बैठी हो?"

उसने माँ के सामने वो पत्रिका बढ़ा दी। माँ घबरा गईं, "क्या हुआ, क्या छपा है? अरे मेरा चश्मा लाओ जरा। क्या पढ़ लिया जो ऐसे जड़ बनी बैठी हो?"

"कुछ नहीं हुआ, माँ। मेरी कविता छपी है।" जाने क्यों गला रुँध गया उसका। आँखें छलक आईं। ये मन भी अजीब है। इस समय इसे खुशी से

लहालोट होना चाहिए तो आँसू ला दिए आँखों में। मैं तुम्हारा चश्मा लेकर आती हूँ, कहती अंदर चली गई। दो मिनट ठहर कर चित्त स्थिर किया। बार-बार आँखें भर आतीं। उसकी कविता छपी ही नहीं उसे पुरस्कार भी मिला है। संपादक ने पढ़ी, पसंद की। और अब जाने कितने लोग पढ़ेंगे। कुछ साल पहले क्या थी जिंदगी उसकी। और अब क्या हो गई? आँसू अंदर घोंट बाहर आई तो माँ हैरान थीं, "अरे तुम कविता कब से लिखने लगी?" फिर पढ़कर खुशी से चीखते हुए बोलीं, "तुम्हें तो पुरस्कार भी मिला है।"

"हाँ माँ और कविता तो मैं कॉलेज के दिनों से ही लिखती थी।" भावातिरेक में उसने माँ के पैर छू लिए।

माँ भी आह्लादित हो गईं। ढेर सारा आशीर्वाद दिया, "खूब नाम कमाओ बेटा। बहुत आगे बढ़ो। पिछली जिनगानी की छाया भी ना रहे तुम्हारे जीवन पर।" फिर बच्चों को आवाज लगाई, "रूद्र, काव्या, सौम्या यहाँ आओ। देखो मैगजीन में तुम्हारी माँ की कविता छपी है।"

बच्चे भागते हुए आए, "मुझे देखनी है। पहले मुझे दिखाओ। तीनों टूट पड़े पत्रिका पर।"

रूद्र ने उसका नाम पढ़ा और नजर उठाकर इतने गर्व भरी नजरों से उसे देखा कि वो निहाल हो गई। बोला, "माँ तुम पोएम लिखती हो। मुझे तो मालूम ही नहीं था।"

"मुझे मालूम है। मैंने मम्मी की वो डायरी पढ़ी है। वो जो पीछे वाले कमरे में तुम दराज में रखती हो।" काव्या इठला कर बोली। पर फिर रुआँसे स्वर में आगे जोड़ा, "पर मुझे कुछ समझ नहीं आई। हमारी हिंदी टेक्स्ट बुक में तो ऐसी पोएम नहीं होतीं।"

"सौम्या इन सबके बीच उपेक्षित-सी महसूस कर रही थी। उसकी साड़ी खींचते हुए बोली, "मुझे भी दिखाओ पोएम। हम भी पढ़ेंगे।"

"हाँ-हाँ तू अपनी किताब तो अटक-अटककर पढ़ती है। मैगजीन की पोएम पढ़ेंगी।" काव्या ने सौम्या को चिढ़ाया।

"तुमने पढ़ा तो कुछ समझ में आया क्या? क्या फायदा ऐसे पढ़ने का? रूद्र सौम्या की साइड लेते हुए बोला।" वो देखती रूद्र सौम्या को बहुत प्रोटेक्ट करता था।

"तुम्हें तो पता भी नहीं था। मम्मी पोएम लिखती है। मुझे तो पता था। पता

था।" काव्या उछलती हुई बोली और जीभ निकालकर रूद्र को चिढ़ाया।

रूद्र उसके पीछे भागा, "मुँह चिढ़ाएगी मुझे। अभी बताता हूँ।"

सौम्या भी उसे भूल अपने भाई-बहन के पीछे भागी।

माँ बोलीं, "सुबह प्रसाद चढ़ाया था। इलायची दाना लेकर आती हूँ। मुँह मीठा करो।"

सबके जाने के बाद उसने गहरी साँस ली और फिर से अपने नाम को घूरना शुरू कर दिया।

सच होते अनदेखे सपने

अब तो उसका उत्साह बहुत बढ़ गया। उसी पत्रिका में एक और कविता भेज दी। वो भी छप गई और पत्रिका में कई लोगों ने पत्र लिखकर उस कविता की सराहना भी की तो उसे अफसोस होने लगा, "ये वाली कविता प्रतियोगिता में भेजनी चाहिए थी। शायद फर्स्ट प्राइज मिल जाता।" और फिर खुद को ही डाँट दिया, "मन कभी संतुष्ट नहीं हो सकता। छपना ही बड़ी बात थी। द्वितीय पुरस्कार मिल गया। अब सोच रही है, पहला क्यों नहीं मिला!"

पुरस्कार के पैसे तो मिले ही थे। दूसरी कविता छपने के भी दो सौ रुपए मिले तो उसे आश्चर्य हुआ, "कविता से पैसे भी कमाए जा सकते हैं। ये तो कभी सोचा ही नहीं था" और अब लोग जब उसे पढ़ रहे हैं, पसंद भी कर रहे हैं तो उसे अपने कविता-लेखन को गंभीरता से लेना होगा। पर लिखने के पहले ढेर सारा पढ़ना ज्यादा जरूरी है। यही सोच, कई समकालीन कवियों की किताबें खरीद लाई। ऑफिस घर और बच्चों के काम से बचा एक-एक पल, उसने कविता को समर्पित कर दिया था। देर रात तक एक-एक कविता को चार-चार बार पढ़ती। उसका शिल्प-शैली समझने की कोशिश करती।

उसका पूरा जीवन अब कवितामय हो गया था। किसी भी बात की प्रतिक्रिया कविता के रूप में ही होती। बच्चों की खिलखिलाहट में, माँ के लाड़ में, जमाने की धूप में, भाई-बहन के स्नेह की शीतल बयार में, खाली बटुए में, पूजा के फूल में। हर चीज में एक नया रंग दिखता अब। हजारों शब्द साथी बन गए थे, जो उसके आस-पास विचरते रहते। वो लपक कर उन्हें मुट्ठियों में कैद कर लेती। किसी तितली के पंख से फडफ़ड़ाते वे शब्द और जब उन्हें आजाद करती तो कविता का रूप लिए रंग-बिरंगी तितली-सा खुले आकाश में उड़ जाते और वो हैरान रह जाती। ये उसकी रचना है। जब जब्त आँसुओं से कोई रचना बनती तो

महादेवी याद आतीं, "मैं नीर भरी दुख की बदली।" मन जब प्रश्नों के चक्रव्यूह में होता तो निराला के शब्द तैरते मन में, "बाँधों ना नाव इस ठाँव बंधु। पूछेगा सारा गाँव बंधु।" जरूरी कामों से दीगर वो अब कविता ही ओढ़ती और कविता ही बिछाती।

और इन सारे उपक्रमों से कविता का स्रोत जो फूट निकला। वो एक सरिता बन अबाध गति से बहने लगा था।

कई पत्रिकाओं में वो नियमित छपने लगी। कभी किसी पत्रिका का कोई विशेष अंक निकलता तो उससे विशेष रूप से कविताओं का अनुरोध किया जाता। संपादक लोग बड़े आदर से पेश आते। कई लोगों के पत्र भी आते। जवाब तो वो किसी पत्र का नहीं देती पर उन्हें कई-कई बार जरूर पढ़ती। अब तक तो किसी पत्रिका में उसकी तस्वीर भी नहीं छपी थी। इसका मतलब लोगों को उसकी कविताएँ सचमुच पसंद आती हैं। ये पत्र उसका बहुत उत्साह बढ़ाते और वो एक जिम्मेदारी-सी महसूस करती अपने लेखन को और बेहतर बनाने के प्रति।

ऑफिस में उसने खुद किसी को नहीं बताया पर एक बार किसी ने पत्रिका में उसका नाम देख पूछ लिया और उसके हाँ कहते ही सारे ऑफिस में खबर फैल गई। लोगों ने शिकायत भी की "अब तक क्यों नहीं बताया?"

उसके मुस्कुराकर चुप रह जाने पर किसी दूसरे ने उत्तर दे दिया, "अरे इसे ही तो कहते हैं असली टैलेंट। भरे घड़े से कभी कोई आवाज आती है? कहते हैं ना अधजल गगरी छलकत जाए। भरी गगरिया चुप्पे जाए। ये पत्रिकाओं में छपती रहीं और कभी बताया भी नहीं और याद है वो 'मिस्टर प्रसाद' अखबार में संपादक के नाम एक पत्र छपा था तो कितना इतराए फिरते थे। दो दिन तक अखबार उनके हाथों में ही था। एक-एक को दिखाते फिरते थे।" सब लोग उन्हें याद कर हँसने लगे।

सब अब उसे बड़ी इज्जत भरी निगाहों से देखते। वो खुद में ही सकुचा-सी जाती।

एक बार उसे एक आमंत्रण पत्र मिला। जिसमें शहर में हो रही एक कवि गोष्ठी में सम्मिलित होने का निमंत्रण था। वो सोच में डूब गई। घर में बैठकर कविता लिखना और पत्रिकाओं में भेजना अलग बात है और कवि-सम्मलेन में मंच से कविता पढ़ना अलग। ये उसके वश का नहीं। नहीं कर पाएगी वो। माफी माँग लेगी।

पर इस बार माँ ने बहुत हौसला दिया। बोलीं, "बेटा भगवान ने तुम्हें एक अवसर दिया है, आगे बढ़ने का। अपनी पहचान बनाने का। इसे ऐसे मत गँवाओ। इसी ईश्वर ने तुम्हारी इतनी कड़ी परीक्षा ली। इतना कुछ सहा तुमने। पर हिम्मत नहीं हारी और सफल रही। अब खुश होकर वो ईनाम दे रहा है तो उसे मत ठुकराओ।"

बहनों ने सुना तो एक डाँट लगाई, "चुपचाप जाकर गोष्ठी में शामिल हो या हम लोग वहाँ आकर तुम्हें धकेल कर मंच पर भेज देंगे। सोचो जरा हमारे लिए ये कितने गौरव की बात है। हमारे परिवार में इस क्षेत्र में कोई आगे नहीं बढ़ा। कितना बड़ा सम्मान है ये परिवार के लिए। ना मत कर छुटकी, हृदय से आशीर्वाद दे रहे हैं। तू जरूर सफल होगी।"

और माँ-बहनों का आशीर्वाद काम आया। उसने संयोजक से आग्रह किया था कि उसका नाम दो तीन कवियों के बाद डाले। पहला अनुभव है। दूसरों को पढ़ते देख लेगी तो हिम्मत आ जाएगी। उसने कागज पर कविता लिखकर रख ली थी। शायद लोगों को देखकर घबरा जाए तो नजरें झुकाए कागज देखकर पढ़ देगी। माइक के सामने आई तो गला सूख रहा था। थूक निगल कर गला तर किया और हाथ में काँपते कागज पर नजर डाली। एक पंक्ति कागज देखकर पढ़ी और फिर तो जैसे किसी और ही व्यक्तित्व ने उस पर कब्जा कर लिया। सामने बैठे लोग, उस पर टिकी इतनी आँखें। कुछ भी उसे नजर नहीं आ रहा था। सामने सीधा देखती हुई, इतनी बुलंद आवाज में कविता पढ़ी कि तालियों की गड़गड़ाहट से ही वह फिर अपने में लौटी। हैरानी हो रही थी, "ये उसकी जगह कौन इतने जोश से कविता पढ़ रही थी। अपने कितने ही रूपों से वो खुद अनजान थी अब तक। मुस्कुराकर सबका शुक्रिया अदा करते अपनी जगह पर वापस आ गई।"

इस कवि गोष्ठी की क्लिपिंग दूरदर्शन पर दिखाई गई। उसके बाद उसे दूरदर्शन पर आयोजित कवि गोष्ठियों में भी निमंत्रित किया जाने लगा। अब तक बस उसके घर वाले, ऑफिस वाले या फिर पढ़ने की रुचि रखने वाले लोग ही उसके कविता लेखन के विषय में जानते थे। अब मुहल्ले-टोले के लोग भी जान गए। जहाँ पहले किसी समारोह में लोग ताने देते थे। अब आगे बढ़कर उससे बातें करने का बहाना ढूँढते।

अपने रिश्तेदारों से बड़ी शान से मिलवाते, "ये बहुत बड़ी कवयित्री हैं। टीवी पर आती हैं।"

"अरे बड़ी कहाँ और टीवी पर तो बहुत लोग आते हैं।" वो सकुचा कर कहती।

"हम तो नहीं आते। हमारे लिए तो आप एक सेलिब्रिटी हैं।" वो हैरान रह जाती। वक्त कितना जल्दी बदल जाता है।

महिलाओं में उसे अपनी सबसे अच्छी दोस्त बताने की होड़ लगी होती। लड़कियाँ उसे घेरे रहतीं, "हमें भी सिखाइए ना। कैसे लिखते हैं कविता?"

कभी-कभी कोई प्यारी-सी लड़की, कभी कोई शर्मीला-सा लड़का एक तह किया हुआ कागज लिए हुए उसके घर आते, "कुछ लिखने की कोशिश की है। एक बार देखकर बताइए ना कैसी है।" वो यथासंभव उन्हें सलाह देती। उन्हें बढ़ावा देती। समाज की नजरें अब उसके प्रति बदल रही थीं।

सबसे छोटे देवर संजीव ने भी दूरदर्शन पर उसे देखा और बधाई देने को फोन किया। खुशी उसके आवाज से छलकी पड़ रही थी। संजीव अब एक अच्छी नौकरी में था और उसकी शादी भी हो चुकी थी। यदा-कदा फोन कर लिया करता था। बच्चों का हाल-चाल ले लिया करता था। कभी-कभी आकर मिल भी जाता। वो ही ज्यादा बढ़ावा नहीं देती। पता नहीं, उसकी वजह से उसे अपने परिवारवालों से कुछ सुनना न पड़े। उसकी पत्नी भी उसे कितना जानती है। शायद उसका भी यूँ संजीव का फोन करना अच्छा ना लगे।

पर संजीव के फोन ने चिंता में डाल दिया। अब तो उसके ससुराल वालों को पता चल गया। इसका मतलब राजीव को भी पता चल गया होगा। अब पता नहीं वो कैसे रिएक्ट करें। उनका डर नहीं था। पर बिना बात की बहस वो नहीं चाहती थी। थक गई थी, उनकी जली-कटी सुनते सुनते। दिमाग शांत रखना चाहती थी। पर दो दिन बाद ही राजीव का फोन आ गया। उन्होंने तो नहीं देखा था, किसी ने उन्हें खबर की थी।

आदतवश गाली से ही शुरुआत की, "तो इसीलिए छटपटा रही थीं, अकेले रहने को कि मर्द लोगों के बीच में बैठकर गीत गा सकें। ये सब मेरे साथ रहने से नहीं होता ना। अनजान मर्द लोग के साथ, हँसी ठट्टा चल रहा है। तनिको सरम नहीं रह गया है आपको?"

वो आगे पता नहीं क्या-क्या कहते रहे। उसने रिसीवर टेबल पर रख दिया था। इसके बाद अक्सर यही करती। पहले ही कह देती कि अगर आपको यही सब कहना है तो हम रिसीवर नीचे रख रहे हैं।

"हाँ, मेरा बोली तो खराब लगबे करेगा। हम सच जो कहते हैं।" और वो आगे सुनती ही नहीं। जितना हो सके निगेटिव वाइब्स को वो खुद से दूर रखना चाहती थी। अक्सर कोई ना कोई राजीव के किस्से सुनाने की कोशिश करता। वो शुरुआत में ही रोक देती या फिर वहाँ से चली जाती। पर वे लोग माँ को बता जाते और मना करते-करते भी माँ टुकड़ों-टुकड़ों में कह ही डालती कि अब राजीव की रंगीन मिजाजी उन्हें महँगी पड़ रही थी। औरतें उन्हें ब्लैकमेल करने लगी थीं। उन पर झूठे आरोप लगा कर भी उनसे पैसे ऐंठने लगी थीं। खुद ही शाम ढले उनके क्वॉर्टर पर जातीं और फिर उनसे कहतीं, "मुँहमाँगा पैसे दो नहीं तो हल्ला मचा देंगे। पुलिस में खबर कर देंगे।" राजीव को पैसे भी देने पड़ते फिर आनन-फानन में ट्रांसफर ले वहाँ से भागना भी पड़ता।

माँ खुद ही उसके मन की बात कह देतीं, "जो जैसा करेगा, वैसा भरेगा।"

वो माँ को बरजती रहती, "माँ अब बच्चे बड़े हो रहे हैं। जितनी जैसी छवि अपने पिता की उनके मन में है। वो ही काफी मैली है। अब उस पर और गर्द की परत मत चढ़ाओ।"

उसकी तरह बच्चों ने भी किताबों में ही शरण ढूँढ ली थी। कभी-कभी उसे महसूस होता। उसका बेटा अपने दोस्तों के साथ फिल्म जाने की जिद नहीं करता। ना ही हर शाम चौराहे पर खड़ा गप्पे लगाता है। खेलने जरूर जाता है। पर वहाँ से सीधा घर। छुट्टी का दिन भी ज्यादातर घर पर ही बिताता है। इसलिए तो नहीं कि वो भी डरता है कहीं कोई उसके पिता का जिक्र ना कर डाले? फिर मन को समझाती, "अब कुछ पाने के लिए तो कुछ खोना ही पड़ेगा। अगर वो किताबों में डूबा रहता है। तो अपना भविष्य ही सँवार रहा है।" बाकी बच्चों की माँ उससे हमेशा कहतीं, "आपका रूद्र कितना मन लगाकर पढ़ता है। हमेशा फर्स्ट आता है। मेरे बेटे का तो पढ़ने में मन ही नहीं लगता। क्या उपाय करूँ?"

और रूद्र के लिए उसे चिंता करने की जरूरत पड़ी भी नहीं। दसवीं अच्छे नंबरों से पास हुआ। वो उसे इंजीनियरिंग या मेडिकल पढ़ाना चाहती थी। पर रूद्र ने आर्ट्स ले लिया। उसने साफ कह दिया, इसके लिए पिता से पैसे माँगने होंगे। और उसे उनके पैसे नहीं चाहिए। उसे अपने लिए एक पैसे भी एक्स्ट्रा माँगना गवारा नहीं। उसने जया को आश्वस्त किया, "माँ तुम चिंता मत करो। मैंने फर्स्ट अटेम्प्ट में ही यू.पी.एस.सी. ना क्लियर किया तो कहना मुझे। मैं आज से ही उसकी तैयारी में जुटा हुआ हूँ।" वो समझती थी। वो जल्द-से-जल्द अपने पैरों

पर खड़ा होना चाहता था। जब उसने बी.ए. का इम्तिहान दे दिया तो वो अड़ गई, उसे कसम दे दिया कि उसे यू.पी.एस.सी. के इम्तिहान के लिए कोचिंग करनी ही पड़ेगी। वो अपने बेटे की इतनी मेहनत जाया होते नहीं देख सकती थी। वो अपनी तरफ से मेहनत कर रहा था तो उसका भी फर्ज था वो उसे सही मार्गदर्शन मुहैया करवाए। जब सारे बच्चे कोचिंग की सुविधा उठा रहे हैं तो वो अपने बेटे को इस से वंचित नहीं रखना चाहती थी।

उसने एक दिन नोटों की गड्डी उसके सामने रखी और कहा, "पता करो कौन-सा कोचिंग इंस्टीट्यूट अच्छा है। वहाँ चलकर एडमिशन ले लो।"

रूद्र चौंककर उठ खड़ा हो गया, "माँ, इतने पैसे कहाँ से?"

"चिंता मत करो। तुम्हारे पिता से नहीं लिए हैं।"

"फिर?"

वो चुप रही। तो बोला, "तुमने गहने बेच दिए। क्यों माँ। तुम्हें बेटे पर पूरा भरोसा नहीं है। मैं नहीं कर पाऊँगा?"

"पूरा भरोसा है बेटा, तभी तो गहनों की परवाह नहीं की। मालूम है। तू कंपीट भी करेगा और ऐसे दस सेट बनवा देगा। पर जमाने के साथ चलना चाहिए। कहीं थोड़ी-सी भी कमी नहीं रहनी चाहिए। तेरी मेहनत जाया नहीं होनी चाहिए।

"पर माँ उस पर काव्या, सौम्या का भी हक है।"

"हाँ बेटा, तीन हिस्से कर के तेरा हिस्सा ही बस निकाला है। और अगर जरूरत पड़ती तो उनका हिस्सा भी निकाल देती। तुम तीनों अलग-अलग हो क्या? और क्या तू सौम्या, काव्या के लिए नहीं बनवा देगा?"

रूद्र सोचता हुआ वापस बैठ गया। उसने उसके कंधे पर हाथ रखा, "चिंता मत करो बेटा। ये सब तुम लोगों का ही है। बस खूब मन लगाकर पढ़ो।" और फिर वहाँ से चली गई। रूद्र को अकेला छोड़ देना चाहती थी। जानती थी, आँसू मचल रहे होंगे पर खुद को घर का जिम्मेवार बड़ा लड़का समझता है ना। सारी ताकत लगा, उन्हें अंदर ही घोंट लेगा। लड़का हुआ तो क्या। कभी-कभी आँखें नम करना उसके ही हित में अच्छा है। अंतर का सारा कल्मष बह जाएगा।

काव्या शुरू से ही चंचल, बातूनी थी और प्रैक्टिकल भी। नौकरी भी उसे चैलेंज वाली ही पसंद थी। उसे कोई बोरिंग नौकरी नहीं करनी थी बल्कि वो कारपोरेट ऑफिस में काम करना चाहती थी। और इस के लिए उसे एम.बी.ए. करना था। उसे अपने पिता से पैसे लेने में कोई संकोच नहीं था। बल्कि वो उल्टा

अपना हक समझती थी। उसने कहा भी, "तुम कुछ मत कहना। मैं ही बात करूँगी। आखिर उनका प्रमोशन भी होता जा रहा है। सैलरी बढ़ती जा रही है। पर क्या, महँगाई नहीं बढ़ रही? हमें तो वही सालों पहले कोर्ट से तय किए पैसे ही मिलते हैं। तुम नौकरी ना करो, नानी की पेंशन ना हो। नाना जी का बनाया ये मकान ना हो तो हमारा खर्च चलता, उनके भेजे पैसे से? वे पैसे भी वो कैसे रो रो के देते हैं। करेंगे क्या उन पैसों का। मैं तो भैया की तरह नहीं हूँ। उनसे अपनी फीस के पैसे लेकर रहूँगी।"

उसने दो टूक बात की और उसकी इतनी सीधी बात ने राजीव को कुछ कहने का अवसर नहीं दिया। वे भी शायद मुँहफट काव्या से डरते थे। जब गेस्ट हाउस में उनसे मिलने जाती तब भी काव्या उन्हें टोक देती थी, "आप इतना पान क्यों खाते हैं। माउथ कैंसर हो जाएगा। इस तरह से लेटे रहने से कितने ओवरवेट हो गए हैं। कई बीमारी हो जाएगी आपको।"

राजीव उसे डाँट देते, "हाँ, इहे मना रही है। माँ सिखाई होगी।"

"नहीं, हमने किताब में पढ़ा है। किसी ने सिखाया नहीं है।" काव्या बिना डरे बोलती।

इस बार भी पता नहीं काव्या ने कैसे क्या बात की पर राजीव एम.बी.ए. की फीस देने को राजी हो गए।

पर मुश्किल सौम्या की थी। वो अपने दीदी-भैया से अलग मेडिकल पढ़ना चाहती थी। और वो काव्या की तरह बड़बोली भी नहीं थी। पिता से उसका कभी संवाद भी नहीं होता। ना ही उनके साथ रहने की कोई स्मृति ही थी उसे। सौम्या गोद में ही थी तभी जया, राजीव का घर छोड़ चली आई थी। राजीव के लिए भी वो जैसे अजनबी-सी थी। कभी उसका हाल भी नहीं पूछते ना ही कभी उससे बात करते।

मेडिकल की कोचिंग, फिर महँगी पढ़ाई। राजीव तैयार होंगे, इतने पैसे देने को? शक था उसे। रूद्र होता तो शायद मान भी जाते। आखिर उनके खानदान का चिराग था वो।

पर ईश्वर ने जब उसे इतने कष्ट दिए तो उनके निवारण के रास्ते भी निकालता गया। देवर संजीव मिलने आया और हमेशा की तरह बच्चों से बातचीत करता रहा। सौम्या ने उत्साह से बताया, "वो डॉक्टर बनना चाहती है।"

संजीव बहुत खुश हुआ और सौम्या की पीठ ठोंक ढेर सारी शाबाशी और

शुभकामनाएँ दीं।

पर सौम्या के अंदर जाने के बाद, जया ने संजीव से कहा, "वो उसका इतना उत्साह न बढ़ाए। मेडिकल की पढ़ाई में बहुत पैसे लगते हैं। उसके वश का नहीं, सौम्या को मेडिकल पढ़ाना।" संजीव ने कहा, "भाभी। आखिर हम लोग किस दिन के लिए हैं। चाचा हूँ उसका। कुछ तो मेरा भी हक बनता है। मुझे हमेशा ये अफसोस रहता है। आपके लिए कुछ नहीं कर सका। अब एक मौका मिला है। इसे मत छीनिए।"

"नहीं संजीव जी, मेरा ये मतलब नहीं था। पर मेडिकल की पढ़ाई लंबी चलती है। बहुत रुपए लगते हैं। आपके अपने बच्चे भी हैं और सौम्या के पिता के पास ऐसा नहीं कि पैसे नहीं हैं। बस उनसे बात कौन करे। क्योंकि अब मेरी सहनशक्ति जवाब दे चुकी है। अब उनकी गाली-बात बिल्कुल भी नहीं सुन पाती हूँ। हिम्मत नहीं होती है, उनसे बात करने की।"

"हम्म, ठीक है। मैं बात करूँगा। मैं बाबूजी से भी बात करूँगा। हम सब समझाएँगे उन्हें। ये हम सबके लिए गर्व की बात है कि सौम्या डॉक्टर बनना चाहती है। हमारे खानदान में आज तक कोई डॉक्टर नहीं हुआ। पूरे घर का आशीर्वाद मिलेगा इसे। बाबूजी भी बहुत खुश होंगे ये सुनकर। बिटिया का उत्साह बढ़ाइए। आज के जमाने में बच्चे शॉर्ट कट चाहते हैं। जल्दी-से-जल्दी पैसे कमाना चाहते हैं। सौम्या इतनी पढ़ाई के लिए तैयार है तो हमें उसका हौसला बढ़ाना चाहिए। आप बिल्कुल फिक्र ना करें। बिटिया तो डॉक्टर बनकर रहेगी।"

संजीव की बातों से उसके सर से एक बोझ उतर गया और बड़ी शांति मिली। अब जाकर ये एहसास उसके भीतर उतरने लगा कि उसकी बेटी एक दिन डॉक्टर बनेगी।

संजीव ने अपना वायदा निभाया। राजीव से क्या बात की कैसे समझाया, नहीं पता। पर संजीव ने ही अच्छे कोचिंग इंस्टीट्यूट का पता किया और खुद सौम्या को लेकर एडमिशन के लिए गए। सौम्या ने भी जी जान लगाकर मेहनत की और अपना सपना पूरा किया। खुशी होती उसे, तीनों बच्चों ने अपना-अपना सपना देखा। रास्ते खुद बनाए और मंजिल पाने में सफल भी हुए।

रूद्र के यू.पी.एस.सी. में सेलेक्शन की खबर और सौम्या के मेडिकल एंट्रेंस टेस्ट में अच्छे रैंक की खबर आस-पास ही मिली। उसे सातवें आसमान पर होना चाहिए था। पर जैसे उसे विश्वास ही नहीं होता। सहम कर मन-ही-मन एक ही

जप करती, "हे भगवान, मेरे बच्चों की खुशियों को नजर ना लगे।"

देर तक पूजाघर की शांत ठंडी जमीन पर बैठी रही। एकटक भगवान की मूर्ति निहारती। अब कोई शिकायत नहीं भगवान मुझे। दुख भी दिया। उससे लड़ने का संबल भी और मेरे बच्चों का भविष्य भी सँवारा। बार-बार आँखें भर आतीं। कभी सोचा था, तीनों बच्चों को अकेले दम पर बड़ा कर एक अच्छा भविष्य दे पाएगी? पर परिवार के आपसी प्यार-विश्वास-साहस ने सब संभव कर दिखाया। राजीव के घर से निकलने का ये कदम नहीं उठाती तो शायद उस कलहपूर्ण वातावरण में बच्चे असमय ही मुरझा गए होते और उन निराश कदमों से अपने भविष्य की सीढ़ियाँ यूँ उत्साहपूर्वक नहीं चढ़ पाते।

बच्चों की पढ़ाई। उसकी नौकरी और कविता लेखन सब सुचारू रूप से चलते आ रहे थे। अब पत्रिकाओं में वो एक जाना-पहचनाना नाम बन चुकी थी। कवि-सम्मेलनों में उसे नियमित बुलाया जाता। रेडियो-दूरदर्शन पर होने वाली कवि गोष्ठियों में उसका नाम सम्मिलित रहता। जिन वरिष्ठ कवियों की कविताओं की मुरीद थी। अब वो उसके अच्छे मित्र थे। कभी किसी रचना में शंका होती तो बिला-संकोच उन्हें भेज देती। वे बढ़िया सलाह दिया करते।

ऐसे ही एक कवि सम्मलेन के दौरान एक वरिष्ठ कवि ने कहा, "जया जी, आप इतनी कविताएँ लिख चुकी हैं। इतनी पत्रिकाओं में छप चुकी हैं। सबका लेखा-जोखा कुछ रखा है?"

"हम्म! ऐसा सिलसिलेवार तो नहीं। पर सारी कविताएँ मेरी डायरी में सुरक्षित हैं।"

"तो उन सबको एक जगह संग्रहित कर एक संकलन क्यों नहीं छपवा लेतीं? आपकी कविताएँ लोगों को बहुत पसंद आती हैं। आपके प्रशंसक एक जगह आपकी कविताएँ पढ़ना चाहेंगे।"

"प्रकाशक के संदेश तो आते हैं। पर वे लोग ये प्रस्ताव रखते हैं कि कुछ पैसे मैं खर्च करूँ। कुछ वे योगदान करेंगे तब वे संकलन प्रकाशित करेंगे। ये मुझे मंजूर नहीं।"

"अच्छा, ये बात तो हमें पता ही नहीं थीं।"

"आप वरिष्ठ कवि हैं। ये सारी शर्तें नवोदित कवियों के लिए होती हैं।"

"अब आप नवोदित कहाँ रहीं। फिर भी मैं देखता हूँ, इस सिलसिले में क्या कर सकता हूँ। पर आप संकलन की तैयारी शुरू कर दीजिए। जो कविताएँ आप

संकलन में देना चाहती हैं। उन्हें एक अलग डायरी में नोट करती जाइए। कभी भी प्रकाशक उसकी माँग कर सकते हैं।"

उसके पास प्रकाशकों के संदेश तो आते थे पर उसने इस तरफ गंभीरता से कभी नहीं सोचा था। और इसके लिए पैसे देना भी उसे गवारा नहीं था। पत्रिकाओं में छप जाती। लोग पढ़ लेते। बस इतने से ही संतुष्ट थी। अब इन कवि महोदय ने एक नया सपना बो दिया था उसकी आँखों में। और वो उसमें खाद-पानी डालने में जुट गई।

कवि जी के वादे के अनुसार एक प्रकाशक का संदेश आया। फिर तो महीना भर आवरण चुनने, भूमिका लिखने की कवायद चलती रही। उन कवि महोदय ने अपनी तरफ से संकलन के लिए बड़े उत्साहवर्धक दो शब्द लिखे। संकलन जब छप कर आया तो कवर पेज को देर तक सहलाती रह गई। वही एहसास मन में हिलोरें ले रहे थे, जो पहली बार रूद्र के सर पर हाथ फेरते हुए जन्मे थे।

कुछ ही दिनों बाद शहर में एक पुस्तक मेला लगा था। प्रकाशक ने बताया था, उसका कविता-संग्रह भी रख रहे हैं। वो ऑफिस से निकलते ही पुस्तक-मेले का एक चक्कर लगा आती। चोरी-छुपे अपनी किताबों की कतार पर बार-बार नजर डालती। कभी किसी को अपनी किताब पलटते देख लेती तो अजब संकोच से भर जाती। जब कुछ लोगों ने पहचान कर, उसके संकलन पर उसके ऑटोग्राफ माँगे तो अजीब-सी अनुभूति हुई। यह सपना तो कभी देखा ही नहीं था। पता होता तो जरा अपने हस्ताक्षर की ही थोड़ी प्रैक्टिस कर आती।

और कल जब प्रथम कविता संग्रह के रूप में उसके संकलन को पुरस्कार मिलने का समाचार मिला तब से तो जैसे कोई एहसास समा ही नहीं रहा। यंत्रचालित-सी पत्रकारों के सवाल के जवाब देती रही। शुभचिंतकों-प्रशंसकों की बधाई सब स्वीकार करती रही। जब काव्या ने उससे लिपटकर कहा, "माँ, यू डिड इट। यू डिड इट। हमें गर्व है तुम पे माँ।" तब भी वो अबूझ-सी उसे देखती रह गई। काव्या ने उसे झकझोर दिया, "अरे हँसो। खुश हो। खुशी के मारे बस बेहोश मत हो। रुको मैं भैया को फोन करती हूँ।"

उसके जाने के बाद भी वो वैसी ही मूर्ति बनी खड़ी रही। अब सौम्या ने उसे जकड़ लिया, "आय एम सो हैपी फॉर यू। सो सो हैपी। माइ स्वीट मम्मा। वी आर प्राउड ऑफ यू।" सौम्या का सर सीने से लगाते उसकी आँखें तरल हो आईं। "इतना तो माँगा भी नहीं था, ईश्वर आपने तो मेरी झोली ऊपर तक भर दी।

जितने कष्ट दिए। उसके सौ गुणा तो खुशियाँ दे डालीं। ये भी खयाल रखा कि ये खबर तब आए जब दोनों बेटियाँ साथ हों।" वर्ना किससे खुशी बाँटती वो? कौन सँभालता उसे? माँ भैया के पास गईं हुई थीं और रूद्र अपनी नई नई पोस्टिंग पर। वो तो दोनों बेटियाँ वीकेंड और एक दो दिन की छुट्टी ले कर घर आई हुई थीं।

"माँ, भैया।" कहते हुए काव्या ने उसे मोबाइल थमाया।

रूद्र की आवाज खुशी से भीगी हुई थी, "क्या बात है माँ। अब तो तुम सुपरस्टार बन गई हो। स्टार तो थी ही।"

"पागल। हम लिखने वाले लोग कहाँ के स्टार!" मुस्कुरा पड़ी वो।

"देखाऽऽऽ देखाऽऽऽ भैया से बात करते हुए कैसे मुस्कुरा रही है। हमारे कहने पर तो कोई रिएक्शन ही नहीं।" काव्या मुँह बना रही थी।

उसने आँखों से बरजा कि बात तो करने दे।

"हाँ-हाँ। कर लो अपने लाड़ले से बात। अब तो माँ, सबको भूल जाएगी। बेटा खाना खाया। बेटा पानी पिया। बेटा रात भर सोया।" काव्या को हमेशा मजा आता उसे चिढ़ाने में। पहली बार रूद्र निपट अकेले रह रहा था। उसे चिंता होती पर काव्या बाज नहीं आती, "माँ वो बच्चा है क्या। अपना खयाल रख सकता है?" अब काव्या क्या जाने एक माँ का दिल। खुद जिस दिन माँ बनेगी उस दिन जानेगी, माँ का प्यार और उसकी चिंता।

उसने फिर से आँख दिखाया तो कान पकड़ते हुए बोली, "सॉरी, सॉरी। आज तो तुम्हारा दिन है। मैं जा रही हूँ मिठाई लेने।" और फिर वो यह जा वह जा।

सारे आने जाने वालों के लिए लगातार चाय कॉफी बना और चहक-चहक कर सारे रिश्तेदारों, अपनी सहेलियों को ये खबर सुना दोनों बच्चियाँ थककर चूर हो गईं थीं और अब बेसुध सो रही थीं। पर जया की आँखों में नींद कहाँ? सोफे से बालकनी और किचन का चक्कर लगाते एक रात में ही अपना सारा विगत जी गई वह। आज अपना पूरा जीवन आँखों के समक्ष चलचित्र-सा घूम गया पर अब इन आँखों को थोड़ा आराम देना होगा। पुरस्कार मिलने से कुछ बदल नहीं जाता। जिंदगी वैसी ही बदस्तूर चलती रहेगी। सुबह ऑफिस भी तो जाना है या शायद बेटियाँ ना जाने दें। देखेगी पर अभी एकाध घंटे की नींद तो ले ले।

अपने कमरे की तरफ कदम बढ़ा ही रही थी कि मोबाइल बज उठा, "इतनी रात गए कौन हो सकता है?"

फोन उठाया तो राजीव थे उस तरफ। नशे में डूबी आवाज में बोल रहे थे,

"एकदम्मे से फोन उठा लीं। सुति नहीं का रात भर? हाँ, खुसी के मारे नींद त गायबे हो गया होगा। सुना है बड़ा प्राइज-उराइज मिला है आपको।"

वो चुप रही। पर उन्हें क्या फर्क पड़ता था। उन्हें तो एकतरफा बोलने की आदत थी। बोलते जा रहे थे, "अ ई सबका क्रेडिट किसको जाता है। ई जो इतना कबिता-फबिता लिखती हैं। मर्द सबके बीच बईठ के गीत गाती हैं। ई सब मौका मिला कईसे? हमरा सुकर कीजिए। आपको जो नहीं सताए होते तो ई कबित्त फूटता का? ऊ कौन कवि कह गए हैं, दुखी होके ही कोई गीत लिख सकता है?"

"कौन कवि बोले हैं?" उन्होंने दुबारा दुहराया।

वो चुप रही तो आगे बोले, "आपको त मालूमे होगा, नाम मत बताइए पर ऊ बहुत सही कह गए हैं। आज जो अकास पे चल रही हैं। उसके पीछे हम ही हैं। त हमको थैंक यू बोलिए। अगर आपसे हम सादी नहीं किए होते और ई सब फेर बदल नहीं हुआ होता आपकी जिंदगी में तो रहतीं कहीं रोटी पकाती और घर सँभालती। ई कवित्त उवित्त चूल्हे में गया होता।"

"हाँ, एकदम ठीक।" कहकर जया ने फोन टेबल पर रख दिया। उन्हें सुधारने का मन भी नहीं हुआ कि ये सुमित्रानंदन पंत ने कहा था, 'वियोगी होगा पहला कवि। आह से उपजा होगा गान।'

थोड़ी देर बाद फोन उठा, नंबर सेव किया कि इस नंबर का फोन अब नहीं उठाना है। वो हमेशा राजीव के नंबर सेव करती रहती और वे अलग-अलग नंबरों से फोन ट्राई करते रहते। आजकल राजीव ने नया पैंतरा अपनाना शुरू किया था। पहले तो उसे जली-कटी सुनाते और फिर उससे आग्रह करते कि अब वो लौट आए, बच्चे सब अपनी जिंदगी में खुश हैं। अब उन दोनों को साथ रहना चाहिए। वो कोई जवाब नहीं देती तो उनका आग्रह एक गिडगिड़ाहट में बदल जाता। जया को वितृष्णा-सी होने लगती, कभी कभी तो राजीव रोने लगते, 'अकेला हूँ, बीमार हूँ... पति-पत्नी का सात जनम का साथ होता है, आप तो एक जनम भी नहीं निभा रहीं।' जया को उनके मगरमच्छी आँसुओं पर जरा भी विश्वास नहीं होता। क्योंकि अगला फोन जब वे करते तो फिर शुरुआत गालियों और व्यंग्यबाणों से ही करते। अब ये एक रिचुअल बन गया था, पहले गाली, फिर गिड़गिड़ाना और फिर रोना।

पर अब उसे राजीव पर गुस्सा नहीं आता। बल्कि तरस आता। एक भरा-पूरा घर, बीवी, तीन-तीन होनहार बच्चे होते हुए भी आज वो व्यक्ति कितना अकेला

है। अगर थोड़ी-सी समझदारी दिखाई होती। अपने गुस्से पर काबू किया होता। जानवर से इंसान बनने की जरा-सी कोशिश की होती। तो ये सारी खुशियाँ उसके आँगन में चहक रही होतीं। यूँ अकेलेपन में उसे शराब का सहारा नहीं लेना पड़ता।

एक गहरी उसाँस ले, फोन सोफे पर फेंका और अपने कमरे की बजाय बेटियों के कमरे में चली गई। दोनों को खिसका बीच में थोड़ी-सी जगह अपने लिए बनाई और दोनों बेटियों को सीने से लगाए पुरसुकून नींद में डूब गई।